**百年中国记忆**
**系列丛书**

总策划、主编
刘未鸣

副主编
唐柳成　张剑荆　段　敏

百年中国记忆·先烈经典文丛

# 光明在前

## 胡也频小说选

胡也频 著

中国文史出版社

**图书在版编目（CIP）数据**

光明在前：胡也频小说选 / 胡也频著 . -- 北京：中国文史出版社，2020.11

（百年中国记忆 . 先烈经典文丛）

ISBN 978-7-5205-2415-5

Ⅰ . ① 光… Ⅱ . ① 胡… Ⅲ . ① 小说集—中国—现代Ⅳ . ① I246

中国版本图书馆 CIP 数据核字（2020）第 204285 号

责任编辑：秦千里

出版发行：中国文史出版社

社　　址：北京市海淀区西八里庄路 69 号院　　邮编：100142

电　　话：010-81136606　81136602　81136603（发行部）

传　　真：010-81136655

印　　装：北京朝阳印刷厂有限责任公司

经　　销：全国新华书店

开　　本：16 开

印　　张：23.75

字　　数：296 千字

版　　次：2021 年 1 月北京第 1 版

印　　次：2021 年 1 月第 1 次印刷

定　　价：68.00 元

# 编者说明

  胡也频（1903—1931），原名胡崇轩，福建福州人。5岁入私塾读书，由于父亲经营破产，15岁时到金铺当学徒。1920年春，到上海进浦东中学读书。1921年入山东烟台海军预备学校，1922年因学校停办来到北京，给公寓老板打杂。在公寓大学生的影响下，胡也频迷恋上文学。1924年开始发表小说和短文，担任《京报》副刊编辑时，发表沈从文的处女作。1925年秋与丁玲相爱，育有一子。1928年赴上海，与沈从文一同创办《红黑》杂志和同名出版社。1929年赴济南教高中。1930年5月回上海，经潘汉年介绍参加"左联"，任"左联"工农兵通信运动委员会主席，并参加了在上海召开的全国苏维埃区域代表大会，6月加入中国共产党。1931年1月17日中午在上海东方旅社与林育南、柔石等人一起被捕，沈从文营救未果。同年2月7日被枪杀。

  胡也频的创作分为前、中、后三个时期，前期创作再现了底层民众生活，批判了国民的愚昧；中期创作表现了知识分子物质和精神的双重苦闷与困惑，同时带有浓厚乡土气息；后期作者转向无产阶级革命思想，成为坚定的社会主义支持者，创作出《到莫斯科去》等正面讴歌工人运动的革命现实主义代表作。而《光明在我们的前面》则通过恋爱冲突揭示了共产主义与无政府主义的思想交锋，得出"我们实在要革命才行"的结论，从男女主角身上我们可以清楚地看到胡也频和丁玲的影子。

# 目 录

# 他和他的家

一

在八年前，为了要解除一种谬误的婚姻之故，他的父亲和他，并且牵连到家里人，变成彼此不知消息的关系。但现在，为了要看看他自己曾经生活过十六年的地方，为了这么一个欲望，他又回到他的故乡，他的家里去了。

他回到家里的时候是在一个很黑很黑的夜里。夜的黑，使他几乎认不清他童年所熟悉的街道。到处是静悄悄的，幽然的，流散着狂乱的狗叫的声音。在一座高墙的大屋子之前，他端详着，怀着许多感想的敲着门。

替他开门的是陈老大，这个老仆人已经不认得他了，听了他说出他是"阿云"，还惊讶地向他的脸上望了许久，又问道：

"少爷，真的是你么？"

"没有错，"他笑着说，"真的是我啊！"

老仆人欢喜得说不出一句话，只拉着他一直往里面走去。

在很长的阴冷的甬道上，煤油灯的微弱的光在摇晃着，显见这屋子比先前已旧了许多，到处都结着蜘蛛网。

他一面走着一面问："老爷和太太都在么？"

"都在。"陈老大咳嗽着回答："可是都老了。但是你呢，少爷，你这么些年都在那里？你长得真像一个大人物了。只是……唉！谁都挂念着你呢！"

在他的心里，他已经像星光似的闪起了许多往事。尤其是和家里决绝的那悲惨的一幕，更分明地浮上了他的意识。但他不愿在这时又重演那些难堪的记忆，所以他把老仆人的话听了便丢开，只问他一些不关紧要的事体。

陈老大一一的回答，到末了又叹息着说：

"自从你走后，少爷，什么都慢慢的变了，变得真凶！且不说老爷的事不顺利，铺子又关了两家。单是你不和家里通信，……"

但是他打断了陈老大的话，因为他不愿再提起他和家里的决裂，又觉得对于这事情的解释是无须的。他只说：

"不谈这件事了。陈老大，你今年还康健呢。"

"好说。"陈老大咽下口水。"如果我不是挂牵着你，少爷，我至少还可以多活两年，挂牵真容易使人老呢。"

"谢谢你。"我以为谁都忘记了我了。

"得，少爷，别这么说呢，大家都在思念你……"

他轻轻的笑了。

老仆人接着说：

"说是的，少爷，我原先就看准你是一个有心的人。你还记得陈老大，我就没看错。只是，唉，不知怎么的，你单单和老爷弄得非常之坏……"

这时已走到了甬道的尽头。那两旁的房子便一间间的竖在眼前。一道混沌沌的黄色的灯光，从左边正房的窗棂上射出来，他记得那就是他母亲的卧室。

陈老大的话已停止了，只把手上的煤油灯照着他走上石阶。

他推开那两扇合着的房门，轻轻的走了进去。母亲已经睡了，忽然张开眼看见到他，突然从床上跃起来，非常吃惊的向他望着。

在不定的薄弱的灯影中，他一眼便看见他母亲的样子已不像从前，是变得很瘦很老，而且显得很多病的模样。

他叫了她一声，便走近去。

他母亲已认出他来了。她从他的沉郁的脸和稳健的身躯之间，认出他八年前的，天真和有作为的影子。她立刻像发疯似的跳下床来，一下抓着他，却不说一句话，只是眼睛里一层层地泛着水光。

他本能地动着感情说："妈，我回来了。"

他母亲点着头，一下便落了几点眼泪。

他接着问："爸爸呢？"

"下乡去了，"她咽着声音说："大约明天就要回来的。"

于是她把他拉到床上去坐。

他看一下这房里，觉得一切都不同了，没有变样的只是一只床，和一对衣柜，然而也旧了许多。

他母亲便一面揩着眼泪一面问他，问了他出走之后的景况，问了他这些年来的生活。接着她便告诉他，这几年的家境是一天天的往下落了。她又告诉他，自他走了之后，她自己是怎样的伤心，怎样的想他，而且怎样和他父亲很猛烈的闹了几场，最后她对他说，从前他要解除婚约的那个陈小姐，现在已嫁给一个留美学生，并且在去年生了一个儿子，又白又胖。

"自然，"他平淡的说："女人的结果都是这样的。"

可是他母亲却问他：

"你呢，你在外面这么久，你有了妻室了么？"

"没有。"他斩截的回答。

他母亲很诧异地望了他一下，似乎要向他说什么的动着嘴唇，却又想起什么似的把话压住了。于是她返身去，把床里的棉被一翻，现出一个正在熟睡的十二三岁的小孩子的身体。

她唤他道："蓉起来，你哥哥回来了。"

小孩子很迷糊地爬了起来，擦着瞌睡未醒的半开半闭的眼睛，一面向他呆望着。

"叫声哥哥！"他母亲说。

这个长得很匀整的，亭亭地站在他面前的弟弟，如果不是他母亲先说，在一眼之下，他一定认不出来。在他的记忆中，他只保留着八年前的，整天流着口水，刚满三岁，喜欢要他抱的小弟弟的样子。

"还认得我么？"他友爱的问。

弟弟点着头，现着天真的憨笑。

他把弟弟的手握着，拉拢来，亲蜜地接了一个吻，在他的幻觉中，仿佛他是吻了他自己的童年。

接着他母亲又和他说了许多话。随后，他因了辛苦的旅途的疲劳，便现着十分的倦意，连打了几个呵欠。

他母亲才停住话，要他去休息。

当他走进他从前所住的那间厢房，突然一个恍惚的，他自己的年轻的影子，在他的眼前，闪着而且消灭了。


二


第二天下午，在秋天的淡泊的阳光里，他走到他幼时的一个游戏的所在——那横躺在屋后的，种满着四季的果树和花卉的花园。在这花园里，几乎一层层的散满着他的童年的欢乐。从前，他曾经有一次，偷偷地爬到桃树上去摘桃子，一直从树顶上滚了下来，跌破了头皮，却不知道痛，只把那一点点从头发间滴下来的鲜红的血，承在指头上，去染那未熟的桃子的尖。现在呢，那株桃树，笼罩着一种死气沉沉的灰色了，而且在枝干上，还高高的吊着一只半烂的死猫。而其余的树木，也同样地现着衰老和萧煞的气象。满地上都是枯的，黄的，零乱的落叶，以及丛丛野草。几只乌鸦像凭吊古人似的在假山上踱着。整个的园子已等于一种废败的荒凉了。

在充满着琉璜质的潮湿的空气里，他一步一步的走着，发现许多可怕的毛虫和许多壳类以及脊椎类的小小的动物。

"呵，短短的八年啊……"他不自禁地感触的想。

这时他的身后，响起急促的步声，他回头一看，原来是一个仆人。他站着，问：

"你看管这个花园么？"

"不是的。少爷！"仆人走近了回答："我只侍候老爷。"

他一看，的确，这个仆人穿得很干净，不像园丁。

"谁管这个花园呢？"他又问。

"没有人管。"

"为什么呢？"

仆人追忆地转一转眼睛，便指着一只树根说：

"自从，太太房里的春香吊死在那柳树上，这园里出了鬼，老爷就不许人进来。"

他听着，觉得这屋子里一定曾发生过丑恶的故事了，但他不愿意去知道它，只怜悯的又环视一下这园子。

仆人又接着吞吞吐吐的说：

"少爷，你不在家，怪不得你不知道家里的事……"

"我也不想知道。"他有点难过的冷淡的说。

仆人便含糊地阿了一声。

他返身往前走去，但仆人却把他叫住了：

"少爷！老爷叫我来请你去……"

他的心便动了一下，跟着这个仆人走出了园子。

于是在书房里，他和他父亲相见了。这时映在他眼前的父亲是变了许多的。在他父亲的脸上，眼睛变得很小，胡子白了好些，两颊凹进去，突出两个高高的有嶙角的颧骨。身体也瘦弱了。现着趋向于暮年的一种龙钟的老态。的确，他父亲不像八年前对他的权威和严厉的样子……但他也没有看见他父亲的激动的表情。

他本想叫一声他幼时所叫惯的"爸爸"，但这句话却变得非常的生疏，硬硬的，不容易说出口来。

他父亲用诧异的眼色对他看着，随后便向他点了一下头，要他坐在一张被人磨光的太师椅上。

他微微地望一下这书房里，觉得所有的陈设都没有变。差不多一切都是照旧的。那一幅篆字的朱子治家格言，仍然挂在墙壁的当中。书案上也仍然排着文房四宝，笔筒上插满着许多年不用的干毛笔，……他忽然听见他父亲向他说：

"听说你昨天才回来……"

"是的，在昨天夜里。"他回答了，便看见他父亲的眼光重新落到他身上，是一种带着疑虑的精细的眼光，好像要从他的身上得到什么去。

他很知道他父亲这样看他的缘故，但他又把这种不好的猜想丢开了，只默着，等他父亲的问话。

果然，他父亲瞧着他破旧的西装说：

"你离开家差不多九年了，这么久的时间，你都在那里呢？"

"到了不少的地方。"他淡淡的回答。

"到了那几处呢？"

"河南，湖北，湖南，广东，……差不多都走过。"

"到这些地方做什么呢？"

他不愿说出他是努力于他所信仰的，那属于将来世界的伟大的事业。他只说：

"不做什么。"

他父亲很奇怪的睨了他一眼。又问：

"那末怎样生活呢？"

"你以为人离开家庭就不能生活么？"

"不过，"他父亲执着的说："总不能不做一点事。"眼光又自然地望到他的西装上，而且好久好久都只看那一块杯大的补疤。

他的心里便完全明白了。他父亲的盘问和眼光，使他看出了一种很不庄严的思想和一颗很不纯洁的心，很觉得难过。

"或者，竟疑心我是做过土匪了！"他不得已的暗暗的想。

于是一阵沉默落下来。

但过了一会，他父亲又想起什么似的，突然问：

"你交通大学毕业了么？"

他不禁的望他父亲笑了。他不曾料到他父亲在他身上还没有打破这个梦，想他做铁路上的站长，一直做到交通部长之后，洋钱可以用火车装到家里来。

"完全没有。"他特别爽利的说。

他父亲差不多对他发怔了。接着又诧异的带着不少迷信的说：

"为什么不念到毕业呢？交通大学是很不容易考进去的。进去的全靠势力。可是一毕业就有薪水拿。没有学校能比这个更好的……"

他简直不耐烦听这些话。他以为在他父亲看见他之后，彼此之间应该有一种天然的情感交流，但现在他父亲所说的完全使他失望了。

他无聊地把他自己的手互相揉着。

他父亲似乎也在想着什么。

这书房里又沉默着了。

最后，一种很严重的声音响了起来，原来是父亲从沉思里忽然向他：

"你这次回来做什么呢？"

他受吓似的惊诧了，又仿佛受了一个猛烈的打击似的，但他立刻把这种伤心制止着。

他只回答：

"不做什么，只是想看看我从前生活过的地方。"

"父母呢？"他父亲很动气的质问。

"不要说到这方面，那是完全不必说的。"他望着他父亲的脸上说。

"对了。"他父亲像嘲笑似的说："我早就猜着你再过十年，也还是像从前的样子。"

"不要再说到从前吧，真的，完全不要说。未必我们现在还有什么可争执的么？并且，从前的事情有什么可纪念呢？"

他父亲恨恨的望了他一下。

他接着平静的说：

"现在，我们谈一些平常的事情不好么？"于是问："你的麻将还天天打不呢？这些年你都没到别处去么？"

他父亲似乎不愿意的点了一下头；又摇了两下。

"从前你想到西湖去建一座别墅，现在建好了没有呢？"

他父亲连摇了两下头，说：

"家运坏了，坏了，什么都谈不上。"

他又接着问了许多。他父亲的气也渐渐的消了。末了，在他走出这个书房，在最后的向他父亲的回望之中，他忽然充满着无限感伤的想：

8

"父亲是老了，变了，一切都不同了，然而他的中了毒的脑筋还是照样的，一丝一毫都没有变……"

## 三

这一夜下起雨了。

雨是秋夜的雨，落着，像永远不停止的样子，一阵阵地打在窗外的树叶上，只管滴滴沥沥的响。这雨声，使他好久好久都不能睡着去，而且反张开眼睛，做着许多可气和可伤的梦。并且他想着，他已经在家里住了一个星期了。这一个星期实在是非常长久的七日。因为在七日中所感受的种种，是超过他从前十几年在家里生活的一切。但是，这使他感到了些什么呢？

是的，他的母亲是很爱他的，尤其是他的这一次突然回来，更分明地流露着慈母的爱。但是也只限于旧式伦理的母爱而已。实在，他母亲并没有真的了解他。她也没有看到潜伏于他心里的是一缕怎样的情绪。所以他母亲的爱他，只含着很简单的一种情愫，她始终希望他娶亲以及生儿子。

他父亲呢，虽然只在第一次见他的面之时动了旧愤，此后便很和气的看待他，关心他，但也从没有对于他的人格生过敬重。所以为了破旧西装之故他父亲都在疑心他曾流落了，曾做过一些败坏门墙的事。并且那许多圣贤的书把他父亲弄成了一个铁的顽固的头脑，始终只想用旧礼教的一切方法来泡制他，要他成为交通部长之外，便是一个孝顺的儿子。

因此他觉得在他的父母和他之间，是毫无补救的横隔着一道宽的河，而且在河面上永远没有穿通的桥梁。

"有什么办法呢？时代把我们分开着……"这时，在雨声中，他又引起这感想了。并且他想到应该成为新时代人物的他的弟弟，却已经不幸地染上了旧家庭的很深的习惯了。

于是他想到昨天和他弟弟的谈话的情形。那时，他只想把他弟弟从这黑暗中救出来，和他一路走，可是他弟弟却十分信仰的回答他的话：

"我要问爸爸，爸爸说可以，我就和你去。"

他立刻更正和煽动的说：

"不必问爸爸。爸爸管不着你。谁都管不着谁。你只管你自己。你自己喜欢怎样就怎样。"

"那不行，"他弟弟又坚定的回答："那是不孝呢。我要孝顺爸爸，我要问。"

他的心头飞上许多黯澹的影子。当时，看着那绯红的可爱的脸，他觉得这个小孩完了。他的对于家里的惟一的希望也灭了。他觉得他已经无须——而且也不能——再住在家里了，因为这家里的一切已经分明地展在他的眼前，像一幅黑暗的天色一样。

因此，这一夜在他的失眠中，听着那不断的秋雨的声音，他想着他应该走了。

# 四

在天空初晓之时，在阴阴的，笼罩着欲雨的空气里，他悄然地站在街心上，怀着完全绝望的黯澹的悲哀，回望了那一座高墙的大屋子。

无数影子便在他的眼前幻灭着。

# 同　居

　　我们这里是一个小县城。住在这里的人们除了几个地主是吃肉的，其余的农民都是整月整年的吃咸菜。农民们的生活是又苦又单调，仿佛一匹牛似的老在田里出汗。

　　然而，现在的情景是大不相同了。从前很受苦的人们都变成很快乐很活泼的了。妇女们更快乐活泼得利害。她们从前都没有出息地关在贫苦的家庭里弄饭，洗衣，养小孩，喂猪，像犯人关在监狱里一样，看不见她们自己的光明，现在她们是好像在天上飞的鸟儿了。她们的生活自由了，没有压迫，没有负担。并且也不害怕丈夫了。她们可以随自己的意思和男子们结识。她们还可以自由地和一个"同志"跑到县苏维埃去签字，便合式地同居起来。她们生下来的儿女也有"公家"来保育，不要自己来担心。

　　这里面有一个女子是王大宝的老婆——现在应该说她独立的姓名了。她叫做吴大姐。她今年二十五岁。在她十四岁的时候就由她父母嫁给王大宝。她身体像男人一样的健壮，肩膀上可以挑一担水。脸儿是被阳光晒黑的，显得又能干又朴质。她的头发上常常插着一支篾簪子，簪头上穿着一朵红色的喇叭花。从前她亦是被家庭的铁链锁着的。现在她解放了，参加社会的工作了。她是耕具委员会的委员，同时她是列宁高等小学校的一个进步的学生——她能够看报，看布告，看文件和小册子，并且还能够用铅笔画一点红军打仗的漫画。

她的男人也和她一样的进步了。王大宝，他从前什么也不懂。他的知识只是什么时候下种和什么时候割稻。现在他能够解释"帝国主义"是什么，"反动统治"是什么，"革命"是什么。他现在在土地委员会里工作。他工作得非常好，并且在工作中把他自己变成很能干的。他是一个忠厚的人，像我们这里的多数的农民一样，不会弄什么心计。他对待他的老婆很不坏。他的老婆对待他也是很好的。可是他们两个总觉得有点什么弄不好。这个吴大姐常常觉得王大宝有许多地方不合她的意。譬如她喜欢养羊，王大宝偏不喜欢。王大宝喜欢的一群猪仔，可是她不想喂猪。他们常常为这样小事情吵嘴。

　　现在，虽然王大宝是一切都随她的意，不和她计较喂猪的事，但是他们仍然觉得他们两个的趣味终究是不调和的，并且了解到这并不是羊和猪的问题，而是性格的问题。

　　所以有一天，她从耕具委员会回来的时候，便向着王大宝说：

　　"我有几句话要告诉你。"

　　王大宝还以为是耕具委员会的事情，或者是红军打胜仗的消息，便快乐的回答她：

　　"请说呀。"

　　"我的话很简单，"她开始说，"十年来，你对待我没有什么坏。自然，你也知道，我对待你也不算错。你养活我，我也替你做了许多事情。第一，我替你管家；第二，我替你生了两个儿子。但是，现在，我要离开你了，我预备明天和陈明同志签字。"

　　王大宝发呆的听着，心里在打鼓。他的脸色很快的变红，变紧张了。困难的吐出局促的声音说：

　　"你不能这样！"

　　"为什么不能呢？你以为现在还是地主豪绅的时代么？你不要忘记现在是'苏维埃'时代呢。你要好生说话。"

她的话不错，王大宝不能够反驳她。他迟疑了一会才想起：

"你为什么要和我分离呢？"

"没有什么多的理由。"她回答，变成红色的吴大姐了。"只是，我觉得我和陈明同居比和你好些。这是苏维埃许可的。你不要麻烦什么。如果你舍不得我呢，我们在工作上还可常常见面的。我们底王同志。"她快乐的走开了。

随后她忙着整拾她自己的东西。

王大宝发呆地坐在那里，感想着什么。常常，他把眼睛偷看她的背影，想着她就要离开他了，便觉得很难过。他觉得他自己立刻要变成单身汉了。并且，他想着讨一个老婆，要化许多钱，这在他并不是很容易的事，所以他长久落在这一个思想里：

"要变成一个光扁担了！"

这一夜他没有睡着，虽然那女人还睡在他身旁，并且常常向他说：

"睡吧，天一亮，就要起来工作的。"

他总是睡不着。

第二天，他做完了一部分工作后，便请了二点钟的假。他把这个问题带到人民委员会去。

戴着鸭舌帽的委员长，正坐在办公室里写着什么。

他亲热地走过去——

"郑同志！"他向委员长说，"我今天特意来请教你。"便伸出手去。

委员长是个二十四五岁的青年。他从前是个武汉的一个染坊的学徒。在一九二五——二七的大革命里，他做纠察队，和反动军阀冲突过。后来，他在青年团里工作。这一次，他被大家选举做这一个苏维埃的人民委员会的委员长。

"欢迎！"他站起来了。"我们谈一谈，好极了。"一面说，一面和他握手，面上带点很有趣味的微笑，嘴角微微的动着，仿佛什么人吸着香烟样子。

"我有一点事。"王大宝接着说，"郑同志，你现在有空没有？你大约认识我吧。我是在土地委员会里工作的，我的名字是王大宝，我以前曾和你谈过二次。都是关于我的工作上的。"

委员长又重新用力的和他握一下手。亲热地向他微笑着，仿佛他们是亲兄弟似的。

"是的，王同志，我们是见过了。你现在有什么事？"

"有一点，只是我自己的事。不过是和人民委员会有关系的。我想是有关系的。就是简单一句话，我的老婆要离开我了。"

"啊！近来像这样的事情多极了。"委员长笑着说。"这是很好的现象。"

"不错，这现像是很好的，不过我很为难。……"

"为什么呢？"

"我和我的老婆，结婚十年了。生了两个儿子——大的八岁，小的四岁。我们俩都是很不错的。缺点是我有点小脾气。可不是我们这里的男人多半都有这个缺点？她大约就是这一点和我合不来，要和我分离了。"

委员长微笑地听着。

"当然，"王大宝继续着说，"在革命的立场上，我是赞成这样的。但是，在我自己的立场上，我不愿意。"

"应该为革命的立场才是。"委员长笑着说。

"这是不错的。不过我对你说，讨一个老婆是不容易的。当初，我讨这个老婆虽化去了一百多块钱，差不多把什么都弄光了。我们这（里）讨老婆，常常都是倾家荡产的。现在呢，我没有这么多的钱。并且光身汉子也是不好的。什么男子都是这样……"

"那么你的具体意见是怎样呢？"委员长笑着问。

"我提出二个条件，第一，最好她不要离开我，因为我对待她并不坏。第二，如果她一定要离开我，她就将赔偿我讨她时的费用。"

委员长笑了。站起来，用一只手放在他的肩上，亲切地说：

"王同志，我可以给你这样的答复，你说的两种办法，我们的苏维埃是没有这种条例的。"

王大宝想着。

"我们这里的妇女，是真正的解放了。"委员长接着说，"签字是她们的自由。她们更不负什么经济上的赔偿。我想你已经知道这些吧。这都是反动统治里面所没有的。——是好的。"

"我知道，"王大宝失望地说。"照你的说法，我就不必来请教你了。我要你给一个好的办法呀。"

委员长仍然很诚意，而且仍然微笑着，兄弟似的拍了一下他的肩膀！

"好的。"他说，"你不要着急。我现在给你一个办法吧。我用人民委员长的名义来担保，至多一个月，你一定会得到一个爱人的——"

说到"爱人"，两个人都笑了。

委员长又继续着：

"绝掉一个老婆，而得到一个爱人，像这样的事情，在我们苏维埃里已经是很多很多了。我可以在一星期内举出一百来件的例子。我想你一定也曾看见过。至少你是听见过的。我们这里，不是常有这样的事情吗？"

王大宝听着，点着头。

"好，关于你的，我想这样的解决：你的老婆要离开你，这是不成问题的，因为在革命的苏维埃，什么人不能去阻止她。不过我可以向你说，如果她不愿意回来，并且如果你在一个月内还得不到爱人，或者你还需要用钱去讨老婆的话，我就用人民委员长的名义来赔偿你从前的损失。王同志，你还有什么不同的意见吗？"

"没有什么不同的意见。"王大宝心悦诚服的回答。"郑同志，你说的话都是很不错的。我们这里的婚姻制度是革命了，并且新的方法是非常之好。不过，我对你说，我的样子不大好看，我的脸上有几颗麻子，恐怕我是不容易使她们欢喜的。"

"这没有关系。"委员长很正确的回答他。"欢喜脸孔漂亮，这观念很旧了。苏维埃人民不应该有这种观念的。这观念是资产阶级豪绅地主的观念。苏维埃人民必须用革命的力量来消灭它。其实在我们这里，我相信这种观念已经打破了。现在的问题只在这里：王同志，你在土地委员会里的工作做得怎样。"

"是不是问我的工作做得好不好？"

"对了。这是很重要的。"

"郑同志，我不客气的说，革命要王大宝的命都可以的。我虽然没有什么学问，可是派给我的工作，我都做得很好的。我另外还学着打靶子，准备参加红军去进攻。"

委员长满意地微笑起来。他说：

"王同志，这样就够了。我敢担保不到一个月，一定有很好的女同志爱上你。"

王大宝忽然的微笑起来。

"还有什么意见吗？"委员长又拍着他肩膀说。

"没有，就这样吧。"

"好的，王同志，你等着，看看我到底要不要赔偿你。"

两个人就快乐的握着手。委员长把鸭舌帽脱下来，像兄弟似的给他一个革命的敬礼。王大宝便满意地从人民委员会里走了出来。他心里很快活的想着。

"婚姻制度是革命了。"

过了三星期，他就给那委员长寄去一封短信。

委员长同志：

　　第一告诉你，你不用赔偿我了。第二告诉你，你说的话一句也不错。第三告诉你，我现在是刚刚和一个女同志去签字回来的。我觉得这个比那个好——当然，爱人比老婆。我们要重新的开始一个幸福的生活了。再说一句，感激你，并且你不用赔偿我了。此致

　　革命的敬礼！

　　　　　　　　　　　　　　　　王大宝，八月，十日。

# 不能忘的影

感着失恋的悲哀，在铺着晨露的野草之气里，林子平迷惘地走下石阶，仿佛这一层层往下趋的阶级，有意地象征他幸福的低落地。在两星期以前，还是很欢乐地站在恋爱生活之顶上的，而现在，陡的一跌，便到了无可再升的平地，这就是他今天不得不走下这些石阶，和这个山坡分别的缘故。

他的脚步是无力的，滞重的，一面下着石阶一面想：

"恋爱么，是的，人生最好不要恋爱……"

他是下了决心了。

但是坚决地一步步走到石阶的中段，他的只愿望得到轻松和平静的那心境，却变得越加沉重，炎炽，好像一块烧红的铁压在心尖上，使他带着不少的波动的情感，本能地，回头望着山坡上，望着那一间小小的洋房子。

三春的早上的阳光，迷醉地罩住浅色的树叶，从阴影中透出许多美丽的闪烁，射在那粉刷着蓝色的走廊上。在那里，显然，一个柔软的，被绸衣裹着的身体，浮着美的姿态地靠在一张藤椅上，一条男人的手臂绕着她的肩膀……不消说，她的身旁是坐着那个男人，那个把他的幸福破坏了的。

这情景，便深深地刺了他一下，如同火辣辣的枪弹通了他的心，把心分裂成细末。一阵辛酸的情感波动了，眼泪水汹涌着，雾似的蒙住眼睛的视线。

他的嫉妒的火又燃烧起来；他又制住了。他消沉地叹了一口气，并且懊悔他自己不应该如此不能忘情的多余的一望，便动步又走下石阶去。

在心里，他只想一切都忘记了吧。

然而那丰润的肩膀，那围绕在这肩膀上的手臂，却又蝴蝶的翅膀似的，在他不平静的脑子里蹁跹……这最末的一个刺激，很使他苦恼和伤心，至于使他想起昨夜里的那一场悲痛的人生的剧。那时候，他自己所扮演的是一个多么可怜的角色呵！他是抱着颤栗的心情走向他所爱的人儿的面前的。他的声音几乎变嘶了，每一个音波都代表他心灵上的苦痛的符号，他抓着她的手说：

"告诉我，那一切都不是事实，都是幻觉，你这样的告诉我吧，梅！"
他所爱的人儿却摇着头。

"是真的么？"他将要发疯的带着哭声说："是真的么，你一定这样表示是真的么？"

"我不能再骗你，"她慢慢的回答，"假使再——不，事情总得有个结局。"

他痴痴地听着，听到最后的一句，忽然激动起来，眼泪簌簌的落下了。却把她的手抓得更紧的说：

"但是，"声音很颤抖的。"我还爱着你呵！"

"我知道。"她平静的回答，"但是我能够怎样呢？人的历史是天天不同的。人类的事情是变幻不测的。爱情也——"

他很伤心的打断她的话："

不要这样说！不要这样说！"接着便自语似的叹了气，"唉，为什么我也变成不幸了呢？"

他的叹气引动了她的同情，把另一只手放在他的肩膀上说：

"不可以成一个好朋友么？"

"不。我不要好朋友！那于我没有用。我现在需要的只是爱情。只是我们共同的理想。只是我们的恋爱的生活。唉，未必我们就这样的结局了么？"他越说越被纷乱的情绪束缚着。显得可怜而且激动。

她只用平淡的声音说：

"自然，这于你是很难堪很苦痛的，但这有什么法子呢？比喻说：从前我爱你，也不是由于我自己——"

他把她的这一句话听错了，便立刻惊诧地仰着脸看她，说："怎么，你把从前的都否认了么？"

"不，不是这个意思。"她赶忙地解释说："我不会否认从前的。我只是比喻我现在爱他，仿佛不是我的意志，如同从前我爱你，其中也有一种东西在捉弄着。"

他低下头了，却呜咽似的响起哭声来，停了半晌又叹息的自语说：

"唉，我真不幸呵！"

"不幸太伤心吧！"几乎一声声的说，"我们过去的生活都是很欢乐的。"

"不过现在是太不幸了！"他截然说。

"是的，"她回答说："你现在是伤心极了。不过这世界上还有着无数的人连一点欢乐的生活都没有享受过的……"

"因此我就应该不幸么？"他愤然问。

她觉得他的神经有点错乱了，便温和的向他说：

"相信我，我是只想你快活的。虽然我们现在分离了，但是我们的过去曾留着不少幸福的影子，我们都把那些美的印象保留着吧。人生的意义就是这一点点！至于我现在为什么要和你分离，我想，这是无须乎解释的，正像我和你同居也没有什么理由一样。并且也说不定你就会遇上很爱你的女人……"

"不，我不想恋爱了。"他觉得他的心是非常之伤。可是她却说：

"不要这样想。其实，你自己也知道，有一个女人爱上你，不是完全不可能的事。"

"你以为我还会和谁恋爱么？"他反驳的，又带着悲痛的声音说："你以为我还会受第二次的刑罚么？不会的！你已经把我的梦想打破了，我从此恨死恋爱……"

"好，"她顺着他的意思着："这样顶好。本来恋爱是使人痛苦的东西。可以说，世界上没有完全幸福的人……"

"但是我们从前的生活是完全幸福的。"他忽然恋念于过去的说。

"这就难得。"她差不多望他微笑了。

"那末你为什么又把这幸福毁坏了呢？"

她望他怔了一下，觉得悲痛的情绪把他弄糊涂了。她只说：

"我们不说这些吧，那是没有用的。我们做一个好朋友吧！将来我们还可以常常见面。"

他突的又要发疯似的激动了，并且怀着许多愤恨的意思向她怒视着，把她的放在他肩上的手很用力的丢下去。接着他自己便低着脸，苦痛地抓着头发，大声地呜咽起来。

他常常从他的最伤心的呜咽中吐出音波来，叫着：

"不幸呵！唉，我一个人的不幸呵！"

他并且拒绝她的完全用友谊的安慰。

末了，他猛然跳起来，一下抱着她，可怜地恳求说：

"梅，我要你爱我，有你我才能够生活……唉，我不能让你离开我！我是这样弱呵……"

但是她只让他抱，不作声。

他继续的一声声说："梅，你说，你爱我！"他的眼睛直瞧着她的脸，他的心紧张着，好像他所等待的是一个临死的犯人等待着赦免的命令，他显得十分昏乱的可怜的样子，许多眼泪都聚在眼睛上，发着湿的盈盈的光。

随后他落着一颗颗的泪，一连追问着她。

她只说："安静一点，子平，你太兴奋了。"

"你说，"最后他非常严重的望着她，战栗着声音说："你爱我，最后的一句，说吧！"

她摇了一下头。

他发疯问："真的？"

她不说话。

他的手便软软地从她的腰间上垂下了，如同被枪弹打中要害的人，突的叫了一声，倒下去，便一点声息也没有，过了十五分钟之后，他才变成疯人似的狂乱了，凶暴地跳起来，但是他没有看见到她，只看见他的四周是笼罩着一重重可怕的黑暗，和黑暗中一个极可怜极憔悴的他自己的影子。他无力的又倒了下去，一种强烈的悲痛使他又流着眼泪，使他觉得一个美丽的灵魂从这哭泣中慢慢的消沉去，而且像整个的地球似的在他的眼前分裂了。

到了他明白他所处的境地是应该他自己来同情的时候，他觉得那过去的一切已经完了，他没有再住在这山坡上的需要了，他便立意使他自己离开。

这时他孤独地走下这昔日曾映着双影的石阶，从不可挽回的一望之中，竟使他想起可怕的那令人战栗的人生的一幕。他想了之后又深的懊悔了；本来，他只顾望所有的幸福和不幸都一齐忘掉的。

"既然——"所以他又很可怜地自勉的想："我也应该的好好的生活呀……是的，到上海去好好的生活去吧！"想着便不自觉的已走到石阶最末的一级。

接着他便说：

“人生是一个完全的病者呵，它终只喝着人间的苦味的药，恋爱就是使他吃药的微菌！好，我现在把恋爱埋葬了吧！”

然而当他开了大门的铁闩，跨出门槛之时，那许许多多的欢乐和悲痛的意识，又好像触了电流似的暴动起来。他又觉得，从此，他和这个山坡永别了。

于是在他的脑里，在他的心上，又像鸽子似的翼似的，飞到那个肩膀，那条手臂。

# 械　斗

"跳井！"

这两个字便带来了无限的悲愤，激烈，和恐怖散漫到浏村所有的人们的心里；时候虽然是初秋，炎威的暑气还未尽灭，但空间却流荡着一种静默的可骇的颤栗，似乎过往的白云，乌鸦，墙头的狗尾草，树叶，和田里的稻，菜，甘蔗，蒿瓜，……以及各样不动的东西，如竹耙，水车，锄，勾子，钓竿，石头，也都现着义愤，暴怒，黯惨和悲凉的气象了。那血气正刚的青年人，像疯一般的无目的的来往跑着，喊着，眼睛闪着火样的光焰，常常束紧他们的腰带，雄壮的膊膀在空间轮回地练习着固有的劲力，并摩擦和整理着他们预备厮杀的种种家伙。稍微年老的，虽然比较稳重些，认为"不必咱们做祸首"，可是在悲悯的脸上也显然露着勇敢刚毅，而且暗中盘算着交绥和防御的种种胜利的策略。女人呢，的确有一部分因为担忧着自己的丈夫，儿子，或兄弟的危险而祷祝"由凶化吉"，但一想到这"跳井"的不幸如果是发生在自己身上，便也很感动的叹息着，流出同情的眼泪了。小孩子们看着大人们都匆匆忙忙地，现着异样的脸色和说着异样的话，便呆了，而且他们的父母谆嘱他们千万不要到濮村去玩，而其实已是连自家的大门都不准他们出去了，遂也抱着莫明其妙的窘促的惊疑和骇怕。

这时候，一切的工作都停止了。

在田坝上、牧场上、街道上纷乱地满着人头，脚步，和弥漫着沉痛的激昂的悲壮的叫喊，……全村的空气在颤栗里紧张着，所有的人都像醉汉那样的疯狂了。羊儿惊慌地在菜园里跑着；牛儿在栅里拼命的砥角；狗儿惨厉的狺狺地长吠……

鼓声也撼动山岳一般的响起来。

关于这鼓声，在浏村不变的遗传的习惯，每年只是当春秋两大祭时才能听到，声音却是沉抑而凄哀，像把人引到那寂寂惨惨的境域中去似的；此外，倘有例外的响起来，那不是因为土匪结队来打劫，便是和某村有了不可解的不幸的事件发生了。

在十年间，这鼓声是安安静静地在一年里响了两次。

可是这一天却不幸地例外的响起来了。

这样的鼓声第二通响过后，在"陈氏宗祠"前的白杨树间，数也数不清的站满了人，而且还慢慢地增多，至于堆着堆着，那最后面的人，从祠堂的大门口看去，只有八九岁小孩子那样高了。

不久，第三通的鼓声更有力的响起来，于是像火山崩裂一般的声音便震彻在空间。这样的直到村长走上戏台，经过了几番的劝告，大家才稍稍安静下去。

村长已是做过"六十大寿"的人了，须发都半白，但精神却非常兴旺，眼光炯炯地，声音宏亮而坚实的向大家说道：

"咱们惟一的是不能忍辱！"

"谁忍辱谁是狗养的！"大家中有很多这样叫着。于是村长又接着说：

"濮村如果不交出王崇贵来抵偿咱们仲奇媳妇的命，咱们势不能不复仇，咱们是不能受这样欺侮的！不过咱们现在且不忙，等他答复咱们的通书，看是如何，咱们再决定；可是咱们的复仇却不可不先预备……"

"家伙都预备好了！"大家又嚷着。

"好！"村长用鼓励的刚毅的声音说。于是他便宣告散会，请大家明天再来听消息。

村长退去后，大家便一群一群的结队着，彼此说着义愤激昂的话，神经都兴奋极了；其中最惹人注意的，便是在平常对于工作极勤劳对于村人极有礼的茂叔的儿子邦平了。因为他不但像其他的人那样的束紧腰带，练习筋骨，并且在沉痛的叫喊中还落着眼泪，宣誓非踏平濮村人的宗祠和祖坟，便不要活了。和邦平同样被村人注意的，却也有不少的汉子，但要是那样毫无忌惮的说着愤慨的丑话，小工阿二算是最出众了。

他紧紧地握着铁尺，一面跑着一面亢声地喊：

"将濮村女人的乳子来喂狗！……濮村女人，哼！……"他这样的说着，心里满着复了仇的得意和骄傲；因为有一次他暗暗地瞟一下濮村的一个女人，却被知觉了，那女人便沉下脸来，诅道："狗娘养的！看什么？眼睛长癞疮！半路死……"阿二认为终身的大耻和倒运的。因为这样，在这次不幸的事件发生后的空气里，阿二的主张是激烈的，举动是疯狂的，言论更是超然出色的了。他自得这不幸的消息，便又欢喜又愤怒的跑到仲奇家里去，可是在半路上他转到三盛酒店里，一口气喝完了六两高粱，向在座的人亢声地说：

"你们还喝什么酒！咱们浏村简直是人家的了！咱们能做人家的奴隶么？像这样的欺侮，没有人道，鬼干的！……"他不清白的滔滔地嚷。

"你醉了吧？"一个酒客问。

"说些什么？"又一个。

"狗才是醉！"阿二愤怒地说："你们还做梦呢！那仲奇的媳妇，孀居的贤德的妇人，她侍奉她的婆婆——那位只能吃饭的老婆子——

多孝顺，可是现在死了，死了，跳井！"

"什么？这是真的吗？"十余个的酒客这才同样惊疑着。

"谁说不是真的！唉，跳井，跳井，一死两条命，遗腹的！两条命！……这样的仲奇就要绝祀了！两条命！"

"为什么跳井死呢？"

"为什么？哼！哼！……濮村的王崇贵，就是这鬼小子，千刀万斩的，他遇见仲奇的媳妇，在他们村里的旱沟，先是用软，后来用强了，就在那沟边干那无天理的禽兽的事。哼！那小子！……于是仲奇的媳妇回来哭了两昼夜，婆婆劝她也不听，今天早上就跳井死了。唉，两条命！"

"两条命！"

阿二嚷着走开去；于是酒店里的人，都愤慨着，各自匆匆忙忙地走了。

恶劣的空气由是散漫了全村。

这一夜，在和濮村交界的那土堡上，三十个人一起的，轮流地守卫着木栅；并且号筒时时吹着，另一组二十个人在村里巡逻。这样，那各种从前未有的刀枪和呼哨的声音，又森严又惨厉又悲壮的声音，不绝地在寂寥的夜色里流荡，影响到宿鸟的凄鸣，小孩子的啼声，树叶沙沙瑟瑟地低咽，以及鸡鸭在埘里挣扎，牛羊在棚里冲突，狗儿在田野狂叫，……一切平静的安静，有序，都破裂了，空间是弥漫着深不可测的颤栗的恐怖。

每当濮村的声息响到这边来，大家便极有力的叫喊一声，像示威似的。并且，大家都希望濮村来一个奸细，捉住了，砍下头来高高地悬在竹竿尖上：这是再高兴不过的事了。所以，在大家守卫和巡逻中，时时便互相问道：

"有吧？"带着希望的声音。

“没有！”

于是大家又失望地静默了片刻。

“真没有——那是濮村人的懦弱，怕死，癞狗似的！”也不知是谁在暗处这样高声的解释说，大家便又得到胜利似的高兴地呼啸，将种种的家伙响动着了。

“真是癞狗似的！”大家终于这样决定的说，因为天色已朦朦地发亮了。

到太阳的光辉照到田野的时候，鼓声又激厉的响起来，于是像潮水一般的人群，连连绵绵，纷乱地向祠堂奔去。这时候，被村人最注意的小工阿二，他似乎曾喝了酒，脸上涨满着血色，眼睛呆呆的望着，疯疯癫癫的大声叫喊：“杀过去！一个不准留！剩一个不算咱浏村的好汉！呵，杀……杀尽那狗男子，一个不准留！……”赤露着的膊膀，青筋条，暴现着和那四尺多长的勾镰刀不住地在阳光里旋舞。

“阿二真是一个侠肠的汉子！”如果在无意中忽然听到这赞扬的话，那他的勾镰刀便有力的飞闪得更快了。

今天的人数，比昨天确是更增多了；人气也更见激烈，刚毅，勇敢，大有非把濮村的所有都踏成平地不可的气魄。因为这样，人声便犹如捣碎天地那般的悲壮的鼎沸着，白杨树上的鸟儿都咻咻地飞到远处去，第二通的鼓声也只能深沉地在紧张的空气里幽幽地响着了。

在村长还不曾登台，有许多激昂的分子，便自由的跑上去，嚷着使人感动的叫喊……同时，便有许多妇人们，静静地站在祠堂里面的侧厅里，有的叹息，有的流泪，围绕着跳井死的仲奇媳妇的尸首：她的身体比平常大了一半；头发散着而且被污泥浆硬了，脸上模糊地满着伤痕；眼睛却一只半开着；……尤其可怕的是她涨得异样大的肚子，和露着白牙齿的嘴巴。

“真可怜！”这种声音是任何时都容易听到的。

大家愤愤地闹了不久，第三通的鼓声响了，于是村长和村甲及财主土绅们走上戏台去；跟在村长背后的，大家都认得是祠堂管事韩伯，他脸色极愤怒，又极惨厉，手上不住的流着血。

　　经了人声突然更凶猛的鼎沸一下，村长才大声的说，声音又沉痛又激昂，脸色从稳重变到紧张，是完全被热血燃烧着了。

　　"咱们现在不能不决斗了！你们瞧吧！——真是没有这种道理！——韩伯送通书去，濮村人不但不认错，反将通书撕了，口出不逊的话，说是咱们村里的女人只配当娼，来一下有什么要紧呢？韩伯当时气愤极了，和他们争论，于是他们将韩伯的指头砍掉了……"

　　"杀过去！"小工阿二打断村长的话，嚷着。

　　"杀过去！杀他娘的一个干净！杀！"大家便附和着叫喊。

　　稍稍安静的空气便又骤变了。

　　这时候，须发半白的村长，看去全不像是一个老年人了；他屹立着雄壮而威武，眼睛满着火光的炯炯地闪动，两只手叉在腰间，像要将他的豪厉森严的气魄压死什么伟大的东西似的。他静默了少顷，便钟声一般又深沉又洪亮的说：

　　"咱们现在是不能不拚一个死活了！那么，咱们明早便和他们决斗！你们今晚守栅和巡逻要加倍小心，等天明时，都到这里来，我自有计划，调遣你们！你们的家伙都预备好了吗？"

　　"早好了！"大家回答。

　　"那末你们且回去；我还有别的事要设法的！"

　　村长和村甲等退下戏台去，于是大家又潮水一般的纷乱着，叫喊着了。

　　第二天，疏星的微芒还不曾尽灭，这个祠堂前便已刀枪森列，人声嚷嚷了。不久，村长又出现在戏台上，拿着一面三角形白布红边小旗子，慢慢地摇动，嘴里不绝地喊，天，地，元，黄，……各种关于队伍组织的表号。这样，那雄赳赳，气昂昂的村人，便三十个人三十个人的走开了：一面吹着号筒，一面自己呐喊，……浩浩荡荡地杀进濮村去了。

这一天恰是一个惨淡的天气，阴阴欲雨……

因为没有阳光，又没有钟表，所以不知道确实是经过了多少时间，但似乎并不怎样久，因为村长预备着胜利凯旋的酒放在桌上还不曾全冷，便有两个村人抬着小工阿二进来了。他是第一队的先锋，临走时异常的激昂奋勇，脸上满布着"不杀仇人誓不归"的气概，握着那柄的勾镰刀是极其锋利的；但现在却闭着眼睛，困难的低低地呼吸，黄牙齿一大半露在惨白的嘴唇外面，腿是直着，勾镰刀已不在手中了，一只膊膊很无力的放在身旁，胁下不住地流着鲜红的血……

"怎么？"村长有点惊慌了。"咱们的形势不好么？"

"好得很！好得很！"两个村人同声回答。

于是，一个医生忙地走过来，用他长着有一寸长指甲的手，摸一摸阿二的鼻端和胸前，迟疑了一忽，便拿来一束干干的药草，往伤处塞进去。医生的手还不曾拿开，阿二在沉寂的僵卧里，便突然震动一下，旋又极困难的低低地呼吸去了。

村长蹙着眉心，在阿二身旁，不住地来回的走。

"不至于吧……"他不安的自语着。

不久，茂叔的儿子邦平也流着血被抬进来了：他是和阿二一样的奋勇而现在也一样的只能极困难的低低地呼吸了。

接着又抬进了几个人。

"咱们的形势不好么？"村长每一次看见抬进人来，便这样问。

"好得很！好得很！"

然而村长却总是不安着。

空间除了喊杀和铁器互击的声音，似乎其他一切的东西都寂然了，天气是惨惨的阴阴欲雨……

这种的混乱，不停止的纠缠着，经过了很长的夜，直到第二天傍晚，这才稍稍的平静去。当阳光挂在树杪，许多的鸟儿都想归巢的时候，浏村的人才零零落落地，却也有三百多人，大家在疲倦中兴奋地打着锣，叫喊着：——

"踏平了！踏平了！"

接着，便来了流畅的欢声和沉痛的哭声。及到天色渐渐地黑了，祠堂的横台上燃着无数的火把，蜡烛，和木香；在横台两旁，排列着仲奇媳妇，小工阿二，邦平，和其他的尸首约有二三十具。

"怎么还没有来？"村长在得意中，焦急的问。

"呵！来了，来了！"大家喊着。

这时，一个有力的强壮的村人，挑进了两个竹筐子，他走到横台下，便倒出来了十几个头发散乱，血肉模糊的男女的脑袋，……于是从村长以下，都肃诚的静默着，祭奠那僵卧着的为义牺牲的死者。

鼓声便幽沉而凄哀地谐和着死者的亲人的哭泣。

1926 年 11 月 10 日夜于北京

# 牺　牲

夜里，敲过了十二点钟，林亦修又从家里跑出来了，一直向萨坡赛路的那头，尽力的往前走，显着歇斯蒂里的神气。这条马路是已经冷静了，空阔地，没有行人和车子，只高高地吊着寂寞的街灯，到处堆满着黑暗和许多神秘的影子。很远，都可以从他的脚下，听见那单调而急促的皮鞋的响声，以及他的瘦长和孤另的影子，忽前忽后地跟着他，映射在灰色的水门汀上。

他走到嵩山路去，去找那个医生。

他的头垂得很低，差不多那帽子的边把他的脸完全遮住了。他常常举起焦灼的眼睛，望着马路的前面，希望立刻就看见那写着"王医生"的白色圆形的电灯。那"惠生医院"的照牌，成为他迫切要求的一个目标。可是这一条马路是怎样的长喔。这条马路，变成熟睡的河流似的，平静地躲着，一直在前面而显得没有尽头的样子。不但没有行人，一辆黄包车也没有了，仿佛这热闹的上海市，单单把这一条马路放在寂寞里，便是夜在这里散布它的恐怖。

"唉……"

他走着，不自觉的叹息了一声，又悒郁地嘘了两口气。他的脸是沉默的，完全被忧愁笼罩了。他的心头不断地起伏着各种感情的波浪，差不多每一个起伏都使他感受到一种新的难堪的痛苦。

"假使……"他恐怖的想，"这是多么可怕呵！"接着便想起许多女人都死在可怜的生产里，和许多女人都为了打胎而送了性命，以及他的一个女朋友就为了打胎……许多恐怖的事实和想像堆满了他的脑子。

"不。决不会的！"

他一面克服的安慰着。又是那已经发生的事实，却明显得像一片玻璃，透亮地横在他的眼里。他时时刻刻都在看见，迦璨是痛苦地躺在床上呻吟，挣扎，而且是毫无把握地挣扎在死的边界上，任凭那命运的支配。

"可怜的迦！"这声音，不断地从他的心里叫出来。同时在这个声音里，他看见他们过去的美满的生活，然而这生活一想起来，就变成恐怖了。一切事情跑到他的头脑里，都变成残忍和可怕。仿佛这世界的一切，这夜里的一切，都联合地对于他怀着一种敌意……

最后他走过霞飞路了，他看见了那一块照牌，便飞一般的跑了过去。

医院里没有灯光。他不管，只沉重的按了长久的电铃。一个佣人跑出来了。他说：

"王医生呢？他在家里不？"

"睡了。你看病么？"

他等不了和佣人说话，便走了进去，站在待诊室的门口向楼上喊着：

"王医生！王医生！"

那个圆脸的医生带着朦睡走下楼来了。走到他面前，装聋一样的问：

"怎么样？还没有下来么？"

"没有！"他沉重的声音说："现在已经过了预定的时间，差不多五点多钟了。怎么样呢？"

医生皱起眉头了。过了一会说：

"不要紧的。一定会下来的。"

他立刻不信任的回答：

"你不是说十二个钟头一定会下来么？现在已经十六、十八个钟头了。产妇痛得要命。我看很危险。你应该想法！"

但是医生并没有法子想，只机械的说：

"不要怕！不要怕！"

这时从楼上走下了两个女人，差不多都是三十多岁的样子。一个长长的脸，是医生的太太。她走近来说：

"不要紧的。没有危险。这个方法是最好的。我自己已试验过两次了，每次都是六个月。都打了下来。"

医生被他的太太的话增了许多勇气，便接着说：

"这方法是秘传的。许多许多人都是用这个方法。并且从没有危险过。我的太太是亲身试过的。那位张太太也打过一次，也是平安的打下来了。"

那个张太太也厚着脸皮说：

"我打的时候已经八个多月了，可是像没事似的。"

但是他坚决的问：

"你到底有把握没有？王医生！这不是闹着玩的。"

医生哑然地望着他的太太。那女人，显得比男人能干，毫不踌躇的说：

"当然有把握。上海女人的打胎通通用这个方法的。"

"不过这不是科学的方法，"他质问的说，"能不能靠得住呢？王医生说是不怎么痛，可是痛得要命；王医生说是半个日时准下来，可是现在已经十八个钟头了。"

"痛也有的。迟几个钟头下来也有的。"那女人尖利的说："这不要紧。说不定这时候已经下来了。"

他知道这谈话是没有什么结果的。当然，好的结果，更没有。因为他已经看透了这个医生只是一个饭桶，除了骗去三十块钱以外，是什么方法也没有的。他觉得他不要再站在这里了。他应该赶快的回去，把病人送到别的医院里。

于是他没有工夫和医生计较，便走了出来，急急的走回家里去。

在路上，各种恐怖的思想又把他抓住了。他重新看见迦璨躺在床上返返覆覆的呻吟和挣扎，重新看见她的脸色的痛苦和苍白。并且他又惊疑地想到那可怕的，那不幸的降临……

"唉，不要这样想！也许，她真的已经下来了。"

他用力的保守着这一个平安的想象，便觉得有点希望的光芒在他的眼前闪动着。

可是一走到他的家里，还刚刚走到房门边的楼梯上，他就听见迦璨的悲惨的呻吟。这使他立刻飞起了两种感觉：他知道她的危险还没有过去，同时又知道她还生存着。

他轻轻的把房门推开了，第一眼，他看见迦璨仍然躺在床上，脸上被黯澹的痛苦朦蔽着，眼睛闪着失神的光而含着泪水，两只手紧紧的压在肚子上。

"迦！"他喊着，一面跳过去，俯在她身上，用发颤的嘴唇吻了她的脸，她的脸发着烧———一种超过四十度的病人的烧，几乎烧灼了他的嘴唇。

她微微的张开眼睛，无力的对他望着，慢慢的又闭住了。

"迦！怎么呢？你？还痛么？"他低声的问。

她好像嘘气一样的吐出声音：

"一样。"

"到医院去吧。人要紧。我想送你到福民医院去。"

她又张开眼睛了，摇着头说：

"不。福民太贵，我们住不起。等一等吧，看有没有下来的希望。修！你不要急。"

"还是到福民去，因为福民的医生好，可以得到安全。钱呢，现在计较它做什么呢，你的人要紧呀。假使原先就到福民去，免得你这样受苦。现在到福民去，好么？"

"不。"她虚弱的说，一面乏力的举起手臂，抱着他的颈项。

"修！爱的，现在不要去。要去到天明再去吧。说不定在天明以前就会下来的，那可以省一百多块钱，我们可以很舒服的过两个月。并且，我就是为省钱，才吃这个苦头。现在已经吃了，当然要省钱。何况——我们到那里去找这么多的钱呢？"

他深思地沉默着。他的心里像经过一番针刺似的难过。因为他不能不承认她所说的话：他们是太穷了。这几个月以来，在"经济的封锁"中，他们的生活都降低到最低度，而且还是很困难的过着。以前，他的稿子，可以到处去卖钱，但是现在人家不敢收，他自己也不愿意卖给那些书店。并且那些和他在一个立场上工作的"朋友们"，也都变成穷光棍了。那末，到那里去找一百多块钱呢。如果很容易的找得到这样一笔款子，她不是早就到福民医院去了么？正因为找来找去只找到三十块，她才到那样靠不住的小医院里，受着"非科学"的打胎的方法，把性命完全交给毫无知识的一个"三姑六婆"模样的老妇人的手里，做一种危险的尝试。所以他不作声了许久，才慢慢的开口说：

"迦，你真作孽呢。"

她摇着头，一面从她痛苦的脸上浮起微笑。

"不要难过，"她握着他的手说，"我们是相爱的，这不能怪你。你已经很压制了。这一次受妊，我自己是应该负责的。当然，如果我们的环境不是现在的这样，我们是应该把小孩子生下来的。但是现在，我们纵然养得活，我们也不能生，因为有了小孩子，就要妨害到工作，尤其是我们目前的工作正在紧张的时候，我们是不能够有一个小孩子的。"她停了一会，又鼓动她的声音说："你放心吧。爱的！我想是不会有危险的。"

"可是你发烧得很厉害呢。"他直率的说。说了便觉得不应该把这句话告诉她，立刻改口了："我们是有一个很大的前途的，我们应该再做许多工作，我们现在都还年青，不是么？"

她微笑地点着头。可是她终于忍不住，又痛苦地呻吟起来了。他倒了一杯开水来，把杯子放到她的嘴唇边。

"喝一点水吧。"他机械地痛心的说。

她用力的昂起头，他把她扶着。

"痛得厉害。"她喝着水，一面说。

他轻轻的叹了一口气。

"这一点，"他望着她的脸上说，"男人太享福了。自然的残酷，单单使女人来经受。当然，打胎是反乎自然的事情，但是正式的生产呢，不是也必须经过绝大的痛苦么？这事情太残酷了！太残酷了！"他一连说，又心痛的吻着她，一面把她的脸慢慢地送到枕头上。

她感激的望了他一眼。接着她又呻吟了。在她的呻吟里，响着忍耐不住的悲惨的声音，同时这声音像一条条尖刺似的，从他的心脏上穿过去了。他无可奈何的看守着她，看着她的脸上飞着一阵又一阵的痛苦的压迫，而且慢慢的变成苍白。

"怎么样？怎么样？"他完全落在失掉主意的恐怖里，不断的轻声的问。

她间或答应他一句"放心！"有时便向他摇了一下头，表示她要他不要焦急。

他不断的叹气。常常把手指深入到头发中间，用力的搔着，仿佛他要从他的头脑里抓出一种方法——使她平安地把胎儿落下来。

可是时间是过去又过去了。她的呻吟仍然继续着，而且更显得乏力和悲惨。她的两只手差不多拼了全生命的力似的压着肚子上。

"你替我摸——用力些。"她勉强的向他说。

他就痴痴的坐下来。他照着她的意思，完全不知道有益或有害，只像木偶似的把一只手用力的从她的胸部上一直摸到她的小肚子那里去。他机械地作着这样的工作，同时有一种恐怖在扰乱他，使他颤离的想着，也许她的性命就在他自己的手下送掉了。但是他刚刚胆怯的轻松了，她又向他说：

"用力点。"

他只好又用力的按摩。随后，他的确把全身的力气都用尽了，他不得不停止，一面关心的问：

"这么摸，有什么影响呢？"

她没有答应他的话，只把她自己的手去继续他的工作。他完全变成蠢人似的看着她，她的脸色越苍白了。

"迦！"他望着，含着眼泪的叫她，又吻着她的脸。

"阵痛得厉害！"她低声的说。

"怎么办呢？"他自语一般的回答。

"不要紧。修！爱的。你歇歇吧，你就在脚头躺一躺。唉，明天是星期三，你又有三个会议！"

"不躺。我没有瞌睡。"

她张开眼睛望着他，说：

"你的眼睛都红了。你的睡眠是很要紧的。唉，你近来瘦了许多。你太忙。许多重要的工作都负在你身上，你必须有精神，更不能病。你还是躺一躺吧。"接着她又呻吟了。

可是他没有躺下去，却走到窗子前去。他看见那一张写字桌上，放着许多药棉和药布，一罐益母膏，一包红糖，一个火酒炉子，一瓶火酒，一盒洋火，……这些东西都是为她预备的。

"唉，益母膏，"他望着那古板的黑色的瓦罐子，感伤的想着："她能够吃益母膏就好了。"于是站在窗户边。

窗子外面的天色是深黑的。一团无边际的黑暗把一切都笼罩着。许多漂亮的洋房子都深埋在黑暗里而变成沉默的黑的堆栈。只在很远的云角里才露着一颗星儿，闪着可怜的黯澹的光。空气是凄惨而沉重，使人感到可怕和失望的感觉。

他轻轻的嘘了一口气，痴望着这黑夜。许多幻影从他的眼前浮起来了。他又重新看见那惠生医院，那胖脸的医生，那专门做打胎生意的老妇人，那手术室，那走进手术室里去的一对可怜的人儿——他自己和他的迦璨，以及他失了意志似的让迦璨躺到那施行手术的椅子上，让那个老妇人把一种不使人看见的药品放到她的身体的内部，放到子宫里去，完全是巫婆似的一种神秘的方法呀。并且迦璨是怎样苦痛地闭着眼睛……这影子使他发颤地吐出了一声叹息。

他回头望一望床上，不自觉的喊了一声：

"迦！……"

迦璨的呻吟已经停止了，可是她的眼睛是紧紧的闭着，忍耐着十分痛苦的样子。

"你怎样？"他颤着声音问。

她并不张开眼看他，只举起手向他摇了两下。

他又痴痴的站着。他的眼睛又痴望着黑夜。但是他什么都没有看见，甚至于那颗唯一的星光也不见了！他机械地把手放到玻璃上，心里热腾腾的燃烧着纷乱的情绪，他不知道他应该怎样来处置这个可怕的事情，而且能够平平安安的处置下去。

"她已经落在很危险很危险的境地里了！"他怔怔的想。但是怎样把她从这个危险里救出来呢？他没有法。他想着，同时他又糊涂了。好像他已经不是一个有思想组织的人，变成很笨很蠢的什么动物了。他只是扰乱地懊悔他自己不应该赞成她打胎，以及他粗暴的发燥的在心里骂着：

"该死的医生！该死的老妇人！该死的中国社会的制度！"这样骂着。他觉得如果他自己是学医的，那就好了。

"既然有这样多的人不能不打胎，"他接着愤怒的想，"为什么不好好公开的研究打胎的方法呢？医生的天职是什么，不是解除人们生理上的痛苦么？不能够生产的人为什么非要人们生产不可呢？那些医学士医博士懂了什么！戴着宗法社会的虚伪的面具！假人道主义者！一群猪！"他一连痛快的骂，可是这愤怒更使他扰乱起来了。他想起许多认识的和不认识的人，都活生生的死在这些医生的手里，尤其是在三个月以前，他的一个朋友的爱人才被牺牲……

"唉，医学界的革命也要我们来负担的！"那时他的朋友向他说。现在这句话又浮到他的心上了。同时他伴着他朋友去送葬的情形，又浮到他的眼前来。

"不。迦！决不会的。"他立刻安慰的想，"迦的身体很强！"想着便怯怯的向床上望了一眼。

迦张开眼睛，慢慢的向他招手。

"修！你来！"她乏力的说。

他呆呆的走过去。

"怎么样？"他担心的问。

"不要紧的。"她安他的心说，"你拿点药棉来！底下流出了许多脏东西……"

"是下来的样子么？"他心急的问，在心里觉得有点欣然。

"不知道。也许是的吧。"她浮出微笑来说。

他拿来了许多药棉。

"怎么样呢?"他问。

"把脏的换掉。铺在底下。"她教着他。

他小心的把棉被翻开了。一股熟烘烘的热气直冲到他的脸上来。他轻轻的把她的身体向旁边移着。他看见一团黄色的脏水污了被单。他把脏的棉花拿下来,把新的干净的铺上去。当他触着她身体的时候,他的手好像放在装满开水的玻璃杯上面,热得发烫。

"唉,你还烧得厉害呢,"他一面盖着棉被一面说。他又把他自己的手给她枕着,另一只手放在她的脸颊上。

她疲倦地张开眼睛,含笑地凝视着他,说:

"放心。急也没有用的。"

"唉……"他长长的叹了一口气。

"不要焦急。你躺一躺吧。现在几点钟了?"她举起手,把手心放在他的手背上。

"三点过五分了。"他惘惘的回答。"唉,不早呢,你差不多到一个对时了。医生真靠不住。她妈的!医生——骗子!"

她安慰地向他微笑。

"中国那有好医生。"她解释的说:"学士博士都是骗饭吃的。这只怪我们整个的社会制度不好。否则,这些医生怎么能够骗人呢。修,你放心。刚才又流下许多水,大约有下来的希望。你躺一躺吧。"

"不躺。"他坚决的回答:"你不要管我。你现在怎样呢?痛么?"

她点着头。

他看着她的脸,颜色越变苍白了。在她的眉头上,痛苦更深的锁着。显然,她已经瘦弱了许多。有一层阴影笼在她的瞳子里,使她的眼睛失去平常的光彩。那大颗的汗点不断地从她的额头上沁出来。

他看着,沉默下去了。在心里,起伏着不平的波浪,他强烈的同情她。因为她的打胎并不是由于她的本意。她是喜欢小孩子的，年青的母爱正在她的心上生长着。打胎，只是为了"工作"的缘故。同时在他们的生活上，也不允许增加一个小孩子的负担。他们曾经商议了好几次才决定打胎的。但是他没有想到打胎是这样的使她吃苦，使她陷在这样的危险的境地里……这时他突然向她说：

"迦！我想起，该不打胎的。"

她微笑地摇了头，说：

"还是打了好。我们不是已经商议过好几次么？不打，以后怎么办呢？我并不懊悔。"

"你太苦了！"他叹息的说。

"不要紧。"她又微笑起来。"我们的牺牲是有代价的。没有小孩子，我们可以做出更多更好的工作。并且我们都还年轻，等'我们'成功之后，再生一个小孩子也不迟……"她的微笑使她的话变成温柔而且可爱。

他同情地吻着她的脸。他也浮出微笑了。他差不多带着感激的意思说：

"迦，你真好！究竟你和一般小资产阶级的女人是不同的。你很能够克服小资产阶级的意识。不是么？我们好几年以来，都常常说着我们的小孩子，现在我们有了，又把它打下去，这的确不是一件容易的事情，你说呢？"

她笑着点着头。

"是的。我们完成一件工作比生下一个小孩子还重要。我们现在要紧的是工作。小孩子不算什么……"

他也笑着望着她，安静地听她的话。可是她还要说下去，忽然把眉头突的皱起来了，同时把眼睛闭着，忍耐着强烈的痛苦……

他吃惊的问：

"痛么？怎样呢？痛么？"

她惨然向他点一下头，便重新开始呻吟了。

"痛得很。"她虚弱的说，把手用力的压在肚子上。

他又惘然的望着她。刚才的一点和平又消灭了。那焦急的，苦恼的情绪又开始在他的心里扰乱着。他一面同情地吻着她，一面暴燥起来。

"混蛋！……"他骂着医生。

"替我摸……"她说。

他答应了，可是那一种恐怖又使他怀疑着——这样是不是会送掉她的性命呢？因此他时时都停住他的工作，一面痛苦地想着这可怕的事情，一面问：

"怎么样？唉！"

"好点。"她回答，有时只点一点头，眼睛也没有张开。

随后她的呻吟变厉害了，变成凄惨的声音，挣扎地哼着，显然是和死作着激烈的奋斗。

他完全陷在苦恼里，焦急里，失望里。

"假使……这是很可能的……"他不堪设想的想着。

楼下的自鸣钟响到楼上来，清亮的响了四下。他听着，好像听一件秘密的革命的消息一样，用心的听。这时，他只希望天明，似乎天明将给了他什么援助。可是他望一望窗外，仍然是充满着黑暗，沉沉的，不会有天明的默着。仿佛有许多魔鬼之类的恐怖，潜伏在黑暗里，而且向房子里窥探着，要跑了进来。一切东西在他的眼前都变成可怕的样子……他的神经被刺激得有点错乱了。

时间是悄悄的继续的向前走，整个的夜不使人得到一点感觉地随着时间而消失。曙光从黑暗里钻上来。沉寂动摇了。晨曦之前的声音慢慢的响起来。窗外的黑暗在变动着。

迦璨的呻吟继续到这时候：五点钟了。她才突然的嘶裂的哼了几声，于是昏迷去，同时她的胎儿落下来了。

"修！"一分钟之后，她恢复了知觉说。

他立刻跑过去，吃惊的望着她异样苍白的脸，发呆的问她：

"怎么的，你？"

"下……下来……了。"她勉强发出声音来。

一瞬间，旋转的宇宙在他的眼前安定了。一块石头从他的心头落下来。他简直被欢喜弄成糊涂了。他惊讶地浮出了一重欣然的苦笑。

"真的么？"他脱口的说。

"赶快，"她的声音低微地——"把药棉拿来……"同时从她的惨白的脸上现着痛苦过后的疲倦，微微的把眼睛张起来，安慰地向他睨了一下。

他长长的嘘了一口气，仿佛从他的心里吹出了一个窒塞的东西，觉得他在一瞬之间轻松了许多重负。他立刻把一捆棉花和药布拿过来。

"我动不得……"她低声的告诉他。

"让我来。"他感着意外的欣幸似的回答她，一面把棉被翻开，把她的身体移向旁边去。一团鲜红血块映到他的眼睛里……他的心跳着。他好奇的看。他一面把脏棉花拿开了，又把新的棉花铺上去。在另外一块雪白的棉花上，他放着那个三个月的胎儿。

"给我看一看。"她张开眼睛说。

黄色的灯光照着这一个未成熟的人体……

"像一条鱼。"她审视着说，接着叹了一口气。"唉，是一个女的。"

他的心情又变化了。刚刚的。没有出声。望着她，又望着打下的她的小女孩。

"好不好把它保存起来？"她说，说了又改口了："唉，留它做什么！"

他默着，感想着，有一种说不出的难过的心情在心头流荡着。他想起许多神话里的爱的故事，许多小说中的小孩子，以及法国公园的草地上的可爱的小洋囡囡……

"你怎么不说话？"她望着他。

他勉强的笑了。说：

"想着你平安了！"于是俯下身，吻着她的脸。

"你难过么？"她低低的问："你怕看……"

他点着头。接着问："你呢？"

她浮着微笑。

"有点，但是这不算什么。"她回答。

"好……"他说，"你吃点益母膏吧。"说了便跑到桌子边，把火酒炉子点着，把热水壶的开水倒在一只小锅里，又把黑的益母膏倒在碗里，把红糖的纸包打开。

"以后我们不要再打胎了。"他又跑过来向她说，"我呢，我愿意忍耐一点，不要再使你吃苦了。这一次，我们简直是死了一次呢……唉！"一面紧紧的握着她的手。

"那末，你不是太苦了么？"她微笑的说。

"不。这一点苦是应该吃的。"

水开了。他跑过去，冲了益母膏，倒了红糖。

"吃一点。"他一面把她慢慢的扶起来。

可是她喝了两口，便完全吐出来了。

"喝不下去。"她皱着眉头说，同时她的肚子又开始痛起来。

"医生不是说，胎儿落下来就要吃么？"他怀疑的问。

她无力的躺下去了。那已经平静的呻吟又开始响起来。身体上的热度又增加着。她又用力的压着肚子上，苦痛地闭着眼睛……

"怎么，又痛起来？"他惶惑的自语一般的问。

她摇着头。"不要紧的。"她说，呻吟的声音越扩大了。

"为什么胎儿下来之后还要痛呢？"他重新陷在没有把握的疑虑里，想着，焦燥着。

五分钟之后她又突然喊了一声，接着便虚弱地晕了过去。那苍白，异样可怕地重新笼罩着她的脸……

"又下来……"半晌，她带喘的说。

他惊疑的看着她，又开始他的新奇的，可怕的，不能不做的工作了。

"哦，"他忽然明白过来，有点好笑的叫了："是胎盘！胎盘！"

她慢慢的张开眼睛。听着也笑了。抚摩一般的睨了他一眼。

"唉，"她说，"我们连胎盘也不知道呢。"便笑望着他。

他松了一口气。

"我们都没有经验。唉……现在好了。你可以喝益母膏了。"

她喝着。她的热度已经低下去。她平安了。她十分乏力地，疲倦地躺着，常常张开眼睛来望他。

他坐在床沿上。他的恐怖消散了。焦急，暴燥之火也熄灭了。只留着痛苦的痕迹，深深的印在他的心上，眉头上。

"这只能够一次。"他过了许久说。"这一次已经把我老十年了。"

她握着他的手，微笑地望着他。

"一次……"她说。

"你也瘦了许多。好像害了一场大病的样子。"他爱怜地说着，给了她长久的同情的接吻。

天色已经黎明了。市声隐隐地热闹起来。弄堂里响着刷马桶的"沙沙沙"的声音。黑暗，完全破裂而且消灭了。晨曦的影扩大到房子里面来，现出了物体的轮廓，和一些脏的药棉和药布丢在地上……各种东西都现着经过了暴动的凌乱的样子。

"现在一切都好了。"他望着她，欣然的，安慰的想着。

"睡一睡吧。"她倦声的回他说。

"不睡。你睡吧。好好的休息着。不要管我。"他一连的说，轻轻的拍着她。他看着她疲倦的苍白的脸，慢慢的沉到睡眠里去。他自己，轻轻的嘘了好几次的叹气，一面在疲倦里兴奋着，沉思着，常常爱怜的给了她一个吻。

他一直守着她到了七点钟。他才站起来，写了一张条子：

迦。你平安的多睡一会吧。我现在到×××去。今天是主席团和各部长会议，我必须出席。也许在十一点以前，我就回来了。我希望我回来的时候，你才睡醒，并且你可以吃一点稀饭。

他把这条子放在她的枕头旁边。轻轻的吻了她一下。重新把棉被替她盖好。小心的走出去，把房门轻轻的关上了。

于是，他一步一步的下着楼梯，一面挂欠着她，一面摸着他的西装口袋里的文件。

# 女　巫

天蛾山上的岩室里有一个女巫。

这女巫是什么时候来到这山上呢，据说，像神话似的，自有了这个山的那时她就来到了，并且她那时是十七岁而现在还是十七岁那般的青年，丰润，艳冶，因为她曾经服过长生不死之丹，而这丹是从天宫里盗来的，所以，一直往将来，她都要像一个未出阁的少女，羞涩，浅笑，和温柔。

虽说如此，然而一般人都没有真实的见过她的面貌，身材，和发着桃花光泽的皮肤的颜色，大家只是为了彼此的附会，在无形中，就都确凿的坚信了她的美丽。

"……十七八岁的姑娘似的！"

对于这女巫，一般人的心中都深刻着这信念。

她所住的这个山是没有山脉的，也并不高，差不多是大土坡模样的一个小小的孤山，没有绝峰，只略略有些起伏，其范围总不过三四里远近吧。像这山，本来是遍种着荔枝，龙眼，橄榄和橘树之类的果木的；是许多贫苦的农人视为分外生财的场所，也间或有更贫苦的如乞丐那些人，悄悄的偷一些果实去换几个铜子……然而自然发现了这女巫之后，并且适逢其时的发作了一个大风暴，雷火把山上的橄榄树烧焦了两株，荔枝和龙眼的粗干也被风打断了，这女巫便乘机地说出许多怪诞的，属于鬼神之类的耸人听闻的话，因此一般沉溺于迷信的乡民，便惊愕而且必然的生了敬畏之心。自愿的把山上那果木的权利放弃了，还在那烧焦的橄榄树旁边，盖了一间像神龛一般的小小的山神庙；他们轻易都不敢到山上去，而且，赶羊去吃草的牧羊童也绝迹了。

于是这广大的茂盛的山林便整个的属于女巫了：她由是更造作了许多见神见鬼的事实，去惊动乡民，使他们害怕，叹服，用坦白和虔诚的心向她礼拜，向她求助，向她贡献出许多银钱。

在那岩室的门上，这门是两片青的岩石，天然的，但似乎没有户，是永日永夜的敞开着，有许多的像炮石一般的小小的窟窿，为了壮色她的威严，这女巫便在那小孔上，满满的钉着大大小小的山狗，狐狸，野兔，这之类的脱了皮肉的骷髅，或者只一个脑壳。

在门口的一块青石上面，便写着红朱砂的三个大字——"孤独洞"。

从洞口一直的往里看去，是隐隐地发着亮光，这是那岩室里面的蜡烛之火焰所照耀的。

对着这火焰，由一幅很厚的黄色的布幕隔断着，不露形影地坐着的，就是那个女巫。

女巫一到天亮便爬起床来，坐到这幕后，等待着络绎不断地前来卜卦，求医，决疑，问命，和还愿等等的信男信女；他们和她们到这里来，除了香烛纸箔之外，是每一个人都要拿出二百钱，放到一双黄木的箱子里，这钱就名为"买命钱"。

倘若没有买命钱的人，纵用力的磕到多少的响头，许下多少的心愿，那女巫也终于在幕后尖声的斥责，甚至于带点诅咒的声音说：

"菩萨生气了，她不愿救活那爱钱犹命的人！"

所谓菩萨，便是这女巫所说的并且借口号召的"孤独仙姑"；她说，这孤独仙姑是她的母亲，但有时她又说她自己，可是那虔诚的乡民全信她。

在表面上，她有两个徒弟，在勤勤地学她的道术，是近于六十岁光景的一对老婆子，尼姑装束，却留着小小的髻，贴在那光滑的头脑后面——看去像一只死了的什么爬虫一般。

其实，这一对老婆子也就是她的同伴，为她广传谣言，使一般人更信服她，另一面又注意着每一个来礼拜的信男或信女，是不是曾足数的付过了二百买命钱。

当着信男和信女来礼拜的时候，这两个老婆子便站在黄幕前，暗递消息，并且防范着意外的事，恐怕有什么人会无知的想钻进幕里去。

幕的前面是一张颇大的横案，案上排满着铁的花瓶，铁的烛斗，以及竹签筒和木封壳等件；幕顶有一个横额，已被香烛之烟熏得黝黑了，写着"有求必应"四字，两旁便垂着同样颜色的两条对联，写着"善知过去未来"和"默审千秋万古"；在这岩室的四周，便杂乱的贴着许多"如愿而偿"之类的匾额，这自然是那些信男信女的庆祝或感戴的纪念品了。

总之，这个女巫是从早到晚地躲在黄色的幕后，不断的享受那用力磕下去的许多响头，和每个人固定的二百钱。那岩室里便不断的被香的烟和蜡烛的火焰所充满着。这女巫便这样平安而且快乐地过了许多时。

一晚间，是潇潇的秋雨之夜，在女巫正睡得入梦时候，忽然有一只粗的手抓到她臂膀，并且很快的，一种沉重的微温的东西便接着压在她身上。

她猛然惊醒。

在这夜色的黑暗中，她忽然觉得，那压在她身上的是一个强大的人的身体。

她害怕，就用全力去挣扎，那身上的压力也就更大了。于是想叫喊，然而一把雪亮的刀就问到她脸前，并且一个粗的声音低低的说，"不要动，一作声，你就没有命了！"从刀光的闪中，她隐隐地见到，那向她威胁的人是一个近于黑色的丑陋的脸……她颤栗了。

那人就低声的问：

"你是谁？"

她迟疑的想了一会，好像那突然失去的智慧又归依她，给她一个主意，她的心便略略安定下来，坦然地失声回答：

"问我？谁不知道！孤独仙姑是我的母亲……我就是……"

那人仿佛在笑着。

"我曾经服过长生不老之丹，"她接着说，"我能知过去未来，并且——我早就算定今夜有贼……"

"什么！"

"你不是来偷东西么？请别想！菩萨会惩罚你，死后必到地狱去，去捞火锅……"

那人分明的笑了。

"快走吧，慢一些菩萨就要惩你了！"

"谁管这个！"那人说，一面就动手去掀开她的棉被。

这意外的举动使她惊愕着了，她又用全力去抵抗；她的心又恢复到颤栗。

"你敢？"那雪亮的刀又在她的脸前晃了一下，她害怕，然而还抓住棉被。

"快放开！"那人用恶的声音警告。

她更颤抖了，就用哀的声音说：

"银钱全不在我身边，全在那边的箱子里，你拿去好了，何苦伤人呢！"

那人却发出吃吃的笑，用力的把棉被掀开了。

"你不信么？"她近于哭声了。"我自己拿去，你跟着我，不成么？"

那人好像没有听到她的话，却用力的去扯开她的衣服。

"不在这里……"

"我是不要银钱的！"那人忽说，笑意似乎更浓了。

"不要银钱？"她心想，并且她觉得这是更大的祸事了，又用全力抵抗。

"你敢？"刀光又一晃。

她畏缩住了，失色，彷徨，用求怜的凄惨的声音说：

"你要干什么？我……我是一个寡妇，并且是六十二岁的老婆子了呀！"

那人不理她。

"可怜我！银钱统统给你不成么？有二百两这还不成么？"

"告诉你，我来此不是为银钱的。"

"不过，"她几乎颤栗得不能成声了。"我是已经，已经六十二岁了呀！"

"不要撒谎吧！"那人狞笑着说，"全乡里的人，谁不知道你是十七八岁的姑娘似的？

"那是我撒谎，相信我，那是我撒谎呀！"

然而那人是更凶的去继续那举动。

于是她失了知觉，她的身体像一粒沙一般的飞散了。

许多去卜卦，求医，问命，合婚，以及还愿等等的信男信女都受了吓，惊诧地，从那天蛾山的岩室里奔走回来，差不多是喘着气和别人说她或他的新的奇怪的发现。

一个两个的把这消息传开去，一瞬间，这全乡的人都知道了——

"孤独仙姑的女儿和她的那两个徒弟都不见了！"

在这些乡人的心中，便充满了这新闻的奇异，惊惶，甚至于疑虑到有什么不幸的祸事将降临了。

于是这全乡就像是出了一件重大的事，大家很感着不安，恍若和某乡将要开始械斗的情景，每个人的脸上都现出愁苦的惶惶的颜色；并且大家聚拢着，彼此把呆脸相向，似乎要想从其中得到一个解答，这乡里几乎是完全成为混乱了。

然而，终于由几个信男引导，乡长带领着许多人，到天峨山的岩室中去证明一下这异常的事的究竟。

大家的脚步是迟缓着，从那为难的，惊疑的神色里可见到每个人都带着恐惧的心，向那不可测的女巫的住所进行去。

当许多人下一个死的决心走进那个洞，于是，在黄幕之后，右边的一间小房子里，有几种被吓得几乎是狂号的声音叫出了：大家都预备逃遁的惊慌起来。

幸而这许多人在同时是跑不出这个洞，所以就失色的抖索地站着，挨做一团，无力抵抗的等待着什么魔鬼的出现似的。

然而事情却出乎意外的平安了，这因为——在大家不敢而又悄悄地把眼光怯怯的看到那叫喊的几个人时候，差不多每一个的眼光都发现了奇怪的，又类乎可怜的使人动心的一个尸体，僵硬的横躺在床上，是大家不认识的一个老婆子，衣服被扯碎的凌乱着，从小腿一直赤光到腰间，并且那底下摊着一堆发紫的血……

"这就是那个女巫么？"

在大家已安定的心中，又添上这疑问了。

# 中秋节

　　离开我的故乡，到现在，已是足足的七个年头了。在我十四岁至十八岁这四年里面，是安安静静地过着平稳的学校生活，故每年一放暑假，便由天津而上海，而马江，回到家里去了。及到最近的这三年，时间是系在我的脚跟，飘泊去，又飘泊来，总是在渺茫的生活里寻觅着理想，不但没有重览故乡的景物，便是弟妹们昔日的形容，在记忆里也不甚清白了，像那不可解得的童时的情趣，更消失尽了！然而既往的梦却终难磨灭，故有时在孤寂的凄清的夜里，受了某种景物的暗示，曾常常想到故乡，及故乡的一切。

　　因为印象的关系，当我想起故乡的时候，最使我觉得快乐而惆怅的便是中秋节了。

　　在闽侯县的风俗，像这个中秋节，算是小孩子们一年里最快乐的日子了。差不多较不贫穷的家里，一到了八月初九，至迟也不过初十这一天，在大堂或客厅里，便用了桌子或木板搭成梯子似的那阶级，一层一层的铺着极美观的毡子，上面排满着磁的，瓦的，泥的许多许多关于中国历史上和传说里面的人物，以及细巧精致的古董，玩具，——这种的名称就叫做"排塔"。

　　说到塔，我又记起十年前的事了：那一年，在许多表姊妹表兄弟的家里，都没有我的那个塔高，大，和美了。这个塔，是我的外祖母买给我们的，她是定做下来，所以别人临时都买不到；因此，这一个

54

的中秋节，许多表姊妹表兄弟都到我家里来，其中尤其是蒂表妹喜欢得厉害，她老是用她那一双圆圆清澈的眼睛，瞧着塔上那个红芙芦，现着不尽羡慕和爱惜的意思。

"老看干么？只是一个芙芦！"我的蓉弟是被大人们认为十五分淘气的，他看见蒂表妹那样呆呆地瞧着，便这样说。

"我家里也有呢！"她做出不屑的神气。

"你家里的没有这个大，高，美！"

"还我栗子！都不同你好了！"蒂表妹觉得自己的塔确是没有这个好，便由羞成怒了。

"在肚子里，你能拿去么？"蓉弟歪着头撅嘴说，"不同我好？你也还我'搬不倒'！"

于是两个人便拌起嘴来了。

母亲因为表姊妹表兄弟聚在一处，年龄又都是在十岁左右，恐怕他们闹事，故常常关心着。这时，她听见蓉弟和蒂表妹争执，便自己跑出来，解分了，但蒂表妹却依在母亲身旁，默默地哭着。

"舅妈明年也照样买一个给你，"母亲安慰她。

"还要大！"蒂表妹打断母亲的话，说着，便眼泪盈盈地笑了。

我因为一心只想到北后街黄伯伯家里去看鳌山，对于这个家里的塔很是淡漠，所以说：

"你如喜欢就拿去好了，蒂妹！"

她惊喜地望我笑着。

"是你一个人的么？"然而蓉弟又不平了，"是大家的，想一个人做人情，行么？吓！"

"行！"我用哥哥的口气想压住他。

"不行！"他反抗着。

母亲又为难了，她说：

"得啦！过节拌嘴要不得。我们赶快预备看鳌山去吧。"

"看鳌山？"蓉弟似乎很欢喜，把拌嘴的事情都忘却了。"大家都去么？"他接着问。

"拌嘴的不准去。"

"我只是逗你玩的，谁和谁拌嘴？"蓉弟赶紧去拉蒂表妹的手。

"不同你好！"她还生气着。

"同我好么？"我问。

她没有答应，便走过来，于是我们牵着手，到我的小书房里面去了。

在表姊妹中，我曾用我的眼光去细细地评判，得到以下结论：

黎表姊太老实，古板，没有趣味；

芝表姊太滑头，喜欢愚弄人，不真挚；

梅表妹什么都好了，可惜头上长满癞疮；

辉表妹真活泼，娇憨，美丽，但年纪太小，合不来；

只有蒂表妹……我没有什么可说了。

这时候我和她牵着手到书房里，而且又在母亲和蓉弟面前得她默默地承认同我好，心里更充满着荣幸的愉快了。我拿出许多私有的食品给她，要她吃，并送她几张关于耶稣的画片，末了还应许她到西湖去，住在她家里。她说：

"你同我好是真的么？萱哥！"

"骗你就是癞狗！"

"怕舅舅和舅妈不准你去我家里吧？"

"那不要紧！你说是姑妈要，还怕什么？"

"那末你念书呢？"

"念书？"这可使我踌躇了。因为那个举人先生，讨嫌极了，一天到晚都不准我离开桌子，限定背三本《幼学琼林》，《唐诗》，《左传句解》和念一本《告子注》，以及做一篇一百字的文章，默写一篇四百字的书，模仿一张四方格的大字，真使我连吃饭和上厕的时候都诅他；然而他依样康健，依样用两寸多长的指甲抓他的脚，头，耳朵，和哭丧着脸哑哑地哼着"落霞与孤鹜齐飞，秋水共长天一色！"……有时瞌睡来了，便团了一根纸捏放到鼻孔里旋转着，打着"汽，汽"的喷嚏，将鼻涕溅散到桌子上，又拍了一下板子说：

"念呀……"

他的脸……

"你怎么不说话呢？"蒂表妹突然推一下我的手腕，说。

"念书可就不好办了！"我皱着眉头。

"不管他——鬼先生——不成么？"

"不成。"

我们于是都沉默着。

经过了半点多钟，表姊妹表兄弟们便跑进来了，嘻嘻哈哈地，现着极快乐的样子。

"我们马上就看鳌山去了！"宾表哥说。

"你不去么？蒂妹！"黎表姊接着问。

"我不想去了。"蒂表妹没有说什么，我便答道："你们去好了。"

"又不是问你！"蓉弟带着不平的讽刺的意思。

"不准你说话！"我真有点生气了。

幸得母亲这时候走进来，她似乎还不曾听见我和蓉弟的争执，只问我：

"萱儿！你在这里做什么？"

我摇一下头，表示没有做什么事。

母亲便接着说：

"看鳌山去吧。"

"我不去。"

"为什么呢？"

"不为什么。"

"那么，"母亲向着蒂表妹说，"你去吧。"

"我也不去。"蒂表妹回答。

"也好。你们好好地玩，不要拌嘴。"

于是母亲领着表姊妹表兄弟们走了。

看鳌山，这是我在许多日以前便深深地记在心上的事；但现在既到了可看的时候，又不想去，自然是因为蒂表妹的缘故了。

"你真的不想去看鳌山么？"母亲们都走去很久了，她又问。

"同你好，还看鳌山么？"

她笑了。

天色虽是到了薄暮时候，乌鸦和雁子一群群地旋飞着，阳光无力的照在树杪，房子里面很暗淡了，但我隔着书桌看着她的笑脸，却是非常的明媚，艳冶，海棠似的。

"只是蒂表妹……我没有什么可说了。"我又默默地想着在表姊妹们里所得的结论。我便走近她身边去，将我的手给她。

"做什么呢？"她看见我的手伸过去，便说。

"给你。"

"给我做什么呢？"她又问。

"给你就是了。"我的手便放在她的手上。

"你真的同我好呀！"她低声地说。

"谁说不是？"

"也学舅舅同舅妈那样的好么？"

"是吧？"我有点犹豫着。

"舅舅同舅妈全不拌嘴，这是妈告诉我的。"

"我们也全不拌嘴。"我接着说。

"这样就是舅舅同舅妈那样的好了。"

"那你还给我亲嘴。"

"亲嘴做什么呢？"

"你不是说我们像舅舅同舅妈那样的好么？舅妈常常给舅舅亲嘴的，我在白天和夜里都瞧见。"

"是真的么？"

"骗你就算是癞狗！"

"那……那你就……"

她斜过脸来，嘴唇便轻轻地吻上了。

明透了的月亮，照在庭院里，将花架旁边的竹林，疏疏稀稀地映到玻璃窗上，有时因微风流荡过去，竹影还摇动着。我和蒂表妹默默地挨着，低声低声地说着端午节的龙舟，西湖的彩船，和重九登高放纸鸢，以及赌纸虾蟆，踢键子……说到高兴了，便都愿意地，又轻轻地亲一下嘴。

"你看！那是两个还是一个？"当我们的脸儿偎着，她指着窗上的影儿，说。

"两个。"我仰起头去，回答她。

"是一个。"她又把我的脸儿偎近去。

"真是一个！"这时我的头不仰起去了。

"好玩！"……她快乐极了，将我的脸儿偎得紧紧地，眼睛斜睨着窗上。

我们这样有意思地玩着，大约只有一点多钟，母亲和表姊妹表兄弟们都回来了，蓉弟便自己夸奖地在我和蒂表妹面前说：

"鳌山真好，好极了！龙吐水，还有……还有……吓！龙吐水！"

黎表姊也快乐地说：

"种田的，挖菜的，踏水车的，……全是活动的，真好看！"

"你喜欢看鳌山么？"我偷偷地问蒂表妹。

她摇一下头，又撅一下嘴；便也低声地问我："你呢？"

"我也不。"

不久，我们都到大天井里，吃水果，月饼，喝葡萄酒，并赏月去了。

母亲伴着我们这一群小孩子玩着，猜谜的猜谜，唱歌的唱歌；其中只有蓉弟最贪吃，而且喝了三四杯酒，脸儿通红了，眼睛呆呆地看人，一忽儿他便醉了，哭着。

"醉得好！"我和蒂表妹同样的快乐着。

这样的到露水很浓重的时候，母亲才打发我们睡去。因为我的身体虚弱，虽是年纪已到十岁了，却还常常尿床，所以我的乳妈（其实早就没有吃她的乳了）固执的不要我和蒂表妹在客厅里睡，把我拖到她的房子里去了。

"老狗子！"我恨恨地骂我的乳妈。

"好好地睡吧。不久天就会亮了，再玩去。"

"可恶的老狗子！"我想着，便朦胧了。

第二天我醒来后，跑至客厅里一看，蒂表妹和其他的表姊妹表兄弟们通通回家去了。……

真的，自那一年到现在，转瞬般已是十年的时间了，我从没有再过个像那样的中秋节，并且最近这三个中秋节还是在我不知月日的生活里悄悄地渡过去。表兄弟们呢，早就为了人类间的壁垒，隔绝着；表姊中有的已做过母亲了，但表妹们总该有女孩子的吧。惟愿她们不像我这样的已走到秋天的路上！至于那个塔，是否还安放在楼上的木箱里，每年在八月初旬由小弟妹们拿出排在大堂上最高的层级上，也不可知了。送这个塔给我们的外祖母还康健着么？故乡的一切却真是值得眷念的事！

1926 年 11 月于北京

# 父 亲

这已是十年前的事了。那时候我才做过七周的生日。我非常地可怜我的父亲。

他整日的低低地叹息，皱着眉头，一个人悄悄地在房子里背着手儿走来走去：看他的样子，是稀奇极了，我暗暗地怀疑和不安着。因了胆小的缘故，又不敢去问；只就我的揣测，我断定他这种变态是自那一个夜深时起的，那夜的情形是这样：当我张开了朦胧的睡眼，我便听到从堂屋的正房里送来又坚实又洪亮的响动，和玻璃或瓷器打碎的声音，其间还错杂着父亲的叹息和婶婶——我的后母——的带着吵骂的哭泣。这时，我很害怕，紧紧地拉住乳妈的手腕，低声地问道：

"他们做什么呀？"

"没有事。"她回答，"你乖乖地睡吧！"便轻轻地拍几下我的肩背。

啼哩哗啦的声音又响起来了。

"你听！"于是我又挨近她，说："大约是那个花瓶摔破了吧？"

"别多话！"她又拍着我。"还不好生的睡去么？明天还得上学哩。"于是她自己便装做睡样，故意的大声地打起呼吸。

"爸爸又生气了！这都是婶婶的不是：她坏透了，我不喜欢她！"这样想着，不久，我也睡着了。

第二天，从学校里回来，我见到父亲，他的脸色便很晦涩，勉强的向我笑着，也是苦恼的样子了。从此后，父亲便没有快乐过，他是衙门也不到了，公文也不批阅了，宾客也不接见了，整日夜只是吸烟，叹息，和悄悄地在书房里背着手儿走来走去。并且，他看见我走到他怀里去，情形也异样了：平常他是很温柔地抚摩我，很慈蔼地和我闲谈；现在只是用力的把我抱了一下，吻了一口，便很凄凉很伤心地说："到乳妈那里去吧，爸爸要做事哩。"他的脸色显现着惨淡，眼里也闪起泪光了。

父亲这样突然的变态，虽然他自己不愿告诉人，也不喜欢人去问他的究竟，可是许多人都知道了，并且替他不安，忧虑，至于大家私下议论着，想着种种补救的方法。

叔祖母说："撵掉她，这样的败坏门风……"

"三弟并不会这个样，"大伯父接上说："只要她肯改过，就算完事了。"

"老三真不幸，"二姑妈也叹息着。"美康的娘多贤德，偏偏又短寿了！"

诸如此类的论调，太多了，但每个人都认为他自己所说的话是对的，是补救我父亲变态的唯一妙法，因此，经了好多次的讨论，其结果，依样是大家带着不经意的愤怒，讥消，谩骂，叹息，和充满着感慨地各走各的路，散开了。

其实，真切的为我的父亲抱着不安和忧虑的，却是默默无言的我的乳妈。她一见到我放下书本，丢下皮球，和不玩各种玩具的时候，便诚恳地对我说：

"美康！你去看一看爸爸啰。"

到我从父亲的书房回来，她迎着我，开头便问：

"美康！爸爸在做什么哩！"带着欢欣的希望的意思。

"在吸烟。"我回答。

"还有什么？"她又问。

我想了一想，说："他亲我一下嘴。"

于是她静默了，在沉思里叹息道：

"要是太太在世，就不会这个样了！"

乳妈虽说是非常的忧虑，牵挂，觉得我父亲所处的境遇太不幸；然而她从不曾直接地去劝解过，慰问过，只是在有时为我的事情去请示，才乘了这一个说话的机会，隐隐约约地说："老爷该保重些，少爷现在还小哩！"听了这一句话，我父亲确乎感动极了；虽然他还保持他的安静和尊严，在惨然的形色里用平常的声音说：

"你好生地照顾少爷去吧。"

像这样抑制着痛苦的消极着，父亲的脸容便慢慢地益见憔悴了。

自从这个事情发生，大约只过了五天吧，这一个晚上，在堂屋里的保险灯还不曾燃着时候，我的婶婶便从正房里出来，打扮得标标致致地，拿了一个提箱，一面大声地喊道：

"春菊！你打发张来贵叫轿子去！"

父亲听见了，便从书房里走出来。

"春菊！……"婶婶还自喊着。

"你要轿子到那里去呢？"父亲问。

"你管我！？"婶婶的脸上满着怒气。

"像这样真不成体统！"

"糟踏人，这是成体统的人做的事么？"婶婶用尖利的声音反问。

"你给那个糟踏呢？"

"守活寡，算不得给你糟踏么？"

"哪个叫你——"

"哪个叫我偷人么？"婶婶打断父亲的话，凶凶地接着说："哼！偷人！你拿到证据么？捉奸在床上，你是这样么？"

"够了够了！"父亲低下头去，现出无限的感触和羞惭。

然而婶婶却嘤嘤地哭了起来，耸着肩膀，大踏步地走进正房了。接着，玻璃和瓷器的打碎声音，便啼哩哗啦地响了起来。

　　"唉……"父亲低低地叹息着，垂着头，无力地走回书房去。

　　这时候，叔祖母，大伯父和大伯娘，以及常住在我家里的二姑妈，因为五姑妈生了一个小表弟，都到李家贺喜去了。所剩的，只有几个当差，丫头和老妈子，以及我和我的乳妈。他们和她们都为了一种身份的悬殊，自认做卑贱和无用吧，都一个一个的躲避去了。我的乳妈，她却极端的愤怒着，看她的牙齿上下的磨擦，可知道她正在要抢白或痛打我的婶婶一番，那样替我的父亲抱着不平了；但她终究是个仆人，并且还充分的带着这仆人阶级的观念，依样胆小，懦怯，不敢坦然实行，只是悄悄地站在西厢房门后，张大着眼睛，远远的切恨罢了。至于我，虽然也曾觉得婶婶的无耻，悍泼，坏得像吃过我的蟋蟀的那只黑鼠一样，和同时觉得父亲的可怜，却也因为了年纪小，没有力量，并且也不知怎样的动作和表现的缘故，只是惊骇地紧紧的挨着乳妈，低低声地问：

　　"爸爸怎么咧？"

　　"婶婶坏透了！"以及这样说。

　　可是乳妈不回答，她老是痴呆呆地望着外面，一直到父亲走回书房去，才转过脸来，视一下我，又温柔又诚恳地说：

　　"去看爸爸去！爸爸要是在叹气，你就唱歌给他听。记得么？你就唱歌给他听。月亮姊姊！"

　　我也念着父亲，一听了乳妈这样说，便很快地跑去了。

　　"爸爸！"到了书房门口，我喊。

　　父亲似乎不曾听见，他还在一声一声地叹着气。

　　"爸爸！爸爸！"于是我又连着喊，并且大声了。

　　"你来做什么呢？"父亲一面开起门，一面问，"你今天是算学课么？"他的叹气已停止了。

"是的，爸爸！"我回答，便走了进去。

父亲转过身，坐在书橱旁边的躺椅上，将我抱在他的怀里。他轻轻地抚摩我的头发，摸我的脸，还用他的嘴唇来亲我的嘴。

"痒咧。"我忽然说，因为他的胡须又长长了。

"真的，"他赶紧接上说。"爸爸好几天忘了刮胡子了。"于是，他便将脸颊挨着我，安静而且慈蔼地挨着我。这样的经过了很长久的时候了，他才偏开脸去，微笑地说：

"这不痒么？"

"不痒。"

他微笑了。

但不久，似乎快乐的笑意刚刚到了唇旁，父亲又忽然很愁苦的沉默了。他的疲倦的眼睛呆望着挂在壁上的一张年青女人的相片。从他的脸上，我看出父亲又沉思在既往的恩爱里，想念着无可再得的一种家庭幸福了。

"爸爸！"我害怕父亲这样的沉默，便叫他。

但他的眼睛还盯着壁上。

"爸爸，他又想到妈妈了！"于是我悄悄地想着。

这样，仿佛有很久了，父亲才恍然转过脸来，问我：

"美康！你认得那相片么？"似乎他已忘却常常告诉我的话了。

"是妈妈！"我回答。"妈妈，她前几天还来到我床上哩！"我想起做过的那个梦子。

"妈妈好么？"

"好！"

"你喜欢妈妈不是？"

"喜欢。"我看一下他的脸，接下说："爸爸，你也喜欢。"因为我忽然想到父亲的苦恼，以下的话便咽住了。但父亲已低了头，摇起腿儿，很伤心地沉默了。他的眼里便慢慢地闪起了泪光。

"你到乳妈那里去吧，爸爸现在要做事哩。"他终于托故的说。

于是从他的怀里，把我抱下去，同时他自己也站了起来，又开始那种无聊赖的背着手儿走来走去了。

"爸爸又快活了！"我想，却还站在门边，望着他。

"你去吧，"他又要我走。"到乳妈那里去，念一点书……爸爸现在也要睡去了。"

这一夜，也和平常一样，做过了我所习惯的固定的事情，乳妈便把我躺到床上，拍着我，不久我便睡着了。在睡里，我迷糊地看见许许多多像霞彩那样的幻影，以及年青的母亲的微笑，和长满着胡须的父亲的苦恼，叹息……

"妈妈要来抱我哩！"在梦里我见到母亲向我走来，张开着双臂，我这样暗暗地说。

然而正在欢乐的迷离的时候，忽然奔来了一种异样的纷乱和叫喊，像市场里屠宰牲口似的，于是我惊醒了。

"乳妈！乳妈！"我恍惚的彷徨地喊。

"乳妈在这里！"她赶紧安慰我，轻轻地拍着我的背上。"你乖乖地睡吧，乖乖地睡吧！"

于是我又睡着了。

第二天，我醒起来，乳妈便非常忧戚的向我说：

"美康！今天不要上学校去了。现在和我看爸爸去吧！"她的声音凄切极了。

到我们走进父亲书房，那里面已纷纷乱乱地塞满着人了。这时候，父亲是直挺挺地躺在木榻上，闭着眼睛，胸部不住地起伏着，嘴旁流着涎沫，脸色又憔悴又惨白，在他身体的周围流荡着一种熏臭的酒的气味。那张挂在壁上的我母亲的相片，已紧紧地被他的手重重的压在胸前，有些损坏了。

"你丢下我！你怎样的忍心！你丢……"

在许多人忙乱的里面，我常常听见父亲在沉醉中这样又悲伤又凄惨地一声声地喊着。

# 牧场上

"贼！"

这声音带点喘息，但在寂寥的深夜里，却也够尖厉的了，仿佛从那东边的田塍上，直送到我们的天井……来同时还错杂着纷乱的脚步，竹尖刀敲打稻草，和别种家伙示威的响声；跟着，那机灵的不安分的狗儿，便发疯一般的接连着狂吠了。

本来，像这种的骚乱，在人口不过二千的濮村，是非常罕见的。据说，自洪秀全造反以来，大家照旧的因循着原有的习惯，无论是乡绅，财主，商人或农人，以及总而言之，大大小小的男男女女，吃过了晚饭，在夜色完全占领了空间的时候，便安安静静休息去了。纵使，偶尔有神经兴奋，或不曾结束日间的事，和别的种种，因而不能睡眠的人，那也只得躺在床上，拖长着声音，甚至于隔着板壁或窗子，你一声他一句的交谈着，始终守着他们"夜早眠"的习惯。他们是这样平安和有规则的过着每一夜的。然而，在这时，因为风闻革命党已在武汉起义，黄花岗的七十二烈士便是天上的七十二星宿，并且势如破竹的攻破了南京，江西，以及浙江也危险了，所以处在福建省城附近的濮村，人心也就随着惶恐起来。为了要保守这全村的安宁，便在四周的边界上，土堡上，隘口上，造了几道木栅，匆匆忙忙训练村勇，大家轮流去防守和巡逻。于是，那生满了锈转成黑色的马鞭刀，铁尺，三尖叉……又从床底，门边或灶下取了出来，用鲨鱼皮擦光，向刀石磨利……赫然把和和平平的濮村，变成了有声有色，宛如严阵备战的一个刀枪森列的兵营了。

其实，全村所宝贵，而且倚恃为护身符的，却是用二百光大洋从东洋人那里买来的三柄火枪！

虽说，那火枪是高高地放在祠堂里神橱上面，似乎安慰自家说，"不要害怕，我们有这个——"可是人心还是惶惶地，而且一天比一天厉害。

因此，"贼！"像这样含有恐怖意义的字，在恶消息频频传来的环境里，尤其是在寂寥的深夜，突然喧嚷起来，是格外使人心悸而感到凛凛的。

"贼！"半醒里听了这声音，我便用力抓母亲的手腕，并且叫道：

"妈！我害怕！"那时候我刚满七岁，小孩子多半是听到贼而胆怯的。

"不要怕！"母亲早醒了，她低声安慰我。"不要怕……"

然而——"贼！"这种带喘又尖厉的声音，却从田埂上逼近来，渐渐地和狗叫有同样的力量。

"妈！我害怕……贼！"

母亲没有答应我。她坐起来，把我抱到怀里去，顺手就披上她那件藏青色细呢夹衣。看她样子，似乎是要起身的，但没有动步。那窗子外面突然亮煌煌起来：在那里，我看见住在我家里的陈表伯，他是学过少林拳的，会金狮法，单鹤独立法……因此他是我们这个村里的练长，这时他正从西院走出来，拿着一双两尺多长像竹竿的铁铜，另一只手提着"五贤堂胡"字样朱红油纸灯笼……在他的左右前后，簇拥着长工们，约有十多个，他们的手里都拿着凶器，燃着火把，大家雄赳赳的挺着胸脯，硬着腰，同样兴高采烈走向大门去。

火把的火焰集聚到窗下的时候，陈表伯便向里面询问：

"大嫂，"他叫道，"你醒着么！"声音虽说粗鲁得好像狼嗥，但比起平素的腔调即算很谦恭有礼的。

"早醒了。"母亲回答。"外面出了什么事呀？"

"不要紧的！只是闹贼……"他接上说："我带他们去看看，留贵礼弟兄在家里看大门……没有什么事，不要紧的。"

"不要惊了小菌。"他补说一句。

于是他提高灯笼，这算是一种号令，大家便会意动步了；可是他自己又喃喃地，其实是骄傲地自语道："贼，好家伙！跑上老虎窝里来！哼……好家伙"

除了陈表伯穿草鞋，别人都是光着脚，但走在石板上面，却同样发出有力的沉重的声音来。

"不要害怕，菌儿。"接着，母亲便安慰我。

但这种罕见的情形，在我怯弱的小心里更增加了许多疑虑。我静静地伏着。我倾听那挡门的石狮子移动的声音，门杠下去的声音，大门拉开的声音……这些，都是使我觉得不安宁的。

"什么样子的贼？怎么捉法？他们是捉贼去么？贼是一个还是一伙？……"

我想，但始终是没有头绪的推测着。在贵礼弟兄俩刚刚把大门关上的时候，门外便冲天一般的骚乱起来了：各种的凶器作示威的响动，脚步特别的用力，并且狂跑着，每个人提起喉咙来叫喊，好像是一群狼追逐着一般野兽；其中，最使人听着而感战栗的，要算是陈表伯那种天赋的暴厉的声音了。他不绝的这样叫喊：

"好家伙！跑上老虎窝里来！贼……好家伙！"

为了这种骚乱，或者特别是火把的光焰的缘故，把树上巢里的鸟儿都惊醒了，满天空纷乱的飞着，凄惨的长鸣……狗儿更狂吠得厉害……

原光在东边田埂上那一群发动者，这时不复向我们的门前奔来，他们在道人塘附近便拐弯了，仿佛是向那西边的状元墓走去；他们依旧是呐喊着，用竹尖刀去敲打稻草，并作使人推想不到的种种响动。

土堡上，昌叔——我想一定是他——拼命一般的吹起那号筒，声音比任何东西的啼哭都要凄凉，惨厉，这是扩张恐怖的唯一顶大的力量。

"妈妈，我……我怕！"我凛凛的说。

母亲没有脱去夹衣，便躺下去，把棉被盖过我额上，并且紧紧抱着我，一面低声唱着普通的小孩子压惊的歌儿。这样，那外面扰乱的各种声音虽隔远了，但我的不安的心儿，还是仿佛在恐怖里。

"什么样子的贼？……一个还是一伙？"我不住的想；但不久，我渐渐地便睡着了。

到醒来，阳光已照在枣树上，各种的鸟儿照常歌唱着；金色毛羽的鸡公，以及灰白色的鸭子，都安闲平静地在活动，这显然是一个晴朗和平的早晨。于是我疑惑了："怎么一回事呀？"那夜里恐怖的情形，还清清楚楚印在我的脑里。我又揉揩一下眼睛，重新向周围看望。

母亲知道我睡醒，便走进来，我顺着问道：

"妈，夜里——有贼——是不是？"

"是的。"她回答，一面就替我穿衣服。

我走出房门，一眼就看见陈表伯蹲在天井里石磨子上面，拿着旱烟管，还和着许多人，他独自洋洋得意地述说捉贼的事，大家却沉着脸，安静的听着。好像谁都不知道我在走去；直到我走近陈表伯身边，打一下他那旱烟管时，他转过脸来，大家才注意到我。

"是你，小菌，你才起来么？"他问，声音随他怎样想温和，却总是那样的又粗又硬。

"是才起来的，表伯。"我回答，并且问道："你昨夜捉贼去，对不对？"

"你也知道？"

"我看你们出去的。"

"对了。"

"捉到没有？"

"凭你表伯这只手……"他得意的说，同时把手伸直去，一条条的青筋特别有力的在皮肉里暴露出来，像蚯蚓似的。

我懂得他的意思了，便说：

"那么，你讲给我听。"

"快讲完了……"

"不行，你得从头再讲。"

在小孩之中间，陈表伯是特别喜欢我的；他常常在生人面前夸奖我，说我会念诗，会作对，会写一笔好大字……为了这缘故吧，他便应诺我的要求。

我快乐了，坐到和他对面不远的石档上，同时在天井里的许多人现出微笑，这自然因为贼的故事纵使重复的讲也是动人的，在其间，尤其是三婶娘用感激的晴光看我两下，因为她和我一样，也是不曾听过这故事的。

陈表伯吐了一口沫，照他的习惯，这自然是讲话的预备了，大家便又沉着脸，诚心诚意的安静着。许多一样神色的眼光聚到他身上。

又作了一个招呼同伙或说是一种指挥的手势，这个贼的故事便重新从头开始了。

陈表伯孜孜地述说，大家都毫无声息的静听。每次，当讲到紧要的时候，他就越显得兴奋，常常地把他的旱烟管当武器向空间舞动，并且用他暴露的青筋去证明他的气力，看去活像走江湖卖膏药的人夸张自己的武艺似的。听众呢，每一个人脸上的表情，几乎同样的随着陈表伯的态度而改变，有时欢乐，有时苦闷，归纳的说，是很滑稽很可笑的。

"以后呢？"故事讲到末了，我又追究。

"以后？"陈表伯余兴尤浓的回答："以后关在祠堂里。现在，大约快要审判了。"他又接连地吐了两口沫。

"那，"我说，"我也同你去，表伯！"

看他有允许的意思，我就赶紧接上说：

"你还得背我去。"

"好吧，"他果然答应了。"你吃过粥没有？"

"吃过。"

其实我撒谎，我是刚睡醒起来不久的；可是他相信我。于是我就站到碾子上，手搭住他颈项，他背上了，我们——实在只是他——大踏步的走向祠堂去。

在路上，情形确是和平常不同了；因为从道人塘到祠堂这一条路，除了赶羊到牧场去的，普通人都不常来往。现在，却大大小小的男男女女，三个四个一群，谈笑着，络绎不绝的向前走，并且像看社戏去那样的争先恐后。

进了祠堂门，那一对我顶不喜欢的东西——那高高端坐着的金的塑像，即是大家公认的祖宗，首先闯入我眼睛来；在它们俩的脚前，神案上头，燃烧着龙头红蜡烛，点着贡香，也像是祭祀似的，但没有剥光白肥的猪，羊，以及别种礼物；在神案左边，却添了一张横桌，上面有竹签筒，木压尺，红朱笔，等类，我们的三公公和六公公齐肩的坐在桌后，身边围着许多人。那里的空气是非常严重的。

"快点呀！"看那情形，我知道所谓审判是开始了，便催促陈表伯，"你看……"又摇动他的头。

"还没有。……"他虽说，脚步却也加快了。

大家看见他来了，人圈子便稍稍波动一下，大声的欢呼：

"练长！练长！"

陈表伯含笑了。

因为他是这事件中一个主要的人，有许多要紧的事等着他，进了大堂，他不背我了，把我交给王贵礼，他自己便走到横桌边，和六公公说了一些话。

王贵礼，他虽然比陈表伯要矮小些，可是我骑在他肩上，两只脚从他颈项边垂到他胸前，这样的在人群中，也就很够自由的去观望一切了。

三公公用压尺向桌头打了一下，这是一种记号吧，于是许多人都从唧哝的私语里面，像浪涌一般，哄然的大声喊叫：

"拿来！拿来！"

陈表伯呢，他这时端端正正的坐在横桌旁边，三公公的左侧；旱烟管握在他手中。

大家也好像等待着什么，安静的，眼光全聚集到神座那后面去溜望。

不久，看守祠堂的两个练子，就连推带拉的用粗的臂膀，挟上来一个人。

"贼！"大家又喊叫。

所谓"贼"，这人是很瘦，黄脸，穿着又脏又破烂的蓝布长衫，白袜子满染着污泥，鞋只剩一只……他用愁苦的眼光看着周围，现出弱者在绝望中的一种可怜模样。

"跪下！"两个练子把他摔在横桌前，并且哼喝。

他跪下了，低着头。

"你，是哪里人？胆敢半夜里跑到这村子来，做奸细，还是别种勾当？你说！"三公公捋摩着颔巴上的花白胡须，看神气，好像他在竭力模做那传奇中某元帅审问敌人的风度。

"说！"站在横桌边的人便助威。

"不是……"完全颤抖的声音。"我是旗人，逃难的……还望老爷们救命！"

"看样子，旗人，是无疑的。"三公公便微微地摇摆着头，捋胡须，作欲信还疑的态度。他最后看一下六公公和陈表伯。这三人，在同样郑重的请教和考虑中，结果是相信，都现出赦放这可怜人的意思。

然而在周围，从密密杂杂的人群中，忽然发生了一种有力的反动。

"旗人，正是咱们的仇人呀！"

"对呀！"也不知是哪个在响应。"我的手指头就是给这王八砍掉的！"

"他们把我们汉人看作牛马还不如……"又一个在附和。最后，我们的副练长，他气汹汹的，像是发了狂，从人堆中跑出来，大声的叫：

"不要放走呀！"

大家都静听他的下文。

他愤恨的说："去年这时候，我到城里卖豆芽菜，走到澳桥下，他们——这伙借势欺人的鬼，忽然集拢来，要把我殴着玩，倘不是我会两手脚，这条命就算白送了……"

同情这一段故事的，有不少的人吧，然而数不清，只觉种种的声音和动作，那样的纷乱简直使人头昏。在这群众的愤恨，激昂，好事，以及含有快乐性的中间，连连续续的，也认不清是哪个，大声大声的嚷着各人的主张——砍头，挖眼睛，半天吊，以及破肚子，干晒……凡是关于惨酷的刑罚，差不多都经过一番或几番的提议，要使用在这个旗人的身上。

其实，在大清的国旗还不曾动摇时候，那般旗人确是过分的作威作福，野蛮得毫无人道；几乎从满族居住的边界上经过——尤其是东门外必须到城里去卖菜和挑粪的乡下人，一遇见，能够幸免于旗人的任意殴打的，怕十个中只有个把吧。中间，那大耳环三条管的平脚女人，不消说，所受的侮辱更大。因此，一般人对于满族，虽慑于威权，却存了极深的仇恨了。这时，报复的机会到了，我们全村的人都要把长久的忍辱，尽量的从这个旗人身上洗雪。

他不住的低声叫屈："……我是好人……"

也许，这旗人，是他们恶兽样的满族中一个异类吧，然而没有人会原谅到这点，而去饶恕他。

"好吧，"因难违众愤，三公公终于这样判决："给他一些苦吃，使他知道从前给我们所吃的苦……"

大家现出满足的欢容。

三公公又转过脸向副练长说："你发落他去吧，但不要致命！"

"吊到牧场去，好么？"副练长请示。

"只不要致命！"

于是，这个大规模的，可是又纷乱，又近于滑稽的法庭，便撤销了。那密密杂杂看热闹的人，就又像散戏时的情景，尤其是女人们，你一句她一句的博笑，小语，以及无可形容的各种像是浪又类乎羞的状态，三个五个一群，大家挨挨擦擦的络绎的走了——但都不回家，他们拐过祠堂的后墙，顺着道人塘左边的小路，到牧场去。

我呢，也依样是"代骑马"——骑在王贵礼的颈项上，斜斜歪歪的，混杂在许多男男女女中间。

在路上，俨然是战胜的凯旋了，不断的听得复仇的快乐及骄傲的欢笑声音。

从祠堂到牧场，只两里远，群众不久便都走到了。那牧场上的羊群，忽然发现这非常的人众，惊慌了，吸得颠起小腿，向前面的小土坡上乱跑去；两个看羊的小孩子，就拼命的跟着羊群追逐，一面叫口号，一面发气的咒骂。于是，这错错落落的男男女女，又照样，密密杂杂的把牧场围满了。

在群众快活的嗷嘈声中，这旗人，一条粗麻绳就捆上他腰间，空空的，吊在一株老柳树上面，横着，脸朝地，看去像一只虾蟆。在他底下周围的人，对于他，等于在看把戏，那样不住的嘻嘻哈哈打起笑声。每次，当他的腰间一缩，全个的身体便活动了，在空间摇摆起来，有时还旋转着——于是一般观众分外快活，圈子便波动一下，笑嚷的声音几乎把别样各种的响动都淹没了。但另外还有不少的人，在热闹中，拣了瓦片或石块，向空间那虾蟆掷过去，有的便折下树枝，狠力的去抽他几下……这是有意或无意的，复仇或只是玩玩的一种游戏呀！

这旗人熬煎在各种酷刑中，虽曾喊，但声音渐渐低弱了；头，手和腿，在忍耐的挣扎之后，也就软了，身体卷了拢来，更像一只虾蟆。

然而许多人都大叫：

"装死！装死！"

在这时，我们的副练长走到柳树下，在树干上把麻绳的结解开，这虾蟆就从绿色的柳条中吊了下来……这一场游戏总该终止了，然而不！在虾蟆地还有三尺多高，副练长的臂膀忽楞起青筋，他用力把麻绳又结在树干上了。自然，看情景，这游戏就又生了新花样。

那个——就是被旗人砍断一个手指头的所谓"十不全"，他也是一个练子，凡当这种职务的总比较有点气力，他这时挤出人堆，拿着一枝竹管和一个瓦坛子。

群众的眼光便集聚到他身上。

他把那虾蟆转个身，这是脸朝天了，他将竹管塞进他嘴里，瓦坛子里面的东西便挨着竹管口往下倒。……于是虾蟆在困顿中又开始挣扎了，凄惨的叫了两声，便又寂然，同时空间就漫散着臭得难堪的气味。

观众全急急的掩起鼻子，却又快活的大叫：

"灌粪呀！灌粪呀！……"

各样分别不清的欢笑声音，就连续不断的从每人的鼻孔里哼了出来。

于是……不久，那最末的一线阳光也没去了！暮色从四周围拢来，天渐渐的黑了，这牧场上的男男女女，才心满意足，挨挨擦擦的三个五个一群，又络绎不绝的发现在原来的路上，回家了。

第二天，吃过午饭，我悄悄的跑到半月湖捉蜻蜓去，经过这牧场时，那种的印象使我对于那老柳树生了注意。然而那个虾蟆模样的旗人已不见了，只剩他的一只青布鞋，粗麻绳也还挂在柳枝上，随风飘动，地上有残留的臭粪，无数绿身的红头蝇嗡嗡的集聚着吮噏。

后来哩，风传这牧场上出了旗人的鬼了，凡知道这故事的看羊小孩子，都彼此相戒，不敢把羊群放到那里去。

现在，这牧场上的草儿又该齐人肩了吧。

# 酒　癫

伯伯又发酒癫了。

其实，酒，他并不喝得多。酒，这东西，于他也不是成为嗜好，或是有了什么癖。喝酒那只是偶尔的一件事。但他却不喜欢喝黄酒，玫瑰，或花雕，他只喜欢喝高粱。倘问他为什么定要喝高粱，答是没理由，只觉得高粱才有酒味道。到他忽然想起喝酒的时候，这多半在将吃饭和吃过饭之后，其动机，是很难明的，但也不外乎想喝，然而一喝，仅三杯，像那样小小的三杯酒还不及六两吧，却醉了，由醉便渐渐地发起癫来；这成为全家的祸事！

据普通凡是喝醉酒的人大约是这样的三种状态：静睡、哭泣和叫骂。伯伯的酒醉便是最后的那种，还加厉。因为从经验，全家人——头发有些变了白的伯母至于初念《三字经》的小弟弟，谁都知道，伯伯一喝酒就会醉，发酒癫，弄得全家不安宁，每人要遭殃，要受一种无辜的冤枉的苦刑，所以，当伯伯想喝酒，要陈妈烫酒去和拿酒杯来，大家的心便悬着，担忧这眼前就要开始的不幸的事。在这时，第一，伯母惊惶了，她的眼光充满着畏祸、求怜，及痛苦，也像一个临险的圣徒恳神护佑的望伯伯，要他莫喝酒。

"不要紧的。"伯伯照例是这样答。

"你一喝，"伯母终于用低声说："这是一定的，总会醉，发起癫了，你想想……"

"这一次决不会的，"伯伯依样装痴。

"你每一次都是这样说，可是你全醉了！"

"不要紧的。"他说，就催陈妈快点把酒和酒杯等样拿来。

伯母是知道伯伯的坏脾气，看样子，要使他不喝酒是不可能的，那末祸事就在眼前了，她的脸色变得苍白，越显出她贫血的老态。大家都随她沉默着。

陈妈捧着桶盘走来，慢慢地把盘里的东西放到桌上。

看到酒，伯伯却笑了，现出格外亲热，和气，用慈爱的声音说：

"来，坐下吧，今天的炒肉却炒得不错，青菜也新鲜……怎么？那不要紧的，我只当做玩，喝一杯，这样小得可怜的一杯，"他是含笑，一面就倒了酒，把酒杯送到唇旁去。

大家坐下了。在平常，吃饭，这是全家人相聚着闲谈的一个机会，无论是谈些什么，总是有笑的，充满着快活的空气。但这时，景象不同了，就是有名的被大人们公认为抢菜大王的我和蓉弟两人，也无心想到香喷喷的炒肉，只静默的端坐着，把嘴唇放到碗边，筷子无力的几粒几粒地扒饭，有时眼睛悄悄地看一看含笑喝酒的伯伯，及因他喝酒而忧愁的坐在这周围的人。

起初，在刚刚喝酒的那时，伯伯显然有点局促，不好意思，他常常摆起笑脸，向这个那个的去说白，想逗大家欢喜。甚至于把红烧鲫鱼、炒肉、鸡蛋等等，一筷子一筷子的挟到我们小孩子面前，并且连连地说："吃，放量吃，明天就长高了。"看他这个样，却是分明知道喝酒的错处，极力去卖好，很作孽似的，颇有点令人生怜。然而慢慢地，不久吧，喝完了杯多酒之后，就变样了：笑容最先敛灭去，眼色渐红，脸也像一个古旧的教堂，那样的又沉重又严肃。到酒喝了三杯，无系统并且含糊不清的话就开始了，其中杂乱着追悔，懊恼，失意，怨恨，以及类乎感伤和咒诅，接着的，那便是全家人所最痛苦最难堪的一种不可躲避的命令！

酒癫发作了。

到这时，纵不曾吃饱饭，谁的筷子都停着，愿意逃遁去，免掉这个醉鬼的酒癫的凌辱。

伯母的眼光先示意到我们小孩子。

我就暗暗扯一下坐在我身旁的蓉弟。他真聪明，看形势，却不等到扯，早开始缩下桌子去，望着房门想溜开。随着，鉴哥和斌姊，也同我忐忑地跑开了。

然而正要跨出门外去，在脑后，却响了如狼嗥的一种哼声。

是伯伯在酒癫中发我们的怒。

他严暴的叫："站住！"

我们的脚步收转来，便站着，小小的心儿忽然猛跳。同时，几个人的眼光都怯怯地斜望到伯伯，他显然是非常的可怕！

"你这几个狗崽，"他叫骂，"不把你们打死，现在认不得老子，明儿会反天！"眉毛蹇成一朵，眼眶变了斜角，黑而且短的胡须在嘴上竖动。

我们因害怕，全呆了。

伯母于是勉强的为我们解围。

她温和的，几乎低声下气得像一个奴隶，向伯伯说："得啦！为小孩子家生气，不值价，倒损害到自己的身体。让他们走开就是了。"

我们想动步，那使人凛怖的喊声却起来了。

"站住！"是更凶的。

"胡说！"他接上向伯母，"这简直不成话！母亲叫儿女跑开父亲，伯母叫侄儿跑开伯伯，有这样道理么？哼，牛放屁！简直不成话！然而不成话的话你居然讲，是过错，该罚！好，就这样吧，给我跪到祖宗面前去！对了，这是顶对的，给我跪到祖宗面前去！跪，不准动！慢慢地忏悔你的过错！哼，你这个不足为母范的女人！跪，就这样吧。"他喃喃的发怒，威严的，俨然像一个牧师教训他的门徒。

伯母忍耐着。她低声说出许多恭维，尊敬，和自卑的话，在其中，她隐隐地认了错，希望饶恕。最后，她的眼睛又充满了恳切惶恐的光望着伯伯：这自然是补她的言语所不足，想伯伯能够原谅她，把这种也像是天降的风波平静了。

伯伯却依样是固执着，用强暴的声音去表示他独断的权力。

"除了跪，别的话全不要讲，纵讲来，那也只增加你的过错！"

听他说，伯母就特别用力的瞪他，这似乎是在想："又是这一套！说你不喝酒偏要喝！喝醉了，癫起来，像个魔鬼，凶狠残暴，作种种不是人干的事！说什么跪，这真是酒癫癫到掉了心，无人道的，你酒癫子！"然而这些话，她又忍耐着，原因是恐怕倘若说出来，那酒癫子，是不会驯服的，结果只把这个家庭的纷乱更扩大起来，大家更痛苦。因此，为全家的安宁，她把眼泪噙着，默默地走到堂屋左侧，在一个小房子般的祖宗神龛前，跪下了。

"腿伸开！腰间直着！……还有那颈项！"伯伯一声声的叫。

可怜的伯母，她一切都照办了。

"治国有律，治家有法……"像诵经般，他摆着头，喃喃地自语。

这时，除了伯母在跪，我们小孩子呆呆地站在门边，在桌旁，还有姨太，清嫂，淑姊，和淑姊夫，他们这几个人都骇的呆了，毫无声响的端坐着，彼此用愁苦的眼光去传递，似要从其中得到解救，和计议一种脱身的方法，但始终每个人都守着沉寂，谁也不敢先动步，或是做出什么脱身的样儿。

照我们澧县的礼节，凡是长辈做了什么过错，那都是小一辈的人去承受，抵挡，或求宽免，那末对于这个伯母的跪，照常例，毫无疑义的，自姨太太以及我们小孩子，无论如何是不应安然在旁观。然而在这时，在这异常状况底下，却不同了，我们都知道眼前所应做的事，纵然的，也终于不敢去做。倘是不，在这个酒癫子没有命令或允许之前，要自由，那是不行的，万一姑且尝试的自由去行动一下，给他瞧见，那就等于一种祸事了。大家都明白这缘故。

这屋里，于是除却酒癫子在喃喃，便是一片无限大的严肃和静寂。

在大家如同木偶的静默里面，跪在祖宗神龛前的伯母忽然开口了。

"够了吧！"她的声音带点哭样。

"什么，这样快，那不行的！"

"我实在受不起了！"

"那不行的！"

没有法，伯母只得继续的再跪下去。

看情形，太不像样了，淑姊就冒险的向伯伯求宽免。其实，她也知道，在这个酒癫子正发着酒癫的时候，要平和，一切只有服从，只有像棉絮一般柔软，让他变态的意志去畅所欲为，去支配；如不然，那就更糟了：因为在这时，关于解释和求恳的语言只是他的仇敌，必定的，会把他的酒癫弄得更凶，更暴，更炎炽了。所以，像大家所忧虑的，当伯伯听见了淑姊替伯母求宽免的言词，就大叫：

"你们是一伙，都该打死的！"

可怕的眼光盯着我们，他又宣示那种不容人抵抗，躲避，或求赦的命令了。

"都给我跪下！"

这真是一种极酷刻的苦刑！跪，这行为，在敬神、祭祖，和拜寿的时候，已经是充满着很可笑的奴隶的意味，倘若其动机，是由于严威的命令去促成，这简直是一种异常可耻的侮辱！幸而好，在那时，我的年纪尚小，不很明了跪的意义，所以为避免更可怕的压迫，但也多半是胆怯的缘故，便不自主的把小腿弯下了，于是我们几个小孩子就肩挨肩，有的脸对脸的跪在房门边。

伯伯从太师椅上站起，把银铸的小酒壶打倒桌下，桃源石的小酒杯也从手中掷出，摔成粉碎：这自然是另一种示威，显示给还不曾跪下的姨太，清嫂，淑姊和淑姊夫。

听到酒杯破碎的响声，我不禁地心儿一跳，诧异的，因为在平常，看伯伯瘦弱的带着病态的样子，却没有料到他竟有这种大的力量，会把坚实的酒杯子摔得这样粉碎，又这样响。

清嫂于是跪下了，从我们这面看去，她只剩一个脸儿露在桌边上，淑姊也照样。姨太呢，她看看伯伯，好像要凭那原有的温爱，去求得对于这苦刑的宽宥。但伯伯拒绝她了，也许还没有懂到她这层深含的意思。

"跪下！"也是很凶暴的声音。

因为淑姊夫非常为难的在踌躇，伯伯那可怕的眼光就转问到他。

"你，单是你，不听我的话么？"

"当然听。"

"自古云，女婿即半子，知道么？"

"知道。"淑姊夫尽含笑。

"那末，我说跪，你为何还站着？"

"我想选择一个地方。"

"岂有此理……"

伯伯忽然闭起眼睛，沉思着，像有远虑的样子。因此，淑姊夫得了空闲，他默默地看望到在跪的众人，大家全现着愁苦。

"不要你跪，"伯伯张开眼，怒视着淑姊夫。"给我滚开吧！"像这话，满着恶意的，发自酒癫子口中，真是一种意外的侥幸，也等于仅有的一个奇迹。但淑姊夫却分外踌躇起来了，这自然是因为眼看着许多人都在跪，都在酒癫子的底下受苦刑，而自己却单独地逍遥于祸外，照人情，是有点不好意思吧。可是，酒癫子在癫时所说的话，如同圣旨，不容人违悖的，于是他虽欲留恋这禁地，也只得走开了。他脚步迟延地走到房门边，便低声向我们说：

"不要怕，酒癫待一忽就会好的。"

对于淑姊夫，像这样的与众特异，单是我，就够生了许多羡慕，我静心的期待着和他同等的待遇，所谓"滚"，然而这奇迹已不可再见了，只听伯伯在咕噜中，忽又粗声的叫：

"这样子跪不行！这样子跪不行！"

各人的眼光就怯怯的望到他脸上。

"你（对伯母）这样跪不错！"他用手横来横去的指挥。"你（对姨太）这样跪不对！因为你是小婆子，外来人，应该朝着大门外，跪在天井里。去，跪去！……你两人（对清嫂和淑姊）随妈妈跪去，向祖宗，记着，向祖宗！"这样逐一支配，到最后，自然是轮到我们了。

"你这伙狗崽！"他开口先骂。"跪在门边干什么？起去，随着淑姊跪去，向祖宗，记着，向祖宗！"

在凶暴声中，毫无抵抗的，大家都照办了。伯母在前头，脸朝祖宗，顺辈分，最末的，是蓉弟跪在我脚后，其间，姨太分外的现出难堪，这不消说是单单给她特种的羞辱，把她孤伶伶的，一个人对着大门外跪到天井里。然而她也得和众人一样的在忍耐。

伯伯的眼睛向我们逡巡之后，似觉得一切都妥贴如意了吧，他就舒舒服服地靠在椅背上，自言自语的，也像诵经般，开始叙述他在考举人时候，在科场里，被同族的一个堂兄因嫉妒而谋害，使人暗暗地把巴豆放在食物里，以致才入第二场就肚痛，疴稀，终因此落第了。他并且说要是不，那末，到现在，终不说就怎样显贵，但像四五品官，如知府之类，总该跑不掉的。其次，他感慨到许多同窗，同寅，以及学友，有的已经做到三品京官了，至于外放，如道台等等，那可真多……

"野树尽成荫，巍松独枯萎。"在自语中，他常常无限伤感又吟上这两句。

他重复的述说那功名失意的事，我们这一般人就默默地尽跪着。到后来，那大颗大颗的汗珠，纵在深秋，是穿着夹衣时候，也不住的，从我额上流下，并且全身起了痉挛，尤其是脚儿麻木了，膝髁骨发酸，使得心儿焦躁。

我大胆地爬了起来。这本想悄悄地躲避开，但不幸，给伯伯一眼就瞧见了。

"干什么？"声音还是很凶的。

"疴尿。"我撒谎。

"不准！"

"那——会疴满裤子的。"

他望我。

"滚出去！"这声音虽是更可怕，但是滚，却也够我的欢喜了。

我就慢慢地溜开。到门外，转入清嫂房中，便用手摩揉着腿儿，一面从窗子间，隐隐地看见大家还在跪，伯伯还在自语。

鉴哥也忽然爬起来，学我撒谎，说是要疴尿，但失败了，伯伯又使他跪下。

呵，这样生动但又无声如木的人体模型，跪着的，或说是极滑稽又极不合理的哑剧，就一直延长到伯伯的自语声音含糊了，在暴虐之后的疲倦中，眼朦朦的，无力地伏到桌上打起鼾的时候，这一般人，才得了自然的饶赦，各自极困难的爬起来，用力摩揉着自己的腿，脚，以及腰间。但大家的脸，还是在愁苦，懊恼和愤恨。

淑姊夫便走了出来。

在这时，这个酒癫子，睡着的。大家又知道，是变成了另外一个人了：醉时是专制的暴君；眼前是恢复了原状，是负有全家生活责任的很可怜的家长，并且还是这样年老和瘦弱的。大家便又想到他平日的慈爱。

伯母就把毛毡子盖到伯伯身上，同着清嫂几个人，小心的慢慢地把他扶到房里去。于是，没有事了，大家又相聚着，但每人的眼光却不敢和别人的交触，怕其中有什么不好的显示，像梦一般的，默默无语，随时响了低低无力的叹息。

这屋子里就变为又空漠又静寂，是和严肃时同样可怕的。

伯伯的睡，到灯光亮了，还没醒。

第二天，一清早起来，我正要上学去时候，伯伯却咳嗽着走来，满脸含笑，他确然又非常的慈爱了。

相见时，他虽还在笑，但我已经很容易的就看出他心中的不安，属于惭愧的，他把一百钱给我，另一百钱给蓉弟。

"这给你，"他说，"是过午用的，随你喜欢吃饺儿面，或是吃绿豆糕。"声音是极其诚恳。

这钱，得来是意外的，却只限于伯伯发酒癫之后，在我也可说是那种跪的报酬了。

# 初恋的自白

下面所说的，是一个青春已经萎谢，而还是独身着的或人的故事：

大约是十二岁，父亲就送我到相隔两千余里之远的外省去读书，离开家乡，不觉间已是足足的三年零四个月了。就在这一年的端午节后三日得了我母亲的信，她要我回家，于是我就非常不能耐的等着时光的过去，盼望暑假到来；并且又像得了属于苦工的赦免一般，考完试验；及到了讲演堂前面那赭色古旧的墙上，由一个正害着眼病的校役，斜斜地贴出那实授海军少将的校长的放学牌示之时，我全个的胸膛里都充满着欢喜了，差不多快乐得脸上不断地浮着微笑。

从这个学校回到我的家，是经过两个大海，但是许多人都羡慕的这一次的海上风光，却被我忽略去了，因为我正在热心的思想着家乡的情景。

一切的事物在眷恋中，不必是美丽的，也都成为可爱了，——尤其是对于曾偷吃过我的珍珠鸟的那只黑猫，我也宽恕它既往的过失，而生起亲切的怀念。

到了家，虽说很多的事实和所想象的相差，但那欢喜却比意料的更大了。

母亲为庆贺这家庭中新的幸福，发出了许多请帖，预备三桌酒席说是替我接风。

第二天便来了大人和小孩的男男女女的客。

在这些相熟和只能仿佛地觉得还认识的客中，我特别注意到几个年约十二三岁的女孩子。她们看在我的眼中，虽说模样各异，却全是可爱，但是在这可爱中而觉得出众的美丽的——是我不知道叫她做什么名字的那个。

因为想起她是和我的表姨妈同来，两人相像，我就料定她也是我的表妹妹；她只有我的眉头高。

"表妹！"一直到傍晚时分，我才向她说，这时她正和一个高低相等的女孩子，躲在西边的厢房里面，折叠着纸塔玩。

听我在叫她，她侧过脸来，现出一点害羞，但随着在娇媚的脸儿上更浮起微笑。

"是不是叫你做表妹？"我顺手拿起另一张纸，也学她折叠纸塔。

她不语。

那个女孩子也不知怎的，悄悄地走开了，于是这个宽大的厢房里面只剩下两个人，我和她。

她很自然，依样低头的，用她那娇小的手指，继续着折叠那纸塔。我便跑开去，拿来我所心爱的英文练习本，把其中的漂亮的洋纸扯开，送给她，并且我自己还折了火轮船，屋子，蛤蟆，和鸟儿之类的东西，也都送给她。她接受了我的这些礼物，却不说出一句话来，只用她的眼光和微笑，向我致谢。

我忽然觉到，我的心原先是空的，这时才因她的眼光和微笑而充满了异样的喜悦。

她的塔折叠好了，约有一尺多高，就放在其余的纸物件中间，眼睛柔媚的斜着去看，这不禁使我小小的心儿跳动了。

"这好看，"我说。"把它送给我，行不行？"

她不说话，只用手把那个塔拿起来，放到我面前，又微笑，眼光充满着明媚。

我正想叫她一声"观音菩萨"，作为感谢，一个仆妇却跑来，并且慌慌张张的，把她拉走了，她不及拿去我送给她的那些东西。看她临走时，很不愿意离开的回望我的眼波，我惘然了，若有所失的对那些纸物件痴望。

因久等仍不见她来，我很心焦的跑到外面去找，但是在全屋子里面，差不多每一个空隙都瞧过了，终不见她的半点影子。于是，在我的母亲和女客们的谈话中间，关于她，我听到不幸的消息，那是她的父亲病在海外，家里突接到这样的信，她和她的母亲全回家去了。我心想，她今夜无论如何，是不会再到这里来上酒席了。我就懊悔到尽痴望纸塔，而不曾随她出去，在她身边，和她说我心里的话，要她莫忘记我；并且，那些纸折的东西也是应该给她的。我觉得我全然做错了。

我一个人闷闷的，又来到西厢房，看见那些小玩艺儿，心更惘然了；我把它们收起，尤其是那个塔，珍重地放到小小的皮箱里去。

这一夜在为我而设的酒席上面，因想念她，纵有许多男男女女的客都向我说笑，我也始终没有感到欢乐，只觉得很无聊似的；我的心情是完全被怅惘所包围着。

由是，一天天的，我的心只希望着她能够再来。看一次她的影子也好；但是这希望，无论我是用如何的诚恳，如何的急切，全等于梦，渺茫的，而且不可摸捉，使得我仿佛曾受了什么很大的损失。我每日怅怅的，母亲以为我有了不适，然而我能够向她说出些什么话呢？我年纪还小，旧礼教的权威又压迫着我的全心灵，我终于撒谎了，说是因为我的肚子又受了寒气。

我不能对于那失望，用一种明瞭的解释，我只模模糊糊地觉得，没有看见她，我是很苦恼的。

大约是第四天，或是第五天吧，那个仆妇单独地来到，说是老爷的病症更加重，太太和小姐都坐海船走了。——呵！这些话在我的耳里便变成了巨雷！我知道，我想再见到她，是不可能的事了。我永远记着这个该诅咒的日子。

始终没有和她作第二次见面，那学校的开学日期却近了，于是我又离开家；这一次的离家依样带着留恋，但在我大部分的心中，是充满着恼恨。

在校中，每次写信给我双亲的时候，我曾想——其实是因想到她，才想起给家里写信，但结果都被胆怯所制，不敢探问到她，即有时已写就了几句，也终于涂抹了，或者又连信扯碎。

第二年的夏天，我毕业了，本想借这机会回家去，好生的看望她，向她说出我许久想念她的心事；但当时却突然由校长的命令（为的我是高才生，）不容人拒绝和婉却的，把我送到战舰上去实事练习了。于是，另一种新的生活，我就开始了，并且脚踪更无定，差不多整年的浮在海面，飘泊去，又飘泊来，离家也就更远了。因此，我也就更深的想念着她。

时光——这东西像无稽的梦幻，模糊的，在人的不知觉间，消去了，我就这样忽忽的，并且没有间断地在狂涛怒浪之中，足足的度过六年，我以为也像一个星期似的。

其实，这六年，想起来何等可怕的长久呵。在其间，尤其是在最后的两年，因了我年纪的增长，我已明瞭所谓男女之间的关系了，但因这，对于我从幼小时所深印的她的影子，也随着更活泼，更鲜明，并且更觉得美丽和可爱了，我一想到她应该有所谓及笄年纪的时候，我的心就越跳跃，我愿向她这样说：我是死了，我的心烂了，我的一切都完了，我没有梦的背景和生活的希望了，倘若我不能得到你的爱！——并且我还要继续说——倘若你爱我，我的心将充满欢乐，我不死了，我富有一切，我有了美丽的梦和生活的意义，我将成为宇宙间的幸福王子。……想着时，我便重新展览了用全力去珍重保存的那些纸折的物件，我简直要发狂了，我毫无顾忌的吻她的那个纸塔——我的心就重新抨击着两件东西：幸福和苦恼。

我应该补说一句：在这六年中，我的家境全变了，父亲死去，惟一的弟弟也病成瘫子，母亲因此哭瞎了眼睛，……那末，关于我所想念的她，我能用什么方法去知道呢？能在我瞎子的母亲面前，不说家境所遭遇的不幸，而恳恳的只关心于我所爱恋的她么？我只能常常向无涯的天海，默祷神护祐，愿她平安，快乐和美丽……！

倘若我无因的想起她也许已嫁人，在这时，我应该怎样说呢？我的神！我是一个壮者，我不畏狂涛，不畏飓风，然而我哭了，我仿佛就觉得死是美丽，惟有死才是我最适合的归宿，我是失去我生活的一切能力了。

不过，想到她还是待人的处女的时候，我又恢复了所有生活的兴趣，我有驱逐一切魔幻的勇气，我是全然醒觉了，存在了。

总而言之，假使生命须一个主宰，那末她就是主宰我生命的神！

我的生活是建设在她上面。

然而，除了她的眼光，微笑，我能够多得一些什么？

这一直到六年之最末的那天，我离开那只战舰，回到家里的时候，……

能够用什么话去形容我的心情？

我看见到她（这是在表姨妈家里），她是已出嫁两年了，抱着毛氄氄黄头发不满周岁的婴儿，还像当年模样，我惊诧了，我欲狂奔去，但是我突然被一种感觉，我又安静着；啊，只有神知道，我的心是如何的受着无形的利刃的宰割！

为了不可攻的人类的虚伪，我忘却了自己，好像真的忘却了一般，我安静而且有礼的问她好，抚摩她的小孩，她也殷勤地关心我海上的生活情况并且叹息我家境的变迁，彼此都坦然的，孜孜地说着许许多多零碎的话，差不多所想到的事件都说出了。

　　真的，我们的话语是像江水一般不绝地流去，但是我始终没有向她说："表妹，你还记得么，七年前你折叠的那个纸塔，还在我箱子里呢！"

# 小人儿

## 一

她赶着羊群到牧场去，羊儿在田坝上走着，原是挨挨挤挤，非常懒惰的，然而远远地望见了牧场，这小小的畜牲就精神了，兴奋的往前跑；她跟在羊后面。快步的追逐，——赶羊的柳枝条拖到地上去。牧场上长满着碧油油的草，羊儿见了，快乐而且天真的，大家散开，跳着，癫着，跑着。

羊在吃草，她坐到草地上，折了许多狗尾巴，慢慢地编她的花篮子。

太阳躲在后山上，从疏疏的树林间照到牧场，照到羊儿，也照到她和她的将成的花篮子。

花篮子已编成模样，然而她又把它拆开，她嫌它编歪了，她又开始编。

"编什么呢？"她想。

"编一个猪栏吧。"

于是她又重新折了许多狗尾巴。

她非常静心的，想方法把这猪栏变成一间很好的小房子，她拿着狗尾巴踌躇着。

"小人儿！"

她忽然听到有人在喊她。

她抬起头去，牧场是广阔的，她只看见碧油油的草和雪花一般白的羊儿。

"小人儿"可是这声音又响，是从远远的。她注意到山上。

"小人儿，"声音渐近了，也渐渐地清白。

她已知道，在喊她的是土地，是住在她隔壁的那个恶婆娘的儿，然而土地却比他的妈可爱。他的妈，一个三条簪大耳环的平脚女人，在每夜晚当她的丈夫回来时，为了她丈夫又输了钱，便吵嘴，闹的许多邻人都睡不安的。小人儿第一是不喜欢她，原因却是当她见到小人儿，不管人家生气和不愿，拦着路头，硬问：

"你今年几岁？"

"八岁。"小人儿不得已的回答。

"猴子似的，五岁也不像。"

每次都是这样的嘲笑完了，才放手。

"鬼妇人！"小人儿于是恨她。

然而，她的儿，这个土地，和他的妈正相反，他看见她就现出格外的和气，活泼和快乐的。

"小人儿！"他常常含笑的喊她，要她和他玩。

小人儿是固定的每天两次赶羊群到牧场去吃草，在天亮后和黄昏之前，这是她最快乐最自由的时光。并且在这个机会中，土地便离开他的妈，跑来和她玩。他常常的送给她桑葚，枣子，白梨，或甘蔗，有时还捉一两只蚱蜢给她。小人儿对于这些东西都不很喜欢，她顶喜欢的是蜻蜓，其次是蟋蟀。为了她的趣味，有一次土地曾捕得一只蜻蜓，可是刚刚送到她面前，在快乐中，不经意的又被这小东西飞掉了；她还发气。倘若她用竹尖子或狗尾巴编好了玩意儿，看是很好的，她就送给他。他们俩也间或玩着"打饼"的游戏，和爬到树上去，两人摘果子吃：批杷，荔枝，橄榄……

有一天玩过了捉迷藏，坐在草地上，小人儿忽然想起一件事。

"你的名字怎么叫做着土地呢？"她问。

"不晓得。"

"道人塘那边不是有一个土地庙么？"

"有的，"

"那个土地公真难看，我怕它。"

"我也怕。"

"那末，你为什么又叫做土地呢？"

"妈说，我是土地公诞日那天生下的，我爸爸把土地做了我的名字。"

"改一个吧。"

"我也叫做小人儿不成么？"

"你比我大，你就叫做大人儿吧。"

他快乐了。

因此，她看见到土地，就改口叫他大人儿。

这时候大人儿从后山的斜坡上，连跳带跑的走下来，笑嬉嬉的，手里拿着一节甘蔗；他就用这甘蔗向她招呼，一面喊。

小人儿看见了，就站起来，忙忙的把狗尾巴编成的小房子给他。

"这给你！"她说。

"这给你！"他也递过甘蔗。

"这个好么？"她望着小房子。

"好的！"他答。"你吃，这节甘蔗像糖……"他在笑。

两人就排排地坐在草地上，吃着甘蔗和玩着小房子。她开始向大人儿说她昨夜所做的梦，那个梦是可怕的，因为有两个黑人，非常之高，非常之大，头戴白色长帽子，衣服很漂亮，却是赤着脚儿，脚趾像毛笔管——

"我怕哩。"大人儿呆呆的看她。

"好，不讲了不讲了，"她又咬一口甘蔗。

"昨夜也做一个梦，"他接着说："这个梦我很喜欢。"

"是什么呢？"

"我梦见我妈她不打我了，她很好，还给我许多糖宝塔，并且许多铜子，……"

小人儿吃吃地笑了。

"她给你没有么？"

"我今天起来，把这梦告诉她，问她要，她只给我五个小铜钱……"

"糖呢？"

"没有给。"

于是小人儿又告诉他，家里那只黄灰色的老母鸡又生了一个蛋，特别大的，但是她妈捡去了，不准吃，要留到将来喂成小鸡。她并且告诉他，她希望小鸡赶快生出来，长大了，又生蛋，蛋子喂成鸡……她要把这些鸡拿去换一个羊；羊这东西使她喜欢极了。

"这么多还不够么？"他指着那些安安静静地吃草的。

"这不是我的，"她说："是王家的，我每月只赚他们一吊钱。"

"钱呢？"

"我妈拿去了，她两天给我一个铜子……"

接着，大人儿又告诉她，说他的爸爸昨夜里回来，妈妈又和他吵嘴，爸爸怒了打她两大耳光……然而这故事还不曾讲完，太阳已落到山后去，淡淡的暮色从田野上升，向黄昏的天空集拢。羊儿也吃饱了草，躺着，跳着，玩着，有的很亲爱的挨着，用长的瘦瘦的脸颊去互相偎贴，互相向身上抚摩。她知道，这已经是赶着羊群回家的时候了。于是她又舞动柳枝条，赶着吃饱了而显得更其懒惰的羊儿；她一面转过头去向大人儿说：

"记住，不要把小房子弄坏呀。"

"是的……"他又向斜斜仄仄的山坡走去。

在原来的田坝上，纵是不住的打着柳枝条，羊儿也依样不在意的，彼此挨挨挤挤，小小的腿儿欲进思退的迟慢的走着。

"去！去！……"小人儿就一声一声的在后面赶。


二


小人儿把羊群赶回王家，羊看见了栏，高高兴兴的，争先恐后的挨挨挤挤地进去了。

"一，二，三，……"王家的总管站在羊栏默默地念着羊进去的数目。

"不错。"最后，他向小人儿说。

小人儿非常厌烦他，因为，这个总管，虽说人老了，髭须和头发一样白，却很痞，常常——其实是每次当她赶羊回来，"不错，"他说了，于是，走近去，用他粗的像松树皮的手，摸她的脸儿，并且问：

"小人儿，你什么时候嫁人呢？"他嘻笑。

"不要你管！"小人儿就在他粗的臂膀中挣扎。

"你妈夜里和谁睡觉呢？"

"和我，——不要你管！"

"嫁给耙猪屎的，喜欢么？"

说了，他就用满着髭胡的阔嘴吻她，吻的又卤莽，又沉重，并且把口沫和旱烟气味，留许多在她小小的仄仄的脸颊上。每次经过了这种把戏，这个总管，才似乎心满意足，嬉笑着，放松手，让她跑开。

"老蠢牛！"小儿人跑远了，这才骂。

在路上，她的心中还是愤的，厌恶和怒恨。

到了家里，她看见她的妈又在发气。她的妈一个整整守了八年寡的年近三十八岁的妇人，也不知怎的，性情却一天一天的暴躁了，几乎整天里全在懊恼，追悔，愁苦，忿恨，完全浸溺于怨天尤人的贫穷生活中，时时叹气，哭泣。在她诅咒着命运时候，第一，她想起丈夫，因为他丈夫的死只留下许多使她无力应付的赌债和酒帐。其次她就恨到这个女儿，因为她是遗腹的，要是不因为她，那末，她早就改嫁了，这时也许是一个知县太太，或是……归结的说，无论怎样坏，总也不至于还靠自己的手指头去弄饭吧。现在这个女孩子是她的累赘，她的所以守寡，所以穷，至于所以哭，凡是不幸的事情都因为她。于是这个女孩子就非常容易的触她的怒，使她不快乐，生气，她觉的倘若这女儿死了，她的境遇也许会佳的，所以在她发气发恨的时候，她常常狠狠地这样骂：

"天没有眼！死千死万，单单不把你死去呀！"

然而小人儿却不恨她的妈，她只觉得怕。

在小人儿赶羊去吃草的时候，她是快乐的，天真而且活泼。但是，到了家，不必看见到她妈发气的脸，她就变样了，心儿悚悚的，也像被同类征服的不堪的打败的鸡，畏畏缩缩，那样不敢上前的把头低着，脚步迟慢的走。

她发呆的怯怯地望她的妈。

"怎么？"她妈看见了，便连叫带骂："你这野货，又跑到那里去了，到了这样晚？……"

"没有……"她嚅嚅地说。

"告诉过你，要早点回来，好帮我弄饭。"她妈狠狠地看她一眼，声音更用劲了。"你总不听，难道我弄的现现成成的给你吃么？你有这样的福气？吃了请你烂舌头，臭肚子……"

小人儿苦着脸，带点哭样，但不敢声张的呆呆的站着；她非常害怕。

"不动了，"她妈又骂："难道是死了不成？你不吃饭我还得吃呀！"

于是，小人儿知道，她这时是应该去做些什么事了。她默默地走到厨房去，那里面充满着黑暗，但她照着熟的路，摸索去，到了灶门边。拿到洋火，划燃了，急忙地点上那小小洋铁的煤油灯，借着这暗淡到使人害怕的灯光，她蹲到灶下去，在炭灰中，得了几节短短的细篾和几根树枝，就小小心心的小手放到灶里去，横叉斜交的，搭成空空的架子，于是把纸煤子点着，非常谨慎的伸到灶里去。然而这些篾片和树枝都是新从路旁和山上捡得的，很潮湿，就把来生火是轻容易不会燃上的。她一面眯着眼睛，迫切的看那纸煤子蒂上的火光，一面鼓起嘴，从小小的唇儿中吹进一些风儿去。很快的，纸煤子已燃过三根了，这些篾片和树枝还只是在冒烟，连一点点的火花也不见。她弯着腰，累了，大颗大颗的汗珠从额上流下来，心里又焦灼又忧愁，生怕她的妈等得发躁了，又给她几个耳光子，是必定的。她想，假使有干的稻草，那就好了，然而，这东西，从那里来呢？她家，大约有八年整整的不种田了，去拣别人的稻草，又不容易，因为那些富有稻草的人，多半吝啬，凡是拣稻草的穷小孩，差不多要受贼一般待遇的。其次，她想到煤油；煤油，这自然是引火最好的原料，可是，看那小小洋铁灯儿里面的煤油，她知道，作这种想头是不行的，因为那灯儿早就半明欲灭，摇曳着，很显明的表示着油是已经干涸了，充其量所余剩的也非常有限。

她只得耐心耐烦的，再点上纸煤子。

这灶里的火，一直使她燃完了五根纸煤子，火光才从浓厚的青烟中飞起，接着劈劈扎扎的响，火上来了。她真快乐的着了忙！她慌慌张张的捧来一束柴块，却慢慢的，小心的也像预防着什么可怕的危险似的，放进去，成为人字形的交叉在篾片和树枝上面；并且拿起火管子，紧紧的贴在小嘴上，嘴巴鼓起鼓起的，用力地去吹风。于是，火完全上来了，更大声的劈劈拍拍的响，熊熊的火焰从灶门口映在墙上面，墙纵是古旧而且黝黑的，但反射出来的红光，却也比桌上的那盏青磷一般的灯光强多了。

小人儿便忘了害怕，非常喜欢和高兴的跑去告诉她的妈。

这个中年的寡妇还在喃喃的，看脸色，又像是十分用心的记忆着什么一样。

"妈！……"小人儿快活的喊，然而她的声音忽然又变成怯怯了，"火，火……"她又发起呆。

"小骨头……"她妈狠狠地看她一眼，便又喃喃自语的，走到厨房去。

小人儿转过身，怯怯的跟在她后面。

厨房里的那盏煤油灯已经熄灭了，但因了从墙上反映出来的熊熊的火光，却很明亮。

黑的铁锅里面的水，已熬煎得灄沸了，从白木变成和铁锅相同颜色的锅盖周围，喷出白的水蒸气，还叹叹喳喳的叫响。

她妈于是又恼恨，诅咒似的，喃喃着，向一个破口的古旧的山瓦缸中，用粗磁的碗去挖米；碗边就强硬的碰着缸底了。

"又完了！"这是完全诅咒的声音。

看看米又吃尽，这于小人儿是很不利的，她知道，就躲在灶门边，不禁地颤栗了，她以为在脸上，又得受她妈手指头用力的捻。

幸而这一次她妈，却例外的，弯着腰，耐心的用手到缸底去捞出，一小把一小把地把米抓出来，放到碗里，也渐渐的满成半碗了。

"洗去，"她妈忽然叫。小人儿于是又怯怯地走来，把碗里的米淘净了，和上水，送给她的妈。她又转到灶下去烧火。

在烈火燃烧着，硬突的米浮沉于锅中而变化的时候，小人儿就不断地听着她妈站在缸边自语，其中充满着怨命，咒穷，间或怕人的哼些凄惨的叹息。总而言之，她的妈，在这时，是又在想着困苦的不幸的境遇，而完全被这境遇的景象所迷惑了。

米，这在酷热的滚水中呻吟，但很快的便寂寞了，从锅的边界流荡来焦味的香气；饭煮熟了。

小人儿便急急地把灶里的柴火用火钳子拖出来，塞进灶门口底下那一堆冷的炭灰里面，还鼓着嘴，吹灭那火焰；一股迷眼的青烟便弥漫着，厨房里又归入到黑暗。然而，在这黑暗中，在这迷眼的青烟里面，小人儿还噙着被烟熏着的眼泪，挣扎着，小心地挟出那灶里的红炭，散到小小的炭坛里去。

她觉得凡她所应做的事情都做好了，便走到她妈身边，低声的说。

"妈！饭，饭好了。"

妈妈好像没有听到她的话，默默的，然而却走到灶边去，用锅铲很草率的把煮熟的饭弄到木的饭桶里面：饭桶是颇大的，饭只能堆在桶底的一角。

"拿筷子……还有大头菜。"

她妈说着，端起饭桶就走了。

小人儿用力的爬到桌上去，向她知道那地位的土壁上去摸索，碰到长圆形的小小竹笼，在其中便抽出筷子，于是爬下来，又摸索去，到满着蛀虫小洞的那菜橱上，拿了一块惟一的状如鸡头的大头菜……

在吃饭时，小人儿依样不敢正视她妈，并且想讨人喜欢，吃过一碗饭，那一小片大头菜还没有印上她的齿痕，原形不动的平平地放在那只缺着边沿的红花碟子上面。

“一年到尾，只是吃大头菜，大头菜……”

她的妈又照样的咭咕了。

在这时，小人儿的小小的心上更压着惶恐，她觉得什么异常的祸事将降临到她头上，而且，仿佛地又看见她的手指头捻到她嘴巴；因此，这一餐，也和往餐一样，他的妈在怨恨和诅咒的喃喃中，又不自觉似的，干干净净地括光那饭桶里面的饭了。


# 三


这是在小人儿上床去睡觉的时候。

睡觉，这在别人，想是一种应该安然的休息吧；然而这幽静的幸福却没有给过小人儿。因为，上床去，她必须遵从她妈的命令；睡到床尾，冷冷的，也像是一只受惊的小畜牲，静静地蜷伏着，倘若不在意的转动身体，把不结实的古旧的铺板发起吱吱扎扎的响声，那末，给她妈知道了，便是毫无迟疑的蹴过来坚硬有力的脚，这就足使她的胸部，腰间，大腿，或脊背，受了伤似的痛楚到好久。并且，她的不敢放心地坦然入睡，除了这，还有一个原因，那就是她妈差不多是终夜的，哓哓不休地，重温着白天的生活的该咒，该灭，该使她怨命，恨这个女儿，把世间的一切都看做是她的仇敌，她终于叹气了，哭泣了。

但是，在这样不变的，每夜里几乎成为疯子，由不安于贫穷的生活而发生出来的变态的愤激之中，她也曾常常的张着眼，明白地做她的梦；当开始她这个梦的幻想时候，她笑了，她的愁苦的脸上就布上欢乐，以及表现出一种饱满着幸福的得意，在她每次忽然觉得她是阔了，有洋钱，有银锭和金锭，有珍珠，有玛瑙，……屋子是堂皇而且富丽……婢女和仆人……吃饭的筷子是红得透亮的珊瑚，碗是月光一样的白玉，鸡鸭排满着俱是吃腻了，想吃风的脑髓和虎的下巴……在这时，她就俨然是一个主宰一切，任意操纵，尊贵的像什么命妇似的，因而就用她的脚，发怒时蹴到她女儿，一面又威严又傲慢地吆喝：

"你这贱丫头，给我跳井去！快跳——"

然而在她作威作福到想着——这就是那幻想突然破灭的时候，她原有的怨恨又膨胀了，并且因为从富贵跌到贫穷，失望和嫉妒使她更伤心，更甚的恢复了类于疯子的那状态；于是小人儿就像是应该似的，也更倒霉了：她妈又把所有的不幸都加到她。

"都是你！——"她妈切齿的说，又用脚去蹴。

因为这一脚蹴去的力量太大了，并且在腰间，小人儿就不能忍耐的叫了起来；眼泪正连续着涌上眼里。

"还敢哭！"她妈又骂，"你这死不掉的，留着累赘人！"并且又用脚去蹴，作为她禁止哭泣的表示。

小人儿害怕蹴，于是缄默着。

虽说她脆弱的心灵被一种权力紧紧的压迫，在惊恐和颤抖，但为她的安全——其实是为避免那无端的迫害——蹴，她忍住眼泪，更其安静的蜷伏着，这完全像一只被征服或将饿毙的畜牲了。

在忍耐中，她的心是抖抖地悬着，因为她妈的自语还依样不休，时时响到她耳边来，使她警觉着自身的危险；她听到大街上打更，板壁中老鼠追逐，以及——凡是在深夜里响动的各种声音，也都使她感觉到恐怖。

然而睡眠，终于来拯救她，她是太倦了。

她慌慌惚惚地做了一个梦。

这个梦，她是做得太多了，几乎成为不变的，在她由恐怖的疲乏而入睡时，就忠实地来了，把她引到高耸的孤另的塔顶去，一只黑的大手抓住她腰间，要把她从半空中摔到地上去，于是她挣扎，她呼喊，然而她没有这种力，她的力全被那只黑的大手抓住了，她只得忍着气，无抵抗的，任凭糟踏；并且，她张眼求救，但她的四周是黑的，黑得像铁锅的底……于是她被摔下去，身体在她自己眼前飞散，每部分都像一粒微细的沙。

她醒觉了；在她神志迷离中，她惊颤地猛然想到，她腰间的痛楚却是因为她妈用脚蹴它的缘故。

于是她又安静地在床尾蜷伏着。


# 四


当晨曦把夜的黑暗驱逐到屋隅，小人儿就为了习惯，也像在冥冥中有了一种知觉似的，使她的眼睛很困难的张开了，看见她妈正在沉睡，便愈加小心的怯怯地溜下床去，她预备做她应做的工作，赶着羊群到牧场去。

一离开她妈，这小人儿的心就忽然得了宽赦，活泼泼的跳跃起来；在这时，她已经忘却她妈，和那个梦，以及她自己腰间的痛苦了；充满在她心里的，是天真，和一种感觉她自己快乐的情趣。

她和她的影子在路上的阳光里飞跑着，像两个动人的可爱的小鸟；她到王家去领她的羊群。

"土地他说今天会送给我甘蔗，还有……"

小人儿一面跑，一面想。

"小人儿！"

她希望土地即刻就喊她。

不久，闪动在她眼前的，又是那一群使她喜悦的，像雪一般白的羊儿……

# 毁 灭

在秋天欲雨的夜里，贼似的，一个五十岁左右的木匠爬出了城墙；因为心慌，他刚刚把脚踏着了实地，转过身，便绊住了砖头，跌倒了，手肘和膝踝都发出痛楚。但他立刻便站了起来，没有去抚摩那伤处，只赶忙的捡拾起斧头，锯，锥等等，匆匆的便开起阔步了。他是很焦心的牵挂着家里。

在平日，太阳初落时，他便到家了；这一天，散工也是一样的时候，但他却等着工头发工钱直等到夜晚，城门早就关闭了。

向着他回家的路，是隔于大河和田野之间，一条蛇似的仄小的堤。堤上有许多地方已经塌倒了；在堤边，稀稀朗朗的立着一些树，隐于黑夜里，很像什么泥塑的鬼怪的影。天空中只有一颗星光；这一点唯一的光芒，既是小得像一粒萤火，又旋闪旋灭，散出不安定的一种凄凉的青光，显得四周围是笼罩着一望恐怖的黑幕。幸而这堤是他常走的熟路。

虽说他不曾从堤的缺口处滚到河里和田里去，但也颇费力，而且提心，张大眼睛，不敢疏忽的看定他前面的路。

他也时时慢些走，仰起头去望，却都看不见他自己的茅屋；因此他的心便焦急起来。

为了焦急，他的脚步更开得阔了，耸起肩膀，那斧头和锯之类，便相撞着，时时响了"杀杀"的声音。这样走着，他的两胁和额上已沁出汗来了。

一路上，他都没有中断过这思想："那孩子——可怜的小动物——算来该是这两天里就出世了……"一面想，夹点叹息，脸便忧愁着。

很慢似的，但也走到了堤的转角，在这里，他看见那稻草和柏树合盖的亭子，便不禁的欢喜起来，因为这下面的一边便是他自己茅屋的所在。

他快步的穿过亭子走下去了。这时他一眼看到了那茅屋：在几处稻草的罅隙之间，隐然闪烁着淡淡的灯光，他觉得异样。

"怎么，"他想，"这个时候，还点灯，三嫂还没有睡去么？"

于是走近了，便推一下树枝钉成的门，——门是紧紧的。

"喂，三嫂！"他叫。

屋里没有回答。

"三嫂，开门呀！"他放大了声音。

屋里仿佛有一些响动。

"开门呀……怎么，睡着了么？"并且打起门。

屋里便响起带喘的叹气，和一种极困难的迟缓的脚步。

他疑惑的站开去，静静的听，带一些猜度的心情，好像在这屋里，将发生一种可怕和担心的事。

门开了，同时，一个四十来岁的女人便倚在门边，在昏昏的灯影里，下半身也显然赤裸裸着，腿上流着血……许多血已流到脚胫上。

这真使他吃惊不小。他慌张的去看，觉得原来很粗壮的妻，这时却现着瘦弱的，满脸泪，疲乏，苍白，几乎是死人沉默的脸。

他想："这一定是的！"在心中，便充满了贫苦和哀怜的情绪。

他默着望他的妻，这女人便一步一步的走进去了，那满着血污的精光的后影，便给他许多怜惜，歉仄，以及自怨的心情。他心想，如果他不是个木匠，而是——无论是那一种人，只要有钱的，那末，他的妻该不会在生产中这样吃苦吧。想着，一面关了门，放下那肩膀上的家伙，便问："什么时候发动呢？我想你一定累死了！"随着便叹了气，走拢去。

"上灯不多久的时候——"他的妻乏力的说，人已经挨到床上去，软软的躺着。

他又叹一口气，站在床前，望着他的妻，现出属于感伤的，但又不知怎样去表现的一种很笨的恩爱样子。

他的妻便弱声的说："这一胎太吃亏了！"分明那眼里又闪起湿的光。

这句话好像是一把刀，深深的刺到他心上，于是，由这痛伤，他想起他的妻前两胎的情景，便仿佛有许多可悲可怕的物件，在眼前旋绕；他呆着。

"又在想些什么呢？横直已经生下了，我总不会死。"他的妻悲音的说，接着又喘息起来。

"你太苦了！"他回答：但忽然想起这产妇的悲哀的心，便赶紧把话换了方向，"假使我在家里，你当然会省力些……"也想不出别的话去安慰。

"我倒不要紧，"他的妻却说，"只是这小孩子——唉，你瞧，怎么办呢？"眼泪又挤出了眼角。

他默着，心想："有什么办法呢？还不是——"

"在那边，"他的妻说：一面指着屋角。

他的眼睛便随着手看去，便发现了在一张三条腿的竹椅上，在几块破布和棉絮之中，躺着一个初出世的婴孩，——这小动物正在安睡。

他很激动的望了一会，便愁苦的，把眼睛又看到他的妻，他的妻已经掩着脸，低低哭泣了。

他想安慰她，便去抚摩那身体；他放下手去，却看见那垫褥上还滩着一团腥臭的污浊的血，并且两条赤裸的腿便浸在这血中。

"这样子要不得呀，会生出病来的！"他吃惊和感叹的说。

"有什么法呢？垫褥只有这一床！"

他惘然了。

他的妻慢慢的，吃力的翻过身来，现出非常软弱，憔悴，像一个久病的人的模样；她颤颤地伸开手臂，却乏力的软软地垂下了。她的眼里又流出了透明的泪。

他便默默的坐到床边，哀怜的看她，一面抱住那发抖的手臂。这时，在他为工作而辛苦的脸上，一层层的浮上了感伤的绉纹，显得是一个慈善的，而又是非常苍老的脸。

两个人对望着，终于不敢互视的把眼光又分开，显然每个人的心，都深深的沉在极其可伤的境地里面。

他忽然不自觉得叹了一声："苦人呀！"

这异样的声音，惨厉而且颤栗，把他的妻在缄默中骇着了，她仰起头怯怯的看，是一种惊疑的表情。随后她低声的，近于呜咽的说："你自然也是难过的……"

"这能够不难过么？"他激动的说，"像我们——生下一个便弄死一个！生下两个便弄死两个！为什么呢？养不活！……"便低了头。

他的妻又默着，想着，非常愁苦的样子。

他也不再说。

这茅屋里，便散布了虫声，以及风吹树叶的声息。

静默了许久，他便断断续续的说：

"那末，我想，这一个，如果……就让他和我们……"

然而他的妻却回答——但刚刚从唇边响出了声音便咽住了，突然又呜咽起来。

他也长声的叹气了。

"算了吧，这个——"他的妻终于说，"横直已经是第三个了！就是——就是养得活，长大了，还不是做木匠，像你这样的成一个苦人么？"说着，哭声便自自然然放大了。

他又低下头，于是，那可怜的怆伤的心，便像一只鸟儿，飞过了他生活的全路，一个万分穷困和苦楚的艰难的路。他想，在这个世界上，什么人都很好的活着，独独他和他的妻是早就该死的！但他又压制了这愤怒的感想。他只用安慰的口吻说："我还是可以卖力气的。"

他的妻便给他一眼，黯澹的一眼。

虽说他也知道，照他的能力，无论如何，都不能顾及到小孩子，但他为了他的妻，却愿意那样说，把这个婴孩留下来。所以他懂了他的妻给他的眼色，便又默然，暗暗的踌躇着。

他的妻又哭声的说：

"听我的话，算了吧！你想，我们把菜根来充肚子，难道小孩子也能够吃菜根么？与其活下来成一个苦人，还不如……还不如……"

他听着，觉得这些话，而每个字音，都充满着一种力，抨击到他心上来。在这伤痛里，他也落下眼泪了。

最后他歔欷着说："好吧……唉，天咧，这是第三个呀！"

他的妻便翻过身，脸朝着墙上，把被角塞到嘴里。

他便站起来，走到竹椅边，好像全身被什么东西压着似的，抱起了那小小的温热的肉体。

他开了门发疯一般的跑出去了。

秋夜的风，夹着系密露水的湿气，吹到他的脸，他便从发烧的身上打了寒噤。昏乱的神经经了这凉意，他清白了好些，这才觉得，在他手腕中的，是他自己，和他的妻的身体的分裂，这样生出来的一个活跃的生命——一个活跃的生命，想着，他发起抖来，立刻有一种罪恶和悲悯的感情压住他的心，沉重得像一块石头。

"又丢到河里去，我还得做这种的孽么？"有什么捉弄他似的，这样想，便追忆到前两次的和这同样的事——一次是在一个冬天的月夜里，月光满着血色，照着河水，河水也现着悲惨和可怕的情调，他便悄悄的站在这月光底下的河边，丢下了一个—— 一个婴孩。又一次，那正是元霄节，城里面放着炮仗的声音，还隐隐地传来……但他不敢想下去了。在耳边，他仿佛听见了一种声音："生下来，又弄死去！生下来，又弄死去！……"他吃惊的听，又觉得这声音只发生在他心里。

"苦人自然只能做坏事的！"他嘲讽自己似的说，一面又冷笑。

他一直往前走，这走路，好像并不是他自己的意志，开步也不是他自己的力量，而是——像什么东西拉着一个木做的机体，傀儡似的往前进。

在走向凉亭的时候，他手腕中便响起啼声了。这婴孩的哭，又使他经过了一个悲伤的感情的大波动。同时，在他胸前，他觉得，那紧贴着的，正是这婴孩所发出的一团软软的柔柔的热——而这热，又使他重新认识，便是那小小生命的活跃和存在的证据，于是他望着，非常难过的伤起心。但不久，终因了无法可救的事实——就是他绝对养不活一个小孩子，他用力把这感觉弄模糊去，便故意的这样说："这不是活的，更不是婴孩，只是一件废物，一件废物，如同公认做无用的腐朽的木头……"然而这设想，却不曾抹杀了他的感动，反把他对于许多人都生了一种强烈的愤怒的仇视。他又想到，什么人都活着，独独他和他的妻是早就该死的。

不自觉的，他走到堤上了。那凉亭，矮矮的，像是一只爬伏着的什么巨大的野兽；树影显然就是鬼魅，而且摇摇荡荡的在活动……四周围是一片无声的，不可测的，无涯际的黑暗。这些景象，使他想，不正像为他自己干坏事而安排着的么？

他便狠起心，把自己认做惯于杀人的一个刽子手，以及终生都在做恶事的那种坏人，去增加他必得去做的那种事的勇气。他喘着气走近了堤边。

于是，他用了力，那婴孩就在这阴霾欲雨的空气里特别的哭了起来，而同时，接着，河水便响起被击的飞溅的声浪。

随着一切又都是沉寂。

"第三个……"这思想像一条蛇，咬着，刺刺的通过了他全个的脑。

他又冷笑着，嘲讽的叫："苦人自然只能干坏事的！"

他好像发疯了，张开发烧和泪光的眼，狠狠的，看定那河水——河水依旧寂寂的流着。

黑暗里没有一个生物。

1928 年 5 月于葛岭

# 一群朋友

　　在一个星期日薄暮时分，向"惟利书局"代领了稿费，我便赶紧走出四马路，到了这个不知名的街头，跳上电车，因为我惦念着云仓君那过了夜就必得交付的房租和饭钱，恐怕他等得过分的盼望，或者，这时他已经心焦了。云仓君是一个不很能耐烦的情感热烈而易于急燥的人。

　　电车上挤满着人。我站着，抓住那藤圈子，随着铁轨不平的震动，大家都前前后后的斜着。这正是经过了黄梅时节的天气。落过了绵绵的苦雨之后，现出青天，展开阳光来，全空间都漫腾腾的喷着发烧似的蒸气，热得几乎要使人宁肯生活在霉天的里面。所以，虽说已薄暮了，只留着残照的影，然而在电车上，从互相拥挤的人体中间，就发生了一种头痛的闷热的空气。我时时拿出手巾来，揩去额上的汗，但立刻觉得在唇边又沁出了汗珠。

　　"真热得奇怪，"我想，"在北京这时候还是穿夹衣。"于是我忽然觉得北京的许多可爱——单是那迷目地弥漫的灰尘，似乎也充满着一种强烈的力，不像上海的霉雨，绵绵的，落着，毫不起劲，好像正代表属于上海的国民性一般。

　　然而站在这会使人厌恶的人堆中，并不害怕热，我所担心的却是：在裤袋中的三十块钱。因为这人堆，使我想起了仿佛是在一本名为《怪现象之纪实》的书上曾这样说："上海扒手之多，几乎触目皆是。"而且，从报纸上看来，在热闹的区域之中，发生了半敲诈似的路劫的事，近来也常有过。因此我实在有点忧虑。看着，像这些举止轻飘飘的，穿得非常漂亮的人，（倘若漂亮的衣服不能保证人的品格），的确的，说不定在我的身边便有了那所谓的扒手之类。万一扒走了这稿费，虽说只是有限的钱，不能说，算是损失，却实在是，简直等于开玩笑了：在这个异常受窘的时候。

我便想着：

"假使，真扒了，那末，一到天明，云仓君就得打起铺卷……"一联想到云仓曾有一次被房东赶走的情形，我便憷然有了一种可怕和黯澹的感觉。

"这三十块钱真不可在这时失掉！"至于这样想，似乎带点祷告了。

所以在越挤越紧的人堆中，我的手始终放在裤袋里面，防范着几张钞票，好像这防范就等于挽救了一个将濒于危险的命运。于是，因了这样谨慎地防范的缘故，我忽然难过起来——在心中，潮水似的，涌起来普遍的怜悯心情。我缄默了。静静的忍受那复杂情绪的每一个波动。在这些波动经过的时候，我觉得，而且想着：云仓君，我的朋友以及我自己，生活着，凑巧又碰上这大家神往的所谓了不得的时代，却非常的执迷，不去作那种如同闭起眼睛去摸索的把戏，只愿辛辛苦苦的著作着，翻译着，永远压迫于书局老板的营利的心之下，这样只能向自己呕气似的过着每一天，每一星期，每一年，一直到了……如果不是跳海的死，恐怕连尸首也将遗累给几个穷朋友的。这样想，立刻，许多感想又重新生了翅，狂督的蜂似的飞起了，包围着我，似乎把我挤得成一个小点，如同一个伟大的想象逼迫着作家一样。那许多热烈的情感真弄得发呆了。后来慢慢的清白来，我才想起了很像我所要说的什么人的诗句：

114

"苍蝇在得意呢，它站在饿死的鹰身上！"

然而这情绪，不久也就为了我的嘲笑，潜伏似的平静了。这时电车又停着，却已经多走过两站了。我便急急的跳下来，摸一下裤袋，（因为不知在什么时候手已经不放在那里了），触到那钞票，便不觉一喜——钞票的平安的确是一件可喜的事。这近乎可笑的欢喜，便一直伴我到了云仓君的房门外。

房里响着杂乱的谈笑声音。

门推开了，如同展开了一幅图画，房里高高矮矮的满了人。

我一眼看去并没有一个生客。

云仓君现着兴奋的脸色，站在朋友们中间，好像他正在谈着什么使人激昂的事情。他看见了我，便立刻像嘲讽似的问：

"没有拿到吧？那般骗子！"显然他的心中又有了悲感的模样。

"倒是拿到了，"我答说，"不过——又抹去了四分之一。"

忽然响来了这一句：

"奶奶的！"这是刚从洛阳回来的采之君，声音非常坚实的说出一句河南腔的愤语，他这时从床上撑起身来，用力的丢下香烟头，那手势，好像他要丢去了一种烦恼或愤怒。随着他又斜躺下去了。采之君很带点所谓军人的爽快性格。

衰弱地靠在一张沙发上正沉思着什么的无异君，忽在采之君躺下去的时候，昂起了那个忧郁的——永远都是那样忧郁的脸，冷讽似的说：

"能够拿到钱，这位老板总算是恩人了。"说着，看到云仓君。然而云仓君却不说什么话，他不耐烦的走了几步，坐到一张放在暗处的椅上，默默的想着，一只手撑住低低垂下的头。

我便走到宛约君身旁，坐下了。

"听说你又要写一篇长篇小说，写了多少？"我问。

"不写了，"宛约君带点愤恶的答说："无论是长篇短篇，都不必写。小说这东西根本就没有用处！"

"那末你们俩做什么呢？"

"睡觉。"

"进款呢？"

"从当铺。"

谈话中止了。我默默。他转过脸去向他的伴——一番女士正在看着申报。这是一位非常懂得恋爱心理的，刚刚作小说便被人注意的那"曼梨女士的日记"的作者。

"革命尚未成功，"她忽然从报上朗声的念起来了。大家的眼光便惊诧的望到她脸上。她现着不动声色的接着念下去："'同志仍须努力'，这两句是孙总理中山先生临死的遗言，所以凡是同胞，如果不愿做亡国奴，则必须用国货，以免亡国。本馆即国货中之最纯粹者，极盼爱国之仕女，驾临敝馆一试，以证言之非谬。兹为优待顾客起见，特别减价两星期，价目列下：午餐分八角一元一元二：晚餐分一元一元五二元。漂亮英法西菜馆启。"念完了，掷下报纸，淡淡的向大家看了一眼。

朋友们听着，一面默起来了，好像每人的心都受了这一张广告的刺激。

过了半晌，皱紧着眉头，显得非常难过的无异君，便自语似的说：

"一切都是欺骗……吃人！"

"吃人，"许久都不开口的采之君，忽然插口说，"不错的，这世界上只有吃人！不吃人的人便应该被人吃！聪明的人并且吃死人！……"从声音里，显得他是非常的愤慨了。

"的确是，"宛约君便接下说，"记得周作人也曾说过'吃烈士'。"

默坐在暗处的云仓君，便兴奋的跳了起来。"近来呢，大家都在吃孙中山！"他用力的说，"并且，连西菜馆也利用起孙中山的遗言了。"说了，吞下一口气，又默着，坐在椅上，好像受了他自己的话的激动。

"同样，"无异君也开口了，却用嘲笑的口吻说，"我们呢，——这一穷光棍，——说起来真不知是倒霉还是荣幸，居然被书局的老板吃着。"

"可不是？"采之君更显得兴奋了，"我们越努力越给他们吃得厉害！我们不断的努力，就等于不断的替他们做奴隶！"似一面从床上坐起来，"简直是奴隶！"便非常用力的补足说，脸紧张着。

"谁叫你们要努力呢？"一番女士嘲讽似的凭空插了这一句。

大家的眼光便奇怪的射到她脸上。

"本来是，"她接着说，变了一种很正经的态度。"一个人活着，限定要写文章么？既然对于做文章感到这样的痛苦，那末改途好了。"

"你自己呢？"采之君质问似的说。

"我已经不再写小说了。"她回答。

"改了那一途呢？"

"还没有定。"她说，"不过，在现代，决定没有一个年青女人饿死的事！只要是年青的女人，只要是不太丑，还怕没有公子少爷漂亮男子的追随么？至少，我也不难在天黑之后，站在四马路……"在她病后的脸上，便涌上了如同健康的那颜色。

宛约君比别人更特别的注视着她。

"其实，"她又说，"如果定要著作，那就得找一个副业：就是做官也行。"于是脸朝着采之君："你打算怎样呢？"

采之君不作声，躺下去，想着什么去了。

无异君便大声的自白：

"我也下决心改了：这种鬼生活！"

"改做什么呢？"一番女士又转过脸来问。

"从翻译改做创作：创作现在还可以卖几个钱，翻译差不多走到倒运的时候了。"

"假使创作也不时行呢？"是宛约君带笑的声音。

"那末——从创作再改做翻译。"

一番女士又开口了，讥刺似的说：

"翻译和创作，一辈子就这样打滚！……"

"我能够做什么呢？"说了，无异君便默着。

毫无声息的云仓君，却出乎别人意外的，跳起来了，好像他长久的忍耐着激动，而热血忽然冲出他的口，叫出了几乎是发狂的声音。

"只有这两条路——"他大喊。

大家的脸上便换了一种神色，看住他。

他近乎粗野的用力挥着拳头，这态度，如同激发无数的良民去作一种暴动的样子，气勃勃的叫："一条自杀一条做土匪！"

这的确是一句又痛心，又真切警语。因为，一直默着，冷静地听这朋友们谈话的我，为了这句话，也有点感动了。"做土匪，是的，像我们这样的人，只有这条是最好的路！"我想，便觉得心中也逐渐发烧起来。

云仓君大约在我低头想着的时候，又颓然的坐在暗处了。大家也都默着。一只表，从抽屉里便发出小机器走动的声音。仿佛一种荒凉的，沉寂的空气把我们困住了。过了一会，宛约君才站了起来，在一番女士的耳边说了几句话。

"晚饭么，到我们那里去吃好了。"她回答。

于是我想到，时候已经不早了。

"还是到我那里吃去，"我便向她说，"我那里比较方便些。"

"……"她想说什么。

然而云仓君斜过惊诧的脸，冒失的问：

"怎么，你们想回去么？"宛约君便向他说：

"沙子要我们到他那里去吃饭。"

"哦……"他恍然的，一种像想起了什么的神气，接着便固执的说："不。你们都不要走。我请你们吃大菜。"一面就站了起来，唤着那像是睡了的，寂寂地躺在床上的采之君。

大家都不拒绝。采之君坐起来，并且预备就要走的样子。

然而我——我却踌躇了。因为，心想着，云仓君并没有钱，有的只是这呕尽气，写了几封信和跑了几趟路而拿到的稿费。这三十元不就是明天得交给房租和饭钱的么？

我便问他：

"你从别处又拿到钱吧？"

"没有。"他诧异的看着我。"你不是把稿费已经拿到了？"

"那末，明天呢？"

"假使我今夜死了呢？"他笑了——很不自然的笑了一声，便扬声说，"我们走吧！"

我默然了——一种沉重的情绪压在我心上。

锁着门的时候，云仓君好像非常之阔的样子，向着一番女士问：

"你喜欢喝香槟么？"

"我只愿喝白兰地。"

大家挤着下楼去了。走出了巷口，云仓君便独自向前去，向着一家名叫"飞鸟"的汽车行。

"到意大利饭店……"他说。不久，汽车便开走了。

"这真是穷开心咧。"我惘惘的想。

在汽车上，大家都不作声，好像各人都沉思在生活里，而追忆那种种已经幻灭的憧憬，感伤着彼此几乎是一个同样的命运——这灰色的，荡着悲哀记忆的命运，飘在这世界上，仿佛是一朵浮云，茫然地飘着，不知着落。

我自己呢，看着这朦朦的夜色，也非常伤心着这如同我生活的象征似的，那黯澹的，沉默默的情调。

天的一边正反射着血一般的，一片电灯的红光。

# 黎　蒂

　　她自己名她的名字做黎蒂。

　　黎蒂，她是孤独地飘泊到北京来的一个飘泊者。因为她看见这红墙黄瓦的都城，还是初次，故在此地没有熟人；她所认识的，全是为她自己冷清清地住在公寓里，感到寂寞，无聊，时间悠长和空间压迫的缘故，用这"黎蒂"名字写信给那些曾听说而不曾见过面的献身于艺术的人——是这样认来的几个朋友。像这些朋友，自然，对于她的身世，家庭，和其余的一切都渺茫极了；他们所明显地知道她的，只是她生得又美丽，又飘逸，又有使人不敢怠慢的庄严和骄傲——除了这些，便是从她闲谈和歌吟里面，辨别出她的声音是属于湖南的腔调了。可是，虽然他们知道她的仅是这些，这些全属于感情外表上的认识，但他们却都非常的表现着敬重：因为在她平常的谈话里，他们觉得她有超越的思想，丰富的学识，和一种足使人叹服的豪放和坦白；因此，那先前对于这个奇怪的飘泊的女友所生的许多推测，以及过分的怀疑，都倏然消灭了。并且，当他们几个人在一处说到她的时候，还常常带着怜惜的意思叹息着——

　　"黎蒂，她真是一个奇怪的女子！"

　　这句话，在他们每个人的心里都发生了效力，他们的全部思想几乎只被这一点点的事情占有去了。因此，为了要解除这个纠缠不决的问题，在这些朋友中，曾有几个自认和她有相当友谊的人，极诚恳的问过她：

"黎蒂！假使你承认没有错认了我们，我希望你这样：你可以告诉你的一点历史，让敬爱你的朋友更深的了解你么？"

"不能！"她总是这样的回答，"我是极力的想忘掉我的过去！"接着她便缄默了。

得了这样的一个失望，朋友们却以为在她过去的生活里有什么不幸的事，都不愿去触动潜隐在她心中的痛苦，便各自静默着，不再多问了。由是，他们以为像这样一个又年青，美丽，又有学识的女子竟已遭遇了不幸的事，觉得宇宙间是太惨澹了，叹息着，同时又带些愤怒，虽说其中也有好多人，因为她严守着她过去的一切，曾觉得她的神秘，并且疑惑着，不安着，甚至于把她过去的生活，揣想出许许多多异样的不幸……可是，到结果，也和别的朋友一样，不能确定的带着叹息地懊恼了。

"真奇怪！……但也许是我们还不配去了解她！"

在想着她而懊恼时，他们常常说这样的话去宽慰自己。

其实呢，黎蒂，她也的确是一个不易给人了解的人；因为她从知道曾存在在这个宇宙间时候，她就没有真切的了解过她自己。她只是沉沦在破灭的希望和无名的悲哀里面，但又不绝地做梦，不停地飘泊，痛惜而终于浪费她的青春和生命……总之，为了寻求某一种的生活，忽而欢乐，忽又沉郁，她是这样的女子。

她因为带着这样的一个命运，无形中便炼成了异常刚强，果敢，善于悲愤而又富有热情的性格。她常常觉得自己的超越，有的是不凡的抱负，聪明，便微微地笑了；但一想到她所曾经历的人生道上，和所遭遇的种种使她厌恶，悲愤，甚至于灰心的事物，便又惨然沉默了。在她沉默时候，她看出这宇宙是一片茫茫的沙漠，没有春的温暖，秋的凄清，更没有所谓同情和爱；可是在她倨傲地笑着的时候，她又忘却了一切丑陋，愚蠢，无聊，以及人类的卑劣，和她自己所有的不幸了，便又迷醉在许许多多像清泉里面的霞彩一般的既逝的美梦……

因为她的心灵在瞬刻间会变幻出两极端的灰色和灿烂，所以她不能安静于固有的习惯的生活。她是在某一个地方住了两个月或竟是两个星期便感到陈旧，不满和厌烦了，于是又开始飘泊到另一生疏的地方去——这样不断地增长她的年岁，同样，她对于朋友，虽说也曾发生相当的友谊和诚意，但不久——也像对于地方一样的——便感到感情的疲倦了。……总之，简单地说，到了一个新的地方，用一个新的名字，寻找几个新的朋友，黎蒂是这样的生活着。

她这次飘泊到北京来，又是这种生活的演进了。

北京，像这个古国的都城，虽然她曾觉得有不少异样的意味，但同时也有很多的事情使她觉得讨厌，可悲，和可笑的；因此，要使她发生浓烈的兴趣和难舍的依恋，却也同其他的地方一样，在她的眼睛里面，不久就会变成讨厌的一件东西了。

至于在北京认识的新的朋友，黎蒂对于他们，除了关于她的历史的考察，她依样是坦白，豪爽，倨骄，和他们谈论一切，玩耍一切，并且肆意的说着凡是女子多不肯说的话。有一次，几个朋友来到她那间小小的寓所，大家闲谈着，好像是从电影，公园，马路，至于抢劫，革命，战争，……但也不知怎的，忽然谈到中国现代妇女的身上了。

"女子只配当姨太太！"她说。

朋友们以为她说这句话的意思，是含着讥诮或愤懑，便都静静地，各用一种惊疑的眼光望着她。

"你们不要这样看我，"她泰然地说。"事实确是这样的：现在可说是没有一个女子曾独立过！"

"那末，"一个朋友因她的态度很温和，故意的质问她："你为什么不去当姨太太呢？"又带点戏谑。

"我么？"她正经地回答，"我连这样的资格都没有！"于是她又缄默了。

在她缄默的时候，她照样是不愿有一个人在她的周围，刺戟她的感觉。为了这一种无可忍耐的自私，在她低着头追索她的青春，欢乐，希望，以及她的烦恼，伤心，和怜悯她的不幸的命运里面，她突然昂起头去，坚毅有力的说：

"朋友，你们走吧，我现在是痛恨我自己也居然是人类！"她的眼里充满着泪光。

虽然不认为是侮辱，并且还能深深地原谅她心中的隐痛，但朋友们终因她的悲欢太无常，觉得空气由活泼变成静寂，变成严肃，此外还为了不愿增加她的痛苦的缘故，便都默默地走出去了。

"真奇怪！"他们在路上全叹息着。

然而，孤独地坐在静悄悄的房子里，不久，黎蒂又慢慢地感到寂寞了。

于是她又热烈地盼望着任何一个朋友来到。

"给我快走吧，你们！"

这是黎蒂常常烦恼地驱逐朋友的话。但说也奇怪，受了这样无端的怠慢，朋友们却都能安静的忍受下去，还替她抱着很大的不安，并且彼此暗暗地想，"算是朋友的，是应当使她快活些！"似乎她有一种使人不能遗弃的魔力。

在这样的朋友中间，若说比较来得极其诚恳，忠实，殷勤，依恋，……差不多把整个热烈真纯的心献给黎蒂的，要算是罗菩了。罗菩，他认识黎蒂的第二天，在太阳的光辉还隐约在云端的时候，便把一朵含露的鲜艳的蔷薇，放在一个淡青色精致的纸盒里面，送给她；并且，在花枝上头，他还系着一张摺垒的纸条子。

"如果这一朵花儿能使你减少一点寂寞，那我的愿望就是达到了！"纸上面的字是写得非常的秀丽和端正的。从此，他便常常——几乎是每天一清早，便到黎蒂这小小的寓所来；只要黎蒂不向他说"走吧，你！"他会毫不疲倦地一直坐到夜深，到黎蒂实行就寝时候，这才惘惘地回转去。他对于黎蒂，已是这样的超越过友谊的了。然而黎蒂却没有何等异样。虽然她也曾知道他的好意，但这样的好意在她的眼里看来，是太平常了，只像一只乌鸦从树枝头飞过去一样。因此，她对于罗菩，也像和其余的朋友，在她得意，欢乐，狂放，或倨傲的时候，大家谈谈，笑笑，玩玩，……到了疲乏和厌倦了，便同样的使她怀疑，鄙视，至于很不高兴地说，"愿你和别的人一样，不要在我的周围！"听了这一句难堪的话，在每次，罗菩都很伤心，他想："我确是和别的人异样呵！"可是他终于低声地说，"好吧！"便掩着脸无力地走开了。

有一夜，因为黎蒂又无端地烦恼起来，罗菩又被她驱逐了；但他只走到那小小的胡同口，便从他的又凄凉又迷惘的心里，强烈地浮上起不安来了。

"我应当去慰藉她！"他想。这时，他已被某一种的力主宰着，统统忘记了黎蒂给他的无情，冷酷，以及许多使他难堪和伤心的事了。他急忙地转过身去，走向黎蒂住的那房子。

"她为什么总是很烦恼似的？……"在短短的路上，他默默地想，脚步却走得更快了。

薄弱的灯光从绿纱上透出来，很刺戟似的映到他眼里，他觉得胸部热烈着，身上有点颤抖了；但同时，一种高亢的，激越的，却又很凄惨，很缠绵的箫声，从窗里流荡出来，于是他倾着耳朵悄悄地听着，便痴呆地站住了。

"我不能不可怜你！"他想着；眼泪便落下了。

仿佛经过了很久的时间，他才听见箫声慢慢地低弱去，模糊去，近于停止了；可是，紧接着这模糊的箫声，又陡然的奔起了极坚毅极沉痛的叹息，和嘤嘤的哭声了……

"真糟糕！"他叹息了。这时，他觉得要安慰她，是不能再等待了，心头流荡着无限热诚和希望的举起手腕，推开房门，进去了，像一个得胜回家的勇士似的。

房子里充满着又阴森又凄凉的空气。

"那个？"她厌恶的问。

"我……"他嗫嚅地回答，走向她面前去。

黎蒂便从床上奋然坐起，怒目地望着他，严厉地说："你又来做什么？"声音却嘶哑了。

"我……我只为我的不安！"

"请你不要这样！"她还愤怒着。

罗菩失望了；垂着头。

"我是不须乎可怜的！"她又说。

"这算是可怜么？黎蒂！"

黎蒂缄默着。

于是罗菩又接着说：

"听我的话吧，黎蒂！要是这样放浪的烦恼下去，你真是太作孽了！"

"不要理我！"她冷冷地说。"走吧，你！"便懒懒地躺下去，又吹起洞箫了。

另一个深夜。

在万籁都寂寥得像死了，只有一盏黯澹的半明欲灭的油灯，默默地立在桌头，像有无限悲哀地望着黎蒂喝酒的时候，那房门突然轻轻地启开了，进来的是罗菩。

"又是你！"黎蒂见到他，不耐烦地说。"你又来做什么呢？"手

126

里的一杯酒便喝了下去。

"……"罗菩想说什么似的，嘴唇微微地动着。

"让我一个人吧！"她又说。

罗菩便耸一下肩膀，用了很大的力气，颤声地说，"唉！你怎么又这样不要命的喝酒？"

她听着，却狂笑起来，非常倨傲地望着他。这样的表现是大出罗菩的意料了！他低声地问：

"怎么，你醉了么？"

"我醉么？"她的声音又雄勃又清脆。"你记着：在世纪的末一日，也只有醉人才是醒者呵！"

罗菩于是缄默了。

"让我一个人吧！"她又倾了一杯酒。

"不能！"他嚅嚅地说，声音已颤抖了。

黎蒂便侧过头去，用一种轻蔑的眼光望着他。

"不能！"他自语般重复地说。

"为什么呢？"她问，顺着又喝下那杯酒。

罗菩这时候像着了凛冽的寒风似的，全身抖擞着，眼睛呆呆地望着黎蒂，又耸一下肩膀——这仿佛是用来增加他说话的力量。

"我……"他的声音却依然是颤抖极了。"我能够怎样向你说明呢？……呵！但这不是你的不幸！"

"够了！"她打断他的话。

"不要这样的矫情吧！"他深深地呼吸一下，接着说："总之，黎蒂，我不能让你这样任性地糟蹋你的生命！"

"我还有生命么？"她又狂笑了。

"但是，我不能听你这样说。"

"让我一个人吧！"她又冷冷的。

"请你做一点公德，黎蒂！"他的脸色苍白着，声音更颤抖了。"不要这样说吧。"

"那末，"她的态度突现正经了，很安静地说，"你要知道，无数曾和你一样的朋友，我现在统统把他们忘记了。"

"我不管这个！"他坚定地说。

"像这样，你是只顾着爱我了。"她安静地望着他。

但罗菩却低下头去，静默着。

"为什么一个男人定要一个女人呢？"她轻轻地叹息一声，便接下说："男人，如果他只是一个孤独者，那末，在这个宇宙里，是没有比他更自由，更快乐，更能骄傲的东西了。"她望一下罗菩。

罗菩的全身颤抖着。

吐了一口气，黎蒂又说下去了："顶好一个男人不要女人！要了女人便糟了，任何事情都不能自由了……"

忽然罗菩打断她的话，说："可是……"喉咙似被什么东西塞住，不成声。

于是黎蒂又接着说："罗菩！你何苦也学别人那样傻呢？"

"不！"他用力回答，"我是只有这样的——"以下的声音又模糊了。

"你定要这个样么？"她放下酒杯，现着尊严，同时又是很惨澹地说："好吧，让我忠实的告诉你：爱情，呵，爱情！像这样的东西在别人的身上或是值得幸福，值得赞颂，是可贵而且神圣不可侵犯的；但是在我的眼里，却太平常了，我看去只像看一匹黑的猫，或像在某一篇小说里看见一个地名和人名，不过这样罢了！那末，罗菩，你又何苦在枯原上去求水呢？"她的声音也有点嘶哑了，眼里一层层地闪起了泪光。

听着，罗菩便掩着脸，隐隐地哭了起来。

"做一个聪明人吧！"她很诚恳地说。

于是，她又狂笑着，将瓶中所有的白兰地，倾到嘴里去了。

这一夜黎蒂是痛饮得沉醉了。她像死一般的直睡到第二天黄昏时候才清醒。她醒起时，罗菩已走去了，她想到过去的事，不禁地又凄凉又惨澹的叹息道：

"天咧！人生为什么总要不断的演着这样的戏剧呢？"于是她便写了一封信给罗菩，信里说：——

> 我是明早便离开这古国的都城和在这都城里面的朋友了，但我没有留恋，只像离开别的地方一样，觉得在不久的时间，又会有一个新的境界，和几个新的朋友，来消磨我的未满的岁月了！当然，因了我过去的经验，你也无能单独地成做例外，是照样的和其余的朋友一齐被我统统地忘记丢了。

这时候，正是深秋时节，凉风吹进窗棂，送来了萧萧瑟瑟的秋雨的消息，于是她丢下笔儿，无力地斜躺在椅上，凄惨地狂吟着——

> 槭槭秋林细雨时，
> 天涯飘泊欲何之？

热烈地奔流的眼泪，便落满了她的脸上和胸襟。

# 船　上

船停着。

本来，账房的挂牌是铁准夜间十二时开船的，但天色已朦朦地发亮了，那吊货机还在隆隆铿铿的响，运夫们也依样在搬捎那笨重的货物而哼着单调的粗鲁的歌声。在隐约的晨曦之中，在黯淡而且稀小的灯光底下，那些小贩子，客人，苦力……等等来来去去的拥拥挤挤，把尘土带来又带去，给弥漫了，使人要无缘无故的感到被什么东西压迫在心头，鼻孔窒息，喉管里痒痒的——有一种欲呕的味儿；而且因神经受了各种的喧嚷，纷扰，响动，在微微地颤震，头脑昏昏沉沉的，一个人，也像是从深睡中，给人拖到礼拜堂去诵圣经那样的渺渺茫茫……。

在将要收锚而还在上货的海船上的搭客，都会有这一种的感觉吧。

船，远看去，宛如一座小小的孤山；倘若说小点，迫肖些，却像一条鱼，尖头圆尾，上面微红下面墨样黑的。那深黄色围着窄窄白圈的烟筒，时时喷出或淡或浓的烟，缕缕的袅上天空去，飘散了，成为水边薄薄的朝雾。像这船，如果浮荡于无涯碧波的海里，在清晨，在晚上，或在霞影，星光，和微雨里游行，给雅致的人们看去，是很有一种异样的天然的美吧；但这时，却呆呆的停泊在满着黄泥水的小河中，依傍水泥做成而带有怪臭气的码头旁边，并且船上是那样纷乱的拥挤满各样各色的人，再和那岸上一堆堆如坟墓的货物相衬，便现着讨厌的，笨重与丑陋了。

因船过了挂牌的时刻还停着，隆隆铿铿的在上货，许多的客人都心焦了，有的从床铺上昂起头来，但多半都把脸贴在枕头上，在倦眼惺忪中，纵不认识，也勾搭着你一声他一句的说出关于船还不开的话，其中便带着不少诃责，生气，却不怎样的专心和激昂。那些小贩们，正因这机会想售尽那筐里篓里的余货，反分外有劲的大声大声叫卖。自然也有许多极亲切的人们，为不得已的分离，含情相对，而悄悄地侥幸着——欢慰这开船时刻的迟延。

船还不开，天却大亮了，太阳照得江水通红。

许多搭客们，这是官舱，房舱，和吊铺的搭客们，于是全起来，大家对于开船的误时，便生了较大而且较有力的喧嚷。

打统舱船票的搭客哩，他们因为货还在上，不准入舱，只一个或几个的挤成一块，密密杂杂的堆在船栏边，看去只像是猪之类的牲畜吧，那样的蜷伏着，简直不是普通人的模样，他们一面小心的看守那极简单的行李，一面给疲倦围困着，不安宁的一下一下的在打盹。这些人，听到那些人对于船上的账房加以种种攻击的论调，便用同情的声浪去响应，却只是忽然的，零碎的，不敢说出整句责备或生怒的话来，为的恐怕那势利的茶房们，要向他们哼一声，或用极鄙夷轻蔑的眼色，代表这意思："你也嚷什么，住统舱的！"

其实，船无期的尽停着，那些归乡，服务，以及情形不同而目的一样的客人全心焦了，这也难怪；因此，便有等得不耐烦的客人，一个两个的到账房去质问。

"船怎么还不开？"

说这话若是属于住官舱的客人，那末，账房先生的答语，就很和气，有时竟把含笑的脸儿去表示一些谦让。若是去质问的人是房舱的搭客，这还可以。要是住吊铺的客人也去质问，那账房先生的神气就有点懒洋洋了。至于打统舱票的那些茶房们所最轻蔑的穷客，关于开船或别种的事，要直接和账房先生去说话，就莫想，假使冒险地去尝试一下哩，到结果，讨得一个没趣，是无疑的，因为账房先生的眼光，对于这一伙人，是非常的善用那鄙视，尊严，和冷酷的。

"快，快"，若答应，账房先生总是说出这两字，声音是极其流利，习惯了的；一面他又把手指头沾了一些口沫，轻轻的捏开那不平叠着的许多洋钱票。

"快。太阳都出了，货还没有上完……"听到客人这很不耐烦的诘语，账房先生也始终保持着原有的态度，眼睛从金丝边眼镜上面向客人看看，倘若这客人的服装很阔绰，或是神态很尊严，总而言之是上中等社会之流的，便含笑，很温和的回答了，然而所答的话依然是"快，快，……"

因质问所得的结果不是准确的开船的时刻，心焦的客人们愈见愤愤了，便散散的聚拢着，又开始你一句他两声的说出许多连刺带骂，生气和警告的话。其中却充满了各人的懊恼及焦灼。

"退船票去！"也不知是谁忽然嚷出这一声来，大家便因此起了一个波动。

"对了！对了！"这是一个脸上有八字胡须的。

"退船票去！"这句话接连地回响着，并且愈传愈远了，不久就成为有力的，含有暴动性的一种号召。

大家很激昂的喧嚷，可是账房先生却依然安静的做他的公事——数着花花绿绿的洋钱票。

"退船票去！"许多时候都酝酿这件事。

看看太阳从河边升到天上去，渐渐的，各种在阳光底下的影，便将由斜而正了。然而这个船，货还在上，显然在午前是没有起锚希望的！于是那些心焦的搭客们便真实的愤怒了。

"退船票去！"八字胡须的客重新号召，接着他自己就叹息一般的喃喃说："真是，岂有此理，真是——"

不少的客人就附和，而且实行了。

"退船票去……"

大家嚷着走去，到账房门口，那账房先生还在低着头，数着洋钱票。

"船到底还开不开？"

"快，快，"

"那不行……"

"退票就是的！"客人中却喊。

"快，"可是刚说出口，第二声就赶紧咽住了，账房先生抬头看这许多人。

"什么？"他问。

"退船票！"这声音是复杂的。

"退船票？我们这船上没有这个规矩。"

"不开船，那不退船票不行！"

"退船票！"这声浪更汹涌了；因为那些打统舱票的所谓穷客，在平常是忍耐着茶房们和账房先生的侮辱，这时却藉着人众的气魄，便乘机发泄他们的含恨，于是自然的参加到这人堆里来了。

"船就要开的，退船票可不能。"

"不能不行！"

"不能退！"账房先生也很坚决。

"不行！"

形势更紧张了，退船票的人愈聚愈多。

茶房们得了账房先生的叫唤，便雄赳赳的想拖开众人，但在这一刻中，完全的成为一种暴动了。

"打！"两方面都用这口号。

本来这船上的声响是非常纷乱的，但是到这时，各种的动作都停止了，只听见喊打的声音，以及关连于肉搏的一些响动，和板凳，木杠，碗，这之类的飞腾。

集拢着要退船票的客人是很多的，大约总在五六十左右吧，但到了打，其实只在茶房们动手时，便有大多半的人——这自然是所谓上中流社会的人，必须爱惜和珍重他们的身体的缘故，所以在别人用起武来，自己就宁可示弱些，不当冲的悄悄地跑开了，这样的并且还可以旁观其余的人是如何的在那里挥拳，踢脚及流血。因此，茶房们虽然只有十来个，却也很从容的对付那些不曾走或不及走的余剩者了。

然而到结果，因了打统舱票的那些穷客，大家为私仇或公愤，自愿的冲进战线去，茶房们便屈服了，血脸肿鼻的，有的鲜红的血在脸上、手上、腿上流着，垂头的跑开了。账房先生也不知在什么时候，抱着洋钱票躲在床底下，怯怯的，脸色变了青白……

因了客方面的胜利，最先喊打而又作观战的那些官舱和房舱的恍若绅士们，于是又有劲的大声叫：

"退船票！"

然而铁链子已沙沙哗哗的响着锚，起上了，船身就摆动起来，开驶了。

茶房们像被征服的鸡，一个个无精丧气的，无力的散坐着，自语一般，说出掩羞的，凡是战败者都难免的那些不服气的话，但只是低声的，几乎低声到除了自己就没有人会听见。但他们，一眼瞧到红鼻子、蓝眼睛、脸上被过多的血所充满而像是长着斑点似的外国人，大约是英格兰的土产吧，同几个山东的水手阔步的进来，样儿就变了，精神而且勇敢，也像临死得救的一匹狼或狗，和垂头丧气比起来简直

134

是两个人，然而在这样快的一瞬间，能如此大变，真亏他！账房先生也抖去他衣服上的灰尘，暗暗的欢慰着这个外国人的来到。

看模样，这红鼻子先生，像那样傲慢的昂着头，眼中无人的向周围看望，是船主，大副，或大车之类吧；他尊严的开口了。

"闹什么？"用他本国的言语，声音却是不耐烦的。

虽说这红鼻子先生的蓝眼睛并不曾望到任何人。但账房先生却立正着，垂直手，卑恭得几乎要发颤，便用不准确的英语回答：

"客人要退船票。"身体却不禁的畏缩了一下。

"为什么？"

"因为开船迟了时刻。"

"是谁这样的？"

"那些——"

账房先生便用手指着官舱，房舱，和吊铺。然而这些客人，在发现外国人进来的时候，也不知是什么心理，便各自关起门，住吊铺的也躺下去把棉被盖到脸，每个人也像要避免一种危险，或表示任何不好的事情都与己无干似的。

"还有——"账房先生的手又指到那些打统舱票的所谓穷客。

这红鼻子先生把尊严而同时又是轻蔑的眼光向这些和那些毫不经意的看一下，随着又格外现出那英格兰土著特有的傲慢的神气。

"像一群猪，这蠢货！"对那些穷客发过这判断，红鼻子先生才开始微微的快乐的一笑。

"不准退船票！"

他命令，于是走了；强壮的山东水手又无声的跟在他后面。

账房先生既得了保障，茶房们也得意的扬眉了。幸而搭客们却无条件的表示了退让，安安静静的各归各的位，纵不断的听见茶房们很难堪的冷语和嘲笑，有时竟至丑骂，也依样严守着纯粹的无抵抗主义了。

能够不发生第二次冲突，不消说，这是在茶房们所夸张的意料之中，同时又是使他们继续着夸张的许多资料。

到夜里，因了红鼻子先生的命令，统舱的大门——其实只有两方尺大的一块四四方方的铁板——给锁住了。那些所谓"像一群猪"的穷客，便实行像猪一般的露宿在船栏边；在那里，他们可以听见那官舱里面的客人从小小的圆窗中流出来的鼾声，或别的声响。

船在呼呼风声中，就肯定的向黑黯的渤海前进。

# 父亲和他的故事

　　我常常听别人说到我父亲；有的说他是个大傻子，有的说他是个天下最荒唐的人，有的说……总而言之人家所说的都没有好话，不是讥讽就是嘲笑。有一次养鸡的那个老太婆骂她的小孩子，我记得，她是我们乡里顶凶的老太婆，她开口便用一张可怕的脸——

　　"给你的那个铜子呢？"

　　"输了。"那孩子显得很害怕。

　　"输给谁呢？"

　　"输——输给小二。"

　　"怎么输的？"

　　"两条狗打架……我说黄的那条打赢，他说不，就这样输给他了。"那孩子一面要哭的鼓起嘴。

　　"你这个小毛虫！"老太婆一顺手便是一个耳光，接着骂道："这么一点年纪就学坏，长大了，你一定是个败家子，也像那个高鼻子似的……"所谓高鼻子，这就是一般乡人只图自己快活而送给我父亲的绰号。

　　真的，对于我父亲，全乡的人并没有谁曾生过一些敬意——不，简直在人格上连普通的待遇也没有，好像他是一个罪不可赦的罪人，什么人只要不像他，便什么都好了。

　　然而父亲在我的心中，却实在并不同于别人那样的轻视，我看见我父亲，我觉得他可怜了。

父亲的脸总是沉默的，沉默得可怕，轻易看不到他的笑容。他终日工作的辛苦，使得他的眼睛失了充足的光彩。因为他常常蹙着眉头，那额上，便自自然然添出两条很深的皱纹了。我不能在他这样的脸貌上看出使人家侮蔑的证据。并且，父亲纵然是非常寡言，但是并不冷酷，只有一次他和母亲生气打破一只饭碗之外，我永远觉得父亲是慈爱可亲的。我一看见我父亲就欢喜了。

不过人言也总有它的力量。听别人这样那样说，我究竟也对于父亲生过怀疑。我想：为什么人家不说别人的坏话，单单要说父亲一个呢？可是一看见到父亲，我就觉得这种怀疑是我的罪过，我不该在如此慈爱可亲的父亲面前怀疑他年青时曾做过什么不合人情的事。父亲的确是个好父亲，好人，我这样确定。倘若像父亲这样的人是个坏人，那末全世界的人就没有一个好的，我并且想。

虽说我承认我父亲并不是乡人所说的那种人，但人家一说到坏处就拿"高鼻子"做比喻，却是永远继续下去了。

这直到有一天，我记得，就是那只黄母鸡连生两个蛋的那一天。这天一天亮太阳就是红的。父亲拿着锄头到菜园里去了。母亲为了病的缘故还躺在床铺上。她把我推醒了，说：

"你也该起来了，狗狗！"

我擦着眼屎回答："今天不去。"

"为什么？"

"两只母牛全有病，那只公牛又要牵到城里去。"

"那末，"母亲忽然欢喜了。"趁今天，你多睡一会吧，好孩子，你天天总没有睡够的！"

我便合上眼睛，然而总不能睡，一种习惯把我弄得非醒着不可了，于是我问到父亲。

"到菜园去了。"

想着父亲每天不是到菜园就是到田里去作工，那怜悯他的心情，又油然而生：在我，我是只承认父亲应该在家里享福的，像别的有钱的人在家里享福一样。然而父亲是穷人，他只能到田里或菜园去，把锄头捅在白脑壳后面（因为他的头发全白了），这就是我很固执地可怜他的缘故。

我这时并且联想到许多人言——那每一个字音都是不怀好意的侮蔑，我不禁又怀疑起父亲了。我觉得，倘若这人言是有因的，那末母亲一定知道这秘密。

"爸爸是好人，可是全乡的人都讲他不好。"我开头说。

母亲不作声。她用惊疑的眼光看我，大约我说的话太出她意外了。

"人家一说到不好的事情就拿他做比喻……"

母亲闭起眼睛，想着什么似的。

我又说："为什么呢，大家都这样鄙视爸爸？为什么他们不鄙视别人？爸爸是好人，我相信——"

母亲把眼睛张开了，望了我一眼，便叹了一口气。于是我疑惑了。母亲的这举动，使我不能不猜疑到父亲或者真有了什么故事，为大家所瞧不起的。

我默着。我不想再说什么了。我害怕母亲将说出父亲的什么坏事。我不愿在慈爱可亲的父亲身上发现了永远难忘的秘密。我望着母亲，我希望她告诉我：父亲是怎样值得敬重的人物……我又想着许多人言去了。

我一面极力保存我的信仰，这就是父亲仍然是一个慈爱可亲的父亲。他的那沉默苦闷的脸，那因了辛苦的白头发，便在一瞬间全浮到我心上来了。我便又可怜他。我觉得人家的坏话是故意捏造的，捏造的缘故，正是人们容不得有个好人。

然而母亲却开口了，第一句她就埋怨说：

“怪得别人么？”

这是怎样一种不幸事实的开头呢。我害怕。我不愿父亲变成不是我所敬爱的父亲。我几乎发呆的望着母亲，在我的心中我几乎要哭了，可是母亲并不懂得这意思，她只管说她的感慨。

“只怪他自己！”

显然父亲曾做过什么坏事了。我只想把母亲的嘴掩住，不要她再说出更不好的关于父亲的事情。

可是母亲又说下去了：“自己做的事正应该自己去承受！”她又叹了一口气。“女人嫁到这样的男子，真是前世就做过坏梦的女人。”

我吓住了。我真个发呆的望着她。我央告的说：

“不——妈妈，你不要再说下去了。

母亲不理会。也许她并不曾听见我所说的。她又继续她的感慨：

“真的，天下的男人（把女人也在内），可没有第二个人比你父亲还会傻的。傻得真岂有此理——

（她特别望了我一眼）

“你以为我冤枉他么？冤枉，一点也不。他实在比天下人都傻。我从没有听说过有人会像他那样的荒唐！你想想，孩子，你爸爸做的是什么事情。

“说来年代可久了。那是二十五年前的事——你还没有出世呢——我嫁给你父亲还不到两年。这两年以前的生活却也过得去。这两年以后么，见鬼啦，我永远恨这个傻子，荒唐到出奇的人。我到现在还没有寻死，也就是要恨他才活着的。

“这一年是一个荒年。真荒得厉害。差不多三个月不下一滴雨。把水龙神游街了五次，并且把天后娘娘也请出宫来了，然而全白费。那里见一滴雨？田干了，池子干了，河水干了，鱼虾也干了。什么都变了模样！树叶是黄的，菜叶是黄的，秧苗也是黄的，石板发烧，木

140

头快要发火了，牲畜拖着舌头病倒了，人也要热的发狂了。那情景，真是，好像什么都要暴动的样子：天也要暴动，地也要暴动……到处都是蝗虫。

"直到现在，我还是害怕太阳比害怕死还害怕，说到那一年的旱荒，没有一个人有胆子再去回想一趟。（她咽了一下口水）你——有福气的孩子，没有遇上那种荒年，真是比什么人都有福气的。

"你父亲干的荒唐事就在那时候。这个大傻子，我真不愿讲起他，讲起他来我的心就会不平，我永远不讲他才好。

（母亲不自禁的却又讲下去）

"你父亲除了一个菜园，一个小柴山，是还有三担田的。因为自己有田，所以对于那样的旱天，便格外焦心了。他天天跑到田里去看：那才出地三寸多长的秧慢慢的软了，瘪了，黄了，干了，秋收绝望了。这是何等重大的事情啊，一个秋收的绝望！其实还不止没有谷子收，连菜也没有，果木更不用说了——每一个枝上都生虫了。

"你父亲整天的叹气：完了，什么都完了！

"不消说，他也和别人一样，明知是秧干了，菜黄了，一切都死了，纵然下起雨来也没有救了，然而还是希望着下雨的。你父亲希望下雨的心比谁都强。他竟至于发誓说：只要下雨的，把他的寿数减去十年，他也愿意的。

"他的荒唐事就在这希望中发生了。这真是千古没有的荒唐事！你想想看是一种什么事呀？

"你父亲正在菜园里，一株一株的拔去那干死的油菜，那个——我这一辈子不会忘记他——那个曾当过剑子手的王大保，他走来了，你父亲便照例向他打招呼。两个人便开始谈话了。

"他先说，'唉！今年天真干得可以！'

"'可不是？'你父亲回答，'什么都死了。'

"'天灾啊！'

"'谁说不是呢？我们这一县从今年起可就穷到底了。'

"'有田的人也没有米吃……'

"'没有田的人更要饿死了。'

"'你总可以过得去吧。去年你的田收成很好呀。'

"'吃两年无论如何是不够的。说不定这田明年也下不得种：太干了，下种也不会出苗的。'

"'干得奇怪！大约一百年所没有的。'

"'再不下雨，人也要干死了。'

"'恐怕这个月里面不会下吧。'

"'不。我想不出三天一定会下的。'

"'怎么见得呢？'

"'我说不出理由。横直在三天之内一定会下的。'

"'我不信。'

"'一定会的。'

"'你看这天气，三天之内能下雨么？'

"'准能够。'

"'我说，一定不会下的。'

"'一定会——'

"'三天之内能下雨，那才是怪事呢——'

"'怎么，你不喜欢下雨么？'

"'为什么说我不喜欢？'

"'你自己没有田——'

"'你简直侮辱人……'

"'要是不，为什么你硬说要不会下雨呢？'

"'看天气是不会下的。'

"'一定会——'

"'打个赌！'

"'好的，你说打什么？'

"'把我的人打进去都行。'

"'那末，你说——'

"'我有四担田——就是你知道的，我就把这四担田和你打赌。'

"'那我只有三担田。'

"'添上你的那个柴山好了。'

"'好的。'

"'说赌就是真赌。'

"'不要脸的人才会反悔。'

"其实你父亲并不想赢人家的田。他只是相信他自己所觉得的，三天之内的下雨。

"谁知三天过去了，满天空还是火热的，不但不下雨，连一块像要下雨的云都没有。这三天的最后一天，你父亲真颓丧得像个什么，不吃饭，也不到田里去，只在房里独自地烦恼，愤怒得几乎要发疯了。

"于是第四天一清早，那个王大保就来了，他开头说：

"'打赌的事情你大约已经忘记了！'

"'谁忘记呢！'你父亲的生性是不肯受一点儿委曲的。

"'那末这三天中你看见过下雨么？'

"你父亲不作声。

"他又说：'那个赌算是真赌还是假赌？'

"你父亲望着他。

"'不要脸的人才会反悔——这是你自己说的话呀。'

"王大保冷冷的笑。

"'我反悔过没有？'你父亲动气了。

"'不反悔那就得实行我们的打赌。'

"'大丈夫一言既出——破产算个什么呢。'你父亲便去拿田契。

"唉！（母亲特别感慨了）这是什么事情啊。我的天！为了讲笑话一样的打赌，就真的把仅有的三担田输给别人么？没有人干过的事！那时候我和你父亲争执了半天，我死命不让他把田契拿去，可是他终于把我推倒，一伸腿就跑开了。

"我是一个女人，女人能够做什么事呢？我只有哭了。眼泪好几天没有干。可是流泪又有什么用处呢？

"你父亲——这个荒唐鬼——大大方方的就把一个小柴山和三担田给人家去了。自己祖业已成为别人的财产了。什么事只有男子才干得出来的。我有什么能力？一个女人，女人固然是男子所喜欢的，但是女人要男子不做他任意的事情可不行。我哭，哭也没有用；我恨，恨死他，还不是空的。

"啊，我记起了，我和你父亲还打了一场架呢。"

"他说：'与其让别人说我放赖，说我是一个打不起赌的怯汉，与其受这种羞辱，我宁肯做叫化子或是饿死的！'

"然而结果呢？把柴山给人家了，把田也给人家了，还不是什么人都说你父亲的坏话？这个傻子……"

母亲把话停住，我看见她的眼泪慢慢的流出来。

"要不是，"她又说，"我们也不会这样苦呀。"声音是呜咽了。

我害怕母亲的哭，便悄悄的跑下楼去。

这一天的下午我看见到父亲，我便问：

"爸爸，你从前曾和一个刽子手打赌，是不是？"

父亲吃了一惊。

"听谁说的？"他的脸忽然阴郁了。

"人家都说你不好，所以我问母亲，母亲告诉我的。"父亲的眉头紧蹙起来，闭起眼睛，显得万分难过的样子。

"对了，爸爸曾有过这么一回事。"他轻轻的拍一下我的肩膀说，"这都是爸爸的错处，害得你母亲吃苦，害得你到现在还替人家看牛……"

父亲想哭似的默着走去了。

从这时起我便觉得我父亲是一个非凡的人物。而这故事便是证明他非凡的故事。

# 子敏先生的功课

闹钟响起来了。

这是下午八点半钟。每天到这个时候，因了闹钟的响声，子敏先生便想起一件事——虽说是每天一定要做的事清，但在这钟声未响之前，却实在没有想到的。所以用闹钟，也正为的是这个缘故：使他重新记了那件事。

他本来很舒服的靠在一张大椅上，看着一张群芳画报，而眼睛不动的，正入神在一个电影女明星的像片上面。大约这像片的眉眼之间，颇合于他赏美的观念或肉欲的情趣，即在那入神的脸上，便恍然是受了迷惑，现着心荡的模样。所以闹钟的响声，已响到他的耳里，却只是懒懒的抬起头，投了一下嫌厌的眼光，便又细细地去看那女明星的嘴角，好像这钟声并不是为他才响的。

一直到闹钟的响声停止了——停止了许久，子敏先生才难舍而又动情的，向那女明星像片的颊上接了一个吻，丢下画报，带点莫奈何的神气走到桌前去，一张排满着女人像片的写字桌。这些像片中的女人，几乎每一个，和子敏先生曾有过关系的，因此这时候在他的眼底，便好像都微笑起来，而且显得要活动似的争着他的宠爱。为了这些女人，子敏先生又有点笑意了。

但是他坐下了之后，看见那只闹钟，圆圆的，像嘲笑的脸的闹钟，便重新不耐烦起来，把那时时都在注意着动作的眉毛也皱成很难看的样子。

"唉，真讨厌！"

虽说这样想，却仍然开始去做他每天这时候所必须做的事情。他从抽屉里拿了信封和信纸。

在他的脸前，那美的，浅湖色的信纸，平平的舒展着；墨水盒也打开了，笔管也握在手指间了，而且笔尖已沾了墨水；一切——好像连那盏电灯也都在等待着他，要他非立刻从事于这种事情不可。子敏先生便更觉得这事情的讨厌。

他的心，是只想把这事情——不，与其说是一件事情，倒不如说是一门功课，简直等于功课的每天必须写给他太太的信，从他的生活中去掉，好像从一枝蔷薇花上去掉了一团蛛丝。假使真的把这蛛丝去掉，他想，那末蔷薇花一定显得更灿烂。可是他不能够——因为如果他不每天写信给她，那个生怕丈夫同别的女人相好的女人，是马上会从家里动身，找到他这里来的。并且，"隔一天不写信，我准来！"这句话记在他的头脑里，还是非常有声色的。那末，与其让他来，倒不如每天写信的好，是显明的事。子敏先生于是决定了：

"罢，写算了！"

既下了决心，便重新沾了墨水，想了想，写道：——

兰波我爱！

我多么的想念你，唉，我说不出我的想念呵！倘若你知道我因为想你念你，直到这时候——是十二点半钟了，还不能入睡，终于又从床上爬起来给你写信，你应该给我多少个吻呢？说到你给我的吻，你看，我的心是怎样的跳跃起来了，几乎像鸟儿似的要飞出我的胸中。其实它能够像一只鸟儿倒好了，因为鸟儿是自由的，可以到处飞，那末我的心就会立刻和你的心接吻起来了。

现在我还不是一只鸟儿，你说是不是？

子敏先生把笔停住了，他从头看这上面所写的一段。并且无声的念着，觉得很满意，便不禁地忽然微笑起来，于是又沾了墨水，接着写道：——

兰！我昨夜又梦见你，在给你写完信不很久的时候。你想想，我做的是什么梦呢？唉，我不愿说出来啊！不过你如果想知道，我也不妨告诉你，但是你千万要原谅我。我认为，我所以做这个梦，完全是爱你太过的缘故，否则我决不会生出这种幻想的。兰，我的爱兰，你想我所做的是怎样梦啊，唉！我梦见你——梦见你，确然是你，你和一个很漂亮的男人……接——接了吻呀！

写到这里，子敏先生便心想，"岂有此理！"但他又紧接着写下去了。

我的兰，亲爱的兰，生命的兰，你赶快饶恕我吧！我真把你侮辱了。然而我说过，我是爱你太过才做出这样的梦的，所以你是应该——不但要原谅我，还得更加爱我呵！我想你决定会更加爱我的，一点也不多心，是么？其实在梦里，我也没有恨你，我只恨那个男人，我恨不得把他拉成肉片才好，但是这也因为是爱你的缘故。现在请你安心吧，我不会怀疑你，我相信你是终身只伴着我一个人，生生死死都是一个呵！

于是子敏先生换了一张信纸，重新想了想，又写道：——

148

至于我，这个永远忠心地只愿做你一个人奴隶的我，请你放心，一千万个放心吧，我不会有什么轨外的行动呵！单凭我们俩的爱情，可以作一千个铁证，我决不会像那般贪色的登徒子之流，不爱自己的爱妻，终日终夜只追逐着别的女人。你相信我不会干出那荒唐无耻的事，是么？我想你一定要回答一百声，是！可不是么？其实像我这样的男人——你的亲爱的丈夫，你真是人间一个最幸福者啊！谁能够说你不是最幸福的？你着，我——一个单身旅外的男人，年纪又轻，人又不丑，却除了自己的爱妻以外，什么女人都不爱——不，是连一眼也不去瞧啊！真的，世界上没有第二个女人能使我注意，所以我的眼睛，我的嘴唇，我的手，以至于我的全身，只是属于你个人的私产，别的女人全没有份儿的。

——子敏先生的眼睛却不自主的便落到桌上那些像片的上面，并且对着其中的一张，便是驼鸟毛的扇子掩着坦露的胸部，现出要笑又不笑的那个舞女，作了一种调情的动作，用左手的手指头送去了一个吻——

我的兰啊，我的一切都是你的，你那末应该放心我，像我放心你一样：我们俩人间最相爱的一对爱人呢。我真想你这时就在我身边，我便运动全身的力来拥抱你，使你醉了，醉得不知人事——兰，你来吧！

然而子敏先生立刻便觉得这最后一句话写得很不妥当，因为他的太太每一封信里，都非常难过的说要出来，甚至于说，只要挨着他，什么样的苦她都愿意吃的。现在他自己也感伤的写着"兰，你来吧！"

那末，她连夜就来，是极可信的事——这不是子敏先生所愿意。所以他想了想，便赶紧改变了语意，写道：——

如果你真的来了，我们俩生活在一块，这是人生多么有意义的事情啊！但是事实上，唉，我们能够么？一万个不能够！至少，现在是一万个不能够啊！这自然都是我没有本领，每月赚不了多少钱，以致我们俩才受这样长久别离的苦。你不要以为我每月的进款骗着你，不把真数目对你说，你真不要这样。倘若你不相信，我可以告诉你，但是你要相信我每一句都是实话。我从前不是对你说过，黎明书店请我当编辑，一个月薪水一百元。是的，我一个月的用费只靠这一百元。你想，一百元，够做什么用处呢？现在我列一个账目给你看，你就会相信我的话并不是瞎说。

于是子敏先生在第三张信纸上便开了这样的账单：——

房租三十元，（只一间。）

饭钱十二元，（最普通的饭。）

客饭十元，（并不特别加菜。）

车钱十五元，（只坐电车，有时还徒步到书店去。）

应酬费二十元，（平均每星期只请两个朋友看电影或小酌。）

邮费四元，（只为你一人寄信，每天一角四。）

理发，洗澡，洗衣，共五元，（这是极省俭的，每月我只洗两次澡和理两次发。）

杂费四元，（包括皮鞋，袜子，雪花膏以及香水等等，你想够不够？）

兰！这不是整整的一百元么？我撒谎不？以上的数目算得滥用么？

我现在只想兼一点别的事做，每月多一点进款，那末我们俩就可以在一块生活了。我想，单单看我们俩的爱情上面，神应该给我这样的机会啊！

所以在眼前，兰，我至爱之兰，我们俩都暂时再忍耐着吧，横直你我都还年轻，不久总能够聚会的。在这里，我们俩都为将来的聚会祝福吧：我祝你更加美丽，比安琪儿还美丽。你呢？

其实，没有看见你，我是不会快乐的。我一想到你一个人孤孤寂寂的在家里，真为你难堪啊！我的失败便因为这个缘故。我近来因想你变得很沉默了，不事修饰（我的领子三天才换一次），好像是一个满有愁苦心事的人。唉，现在我的眼泪又汹涌起来了。

写到这里。这一张信纸，便只剩四分之一。子敏先生把笔停住了。他想了想，觉得应说的话差不多全说了，便从一张起，一字一字的看了一遍，实在没有毛病。但是他为充实他最后的感伤之故，便在"现在我的眼泪又汹涌起来了！"的底下，再加上一个"唉"字，而且打上了三个感叹的符号，成了——唉！！！这样，似乎一切都应该完备了，然而子敏先生还在想，他总觉得必须再添些什么，可是他想不起相当的字眼，于是便加了这样的两行：

　　"………………………………………………………………………………………………………………………………………………………"

这两行中的许多点滴，自然是表示一种有无穷尽的话语，却又无从说起和说不出来的意思，这显得在写信时的子敏先生，他的心情是

151

漩涡于非常纷乱的激动里面，情切之至。

于是署名道："留下一万个拥抱给你的，你的人。"

这时候，那只圆脸一般的闹钟，已是十点半钟了。子敏先生便赶快站起来。伸一伸腰肢，好像被囚许久的开释，觉得丢去了一重重负。他不及去写信封，信纸也不叠，只是活动在一面镜子前，梳光了头发，扑上粉，并且在眉尖上画了一点黑，……显得十二分漂亮的人物，走出去了。走到"上海汽车行"那里，他内行地向汽车夫说：

"月宫跳舞场，快点！"

# 爱的故事

一个粉红色的小小的信封,在口袋里,当郑夫人替她丈夫刷黑哔叽上衣时候,给发现了。她悄悄地说,"多漂亮呀?"同时,在她的眼中,那信封好像显示给她的不仅是漂亮,而另外还有一种刺激,是疑惑。因此,她的心中便浮上那女人富有的类乎酸的情味了,可是她又对这种情味加以否认。

她想,"不会有的,那只是一种幻想罢了。"

"不过",可是她又想:"像这样漂亮的粉红色小信封,男子们是不用的。"

于是她踌躇了。她认为这种的推测是不应该的,是爱情的蛀虫,是苦恼接触的导火线,可是她又觉得那小信封的可疑,仿佛其中是蕴含着许多秘密,许多不可思议的暧昧的事……最后,她为解决这两种思想的冲突,虽觉得这行为有点不道德,也无暇虑及了,把粉红色小信封拿出来,信口是已经拆过的,蜜色的信纸又分外显明地映到她的眼睛。

顺着手,这信纸就给展开了。

信里面说:

后天——星期六——下午二时在水榭等你,你来吧,我得了一中新颖的方法,愿我俩速速来试验那快活!

□□约

这是怎样奇怪的信呵，同时又是何等重大的一个打击！郑夫人的眼睛从惊吓中张大去，发呆了，全身起了变化，那蜜色的信纸就在手指间微微地颤动。

这时，因了这种的发现，在平常所忽略过的许多疑点，也像雨珠般在她的脑里骤现了。第一，她觉得她丈夫在每一个星期六下午全不在家，并且每次在动身之前，总是十分周密的观顾他全身的服饰！衣裳是熨得平平的，皮鞋擦得发亮，领结几乎要打到五六次才满意……在临走时，还上上下下的，对着穿衣镜前后的打转。此外，她又想到他髭须向来是隔一个或两个星期才刮一次，这三月来，却差不多每天都曾刮；头发更是一分钟不曾松的把压发帽紧紧的压着……凡这种种，到想来，纵是把没有想到的那些不说，只就这所发现的算来，也真是太多了。总而言之：在许多极小的动作中，已是证明他的心早就变样了！

她又忽然想起，在他回到家里和她接吻的时候，尤其是在最近这一个月，那嘴唇触到时，不是懒懒的软弱便是急促的粗暴。软，像那样，这是缺乏热力的！粗暴，那更是温柔的反证了！她又想到，在从前，她和他的接吻是由眼光作媒介，当在静默中彼此会意了，然后两个身体挨近去，多半是她的头躺在他臂弯里，让他的脸偏下来，嘴唇于是接触了，从温柔到热烈，至于会听见胸部同样的一种跳动……

"然而"，她想，"现在是变了，变成了虚伪的……"

"没有想到的事！"她渐渐地愤恨了。

"男子的爱情真靠不住……"她继续感想，"结婚还不到两年，就有这样的外遇了！"眼睛便垂到信上面，她看见那寥寥的几行字却写得非常的娟秀。

"新颖的方法！"她默念信中的话，并且想，所谓方法，这自然是非灵感的方面了。"哼！"她的心头又参加上鄙视的观念，"快活，

154

这样不要脸的女人……"好像类乎酸的那情味，又来激动她。

因为要想从信上字的笔划中间，寻觅到或人的笔迹，所以她虽说非常厌恶和妒恨那封信，却重新把眼光去观察了几回，可是到结果，凡是她知道的她丈夫认识的女友，又和这都不相像。

关于这女人，因是不认识的，她就用力去想像那样子；头发是烫得蓬松蓬松的，眉毛又细又弯，眼睛墨黑，嘴唇自然是红色了，穿着仄小锁身的旗袍，用高跟的皮鞋走起路来，那小屁股就一斜一歪的摆动……当然，除了会妖会媚，肉感必定是强烈的！

"总而言之"，她把这想象归纳起来，作一个结论。"这女人，是一个顶时髦顶逗男人性狂的就是了！"

不过，像□□，这符号究竟代表的是什么名字呢？却很费她的思索。

到后来，她把这个想象中的女人丢开了，一心一意的只想着这种不幸的事件。

她又愤恨的说，"男子的爱情真靠不住！"这时，在她复杂的思想中，却发生了她自己认为是精确的观念，那就是女人不要和男子结婚，一结婚这女人的一切就完了！

"如果我还没有和他结婚……"想着，她有点伤心了，那蜜色的信纸又开始在手指间颤动。

然而郑夫人是一个又聪明能干的女人。在平常，她对于任何急迫发生的事件，都会应付得恰当裕余；虽说这一件事是太出她的意外，是唯一利害的切身问题，但也正因为是重要，她更觉得该冷静些，纵要报复，要惩罚，那也必须用一种稳健的手腕去对付，这样才不会使这事情弄到更坏的。

她沉思了。

很久以后她自语："第一，要冷静，不要给他看出破绽来！"于

155

是她把蜜色信纸放到信封去，信又归还到口袋。她安静地计划着进行的各种步骤。

"对！就是这样了！"她决定。

这时，门动处，她的丈夫正走进来。见到他，那种类乎酸的情味又波动了，但她马上就压住，装作平日一样的活泼，含着笑意的把眼光去望。刷子又在黑哔叽的衣上慢慢地刷。

"黎子和请你今夜看电影……"他丈夫一进房就说。

其实，她早已看见，在他说话的时候，脸上却露出不安的神色，这自然是因为黑哔叽衣在她手中，衣上面是放有那样不可给人看的粉红色的信。

"请我，不请你？"她笑答，一面又装作无事般，慢慢地把黑哔叽衣折叠去。

"当然也有我。"在这话的声音里，显然是安心了。

"那末，你为什么不说请我们，单说请我？"

他不答，却笑了。这笑是掩饰他说话的疏忽。

"你还出去？"她站起，要使他不疑心，就把哔叽衣放到衣柜去。

"两点钟还有一个会议，不去又不成功，真讨厌！"

"穿不穿这件衣？"她站在衣柜边，故意问。

"就穿身上这法兰绒好了。"他果然放心。

"现在已一点半钟吧。"

"对了。"他看一下表，就又照样的在衣镜前，前前后后的观察，并且解下领带来，另外打上一个高高硬硬的结，又用布擦亮皮鞋，看他这种种的动作，郑夫人真有点愤恨，但因为已想好去对付那秘密的方法，便静静着，还觉得男子去会情人时的情形很是可笑。

他修饰完了，便走近来，又循例在她的额角上吻了一下，算是告别。

"和你的那个女人去吻！"她却想，"男子，原来是这样善伪的东西！本来勾搭了一个情人，喜欢她，却狐猩假意的又来和妻厮混……去吧，快些去吧，别使那女人等得心烦了。……吻，得了，真没有想到这竟是掩饰坏事的一种工具！"然而在脸上，她却满着笑容，并且用眼光去表示，要他早点回来，他含着笑，现出留恋不舍的意思便走了。

　　"我也学坏了"，她悄悄地说："不过这不能我去负责！人，这东西，也许本来是好的，然而到结果总须变坏。要好，在人中，是不行的！到了坏，那就凡事都如意了！这就是人和人之间的唯一原则！"她独自在房子里，也像是发感慨。

　　不久，她料定她丈夫已走远了，便开始她应付那秘密的第一个步骤。

　　"这计划却也很妙的……"她心想。

　　于是她又把那粉红色的信从黑哔叽衣上拿出来，也走了。

　　"北京饭店的图书部一定有卖这个……"

　　果然，粉红色信封和蜜色信纸，一个样的，给她买到了。回家后，她便细心静气的模仿那女人的笔迹。

　　第二个步骤接着开始了。她按一下电铃。

　　一个中年的老妈子就站到门边。

　　"陈妈，老爷说今天还有一封信，你收到没有像这样的？"

　　她问，把粉红色的信做样子。

　　"没有。"陈妈回答："像这一封，还是昨天收到的，有信我全放在老爷的办公桌上。"在这两句的答话中，她已得到要领了，便说："那没有事了，你去吧。"

　　一面她在忖度："那女人要他星期六，现在约他星期五——就是今夜，说是星期六忽有别的事，不得脱身……"

157

"就是这样了。"她自语。就把蜜色信纸平铺在桌上，照着模仿的笔迹，写一封给她丈夫今夜到来今雨轩来相会的假信，署名也用□□这符号。信写好，她就走到隔室去，放在她丈夫书案上，混杂在各处寄来的未阅的文件中间。

事情全安排停当了，她闲着。

然而她忽然觉得心里面的情绪复杂起来，说不清是恨、是怒、是惊或是惆怅。她把眼看望天空，太阳正爬在树干上，云是清蓝色的，这自然到黄昏时候还久，隔入夜的距离更远了。她又觉得焦灼，在这种纷乱苍茫的心境里，她颠颠倒倒的想着各种不相溶合的事，甚至于想到结婚之夜的欢乐，同时又想到发现那秘密的不幸……她从爱情想到虚伪，渐渐地感到人生的无味，美即是恶，幸福无非是苦恼，她伤心了。

她移步到床边，躺下去，整个脸儿埋到鸭绒枕上面，嘤嘤的哭声就流荡出来。哭，这自然是伤她的心，但因此，那长久的时间便悄悄的奔逝去，这于她，却也免掉为期待夜来的烦恼和焦灼。当她的神经清白时，房子里面的电灯已亮了，并且在隔室，她还听见有她丈夫擦皮鞋的声音。她那种类乎酸的情味又波动了，报复和惩罚的意念也来刺激她，使她从颓丧中又兴奋起来。

她把鸭绒枕翻一个边，因为那上面有湿的泪痕，眼泪是显示她的破绽，她必须隐藏，不给她丈夫发见。

"这魔鬼一定看过那封信了……"她脸对隔室想。

于是，她就洗浴、扑粉、更衣……脸部及身上的妆饰全打扮得妥帖了，这才把香水分外加多的身上喷。

她丈夫走进来；开口就叫：

"好香呀！"

"好香？总不及那女人香吧！"她想，却不说出，只像平日的调

158

皮，斜过脸，含媚的说：

"你喜欢么？"

"当然。"

"当然喜欢还是当然不喜欢？"

"当然喜欢。"

"呸！"她噘嘴。

"你要到哪里去？"

"你不是说黎子和请我们看电影么？"

"我恐怕不能去，因为晚上七点钟还有一个会议。"

她知道她丈夫已经中计了，却故意这样说：

"一天到晚尽开会，有什么事议不完？"

"可不是——"声音却含点局促。

"那末，我一个人去好了，我还要看看他的新夫人。"

"吃过饭也不迟。"

"刚睡起；我吃不下东西。"说着，她就提起皮夹子，动身了。

"早点回来呀……"这声音只在她的身后。

其实她撒谎。出了大门，她就雇车到中央公园去，在路上，各种的情绪又来扰乱她，但她任制住，她不愿这种种的感想集拢来，败坏她原有的计划；因此，她就极力想着这事情的滑稽，完全像可笑的戏剧，并且眼前就要开幕了。以及细想那胜利后的快活。进了公园，到来今雨轩，她坐在茶几边，看那稀星闪烁的夜色。因没有风，树荫全静穆着，也像是朵朵乌云。蝉儿不断的彼此喧叫。游人，零零落落的，在电光下，隐隐约约地来往。……关于这一切，在她眼中，却是毫无意识的各种流动；因为她只盼望她丈夫来到，开演她所要开演的那幕戏剧。在等待中，有时她想到，像她这样一个人静静地待在公园里的茶几边，纵不说别人，连自己也仿佛是当真像等待着情人的样子了，便不禁觉得可笑。

人总不来，她有点疑惑了。

但不久，那熟识的一个削长的影子，便在红红绿绿的走廊边，给她瞧见了。

"这一定是他，这魔鬼真来了！"她又恨又喜。

她丈夫慢慢地走近来……在那一瞬间，两个人的眼光就遇合了。

她丈夫的脸变了色。

"会议完了么？"她问，语意是含着讥刺。

他不答，只用惊疑的眼光看她。

"你不是说要会议去，怎么又到这里来呢？"

"你怎么也不去看电影？"他也问。

"我么？"她完全讥笑了，"我是在这里等一个情人，他在七点钟来和我相会……"

他完全明白了，呆呆的望她发怔。

"你不信我会有外遇吧？"她讥笑得更凶了。

她丈夫坐下来，挨近她，低声诚恳的向她认罪、赔礼，最后他又忏悔。

然而她不理，只静默地低着头，有时冷冷的答一句："我不配……"

"得啦！"他小心小气的说，"不要再讥刺我了！我知道，像这种事，是该死的，不过我现在忏悔了，你饶恕我，好么？"随后他又说出许多甜蜜话。

她虽说愤恨他，然而究竟是爱他的，经过他那样的悔过、温存、蜜语，以及现出种种使人可怜的情状，心肠终于软下来了。

"你要知道，我们结婚还不到两年……"

"知道知道！"

"其实"，她叹一口气。"男子是永远不会了解女人的，因此你也不知道我这样的苦心……"

"我全知道……"

她用眼角瞟他，表示不信。

他却笑出声来，手暗暗地在她腿上揉一把。

"可爱的！"他低声说。

"我不需要这种名词！"其实，在她心中，原有的愤恨和报复的意念早消灭了，所蓄满的却是这戏剧演后的温柔和安慰。风波算是平静了。

最后他建议说："我们俩现在看电影去吧！"

她答应了。于是两个人携手挨肩的走出去。

在电影院里，在黑暗中，她想起自己所演的那幕戏剧，又心酸了。他知道，便极力说慰语，并且用袖口悄悄地在密密杂杂的观众中间替她擦去眼泪……

电影演完了，她丈夫便抱着她腰间，在人群中走出去。于是旁边有一个中年的妇人向一个胡子先生说：

"你瞧，这一对才相爱呢！"

# 到莫斯科去

一

　　电灯的光把房子充满着美丽的辉煌。那印着希腊图案的壁纸闪着金光和玫瑰的颜色。许多影子，人的和物件的，交错地掩映在这眩目的纸上，如同在一片灿烂的天边浮着一些薄云。香烟和雪茄烟的烟气不断地升起来，飘着，分散着。那放射着强度光芒的电灯，三条银色的练子一直从天花板上把它吊得高高的，宛如半个月球的样子。灯罩是白种人用机器造成的一种美术的磁器，那上面，淡淡的印着——不如说是素描着希拉西士与水中的仙女，是半裸体的在水池中露着七个女人和一个男人。在壁台上，放着一尊石刻的委娜司，和一只黑色古瓶上插着一些白色的花，好像这爱神要吻着这初开的花朵。壁炉上的火是不住地轰腾着，熊熊的火光，像极了初升的朝阳映在汹涌的海浪上。一幅伊卡洛士之死，便从这火光中现着伟大的翅膀，以及几个仙女对于伊卡洛士的爱惜。斜对着这一幅图画，是一个非常分明地，半身女人的影子，年青和美，这是一张素裳女士最近的相片，也就是她作为这一个生日的纪念品。这张相片，便是这一家宅成为热闹的缘由。许多人都为了她的生日才如此地聚集着。这时的男客们和女客们，大家都喝过了酒，多少都带着点白兰地或意大利红酒的气味，而且为了这一个庆祝素裳女士的生日，大家都非常快乐地兴奋着。虽然是分开地，在有弹力的，绣着金线的印度缎的沙发上，各人舒服地坐着，躺着，但彼此之间都发生着交谈和笑谑的关系，带着半醉态的自由的情感。这客厅里，自从许多人影在辉煌的灯光中摇晃着，是不曾间断地响着谈话和笑声，正如这空间也不断地流荡着几盆梅花的芬香一样。

这时的女客们中，许多人又重新赞美了女主人的相片，有的说光线好，有的说姿态好，有的说像极了，有的又说还不如本人好看。于是蔡吟冰女士便承认照相是一种艺术，她向着她的朋友沈晓芝女士说：

"如果拍影机更进步，以后一定没有人学写生了。"

可是沈晓芝只答应了一句，便偏过脸去，听一些人谈论着柯伦泰夫人的三代恋爱问题。

夏克英女士正在大声的说：

"……性的完全解放……"

另一个女士便应和说：

"对了，只有女人才同情女人。"

有几个男客静悄悄的说：

"这是打倒我们的时候了。"

夏克英又继续的说，但她一眼看见女主人进来了，便站起来拉着她连声的问：

"素裳，你对于柯伦泰的三代恋爱觉得怎样？我非常想听你的意见。"

素裳把眼睛向这客厅里一看；徐大齐和许多政界党界要人正在高谈着政局的变化和党务的纠纷。那个任刚旅长显得英气勃勃的叙述他的光荣历史——第一次打败张作霖的国奉战争。两三个教育界的中坚分子便互相交换着北大风潮的意见。什么人都很有精神地说笑着。只有叶平一个人孤孤独独的不说话，坐在壁炉边，弯着半身低垂着头，不自觉的把火铲打着炉中的煤块，好像他深思着什么，一点也不知道这周围是流荡着复杂的人声和浓郁的空气。于是她坐下来，一面回答说：

"我没有什么意见。"

"为什么呢？"

"…………"

夏克英接着问：

"你不想说么？"

素裳便笑着低声向她说：

"你还问做什么呢？你自己不是早就实行了么？也许你已经做过第四代的——所以柯伦泰的三代恋爱在你是不成问题了。"

夏克英便做了一个怪脸，把眼睛半闪了一下，又说：

"我没有力量反抗你这一个天才的嘴。但是，我问你的是问题上的意见，并不是个人——"

素裳只好说：

"谁愿意怎样就怎样。在恋爱和性交的观念上，就是一个人，也常常有变更的：最好是自己觉得是对的便做去好了。"

蔡吟冰和沈晓芝便非常同意了这几句话；夏克英也转过脸去，又和一些男人辩论去了。

素裳便站起来，向着壁炉走去，那桃花色的火光映着她身体，从黑色的绸衣上闪着紫色的光，她走到叶平的身边，说：

"怎么？你都不说话，想些什么？"

"什么都没有想，"他仍然拿着火铲，一面抬起头来回答："我只想着我的一个朋友快来了。"

“是谁？”

“和我最好的一个朋友，大学时代的同学，我们从前是住在一间房子里。我常常把他的衣服拿到当铺去。今夜十二点他就要到了，来北平完全是来看我，因为他不久就要到欧洲去。”

“想不到你还有这么一个好朋友。一个好朋友多么不容易！现代的人是只讲着利害的。”

“对了。现在得一个好朋友恐怕比得一个情人还难。”叶平看了手表便接下说：“我现在就到东车站接他去。”于是他站了起来，向大家告别了。

素裳又坐到夏克英旁边，她带着感想地看着壁炉中的火。不久男客和女客都走了。徐大齐便打着呵欠地走过来，挽着她，一面告诉她，说他明天八点钟就得起来，因为市政府有一个特别会议。

二

伟大的火车站沉默着。吊在站顶上的电灯都非常黯澹了。每一个售票的小门都关得紧紧的。许多等着夜车的搭客——多半是乡下人之类——大家守着行李，寂寂寞寞的打着呵欠，有的挨在铺卷上半眯着眼睛，都现出一种非常疲倦的模样。搬夫们也各自躲开了，许多都躲到车站外的一家小面馆里推着牌九。停在车站门口的洋车是零零落落的，洋车夫都颤抖地蹲在车踏上，这是一些还等待着最后一趟火车的洋车夫。这车站里的景象真显得凄凉了。只有值班的站警还背着枪，现着怕冷的神气，很无聊地在车站里走着，而且走得非常的沉重，这也许恐怕他的脚要冻僵的缘故。此外，那夜里北风的叫声响了进来，这就是这车站里的一切了。

这时叶平从洋车上下来，走进了车站，一面擦着冰凉的鼻子，一面觉得两个小脚趾已经麻木了。他重新把大氅的领子包着脸颊，却并不感到獭皮领的暖和。他呵着手看着墙上的大钟，那上面的短针已走到 12 和 1 之间，他以为火车已经来过了。但在"火车开到时间表"上，他看到了这一趟慢车是一点钟才到的，便慢步地在车站上徘徊起来。

不久，这车站的搬夫一个两个地进来了，接着有一个售票的小门也打开了，许多恹恹欲睡的搭客便忽然警觉起来，醒了瞌睡，大家争先的挤到了木栏边，于是火车头的汽笛也叫起来了。大家都向着站台走去，叶平也买了一张月台票跟在这人群里。

站台上更冷了。吹得会使人裂开皮肤的冷风，强有力的在空中咆哮着，时时横扫到站台上，还挟来了一些小沙子和积雪。许多人的脸都收藏到围巾，毡帽，大氅以及衣领里面。差不多每个人都微微地打颤着。

当开往天津的特别慢车开走之后，那另一辆特别慢车便乏力地开到了。从旧的、完全透风的车厢中，零零落落地走下了一些人。叶平的眼睛便紧紧的望着下车的人，他看见了他的朋友。

"哦……洵白！"于是他跑上去，握着手了。

"这么冷，"这是一个钢琴似的有弹力的声音："我想你不必来接。"

但是叶平却只问他旅途上的事情：

"这一次风浪怎么样？晕船么？"

"还好，风浪并不大。"

他们亲热地说着话，走出车站，雇了一辆马车。

接着他们的谈话又开始了，这是一番非常真挚的话旧。叶平问了他的朋友在南方的生活情况，又问了他的工作，以及那一次广东共产党事变的情形。他的朋友完全告诉他，并且问了他的近况。

"和从前一样，"他微微地笑着回答："不同的只是胡子多些了。"

"还吸烟么？"

"有时吸。"

"当铺呢？"

"也常常发生点关系。"

于是他的朋友便用力的握一下他的手，并且带着无限友爱地说他的皮箱里还留着一张当票。这当票是已经满期到五年多了。然而这当票上却蕴蓄着赤裸裸的，纯洁而且包含着一个故事的情谊。并且，在这时，这一张当票成为代表他们人生意义的一部分，也就是不能再得的纪念品了。当洵白说到这当票的时候，在他的脸上，从疲惫于旅途的脸上，隐隐地浮泛着最天真的表情。叶平便诧愕地随着问：

"是那一张？"

"就是你硬要从我身上脱下来，只当了六元的皮袍。"

叶平不自禁地响起两声哈哈了。他想着不知为什么，他从前那么喜欢当当，甚至于把被单都送到当铺去。他觉得他的穷是使他进当铺的一个原因，然而到后来，简直连有钱的时候也想把衣服拿去当。他认为这习惯也许是一种遗传，因为他父亲的一生差不多和当铺都发生着关系的。他联想到他父亲没有力量使他受完大学的教育，而他能得到学士的学位完全是他的这一个朋友的帮助。然而洵白也并不是富商或阔人的子弟，他的帮助他，却是把一个人的普通费用分做两个人用的。那时，洵白之所以要到饭厅去吃饭，只因为吃饱之后还可以悄悄地把两块馒头带回来给他。他是如此地把愁人的学士年限念完的。这时他想到这一张当票上便拍着洵白的肩膀说：

"好像我从前很压迫你。"

他的朋友却自然地笑着回答：

"我只觉得我从前有点怕你。"

于是这两个朋友又谈到别后的种种生活上。

叶平问他：

"我一听说，或者看见什么地方抓了共产党，我就非常替你担心。你遇过危险么？"

可是洵白的嘴角上却浮着毫不在乎的微笑，说：

"我自己倒不觉得，也许是天天都在危险中的缘故。"

叶平想了一想，带着一种倾心和赞叹的神气说：

"你们的精神真可佩服。"

"不过牺牲的真多。"

"这是必然的。"

"我们的朋友也死得不少。张莘我，凌明，还有杨一之，他们都牺牲了。还有，从前和我们住在一个寝室的瞿少强，听说是关在牢里的，也许这时已经枪毙了。"

叶平沉了声音说：

"真惨呵！"

然而洵白却改正的回了他一句：

"牺牲本不算什么。"

叶平于是接着说：

"无论如何——的确是——无论如何，在第三者的眼中，这种牺牲总是太怕人了。虽然我不了解马克思——不，我可以说简直没有读过他的书，但是我认为现在的社会是已经到根本动摇的时代了，应该有一种思想把它变一个新局面。"

洵白微笑地听，一面问：

"你现在看不看社会科学的书？"

"有时看一点，不过并不是系统的。"

"你最近还作诗么？"

"不作了，诗这东西根本就没有用处。"

"那末作些什么呢？你的来信总不说到这些。"

"编讲义，上课，拿薪水——就作这些事。"

"你的性格真的还没有改。"

"我不是已对你说过么，我仍然是从前的我，所不同的只是多长几根胡子罢了。"

他的朋友注意地看了他的脸，便笑着说：

"你把胡子留起来倒不错。"

"为什么？"

"更尊严一点。"

"不过，一留起胡子便不能讲恋爱了，中国的女人是只喜欢小白脸的。"

他的朋友笑着而且带点滑稽的问：

"你不是反对恋爱的么？"

"我并不想恋爱——对于恋爱我还是坚持我从前的主张：恋爱多麻烦！尤其是结果是生儿子，更没有趣味！"说了便问他的朋友："你呢？"

"我没有想到，因为我的工作太忙了。"

"你们同志中，我想恋爱的观念是更其解放的。"

"在理论方面是不错的。然而在实际上，为了受整个社会限制的关系，谁也不能是最理想的。"

"我觉得男女都是独身好——因为独身比同居自由得多。"

但他的朋友不继续谈恋爱问题，只问他编讲义和上课之后还作些什么事，是不是还像从前那样地一个人跑到陶然亭去，或者公主坟。

"都不去。"

"未必一个人老呆在屋子里？"

"没有事的时候，"这是带着深思的笑意说："我常常到西城去。"

"为什么？"

"到一个朋友那里闲谈。"

"是谁？"

叶平便愉快地笑着告诉他，说他在三个月以前，在人的社会中发现了一个奇迹——一个小说中的人物，一个戏剧中的主人公，就是在现代新妇女中的一个特色女人。她完全是一个未来新女性的典型。她的性格充满着生命的力。她的情感非常热烈，但又十分细致。她的聪明是惊人的，却不表现在过分的动作上。她有一种使人看见她便不想就和她分离的力量。她给人的刺激是美感的。她对于各方面的思想都有相当的认识。她很喜欢文学，她并且对于艺术也很了解。她常常批评法国的文学太轻浮了，不如德国的沉毅和俄国的有力。可惜她只懂得英文。她常常说她如果能直接看俄文的书，她必定更喜欢俄国的作品。她有一句极其有趣的比喻：人应该把未来主义当作父亲，和文学亲嘴。她的确非常懂得做人而且非常懂得生活的。如果看见她，听了她的谈话——只管所谈的是一件顶琐碎顶不重要的事，而不想到她是一个不凡的女人是没有的。她能够使初见面的人不知为什么缘故就和她非常了解了。

他的朋友忽然开玩笑的样子打断他的话：

"那末你的恋爱观念要动摇了。"

"不会的，"他郑重的说："她给我的印象完全不是女人的印象。我只觉得她是一种典型。我除了表示惊讶的敬意之外没有别的。我并且——"他停顿一下又接着说他不愿意任何人把她当做一个普通的爱人，所以他对于她的丈夫——帝国大学的法律博士，目下党国的要人，市政府的重要角色——就是那个曾称呼他"拜伦"的徐大齐先生表示了反感。

他攻讦的说："他不配了解她，因为他从前只知道'根据法律第几条'，现在也不过多懂了一点'三民主义'，他在会场中念'遗嘱'是特别大声的。"

他的朋友带点笑意地听着他说，在心里却觉得他未免太崇拜这个女人了。

这时马车已穿过了一道厚厚的红墙，并且拐了弯，从一道石桥转到河沿上，一直顺着一排光着枝的柳树跑去。许多黑影和小小黯澹的街灯从车篷边晃着过去，有时北风带着残雪打到车篷上发响，并且特别明亮的一个桃形的电灯也浮鸥似的一闪就往后去了。叶平便忙伸出头来去向车夫说：

"到了。那里——"

车夫便立刻收紧了缰带，马车便退走了两步，在一个朱红漆大门口，在一盏印着"大明公寓"的电灯下，停住了。

他拉着他的朋友一直往里去。

"这公寓很阔。"

"并且，"他微笑着回答："我的房间比从前的寝室也'贵族'多了。"

# 三

一清早，徐大齐先生到市政府开会议去了，到十二点半钟还不曾回来，素裳女士便一人吃了午饭。在餐桌边，她不自觉的又觉得寂寞起来。她觉得在一间如此高大的餐厅里，在如此多样的菜肴前，只一个人吃着饭真是太孤单而且太贵族了。于是她的那一种近来才有的感想便接着发生了。近来，在餐桌边的寂寞中，她常常感觉得吃饭真是一件讨厌的事。真的，如果人不必吃饭那是怎样的快乐。她认为既然人必需吃饭，那末便应该有点趣味，至少不变成日常的苦恼功课。如果人只是为肚子需要东西才吃饭，这实在太无味，太苦，太机械了。她常常觉得自己的吃饭，几几乎和壁炉中添上煤块的意义没有两样的。因此她近来减食了，她一拿上筷子就有点厌烦。她差不多一眼也不看那桌上排满的各样菜，只是赶忙地扒了半碗饭就走开了。甚至于因为这样的吃饭竟使她感着长久的不快活，所以她离开了餐桌之后还在想：

"多末腻人呵，那每餐必备的红烧蹄膀！"

这时候她是斜身地躺在她的床上，手腕压着两个鸭绒枕头，眼睛发呆地看着杏黄色的墙上，因了吃饭的缘故而联想了许多的事情。她开始很理性地分析她对于吃饭生着反感的缘因，然而这分析的结果却使她有点伤感了。她觉得徐大齐离开她的辰光实在太多了。他常常从早上出去一直到半夜才回来的，而且一回来就躺在床上打鼾。他真的有这样多的公务？他不应该为她的寂寞而拒绝一些应酬？他总是一天到晚的忙。真的，他想念着她的辰光简直少极了，他差不多把整个的心思和时间都耗费在他的勾心斗角的政治活动上。他居然在生活中把她的爱情看做不什么重要了。……但是她又想着如果她不是住在这阔气的洋楼中，如果她是服务于社会的事业上，如果她的时间是支配在工作中，她一定不会感到这种寂寞，和发生了这种种浅薄的感想。于是她微微叹息的想着：

"我应该有一点工作，无论什么工作都行。"

然而她一想妇女在这社会中的生活地位，便不得不承认几乎是全部的女人还靠着男人而度过了一生的。并且就是在托福于"三民主义"的革命成功中，所谓妇女运动得了优越的结果，也不过在许多官僚中添上女官僚罢了。或者在男同志中选上一个很好的丈夫便放弃了工作的。似乎女人全不想这社会的各种责任是也应该负在自己肩上，至少不要由男人的领导而干着妇女运动的。然而中国的女人不仍然遗传着根性的懦弱，虚荣，懒惰么？女人在社会上失去各种生活的地位，从女人自己来看，是应该自己负责的。因此她自己想："除了当教员……"想着她又觉得这只是一种毫无生气的躲避的职业。于是她想她在这社会上的意义也和其他的女人一样等于零了。她不禁的有点愤慨起来。但不久她觉得这些空空的感想是无用的。于是为平静起见，便顺手拿了一本小说《马丹波娃利》。

这一本福罗倍尔的名著，在三年前她曾经看过的，但是她好像从前是忽略了许多，所以她便用心的看了起来。

当她看完了这本书，静静的思索了，她便非常遗憾这法国的一个出色的文豪却写出如此一个女人。这马丹波娃利，实在并不是一个能使人敬重甚至于能使人同情的，因为这女人除了羡慕富华生活之外没有别的思想，并且所需要的恋爱也只是为满足虚荣的欲望而且发展到变态的了。虽然福罗倍尔并不对于她表示同情，但也没有加以攻击，因此她非常怀疑这成为法国十九世纪文学权威的作家为什么要耗费二十多万字写出这么一个医生的妻子。于是她认为在这本《马丹波娃利》书中，福罗倍尔的文字精致和描写深入的艺术是成功，但在文学的创造上他是完全失败了，所以他只是十九世纪的法国作家，不能成为这人类中一个永恒不朽的领导着人生的伟人。因此他想到了许多欧洲的名著，而这些名盛一时的作家所写出的女人差不多都是极其平凡而且使人轻视和厌恶的，一直至于法郎士的心目中的女人也不能超过德海司的典型。于是她觉得，如果她也写小说，如果她小说中有一个女主人公，她一定把这女人写成非常了不起，非常能使人尊重和敬爱的……

她想着，她觉得很有创造出一个不凡女人的勇气。末了，她从床上起来，忽然在一面纤尘不染的衣镜中，看见她自己的脸上发着因思想兴奋的一种绯红，她用手心摸了一下，那皮肤有点烧热了。

她喝了一杯白开水，坐到挨近一盆蜡梅的大椅上，继续地想着她的创作，她完全沉思了。

但她刚刚想好了一个还不十分妥贴的题目，她的旧同学沈晓芝便一下推开门，气色蓬勃地进来了。

"我算定你在家。"她嚷着，一面把骆驼毛的领子翻下去，脱了手套。

素裳在一眼中，看出她的这一个同学今天一定遇了可喜的事，否则她不会如此发疯似的快活，因为她平素为人是非常稳重的，她甚至于因为恐怕生小孩子便不敢和她的爱人同居。

"你一定又接了两封情书。"

"别开玩笑。"沈晓芝正经地笑着说："他今天没有来信。我也不要他来信。"

"又闹些什么？"

"他近来的信写得肉麻死了。"

素裳对于这一个同学的中庸主义的恋爱是很反对的，她常常都在进着忠告，主张既然恋爱着便应该懂得恋爱的味，纵然是苦味也应当尝一尝，否则便不必恋爱。如果两个人相好，又为了怕生小孩子的缘故而分离着，这是反乎本能的。然而她的同学却没有这种勇气，虽然觉得每天两个人跑来跑去是很麻烦的。所以素裳这时又向她说：

"一同居便不会写信了。"

但是沈晓芝不回答，只笑着，并且重新兴奋地大声说：

"我们看美术展览会去！"

"在那里？"

"中山公园。去不去？我是特别来邀你的！"

"去，"她回答说，"为了你近来对于美术的兴趣也得去的。"

沈晓芝便欢欢喜喜地替她开了衣柜，取一件黑貂皮的大氅披到她身上，等着她套上鞋套子。这两个女朋友看一下镜子里的影，便走了。

外面充满着冷风。天是阴阴的，马上就要沉下来的样子。那密布的冻云中，似乎已隐隐地落下雪花来。一到公园里面，空中便纷纷地飘着白色的小点，而且轻轻的积在许多枯枝上。

那美术展览会里也充满着严冷的空气。看画的人少极了。展览着国画的地方竟连一个人也没有，所以一幅胭脂般的牡丹花更显得红艳了。看了这一些鸟呀花呀孔雀呀的红红绿绿的国画之后，素裳便向着她的同伴问：

"好么？"

沈晓芝含笑地摇了头，说：

"大约我也画得出来。"虽然她很知道她自己刚刚学了三个月的水彩画。

"对了，这些画只是一些颜色。"说着便拐一个弯去看西洋画。

陈列着画的地方好多了。看画的人也有好几个，作品是比国画要多到三倍的。然而这些名为印象派，象征派，写实派，……这些各有来源的西洋画，也不能使素裳感到比较的满意。虽然她的同伴曾指着一幅涂着非常之厚的油画，说："这一幅好！"她也仍然觉得这只是一些油膏，并不是画，因为那上面的"乞丐"，一点也找不出属于乞丐的种种。在这些西洋画中，几乎可以代表西洋画的倾向，便是最引人注意的赤裸裸的女体画。但这些女体画不但都不美，简直没有使人引起美感的地方。虽然有一个作家很大胆地在两条精光的腿中间画了一团黑，可是这表现，似乎反把女体的美糟蹋了。其次在西洋画中也占有势力的是写生画——房子，树，树，房子，无论这些画标题得怎样优雅，都和那些女体画一样，除了在作家自己成为奇货之外是一点意义也没有的。素裳对于其余的画像等等便不想看了。她说：

"走罢。"

沈晓芝正观赏着一个猴子吊在柳树上。

于是她们又拐了弯，这是古画陈列的地方了。

素裳第一眼便看见了叶平在一幅八大山人的山水画前面，低声地向着他身旁的一个人说话。那个人比他高一点，也强健一点，穿着黑灰色的西装大氅，并且旧到有点破烂了。于是她走上去，刚刚走到他身边，他便警觉地转过身，笑着脸说：

"哦……你也来了。"

"因为你在这里，"素裳笑着说。

叶平便忙着介绍：

"这是素裳女士！这是沈晓芝女士！这是施洵白先生！"他的脸上便现出十分愉快的笑意。

素裳便向这一个生人点了头，且问：

"昨夜才到的，是么？"

"也可以说今天，因为是一点钟——"

于是她忽然无意地，发现洵白在说话中有一种吸人注意的神气，一种至少是属于沉静的美。她并且觉得他的眼睛是一双充满着思想和智慧的眼睛；他的脸的轮廓也是很不凡的……好像从他身上的任何部分都隐现着一种高尚的人格。这时她听见了清晰而又稳重的声音：

"来看了好久？"

"才来；不过差不多都看够了。"

洵白便会意地笑了。

沈晓芝接着向叶平问：

"你喜欢看古画么，站在这里？"

"看不懂。"他带点讽刺的说:"标价一千元,想来大约总是好的。你呢,你是学画的,觉得怎样呢?"

她便老老实实的回答:

"我是刚学的。我也不懂。我觉得还是西洋画比国画好点。"

于是她们和他们便走出这美术展览会,并且在公园中走了两个圈,素裳和洵白都彼此感到愉快地谈了好些话。在分别的时候,她特别向他说:

"如果高兴,你明天就和叶平一路来……"

他笑着点着头而且看着她的后影,并且看着她的车子由红墙的洞中穿出去了。

于是在路上他便一半沉思地向他的朋友说:

"你的话大约不错,至少我还没有遇见过——"

# 四

这是一个星期日。因了照例的一个星期日的聚会,在下午一点钟,徐大齐先生的洋房子门口,便排了两辆一九二九年的新式汽车,一辆英国式的高篷马车,和三五辆北方特有的装着棉蓝布篷子的洋车。这些车夫们,趁着自己的主人还有许多时候在客厅里,便大家躲在门房的炕上赌钱,堆着大牌九,于是让那一头蒙古种的棕色马不耐烦的在一株大树下扫着尾巴,常常把身子颠着,踢着蹄子,……使许多行人都注意到这一家新贵的住宅中正满着阔人呢。

的确,客厅里真热闹极了。壁炉中的火是兴旺的烧着。各种各样的梅花都吐着芬香。温暖的空气使得人的脸上泛溢着蒸发的红晕。许多客人都脱去外衣,有的还把中国的长袍脱去,只穿着短衣露着长裤脚，其中有一个教育界要人还把一大节水红色绸腰带飘在花蓝丝葛的棉裤上。一缕缕三炮台和雪茄的烟气，飘袅着，散漫在淡淡的阳光里。在一张小圆桌上，汽水的瓶子排满着，许多玻璃杯闪着水光，两个穿着白色号衣的仆人在谨慎地忙着送汽水。这一些阔人，一面在如此暖和的房子中，一面喝着凉东西，嗅着花香，吸着烟，劈开腿，坐在或躺在软软的沙发上。而且——这些阔人，每个人还常常打着响亮的哈哈，似乎这声音才更加把客厅显得有声色了。大家正在高谈阔论呢。

那个穿着中山服的王耀勋又根据建国大纲来发挥他的党见。这个先生在学校里是背榜的脚色，但在"三民主义"下却成为一个很锋芒的健将了，因此他曾做过四十天的一个省党部的宣传部部长。这时他洋洋大声的说：

"党政之所以腐败皆缘于多数人之不能奉行建国大纲，因此在转入训政时期还彼此意见纷歧，此真乃党国之不幸！"

说了便有一个声音反响过来：

"我以为，投机分子和腐化分子太多是一个缘故。"说这话的是方大愈先生，他现在不做什么事了，却把他自己归纳到某某派中去的。

于是有点某某会议派嫌疑的万秉先生便代表了市政府方面，带点意气的说："不过，投机分子和腐化分子现在没有活动的余地了。"这话真对于在野的人含不少的讥刺，因为他现在是市政府最得力的秘书。

他的话便惹怒了几个失意的人，其中瞿炳成便针锋相对的大声说：

"自然，现在在党国服务的都是三民主义者，但是我们不要忘记，其中显贵的人也免不了有幸运造成的——这的确不是国民党和国民政府的光荣。"

接着黄大泉先生，他在一个月以前刚登过"大泉因身体失健，此后概不参加任何工作，且将赴欧洲求学，以备将来为党国效劳"这末一则启事的，所以他也发言了：

"现在不操着党权和政权的并不是一种羞辱，正如现在操着党权和政权的也不是一种骄傲。我们的工作应该看最后的努力！"这两句话在一方面便发生了影响，差不多在野的人都认为是一种又光明又紧练又磊落的言论，并且大家同意地，赞成地，快乐地响应着。

这时把万秉先生可弄得焦心了。他用力的放下玻璃杯，汽水在杯中便起了波浪，眼睛发热的望着反对者，耸一耸肩膀，声音几乎是恼怒的了：

"如果忠实于三民主义，应该把我们的工作来证明我们的信仰，不应该隔岸观火而且说着风凉话。我们现在应该纠正的，便是自己不工作而又毁谤努力于工作的人的这一种思想。"说了便好像已报复了什么，而且在烧热的嘴唇上浮着胜利的微笑，庆祝似的喝了一大口汽水。

于是相反的话又响起来了。然而这一个客厅的主人便从容地解决了这一个辩论：

"听我说，如果你们不反对我的这种意见：我认为你们所争执的并不是一个问题。我觉得我们对于党国的效劳，现在都不能算为最后的尽力，所以我们应该互相——至少是对于自己的勉励，因为我们以后工作的成绩是不可预知的。"

徐大齐先生的这几句简单的意见，的确是非常委婉而且动听，不但并不袒护任何方面，还轻轻的调解了两方的纠纷，于是这客厅里的人都钦佩他的口才，认为只有他才不失为主席的资格。

那个从日本军官学校一毕业就做了旅长的任刚先生便拍着手称赞他说：

"你真行！"

他便按着电铃，对仆人说：

"Red Wine！"

于是红色的酒便装在放亮的玻璃杯中，在许多手上晃来晃去的荡漾，而且响着玻璃杯相碰的声音。这客厅的局面便完全变了样子了，大家毫无成见的彼此祝福着，豪饮着，甚至于黄大泉干了杯向万秉说：

"祝你的爱情万岁！"因为这一位秘书正倾心着他的一个女书记。并且年轻的旅长，忽然抱起那留着八字胡子的教育界要人跳起舞来了。客厅里便重新充满了哈哈和各种杂乱的响动，酒气便代替了烟气在空间流荡着。正在这客厅里特别变成一个疯狂社会的时候，叶平便和他的朋友走到了这两层楼的楼梯边。他的朋友便向他低声说：

"如果你不先说这是素裳女士的家，我一定会疑心是一个戏馆了。"叶平这才想到今天是徐大齐先生的星期日聚会，于是不走向客厅，向着素裳的书房走去。

听着脚步的声音，素裳便把房门开了，笑着迎了他们。这时，在洵白的第一个印象中，他非常诧异地觉得这书房和客厅简直是两个世界。这书房显得这样超凡的安静。空气是平均的，温温的。炉火也缓缓地飘着红色的光。墙壁是白的，白的纸上又印着一些银色图案画，两个书架也是白色的，那上面又非常美观地闪着许多金字的书。并且书架的上面排着一盆天冬草，草已经长得有三尺多长，像香藤似的垂了下来，绿色的小叶子便隐隐地把一些书遮掩着。在精致的写字台上，放着几本英文书，一个大理石的墨水盒，一个小小玲珑的月份牌，和一张 Watts 的希望镶在一个银灰色的铜框里。这些装饰和情调，是分明地显出这书房中的主人对于一切趣味都是非常之高的，于是在洵白的眼中，他看出——似乎他又深一层的了解了素裳，但同时又觉得她未免太带着贵族的色彩了。他脱下帽子便听见一种微笑的声音：

"我以为你们不来了。"

"为什么不来?"叶平带点玩笑的说:"世界上没有比这里更好的地方！"一面脱去围巾和大氅,在一张摇椅上坐着了。洵白也坐到临近书架的沙发上,他第一眼便看见了英译的托尔斯泰全集,和许多俄国作品。

于是这一间书房里便不断地响着他们三人的谈话,洵白一个人尤其说得多。他的声音,他的态度,他的精神,他的在每种事件中发挥的理论和见解,便给了素裳一个异乎平常的印象。并且从其中,她知道了这个初识的朋友,是一个非常彻底的"康敏尼斯特",而且他对于文学的见解正像他的思想,是一样卓越的。所以她极其愉快地注意着他的谈话。

当谈着小说的时候,洵白问她,在各种名著中,她所最喜欢的是那一个女人,她便回答说:

"没有一个新女性的典型。并且存在于小说中的女人差不多都是缺陷的。我觉得我还喜欢夜未央中的安娜,但是也只是她的一部分。"

"最不喜欢的呢?"

"马丹波娃利。"

洵白对于她的见解是同意的。于是他们的谈话转到了托尔斯泰的作品上。她说:

"我不很喜欢,因为宗教的色彩太浓厚了。我读他的小说,常常所得到的不是文学的意旨,却是他的教义。"

接着他们便谈到了苏俄现代的文坛,以及新进的几个无产阶级的作家。最后他们又谈到了一些琐事上。于是电灯亮了。洵白忽然发觉在对着他的那墙上,挂着一张放大的小女孩相片,虽然是一个乡下姑娘的装束,却显露着城市中所缺少的天然风度,而且大眼,长眉,小嘴,这之间又含着天真和聪明。他觉得如果他没有看错,这相片一定就是素裳从前的影子，想着她便看了她，觉得她的眼睛和那小孩子的眼睛是一样的，便笑着向她说：

"很像。"

素裳迟疑了一下便回答：

"还像么？我觉得我是她的老母亲了。"

"不，"叶平带笑的说："我觉得你只是她的小姊姊。"说了便向她告别，并且就要去拿他的大氅。

然而素裳又把他们留下了。

这时房门上响着叩门声，接着门开了，徐大齐便昂然地走了进来，嘴上还含着雪茄烟。素裳便特别敬重的介绍说：

"施洵白先生！叶平的最好朋友！前夜才到……"

徐大齐立刻伸出手，拿下雪茄烟，亲热的说：

"呵，荣幸得很！"接着便说他因为和几个朋友在客厅里，不知道他来到，非常抱歉，并且又非常诚意地请他再到客厅里去坐，去喝一点意大利的最新红酒。可是素裳却打断他的意思，说："就在这里好了。"

他已经转过脸去，向叶平问：

"听说贵校正闹着先生和学生的恋爱风潮，真的么？"

"我已经两天没有去了。"

于是这一个善于辞令的政治家，便充分的表现了他的才能，神色飞扬地说了许多交际话，并且随意引来了一些政治的小问题，高谈着，到了仆人来请用饭的时候。

当徐大齐挽着素裳走到饭厅里去，洵白便感想地想着这一对影子，并且客观地，在心里暗暗的分析说：

"这完全是两个社会的两种人物……"

# 五

叶平等着他的朋友回来吃夜饭，一直等了一个多钟头，终于自己把饭吃了。吃过饭之后，他又照例的坐到桌前去，编着欧洲文学史的讲义。刚刚下笔不久，写到"十八世纪的南欧与北欧"时候，一个最信仰于他的学生便来找他了。这学生带给他一个消息，便是那全校哄然的恋爱风潮。在这恋爱风潮中，他说他完全是一个局外，但他很同情于被反对者。他并且非常愤慨地认为这一次风潮完全是学生方面的耻辱，而且是一般青年人暴露了个人主义和封建时代的思想。他极端觉得遗憾的是社会对于这风潮没有公正的评判。他尤其怀疑学校当局的中立态度。最后他希望这一位先生给他一点意见。

叶平便问："到底是怎么一回事？"

于是这学生便忍耐着激动，慢慢的告诉他，说是中国文学系二年级女生，他的同班，何韵清，从前和英文学系的学生陈仲平恋爱，有的说他们俩已发生了别的关系。但是前几天陈仲平便发觉她有不忠实于他的行为，并且找到了证据，就是何韵清和预科一年级法文教员又发生恋爱关系。陈仲平认为何韵清既然爱他，就不应当同时又爱别一人，因此他认何韵清的这种行为是暧昧的行为，而且成为他恋爱的耻辱。他为惩罚何韵清起见，便过甚其辞的把这个事实公布了。于是全校的学生都哄了起来。大家都觉得何韵清的行为是不对的。他们都同情陈仲平的不幸。并且他们都认为一个女人在同一时候不能再爱另一个男人，并且认为如果一个女人在同时爱了这个又爱那个是侵犯了神圣的恋爱。因此大家对于何韵清都极端恶意的攻击，甚至于有人提倡她当野鸡去。还有许多人开了私人的会议便呈请教务处开除何韵清的学籍。另一部分人便写信警告何韵清和法文教员，还有许多不安分的人便到处说着极难听的下流话。法文教员连课也不敢上了。何韵清简直更不能见人，见了人，大家都作着种种怪难看的丑脸，而且吹着哨子，大家说着不负责的痞话。为了这个风潮，差不多什么人都无心上课了。虽然学校还照常有功课，但实际上已等于停课了，或者因此竟闹成了罢课也说不定呢。接着这学生便感着痛心地，诚诚恳恳的说出他对于这事件的见解，他负责的说他认为何韵清是对的，她的同时爱两个人是可能的，至少她的这种恋爱不是什么暧昧的行为。并且他认为何韵清爱法文教员也决不是陈仲平的耻辱。他觉得一个女人——或者男人——在同时爱上两个人是很自然的，因为一个人原来有爱许多人的本能。并且他觉得恋爱是完全自由的，旁人更没有干涉的权利。最后他又向着他的先生问：

"叶先生觉得怎样呢？"

他的先生便给了他许多意见，这学生感着满意地走了。叶平却沉思起来，他想了许久他的"恋爱否认论"。

这时他燃上一枝香烟，却发觉已经八点十分了。然而洵白还没有回来，他想不出他不回来的缘故，因为他只说到东安市场去买点东西，并且他没有别的朋友。他揣想了许多，便有点担心起来，他很害怕他被什么人认出来了，那是非常危险的。因此他愈觉得不安了，疑惑地忧愁着，讲义也编不成了。

一直到了九点三十五分钟，这一个使人焦急的朋友，却安然地挟着一本书，推进房门，脸上浮满了快乐和得意的微笑。

"你到那里去的？"叶平直率的，带点气样的问。

洵白想了一想，终于回答说：

"不到什么地方；只到素裳那里去。"

"那末晚饭已经吃过了？"

"吃过了。"

“徐大齐在家么？”

“没有，”说了又补充一句：“临走时他才回来。”

“你要留心点。这个人对于异己者是极端残酷的。”

“我不会和他说什么。”

于是他坐在一张藤椅上，打开书——英译屠格涅夫的《春潮》——微笑地看着，眼睛发光。叶平也继续编他的讲义。

但到了十二点多钟，当叶平觉得疲倦而打着呵欠，同时要洵白也去休息的时候，他忽然发现到这一个朋友的一点奇怪的事情：看书看了三点多钟，那充满着愉快的发光的眼睛，还凝神在九十二页上，竟是连一页也没有看完。

# 六

这一天素裳起来得特别早，她从没有像这样早过，差不多比平常早了三个钟头。她下床时候，徐大齐还在打鼾呢。她披上一件薄绒大氅，便匆匆忙忙的跑到她的书房去。

壁炉还没有生火。梅花又新开了好些。空间充满着清冷的空气和花香的气味。她一个人坐在写字台前，一只手按在脸颊上，一动也不动。她的眼睛异样放光的。她的脸上浮泛着一种新的感想正在激动的绯红。她的头脑中还不断地飘忽着夜间梦见的一些幻影。她在她的惊异，疑惑，以及有点害怕，但同时又觉得非常的喜悦之中，她默默地沉思了长久的时候，最后她吃惊的抬起头，毫无目的的看着窗外的灰色的天，一大群喜鹊正歌唱着从瓦檐上飞过去，似乎天的一边已隐然映出一点太阳的红光了。于是她开了屉子，从一只紫色的皮包中拿出一册极其精致的袖珍日记本，并且用一枝蓝色的自来水笔写了这两句：

"奇怪的幻影，然而把我的心变成更美了！"

写了便看着，悄悄的念了几遍才合拢去，又放到皮包里。于是又沉思着。

当她第二次又抬起头，她便无意地看到了左边书架的上一列，在那许多俄国作品之中空着一本书的地位，因此她的眼前忽然晃起那个借书人的影子，尤其显然的是一双充满着思想和智慧的眼睛，以及……这一些都是泃白的。

接着她悄悄的想："奇怪……不。那是很自然的！"在这种心情中，经过了一会，她便快乐的给她的母亲写一封信。她开头便说她今天是她的一个重要日子，比母亲生她的日子还要重要。她并且说她从没有像今天这样的欢乐，说不定这欢乐将伴着她一生，而且留在这世界。她说了许多许多。她又说——这是经过一番思考之后——告诉她母亲说她在三天前，她认识了一个朋友，一个思想和聪明一样新一样丰富的人。最后她祝福她自己而且向她的母亲说：

"妈妈，为了你女儿的快活，你向你自己祝福吧！"

她便微笑地写着信封。这时她的女朋友夏克英跑来了，这位女士的脚步总是像打鼓似的。她叠着信纸，一面向叩门的人说：

"进来！"

夏克英一跳便到了她身边，喜气洋洋的。

"什么事，大清早就这样的快活？"

"给你看一件宝贝，"夏克英吃吃的笑着说，一面浪漫地把一只狐狸从颈项上解下来，往椅子上一丢，"真笑死人呢。"说了便从衣袋中，拿出了一封信，并且展开来，嘲笑的念着第一句：

"我最亲爱最梦想的安琪儿！"念了又吃吃的笑着，站到素裳身旁去，头挨头地，看着这封信，看到中间，又嘲笑的大声念道：

"因为你，我差不多想作诗了！"

看完信，素裳便说：

"这完全是封建时代的人物。"

"谁说不是呢？他还找着我，可不是见他的鬼了？"接着这一个在恋爱中最能解放的夏克英，便轻浮地说着这一件故事。她第一句便说这个男人是傻子！说他的眼睛简直是瞎，认不清人。又说他如果想恋爱，至少要换一个清白的头脑。否则，如果他须要恋爱，便应该早生二十年。最后她讽刺的说：

"也许这个人倒是一个'佳人'的好配偶呢！"说了便把那封署名"情愿为你的奴隶"的信收起来了，并且拿了狐狸。

"急什么？"

"我还要给晓芝她们看去。"夏克英说着便动身了，走到门口时又转过脸来向素裳说：

"告诉你，昨夜是我和第八个——也许是第九个男人发生关系啊。"接着那楼梯上的脚步声音，沉重地直响了一阵。

素裳便又坐到写字台前。她对于这一个性欲完全解放的女朋友，是完全同情的。但是她自己没有实行的缘故，便是她看不起一般男人，因为常常都觉得男人给她的刺激太薄弱了，纵然在性的方面也不能给她一点鼓励和兴趣。她认为这是她的趣味异于普通人。这时她又为她的女朋友而生了这种感想：

"男人永远是恋爱的落伍者，至少中国的男人是这样的。"

然而这一些浅浅的感想，一会儿便消灭了。她又重新看了给她母亲的信，并且在头脑中又重新飘忽了那种种幻影。她一直到将要吃午饭的时候才走到洗澡间去的。

当她只穿着水红色丝绒衣走进饭厅里，徐大齐已经在等着她了。他向她笑着说：

"今天真是一个纪念日——你起得特别早。"接着他告诉她说：

"叶平刚才打电话来，说明天早上请我们逛西山去——前两天西山的雪落得很大。"

她忽然突兀的问：

"你呢，你去不去？"

"我也想去。"

于是她默默的吃着饭，心里却荡漾着波浪，并且懊恼地想：

"为什么，明天，市政府单单没有会议？"


# 七


冬天天亮得很迟，刚亮不久的八点钟，他们便来邀她了，但她已经等待了许久。这时她对于逛西山是完全欢喜的，因为昨天从南京来了一个要人，徐大齐一清早便拜访去了，他不能和她一路去。

她对叶平说："不要等他，说不定他到晚上才回来的。"接着便问："为什么忽然想逛西山？"

叶平便告诉她，说他并没有想，而且他今天是功课特别多，想逛西山完全是洵白提议的，于是她看了洵白一眼，她和他的眼光便不期然接触着，她觉得他的眼光中含着不少意义，这意义是不分明的，而其中有着一种支配于感情的懦怯。

他却辩护似的说：

"西山我还没有去过。从前有几次想去都没有钱去。我想这一次如果再不去，说不定以后都没有去的机会了，因为过了两天我就要离开这里……"

这最后的一句便立刻给了素裳一个意外的惊愕。她没有想到这一个朋友会刚刚来便要走的。她完全不想这时便听见他这样说。她觉得

188

这短促的晤谈简直是给她一个遗憾。她忽然感到惆怅了。她差不多沉思起来……她只仿仿佛佛地听见叶平在向她说："我们走吧！"而且问她：

"你吃过东西没有？"

"并不饿。"

"好的，到西山吃野餐去。"

三个人便下着楼梯，汽车夫已经预备开车了。

叶平让她坐在车位当中。汽车开走了。他们便谈话起来。但在许多闲谈中间，她时时都觉得洵白的身子有意地偏过一边，紧挨到车窗，似乎深怕挨着她而躲避她的样子。

汽车驶出了西直门，渐渐的，两旁便舒展着野景。他们的闲谈便中止了，各人把眼睛看到野外去。那大的，无涯的一片，几乎都平铺着洁白的雪。回忆中的绿色的田，这时变成充满着白浪的海了。间或有一两个农夫弯腰在残缺的菜园里，似乎在挖着余剩的白菜。一匹黄牛，远远的蹲卧在一家茅屋前，熟睡似的一动也不动。在光着枝条的树下，常常有几个古国遗风的京兆人，拖着发辫子，骑在小驴上。并且常常有一队响着铃声的骆驼，慢慢地走着，使人联想到忠厚的，朴实的，但是极其懒惰和古旧的满洲民族。这许多，都异乎近代城市的情调，因此洵白忽然转回脸来说：

"北平的乡下也和别的乡下不同：我们那里的乡下是非常勤苦的，田园里都是工作。"

"大约是气候不同，"叶平说，一面还看着颓了半扇红墙的古寺。

"然而，"洵白又接下说："在寒带地方的人应该能够耐苦的，北欧的民族便非常勤劳于艰难的工作。"

叶平不回答，他注意到远处的一座古墓。

"我也觉得，"素裳便同意的说，接着她和洵白便谈了南欧和北

189

欧以及东亚的民族，各民族的特性和各地的风俗，她从他的口中听到了别人所没有的意见。这些谈话，又使她感到非常的喜悦，甚至于她觉得她好像变成很需要听他的谈话了。当他说到古代的恋爱时候，她尤其觉得在他的嘴唇边有一种使人分析不清的趣味，这也许是因为他用现代的思想谈着古代的事情吧。

"听……泉水！"叶平忽然叫。

他们的眼睛便随了这声音又看到野外去。汽车转着弯驶过一道石桥。景象有点不同了。这里是一座山，一个高高的，瘦瘦的，尖形的塔耸立在山顶上。山上满着银色的树。树之间有一两个房子，古庙吧，也许是洋房子。有着不少喜鹊之类的鸟在飞翔着。

叶平便指导似的说：

"玉泉山！"

那流泉的清脆声音，响在这山脚下。原来凭着山脚的轮廓，有一条仄仄的小溪，水声便是从溪中发散出来的。溪两旁长着一些草，可是都已经枯萎了。但在结着一层层的薄冰中，还能够看见一道清明的泉水，在那里缓缓地流着。

叶平便又开口说：

"如果在春天夏天，只要不结冰的时候，这溪中的水清到见底，底下有一层层的水草平伏着，而且在太阳光中，随着泉水的流动，便可以看见十分美丽的闪着金色辉煌的一层层波浪。并且洋车夫常常喝着这里面的水。"

"不长鱼么？"素裳大意的问。

"不知道。虾子大约总有的。"

"那末，"洵白便想象的说："一定有人坐在溪边钓虾了。"

叶平想了一想便笑了。素裳接着说：

"只有北平才有这种遗民风度。"

于是他们说了一些话又看着野景。汽车便非常之快地驶向一条平坦大路，五分钟之后便停在香山的大门口了。

许多小驴子装饰着红红绿绿的布带，颈项上挂着念珠似的一圈铜铃，显出头长脚小的可笑可怜模样。这时就有一个穿西装的男人和一个穿旗袍的女人，一对嘻嘻哈哈的打着驴子跑过去了。于是驴夫们便围拢来，争着把那可怜的小畜牲牵过去，一面拍着驴子的背一面讲价：

"一块大洋，随您坐多久。"

轿夫们也上前了，抬着空溜溜的只有一张藤椅子的轿。

驴夫抢着说：

"骑驴子上山好玩。"

轿夫也嚷着：

"坐轿子舒服。"

然而这三个客人却步行地走了。他们走过了这个山门，顺着一道平平地高上去的山路，慢慢的走，走到了缨络岩。这里松柏多极了。并且在松柏围抱之中，现着一块平地，地上有三张石桌和几只鼓形的椅子。各种鸟声非常细碎的响着。许多因泉流而结成的冰筷，高高的吊在大石上。他们在这里逗留了一会，便继续往上走，一路闲谈，一路浏览，一直走到半山亭才休息下来。从这亭子上向下望去，看见满山的树枝都覆着柔白的雪；而且望到远处，那一片，茫茫的，看不清的，似乎并不是城市的街，却像是白浪滔滔的海面了。叶平离开他的游伴，一个人跑到亭子的栏杆上，不动的站着，如同石像的模样，看着而且沉思着什么。素裳和询白便坐在石阶上，彼此说些山景，雪景，并且慢慢的谈到了一些别的。最后他们谈到小孩子。因此联谈到他的幼年。于是洵白便坦坦白白的告诉她，说他的家庭现在已和他没有关系了，原因是他不能做官，他父亲把他当作不肖的儿子，至于极其盛怒的把他的名字从宗谱上去掉。但是他并不恨他的父亲，他只觉得可怜而且可笑的，因此他父亲常常穷不过时还是向他要钱，他也不得不寄一点钱去。接着他便说他从前是一个布店的徒弟，因为在他十三岁时候，他父亲卖去最后一担田之后，便把他送到一家布店去，为的可以使家里省一口饭。他当时虽然不愿意，然而没有法，终于放下英文初阶，去学打算盘。他在这一家布店里，一直做了三年的学徒，这三年中所受到的种种磨难，差不多把他整个人生——至少使他倾向于马克思主义是有点关系的。因为在那布店中，老板固然不把他看作一个人，先生们对于他也非常的酷刻，甚至于比他高一级的师兄也时时压迫他做一些不是他份内的事，并且有一天还陷害他，说是一丈二尺爱国布是他偷去的。这一切，当初，他是没有法子去避免，更没有法子去抵抗，因此他都忍耐了。但是，到最后，终使他不顾一切地下了逃走的决心，那是因为有一夜——很冷的一夜，那个比他大十几岁的每月已经赚到五元的先生，忽然跑到他床上来（他的床是扇门板），揪开他的旧棉被，并且——当他猛然惊醒的时候，他忽然发觉一只手摸着他的脸，另一只手悄悄的在解他的裤带，他便立刻——不自禁的，害怕的，喊起来了。于是那个先生才放手，却非常之重的打了他一个耳巴，并且恶狠狠的威吓他，说这一次便宜了他，如果明天晚上他还敢——那他一定不怕死了。这样，他第二天便带着九元钱逃走了。于是他飘泊到上海，在一个医院里当小使。过了一年便到天津去，在一个中学里当书记。又过两年他考进北京大学。那时候他的一个表叔忽然阔起来，把他父亲介绍到督军署当一等科员，因此他父亲认为他以后可以作官的，便接济他的学费，并且把他弄一个省官费送到日本去。最后他带点回忆的悲哀的微笑，沉着声音说；

"这就是我的小学教育！"

素裳不作声，她在很久以前就默着，沉思着，带着感慨地，同时惭愧地想着她自己的幼年是一个纯粹的黄金时代，因为她的家境很好，她的父母爱着她，使她很平安的受到了完全的教育。她是没有经过磨难的。因此她对于洵白的幼年，觉得非常的同情而且感动了。她长时间都只想着洵白的生活苦和他的可敬的精神。而且，当她看见洵白的眼睛中闪着一种热情的光，她几乎只想一手抱住他，给他许多友谊的吻。其实，她的手，已不知在什么时候，很自由的和他的手握着了。接着她听见洵白类乎宽慰的向她说：

"如果我幼年是一个公子哥儿，我现在也许吸上鸦片烟都说不定……"

素裳却不知觉的笑了。但她立刻想到她自己，便低了声音向他说：

"但是，我从前是一个小姐……我们是两个阶级的。"

洵白惊诧地看了她一眼，接着便感到愉快地微笑起来，并且空空看着她回答说：

"那末，我们的相遇，我希望是算为你的幸运。"

他们的手便紧了一下，放开了。这时叶平还站在栏杆上远眺而且沉思，素裳便大声的叫了他：

"怎么，想着诗么？诗人！"

叶平便转过脸，跳了下来，一面说：

"那里！我只想着城市和山中的生活……"

三个人便又踏着积雪的石阶，一直望上走。走到了一个最高的山峰之后，才移步下来，又经过了许多阔人的别墅，便返到山门口，在石狮子前上了汽车。

于是在落日反照的薄暮中，在汽车急驶的回家的路上，那野景，便朦胧起来了。广大的田畴变成一片片迷濛的淡白的颜色……

叶平还继续着他的对于生活的沉思。素裳和洵白又攀谈起来。谈到了苏俄的时候，她带着失望的说：

"我不懂俄文，因此许多书籍我都没有权利看到。"

洵白便对她说：

"日本文的译本，差不多把苏俄以及旧俄罗斯的文化全部都翻译过来了。"

"我也不懂日文。"她说了便忽然想起洵白是懂得日文的，便对他说："你肯教我么？"

"当然肯。不过——"他蹙起眉头停了一会才接着说："我恐怕在这里不很久。"

这时她忽然又想起他就要和她分别了，在心里立刻便惆怅起来，默了许久，才轻轻的说：

"真的就要走么？不能多留几天么？"

洵白看着她，很勉强的笑着。

"好的，"她又接着说："你教我一天也行，教我两天也行。"

洵白便答应她，并且说学日文很容易，只要努力学一个星期就可以自修了，他一定教她到能够自修之后再走。素裳便几次地伸过手去和他很用力的握了一下。"那末你明天就来教我，"她说，于是她的心完全充满着欢乐，并且这心情使她得到幸福似的，一直到了那个骄傲地横在许多矮房子之中的洋楼。

她非常快乐的跑上楼梯，徐大齐便挽着她走进卧房里，一面说：

"西山的雪大不大？"

接着便沉重的吻了她。但是在这一个吻中，在她感觉到硬的髭须刺到她嘴唇上的时候，她忽然——这是从来所没有过的——非常厌烦地觉得不舒服。

"我太倦了！"她摆脱的说。

于是她长久的躺在床上想着。

# 八

　　易于刮风的北平的天气，在空中，又充满着野兽哮吼的声音了。天是灰黄的，黯黯的，混沌而且沉滞。所有的尘土，沙粒，以及人的和兽的干粪，都飞了起来，在没有太阳光彩的空间弥漫着。许多纸片，许多枯叶，许多积雪，许多秽坑里的小物件，彼此混合着像各种鸟类模样，飞来飞去，在各家的瓦檐上打圈。那赤裸裸的，至多只挂着一些残叶的树枝，便藤鞭似的飞舞了，又像是鞭着空气中的什么似的，在马路上一切行人都低着头，掩着脸，上身向前屁股向后地弯着腰，困难的走路。拉着人的洋车，虽然车子轮子是转动的，却好像不会前进的样子。一切卖馒头烙饼的布篷子都不见了，只剩那些长方形的木板子和板凳歪倒在地上。并且连一只野狗也没有。汽车喇叭的声音也少极了。似乎这时并不是人类的世界。一切都是狂风的权威和尘灰的武力。

　　这时素裳一个人站在窗子前，拉着白色的窗帘，从玻璃中望着马路。她很寂寞的望了许久。随后她看见在一家北方式的铺子前，风把它的一块木牌刮下来了，这木牌是金底黑字的，她认出那是白天常常看见过的永盛祥布店的招牌。因此她想起昨天才听见的，那完全出她意外的洵白的布店学徒生活。对于他的这样的幼年，她是同情的，并且觉得可敬。她想象他幼年的模样，在她眼前便模糊地现出一个穿短衣的小徒弟的影子，她忽然觉得这影子可爱了。接着她又想起他现在的样子，那穿着一身旧洋服，沉静而使人尊敬的样子，却又显得是一个怎样有思想，有智慧，有人格的"康敏尼斯特"，于是她想到他的充满着毅力的精神。他的使人不敢轻视的气概，他的诚恳和自然的态度，以及他的别有见解的言谈，他的声音，……最后她想到他就要离开她，便惘然了。

一阵狂风又挟着许多小沙子打到玻璃窗来，发出可厌的响声，并且一大团灰尘从她的眼前飞过去，接着许多脱光了叶的柳枝便特别飞舞了。她沉重的呼吸一下，玻璃上便濛濛的铺上白的蒸气，显得这窗子以外的东西是怎样冻着呵。

　　她想，"这风又要刮几天了！"便又联想到在这样冻死人的天气里，恐怕连一般穷人——只要有几块窝窝头过日子的穷人，也躲在房子里烧着枯树枝和稻草，烘着暖和的炕吧。如果不是为着要活下去，而不得不到处寻求一点劣等食物的叫化子，谁还愿意在这样冷得透骨，灰尘会塞满肚子的刮风天，大声的叫喊呢？因此她想到在三个月前，她要她丈夫在市政府第九次特别会议席上，提议为贫民的永远计划，开办一个工厂，而她的丈夫当时便反对她，说是与其让以后的工人罢工，倒不如现在组织一个"冬季难民救济所"，因为这名义还可以捐到许多款项，并且过了冬天便可以取消。她是没有在一切政治上发表意见的资格，她只好默着了。虽然她知道那冬季难民救济所已捐到很不少的钱，但是一直到夜深都还听见叫化子在满街上响着惨厉的叫喊和哭声的。这时她想到昨夜的情景了，那是一个怎样寂寞的夜。听过了清朗的壁钟打了三下之后，她完全不能睡着了，徐大齐的鼾声也不能引起她的瞌睡。她是张着眼看着有点月色的天花板。一切都是静静的，她觉得她的心正和这个夜一样，一点搅扰的声音也没有了。在心里，只淡淡的萦回着逛西山所余剩的兴味，以及一种不分明的情绪使她模糊地想着——那过了夜便要和她见面的洵白的一切。这些想象和这些感觉，她是非常觉得喜悦的，她便愉快地保留着，如同一个诗人保留着一首最美的诗，并且不自觉的带到睡眠中去了，而且是那样睡得甜香的。她一点也不知道刮起风，以及一点也没有想到今天是一个如此可怕的天气。于是——她用一个含愁的眼光，看着混沌的天空，几乎出声的向她自己说：

"这样冷，一定，他不会来了！"

但她忽然听见房门上响着声音，心便一跳，急转过身子，却看见那差不多天天都把朋友们的新闻和消息送到这里来的蔡吟冰女士，一面拿着放光的俄国绒的大氅，一面笑着进来了。

她只好向这个朋友说：

"刮这么大的风，你还到处跑！"

"值得跑的。"蔡吟冰便一下把身子躺在大椅上，穿着漆皮鞋的脚晃了两道闪光，笑着说："刮风怕什么，我今天是坐人家的汽车……"

素裳便想到她的这个朋友，太天真了，并且太不懂得男人了。她常常都因为一种举动，固然这举动在她的心中是坦白的，毫无用意的，可是别人却得了许多误会去。其实她根本就没有男女之间的心事，一切男人的好的和坏的用意都在她疏忽之中的。就是对于天天把汽车送过来给她坐的任刚，她也和对于其余的男朋友一样，以为是一种普通的友谊吧了。然而在任刚——虽然这一个旅长，曾知道她是已经和别一个人同居了一年多，却也不肯放松的时时都追随着她。她今天又坐他的汽车了。对于她的这行为，素裳曾说过许多意见的。这时又向她说：

"那末你今天又和任刚见面了。说了些什么？"

"什么都没有说。"

"不过你要知道，在你是并没有给与他什么东西，在他却好像得了许多新礼物去。一个女人的毫不在意的一举一动，常常在男人心中会记着一辈子的。"

蔡吟冰不回答，只活动着两只仄小的脚，过了一会才重新嘻笑说她带来的新闻，似乎这新闻又使她觉得快活了。

"我说值得跑来的便是这一件事，"她差不多摇着全身说："你听了就会觉得这一辆汽车并不冤枉坐。"接着她便说她在昨天下午，

197

当夏克英吃着梨子的时候，她忽然发觉到——那个抱着不同居的恋爱主义的沈晓芝，在她的腰间，现着可疑的痕迹。尤其是当她不小心的站起来的时候，那痕迹，更可疑了。她悄悄的看了半天。最后，她决定了。她相信她自己的观察决不会错。她把这发现告诉了夏克英，两个人便同意了。于是她们抓着沈晓芝，硬要她说出实情来，并且告诉她这并不是永远可以隐瞒的事。沈晓芝开头不承认，很坚决而且诅咒说没有这回事情。然而到最后，她们硬要试验她，而且决不肯放松的时候，她扭不过才把实情说出来了。呀，多么可笑！她说的是什么？这个不同居的恋爱主义者！她，虽然她因为害怕生小孩的缘故和她的爱人分居着，却不知在什么时候，悄悄的，悄悄的……于是这一个传达新闻的人便向着素裳问：

"你不觉得么，她的肚皮慢慢的大起来了？"

"我没有注意。"

她的朋友便又吃吃的笑着说：

"我劝她马上同居，否则小孩便要出来了。我预备送她一件结婚的礼物。你说小孩子的摇篮好么？"

素裳觉得好笑的回答："好的！"

于是又说了一些别的新闻，这一天真的朋友便走了，她说她就要买摇篮去，素裳便坐在椅上沉思起来。她对于沈晓芝的新闻得了许多感想。她结果觉得沈晓芝的这回事并不可笑。可笑的只是把这事情认为可笑的那些人。她很奇怪，为什么在粉呀香水呀之中很能够用些心思的女人们，单单在极其切身的恋爱问题却不研究，不批评，不引导，只用一种享乐的嘲笑。随后她认为纵然沈晓芝把小孩子生下来，也不过证明许多方法终不能压制本能的表现罢了，那决不是道德的问题——和任何道德都没有关系的；至少道德的观念是跟着思想而转变，没有一个人的行为能从古至今只加以一个道德的判断。历史永远是陈旧的，新的生活不能把历史为根据，这正如一种新的爱情不能和旧的爱情一样。比喻到爱情，她联想起来了——这也是使她觉得奇怪的：许多新思想的人一碰上恋爱便作出旧道德的事来了。她相信一个人的信仰只应该有一个的，不该有许多，而且许多意念杂在一块决不能成为一种信仰。于是她对于那些人物，那些把新思想只能实行于理论上，甚至于只能写在文章里的人物，从根性上生了怀疑了。可是她相信——极其诚实的相信，理论和行为的一致，在这一点上面表现出新的思想和伟大人格的，只有一个人——一切都没有一点可怀疑的洵白了。想到他，便立刻把眼睛又望到窗外去，那天空，依样是混沌着，可厌而且闷人。

于是她又想，"一定不会来了！"并且长久都坠在这思想里。末了，她忽然觉得这房里的空气冷了起来，一看，那壁炉里的火光已经是快要熄灭的模样，便赶快添了一些煤。不久，从许多小黑块之中飘上了蓝色的火苗，炉火慢慢地燃上来了，房子里又重新充满着暖气。她的身子也逐渐地发热起来。这时她的思想转了方向，带点希望的想着：

"也许……那可说不定的！"

可是这一种属于可爱的思想又被打断了，因为徐大齐出她不意的走了进来，一只手拿着貂皮领的黑色大氅，大踏步走到她身边，而且坐下了，慰藉似的问：

"闷么？"左手便放在她肩膀上，接着说："天气可冷极了。刮风真使人讨厌。还好你们是昨天到西山去，如果是今天，可逛不成了。"

"对了，刮风真讨厌！"她回答。此外便不说什么话。并且从一只大的巴掌上发出来的热，使她身上有点不自在起来。她装着要喝茶的样子跑到茶几边。

"劳驾你，也倒一杯给我。"

"喝不得，"她心中含点恼怒地撒谎说："这茶是昨天泡的。"

徐大齐又要她坐到这一张长椅上，并且得意洋洋的告诉她，说他刚才和那个南京要人在车站里握别的时候，彼此的手都握得很用力，而且他们私谈了很久，谈得很投洽。因此他认为他以后决可以选上中央委员，至少他有这种机会。他又告诉她，说他对于将来中央委员的选举上，他已经开始准备了。他说他先从北平方面造成基本的势力。这一点，他现在已经有很充分的把握了，因为只有他一个人能调和各派的意见，而各派的人物都推崇他，他极其自信的说着他的政治手腕。他并且说他现在将采取一种政策，一种使各派都同意他而且钦佩他的才能。最后他意气高昂的向她说：

"如果，那时候，我们在西湖盖一座别墅，我常常请假和你住在一块。"

素裳笑了，一种反动的感情使她发出这变态的笑声，并且惊诧的瞥了他一眼，那脸上，还浮着"政治家"得意的笑容。她自己觉得苦恼了。

于是到了吃午饭的时候。

在她吃了饭沉思在失望和许多情感之中的时候，她忽然听见一种稳重的脚步，一声声响在楼梯上，她便从椅子上一直跳了起来，跑到楼梯边去。

"哦……"她心跳着，同时在精神上得着一种解放似的，叫了这声音。她的眼睛不动的看着一个灰色的帽边，一个黑色的影子，一个……为她想念了大半天的洵白来到了。她欢喜的向他笑着，并且当着徐大齐，坦然的，大胆的把手伸过去，又紧又用力的握着，握了许久。她完全快乐地站着，看着他和徐大齐说话，一直到瞧见《日语速成自修读本》时候，这才想起了，便赶紧向徐大齐说：

"我想学日文——从前我不是要你教我么？我现在请施先生给我一点指导。"

"好极了，"徐大齐立刻回答，"日文中有许多有价值的书。可惜我太忙，不能直接教你——"便又向着洵白说："应该谢谢你，因为你代了我的劳……你现在喝一点红酒好么？"

洵白说他不会喝酒。于是谈了几句话，这一个"政治家"便看了一看表，说他有点事，走了。临走时，他非常注意的看了她一眼。

素裳便低声的问：

"这样大的风，你不怕么？"

洵白微笑着，过了半晌才轻轻的，似乎发颤的响了一声：

"不……不怕。"

# 九

下午一点钟，吃过午饭之后要吸烟的习惯，徐大齐还没有改，这时一枝精致地印着一个皇后的脸的雪茄，便含在他的口里，吐着浓烈的香气，飘着灰白色的烟丝，身子是斜靠在软软的沙发上，受用的想着，似乎在他的心中是盘旋着可操胜利的一种政策，脸对着素裳。

素裳坐在一张摇椅上，正在不动的看着莫泊桑的《人心》，当她看到五十四页上面的时候，听见徐大齐向她说话的声音：

"裳！可以换衣服了吧？"

她想起了，这是他要她同他去赴一个宴会的，便放下书，回答说：

"我想我不去了。"

徐大齐便诧异的问：

"为什么？你身体不舒服么？"

"不为什么，只因我不想去。我这几天太倦了。"

徐大齐用力的吸了一下雪茄烟，想了一想又向她说：

"如果你可以去，还是换衣服去吧。"接着他告诉她，说这个宴会不是平常的宴会，是一个很重要的，因为在这个宴会上，他一个人将得到许多好处，至少对于他将来的中央委员是有些利益的。他认为这是一个不可失掉的机会。并且他要求她，希望她不要呆在家里。要给他一点帮助，因为这宴会中，有一个先烈的夫人，那是须要她去联络的。末了他叹息似的说：

"我现在是骑在虎背上了，不干下去是不行的。如果那许多拥护我的人能够原谅我，如果那许多反对者能够不向我做出轻视和羞辱的举动，如果我以后的生活能够永远脱离政治的关系，那末——那末我早就下台了。"接着他又谄媚似的说："那末，至少我们俩相聚的时间要多到许多了。我们俩现在真离得太多了，不是么？"

她不禁的便笑了起来。她没有想到这一个常常以活动能力和运动手段称雄的政治家，却说出如此使人觉得可怜的话。她的眼睛便异样的望着他。他又低着声音说：

"为我，换衣服去，好么？"接着又说了好些。

"好的，"她终于回答，因为是被逼不过，在心里便带点恼怒地站起来，一直跑到卧房里，换了衣服，并且写一封信留给洵白，说她希望他今天不会来，如果真来了，那她是怎样觉得懊恼和抱歉，因为她必得伴着徐大齐去赴一个宴会。她把这封信交给一个仆人，并且慎重的吩咐说：

"记着。施先生来了，把这封信给他！"

于是她和徐大齐一同走了。

当她在晚上十点钟回到了家里，她知道洵白已把她的信拿走了，但是他不留下一个字，甚至于什么话也没有说。她一个人跑到书房里，躺在大椅上，便心绪复杂的沉思起来。她对于这一个宴会又生起反感了。其实在许多灯光之下，在许多香水和烟气中间，在许多绸衣的闪光里面，在许多幌着人影和充满着笑声的宴会场上，她已经感到厌恶和苦闷，并且好像她自己也成为那些小姐呀太太呀之中的人物了。她承认她实在不能和时髦的女人交际的，尤其她不能听她们说着皇后牌的雪花膏类的话。那些太太们，那些托福于丈夫而俨然可骄傲于侪辈中的女"同志"，那些专心诱惑男人去追求的以为是解放的女子，那些并不懂得而又高谈着妇女问题的新女性，那些……她们所给她的印象确确实实使她这辈子都没有再看见她们的勇气，至少从这些印象中，她深深悔恨到她自己也居然被许多人目为女人的。她觉得如果人间的女人只是像她们这样子，如果她们都是没有一点灵魂的身体——那样专门为男人拥抱而养成的瘦弱身体，实实在在须要一番根本的改造，因为那些女人只是玩物——至少她不能承认是人类中和男人对等的妇女。女人在人类的生活中应该有她们重要的生活意义，并不是对于擦粉的心得和对于生育的承受之外便没有其他责任，一切女人是应该负着社会上的一切义务的。于是……她忽然反省的想到了她自己。她觉得她自己现在的生活是贵族的，而同时也就是一种毫无意义的，逍遥度日的生活。她每日曾做了些什么？寂寞，闲暇，无聊！虽然有许多时候都在看书，而这样的看书，也不过是消极的抵抗，无聊的表现罢了。并且在无聊中看书只是个人主义的消遣，不能算是一种工作。接着她又分析她自己——她觉得她自己的思想，和她现在的生活和所处的地位是完全相反的。难道她的生命就如此地在资产阶级的物质享受中消灭下去么？不能的！她很久以前就对于她的环境——这充满着旧思想的新人物的环境，生起极端的厌恶了。她始终都坚强地认为她不能像无数可怜的妇女一样也牺牲于太太的生活中的。她常常意识着——甚至于希求着在她的生命中应该有一种新的意义。她对于历史上的，文学上的，现社会上的，那种种妇女都感到并不能使她生起敬爱的心。在她虽然没有把她自己算为不凡于一切妇女的女人，但她是奢望着这人间——至少在现在——是应该有一个为一切妇女模范的新女性的典型。为什么呢？这是一个独立于空间的特殊时代！因此她放弃了对于文学的倾心，开始看许多唯物思想的书籍；当她看到普哈宁的《社会主义入门》时候，她对于这思想便有了相当的敬意和信仰了。所以她对于她自己的完全资产阶级的享乐——甚至于闲暇——的生活越生起反感，她差不多时时都对于这座大洋楼以及阔气的装饰感到厌恶的。而且徐大齐的政客生活，也使她逐渐地对于他失去了从前的爱意。她只想跳出她的周围而投身到另一个与她相宜的新的境地。那是怎样的世界？她是觉悟的——那是，如果她的生命开始活跃，她一定要趋向于唯物主义的路，而且实际的工作，做一个最彻底的"康敏尼斯特"，这才能够使她的生存中有了意义呵。她对于她自己的人生是如此肯定了的！所以当她看见了洵白，她立刻受了袭击似的，仿佛她的新使命要使她开始工作了。的确，她看见他，是她的一件重要事情，她认为他是暗示她去发现她的真理的一个使者。但……同时他的一切又使她心动着。

她又经过了以上的许多感想也是为他的——因了宴会，她失了一个见他的机会，虽然他明天将继续着来，但这一项究竟是一个损失。所以在她的沉思里，她越对于那些政客呀志士呀太太呀等等生着反感，一面便越觉得和洵白亲近了。她是很需要他来的，需要他站在她面前，需要他和她谈话，需要他给她力量，至于他的一切都是她所需要的，而且这一切又都成为她的希望了，她终于又叹息似的想着：

"他明天下午四点钟才来，明天下午四点钟！"

这时她的脸上发着烧，嘴唇焦着，口有点渴。她觉得她自己太兴奋了。她便拿了一本《马克思的经济学说》，一面看着一面想平静那些感想。

她听见了好几次徐大齐在门外喊她：

"睡去吧，不早呢！"

最后徐大齐走进来，说是夜深时看书很伤眼睛，便强着挽起她，走进睡房去。

这一夜她好像没有睡着。

然而徐大齐却被她惊醒了，他的手臂被她用力的抓着，并且听见她说着梦话，可是他只听清了一句：

"……吻……我……"

## 一〇

风已经慢慢地平息下去，可是太阳并不放出灿烂的光，却落着大雪了。那白的，白百合似的，一朵朵地落着的雪花，在被风刮净的空中飘着，纷纷的，又把那树枝，墙顶，瓦上，重新铺上了一层白，一层如同是白色的绒毡似的。这雪景，尤其在刮风之后，会使人不意地得着一种警觉的。

素裳便因了这雪景才醒了起来。那一片白茫茫的光，掩映到她的床前，在淡黄色的粉壁上现着一团水影似的色彩，这使她在朦胧的状态中，诧异地，用力的睁开了还在惺忪的睡眼，并且一知道是落雪的天气，立刻便下床了。

从混沌的，充满着灰尘的刮风天变成了静悄悄的，柔软的，满空中都缤纷着洁白的雪，似乎这宇宙是另一个宇宙了，一切都是和平的。

她拉着窗帘望着这样的天空，心里便感想着：

"风的力量是可惊的，使人兴奋的。雪花给人的刺激只是美感而已！"接着她想到落雪之后的刮风，而刮风之后又落着大雪，这天气，恐怕更冷了。一切都冻得紧紧的。那怕是顽皮的鸟，也应该抖着翅膀不能歌唱了。马路上的行人也许比刮风时候多，但他们的鼻子却冻得越红了。没有一块土不冻得坚硬的。善于喝白干的京兆人不是更要喝而且剥着花生米了么？那些遗老和风雅之流大约又吟诗或者联句了——这时想好七绝而等待着落雪时候的人还不少呢。清道夫却累了。骆驼的队伍一定更多了，它们是专门为人们的御寒才走进城市里来的，那山峰一样的背上负着沉重的煤块。那些……最后她又想到洵白了。

她觉得这落雪的天气真太冷了，冷得使她不希望洵白从东城跑到西城来，因为他的大氅是又旧又薄，一身的衣料都是哔叽的，完全是只宜于在南方过冬的服装。

"但是，"她想，"他一定会来的，他决不因为落雪……"在她的想象中，便好像一个影子现到了她的眼前，一个在大雪中快步走着的影子。她便又担心又愉快的笑着。她的眼光亲切地看到那一本《日语速成自修读本》和那一本练习簿。这簿子上，写着日文字母和符号，以及洵白微笑地写着"フイシセウ"。

于是她坐到椅子上，拿着这一本练习簿看着，如同看着使她受到刺激的思想和艺术品一样，完全入神的看，看了许久之后才低声的念起"フイウエオ"和"キセキエキヨ"的拼音。

在她正想着这些字母和拼音已不必再练习的时候，徐大齐穿着洗澡衣走进来了，第一句便向她道歉似的说：

"昨天你一定太累了，我也没有想到那宴会会延长那样久的时间。"说了便舒服地躺到沙发上，现着不就走的样子，并且继续说：

"也许你因为太累了，所以——这是你从没有过的——在半夜里说着梦话，并且——"他指着他左边的手臂上——"这里还被你抓得有点痛……"

这出她意外的消息，立刻使她惊疑着了。她是完全不知道她曾说了什么梦话的，而且这梦话还为他所听见。但她一知道徐大齐并没有得到一点秘密去，她的心里便暗暗的欢喜着，至于笑着说：

"其实我没有做梦。"

"对了，"徐大齐证明的说，"这到不限定是因为做梦的缘故。常常因为太疲倦了，便会说起梦话的。"

她也就含含糊糊的同意说：

"对了。"

其实她已经细细地揣想着她的梦话去了。她整个的思想只充满了这一种揣想。她知道她并没有做过什么梦。可是梦话呢？这自然有它的根据。她觉得梦话是一种心的秘密的显露，是许多意像从潜在意识中的表现，那末她所说的梦话是怎样的语言呢？照她这近来的思想和心理，那梦话，只是各种对于洵白的怀念，这反映，是毫无疑义的，证明了一种她对于他的倾向。虽然她并没有揣想出她究竟说了怎样的梦话，但她从理性上分析的结果，似乎已不必否认她已经开始了新的爱情，在她的情感中便流荡着欢喜而同时又带点害怕了，因为她不知道那个"康敏尼斯特"是不是也把恋爱认为人生许多意义中的另一种意义。这时，既然她自己承认了这一种变动，接着她便反复去搜寻她和徐大齐之间的存在，到结果，她觉得他在三年前种在她心中的爱情之火，不知在什么时候已经熄灭了，她和他应该从两性的共同生活上解除关系，而现在还同居着，这是毫无意义而且是极其不能够的。于是她认为应该就把她的这种在最近才发觉的事体公布出去，无论先告诉徐大齐，或者先告诉洵白。

但这时她已经很倦了，这也许是因为昨夜睡得不安宁和今天起得太早的缘故，所以她连打了两个呵欠，伸了腰，眼泪水挤到眼角来了。她看看徐大齐，他是闭着眼睛，似乎在舒服中已经朦胧的样子，她便又站到窗前去。雪花仍然缤纷的落着。地上和瓦上都没有一点空隙了。马路上的行人被四周的雪花遮蔽着，隐约地现出一个活动的影子，却不像是一个走路的人。不见有一只鸟儿在空中飞翔着。真的，雪花把一切都掩没了。

"雪虽然柔软，可是大起来，却也有它的力量。"她一面想着，一面就觉得她的心空荡起来。这是奇怪的！她从没有像这样的感到渺茫过。尤其在她信仰唯物主义以后，她对于一切的观念都是乐观的，有为的，差不多她全部的哲学便是一种积极的信念。她是极端鄙视那意志的动摇，和一种懦弱的情感使精神趋向颓废的。可是她这时却感到有点哀伤的情绪了，这感觉，是由于她想到她自己以后的生活，并且是由于她不知道而且无从揣想她以后是怎样的生活而起的。虽然她很早就对于现在的生活生着反感，至于觉得必须去开始一个新的生活，但这样新的生活究竟是怎样的呢？未必她爱了洵白甚至于和他同居便算是新的生活么？她很清白的认为她所奢望的新生活并不是这样的狭义。她的新生活是应该包含着更大意义的范围。那她毫无疑义的，唯一的，便是实践她的思想而去实际的工作了。然而她对于这实际的工作没有一点经验，并且也没有人指导她，难道她只能去做一些拿着粉笔到处在墙上写着"打倒帝国主义"的工作么？她的思想——至少她的志愿要她做一些与社会有较大的意义的工作。她已经把这种工作肯定了她此后的一生的。她现在是向着这工作而起首徬徨了，同时她热望着一个从这种徬徨中把她救援出来，使她走向那路上去的人。

最后她忽然遗忘似的想起了。

"呀，洵白是可以的！他是——"一想起来，她的意志便立刻坚强起来，似乎她的精神，她的生命，又重新有了发展的地方，她的刚刚带点哀伤的心又充满着一团跳跃的欢喜了。于是她忘了落雪天气的冷，只一意地希望着他来了。她望着街上，那里只有一辆洋车，可是这车子似乎是拉进雪的深处去的。她转过脸一看，炉火是兴旺的，红的火焰正在飞腾着，在这暖气中徐大齐已响出一点鼾声了。

她看到那本日文读本，便想：

"六个月，无论如何，我非把日文学好，非能看社会科学的书不可。"

她又坐到椅子上，又默想了一遍拼音，一面在想念：

"他下午四点钟才得来的！"

然而当壁钟清亮的响了十下之后，大约还不到十点十分的时候，一个人影子忽然到房门边，使她猛然吃了一惊。

"哦……"她欢喜的叫，站了起来，和洵白握着手。"我怎么没有听见你的脚步声音？"

徐大齐被她的声浪扰醒了，擦一下眼睛，便翻身起来，也伸手和洵白的手握了一下，看着他的身上说：

"好大的雪……"

的确，在洵白的呢帽上和大氅上，还积留着一层厚的雪花，虽然有一部分正因了这房里的暖气而溶化着。

他一面抖着帽子一面随便的说：

"对了，今天的雪下得不小。"

素裳便要他坐到火炉边去，因为当她和他握手的时候，她简直感到他的全身都要冻坏了。

徐大齐又接下说：

"北方只有雪是顶美的了。如同变幻不测的云是南方的特色。"

洵白也只好说：

"是的。徐先生喜欢雪呢，还是南方的云？"

"各有各的好处。我差不多都喜欢。只有灰尘才使人讨厌的。"

"不，"素裳故意地搭讪说："我觉得灰尘也有它的好处。"因为她不欢喜徐大齐的多谈，她只想和洵白单独在一块的。

徐大齐却做出诧异的样子问：

"为什么？"

"不为什么。"

"总有一点缘故。"

"没有。"

徐大齐便笑了起来，他觉得她好像生了气，成心和他捣乱似的。他又接着和洵白谈话下去了。他又轻轻的找上了一个问题，问：

"施先生在北平还有些时候吧？"

洵白烤着火回答：

"不久就要走了。"

"又回到上海去么？"

"预备到欧洲去。"

徐大齐又得了谈话的机会似的接下问：

"到英国？到美国？……"

"想是到美国。"

"很好，"徐大齐称赞似的说："可以看一看美国的拜金主义。"接着他从这拜金主义说到美国的社会生活，美国的经济状况，美国的外交政策，美国的国际地位，美国和中国的种种关系，似乎他是一个研究美国的各种学者。洵白呢，他对于这一个雄谈的政治家的言论是听得太多了，他怀疑他是有意把那些谈话做为空闲的消遣，否则他不能如此地说了又说，像一条缺口的河流，不息的流着水。

最后从第九旅旅部来了电话，这才把徐大齐的谈话打断了，但他站起来却又保留了这个权利：

"好的，回头再谈吧。"

素裳便立刻大声的说：

"我马上就要学日文呢。"

徐大齐走去之后她便问：

"你喜欢和他谈话么？"

"谈谈也很好的，"洵白回答说，并且站起来，离开了壁炉前。"从他的谈话中，可以更知道一些现政治的情形，"接着便微笑的问："你呢，把拼音学会了没有？"

"教得太少了。"她说："并且昨天缺了课，我自己非常不愿意。"

徐大齐又进来了，在手指间挟着一枝雪茄烟。素裳便赶紧拿了日文读本，做出就要上课的模样。

"我不扰你。"他接着又向洵白说："就在这里吃午饭，不要客气。"一面吸着烟，吐着烟丝，走到他的换衣室去了。

这一个书房里，便只剩下两个人了。他们就又非常愉快地谈了起来。一直谈到一点多钟之后，素裳才翻开日文读本，听着洵白教她一些短句。

并且在这一天下午，因为徐大齐和那个任刚旅长出去了，素裳便留住洵白，两个人又同时坐在壁炉前，不间断地说着话。

当洵白回到西城去的时候，在纷纷的雪花中，天色已经薄暮了。马路上没有一个行人，也没有一辆洋车，只是静悄悄的现着一片白茫茫的。在一个黑的影子从这雪地上慢慢的隐没之后，素裳还倚着向街的窗台上，沉思着：

"冷啊！"

最后她觉到壁炉中的火要熄去了，便去添了煤，在心里却不住的想：

"我应该把这些情形告诉他……"

# 一一

雪已经停止了。天气是一个清明的天气。太阳光灿烂地晒到素裳的身上，使她生了春天似的温柔的感觉，似乎连炉火也不必生了。

她坐在她的写字台前，拿着日文读本，练习了几遍之后便丢开了。她不自觉的又回想着她昨夜里所做的梦。这个梦已经无须分析了，那是极其显明的，她不能不承认是因为她怀念着洵白的缘故。虽然开始做梦的时间，和洵白回到西城的时候距离并不很远，但是她的怀念是超过这时间的。在洵白的影子刚刚从雪地上远了去，不见了，她便觉得彼此之间的隔绝是很久了，以致她一上床，一睡着，便看见了他，并且在他的两个眸子中闪着她的影子，还把一只手握着她，最后是猛然把她抱着，似乎她的灵魂就在那有力的臂膊中跳跃着而至于溶化了。

在她正沉思于这个梦的浓烈和心动的所在，她忽然听见楼梯上响起又快又重，纷飞的脚步，以及一些尖利的笑声。接着她的房门被推开了，她先看见了夏克英，其次是蔡吟冰，最末了是沈晓芝。这三个朋友的手上都提着一双溜冰鞋，差不多脸上也都现着溜冰的喜色。夏克英跑上去一下就抱着她的肩膀，嘻嘻哈哈的说：

"你看，"她指着沈晓芝的肚子，"有点不同没有？"

素裳已经看见了她所忽略的那肚子，至少是怀妊三个月的模样。她便向晓芝笑着说：

"怎么样？不听我的话？我不是对你说过，本能的要求终久要达到满足的，你不信。现在你看——到底还同居不同居？"

夏克英和蔡吟冰又重新笑起来了。

沈晓芝便装做坦然的说：

"算是我的失败……不过我还是不想同居。"

"以后呢？"蔡吟冰开玩笑的说："未必每次吃药？"

"生小孩子，生就是的。"沈晓芝忽然变成勇敢了。

接着夏克英便告诉素裳，说今天北海开化装溜冰大会，她们特来邀她去，并且马上就走。

"你的溜冰鞋呢？"蔡吟冰焦急的说，把眼睛到处去望。

素裳不想去，并且她不愿意溜冰，她所需要的只是一种安静，在这安静中沉思着她的一切。所以她回答：

"你们去好了。"

"为什么你不去？"夏克英诧异的问。

"我要学日文。"

"你从什么时候学起？"沈晓芝也接着惊讶了。

"才学两天，"

蔡吟冰便得意的叫了起来：

"呵，这不是一个重要理由！"

这三个朋友便又同力的邀她，说，如果她不去，她们也不想去了，并且因年纪小些的缘故，还放懒似的把一件大氅硬披到她身上。沈晓芝又将手套给她。蔡吟冰便跑去告诉汽车夫预备开车，这辆汽车又是追随着她的那个任刚旅长送过来的。素裳被迫不过的说：

"好的，陪你们去，小孩子！不过我到三点钟非回来不可的。"

于是她和她们到了北海。

北海的门前已扎着一个彩牌了。数不清的汽车，马车，洋车，挤满了三座门的马路上。一进门，那一片白的，亮晶晶的雪景，真美得使人眩目了。太阳从雪上闪出一点点的，细小的银色的闪光，好像这大地上的一切都装饰着小星点。许多鸟儿高鸣着，各种清脆的声音流荡在澄清的空间。天是蓝到透顶了，似乎没有一种颜色能比它更蓝的。从这些红色屋檐边，积雪的柳枝上，滴下来的雪水的细点，如同珍珠似的在阳光中眩耀着。白色大理石的桥栏上挂着一些红色的灯，在微风中飘摇着。满地上都印着宽底皮鞋和高底皮鞋的脚印。每一个游人的鞋底上都带着一些雪。有一个小孩子天真地把他的脸在雪地上印了一个模型。在假山上，几个小姑娘摊着雪游戏。一切大大小小的游人都现着高兴的脸。这雪景把公园变成热闹了。

素裳和她的朋友们走到漪澜堂，这里的游人更显得拥挤不开了，几乎一眼看过去都只见帽子的。围着石栏边的茶桌已没有一个空位了。大家在看着别人溜冰。那一片广阔的，在夏天开满着荷花的池子上，平平的结着冰，冰上面插着各样各式的小旗子，许多男人和女人就在这红红绿绿的周围中跑着，做出各种溜冰的姿态。其中一个女人跌了一脚的时候，掌声和笑声便哄然了。

"我们下去吧，"夏克英说。

"好的，"沈晓芝和蔡吟冰同意了。

素裳便一个人站在一个石阶上。她看着夏克英虽然还不如沈晓芝懂得溜冰，但是她的胆子最大，她不怕跌死的拚命的溜，溜得又快，又常常突然地打了回旋。沈晓芝却慢慢的溜，把两只长手臂前后分开着，很美地做出像一只蝴蝶的姿态。蔡吟冰是刚学的，她穿着溜冰鞋还不很自由，似乎在光溜溜的冰上有点害怕，常常溜了几步便又坐到椅子上，所以当一个男人故意急骤地从她身边一脚溜过去，便把她吓了一跳而几乎跌倒了，夏克英便远远的向她作一个嘲笑的样子。

在这个溜冰场中，自从夏克英参加以后，空气便变样了，一切在休息的男人又开始跑着，而且只追随着她一人，似乎她一人领导着这许多溜冰群众。在她得意地拌倒了一个男人，笑声和掌声便响了许久。最后她休息了，于是这活动着人体的溜冰场上便立刻现出寂寞来，因为许多男人也都擦着汗坐到椅子上了。

素裳看着她得意的笑脸，说：

"你真风头……"

"玩一玩罢了，至多只是我自己快活。"

这时沈晓芝扶着蔡吟冰又跑去，她们用一条花手巾向素裳告别似的飘着。隔了一会夏克英也站起来跑去了。这一次在她又有意地拌倒了两个男人之后，其中的一个在手肘上流出了一些血，这才满足地穿上那高跟黑皮鞋，跑上石阶来。素裳便说：

"这里人太多，我们到五龙亭去，走一会我就要回去了。"

当她们走出漪澜堂，转了一个弯，正要穿过濠濮的时候，夏克英便指着手大声的叫：

"叶平！"

在许多树丛中，叶平已看到她们了，正微笑着走向这边来。于是在素裳眼中，她忽然看见了一个出她意外的，而使她感到无限欣悦的影子，在叶平身旁现着洵白。

叶平走近来便说：

"你们也来溜冰么？"

"你呢？"沈晓芝问。

"我来看你们溜。"

"我们不是溜给你们看的。"夏克英立刻回答。

叶平便接着问她：

"你是化装之后才溜是不是？你装一个西班牙牧人么？"

"我装你。"

"我不值得装。"接着又问沈晓芝："你呢，你预备装什么呢，装一个三民主义的女同志？"

"怎么，你今天老喜欢开玩笑？"沈晓芝说。

蔡吟冰便告诉他，说：

"我们已经溜过了。"

在叶平和她们谈话之中，素裳便握着洵白的手说了许多话，然后她向她们介绍说：

"施洵白先生！"说着时，好像这几个字很给她感动似的。

于是这些人便一路走了。

当看见那五个亭子时候，素裳便提议说：

"我们分开走好了，一点钟之后在第三个亭子上相会。"

夏克英便首先赞成，因为她单独的走，她至少可以玩一玩男人的。

然而各自分开之后，素裳便走上一个满着积雪的山坡去，在那里，她和洵白见面了。似乎他是有意等着她的。这时她的心感到一种波动的喜悦。她好像在长久的郁闷中吸着流畅的空气。她的手又和他的手相握着，她几乎只想这握手永远都不要放开，永远让她知道他的手心的热。但这握手终于不知为什么而分开了。于是她望着他，她看见他微笑着，看着远处，好像他的眼光有意躲避她的眼光似的。她想到他在暮色中行地走回去的影子，便问：

"昨天雇到车么？"

洵白摇了头说：

"没有。"

"一直走回去？"

"对了。在雪地上走路很有趣味。"

她便接着说：

"还可以使人暖和，是不是？有时在脚步中还可以想到一些事情？"

洵白便看了她一眼，笑着问：

"你以为在雪地上最宜于想起什么事情？"

"爱情吧。"

"在刮风时候呢？"

"想着最苦恼的事。"

"那末你喜欢下雪——普通人对于刮风都感到讨厌的。"

"不，都一样；如果人的心境是一样的。"

这时从山坡下走上了几个大学生，大家用异样的眼光看着他们两个，便知趣的走到别处去了，她和他又谈了起来。她差不多把她近来的生活情形完全告诉给他了。又问了他这几天来曾生了什么感想。他回答的是：

"我想我就要离开北平了。"

这句话在另一面的意思上使她有点感到不满了。她觉得他好像都不关心她。她认为如果他曾观察到——至少感觉到她的言语和举动上，那末他一定会看出——至少是猜出她的心是怎样的倾向。未必她近来的一切，他一一都忽略过去么？但她又自信地承认他并不这样的冷淡。无论如何，在他的种种上，至少在他的眼睛和微笑中，他曾给了她好些——好些说不出的意义。想到他每次回到西城去都带点留恋的样子，她感到幸福似的便向他问：

"什么时候离开呢？明天么，或者后天？"

"说不定，"洵白低了头说。

"未必连自己的行期都不知道？"接着她又故意的问："有什么事情还没有办妥么？"

洵白忽然笑了起来，看着她，眼光充满着喜悦的。

"有点事情。"他回答说："不过这一种事情还不知怎样。"

"什么事情呢？可不可对人说？"

"当然可以。"

"对我说呢？"

洵白又望着她，眼睛不动的望，望了许久，又把头微微低下了。他的脚便下意识地在积雪上轻轻地扫着。

素裳也沉思了。她的脸已经发烧起来。她的心动摇着。并且，她幻觉着她的灵魂闪着光，如同十五夜的明月一样。她经过几次情感的大波动之后便开口了，似乎是一切热情组成了这样发颤的声音：

"洵……白……！"

洵白很艰难似的转过脸，看了她一眼又低下头，现着压制着情感的样子。

接着素裳又说：

"或者在你的眼中已经看出来，我近来的生活……"

这时在她的耳边忽然响起了她意外的声音：

"呀……你们在这里！"夏克英一面喊着一面跑上来。沈晓芝也跟着走上来说：

"怎么，你说一点钟之后到第三个亭子去相会，你自己倒忘记了？现在已经快到四点了。"

蔡吟冰也夹着说：

"躲在这里，害我们找得好苦！"

叶平也走到了，他说他急着回去编讲义，并且问洵白：

"你呢，你回去不回去？你的朋友不是要我来找你么？"

洵白踌躇了一会回答说：

"就回去。"同时他看了素裳一眼，很重的一眼，似乎从这眼光中给了她一些什么。

素裳默着不作声，她好像非常疲倦的样子，和她们一路走出去了。走到大门口，各人要分别的时候，她难过的握了洵白的手，并且低声向他说：

"早点来。"

她忽然觉得她的心是曾经一次爆裂了。

218

# 一二

化装溜冰大会开始了。

月光皎洁地平铺着。冰上映着鳞片的光。红红绿绿的灯在夜风中飘荡。许多奇形怪状的影子纷飞着，幌来幌去，长长短短的射在月光中，射在放光的冰上面。游人是多极了，多到几乎是人挨人。大家都伸直颈项，昂着头，向着冰场上。溜冰的人正在勇敢地跑着。没有一个溜冰者不做出特别的姿态。许多女人都化装做男人了：有的化装做一个将军，有的化装做一个乞丐，有的又化装做一个英国的绅士。男人呢，却又女性化了：有的化装做一个老太婆，有的化装做一个舞女，有的化装做一个法国式的时髦女士，有的化装做旧式的中年太太。还有许多人对于别种动物和植物也感到趣味的，所以有纸糊的一株柳树，一个老虎，一只鸽子，一匹牝鹿，也混合在人们中飞跑着。

这时在一层层的游人中，洵白也夹在里面。他是吃过晚饭便来到北海的，但至今还没有遇见素裳。他希望从人群中会看见到她，但一切女人都不是她的模样。他以为她也许溜冰去了，但所有化装的样子，又使他觉得都不是素裳，因为他认为素裳的化装一定是不凡的，至少要带点艺术的或美术的意味，而这些冰场上的化装者都是鄙俗的。他曾想她或者不在这热闹的地方，但他走到别处去，却除了一片静寂之外，连一个人影也没有。终于他又跑到这人群里面来，是希望着在溜冰会场停止之后，会看见到她的。所以他一直忍耐着喝采和掌声，以及那完全为浅薄的娱乐而现着得意的那许多脸。

然而溜冰大会却不即散。并且越溜越有劲了。那化装的男男女女，在一种遮掩了真面目的情景中，便渐渐地浪漫起来，至于成心放荡地抱着吻着，好像藉这一个机会来达到彼此倾向于肉感的嗜好。这疯狂，却引起了更宏大的掌声和喝采了，而这些也由于肉感的声音，却增加了局中人的趣味，于是更加有劲起来，大家乱跑着，好像永远不停止的样子。

对于如此的溜冰，洵白本来是无须乎看的，何况这游戏，还只属于少数人的浪漫和快乐，这使他有了强烈的反感而觉得厌恶的。所以他慢慢地便心焦起来了。

这一直到了十二点多钟，洵白觉得在这人群中，实在不能再忍耐下去了，便挤了出来，这时候他忽然看见徐大齐和他的许多朋友，高高地坐在漪澜堂最好的楼沿上，在灿烂的灯光中谈笑着。他没有看见到素裳。于是他疑心了，想着素裳也许没有来，本来她并没有告诉他说她会来的，他来这里只是他自己的想念和希望罢了。他便决定她是在家里的。接着他便为她感想起来了，他觉得她这时一个人在那座大洋楼中该是怎样的寂寞，而且，她该是怎样的在怀念他。他只想去——因为他自己也需要和她见面和谈话的，但一想，觉得时候太晚了，便怅惘着走回西城去。

在路上，他的情绪是复杂的，想着——他的工作和他最近所发生的事，最后他认为爱情有帮助他工作的可能，他觉得幸福了。

回到了大明公寓，叶平还在低着头极其辛苦地编他的讲义，在一字都不许其苟且的写着，显得这是一个好教授。他看见洵白便惊奇的问：

"怎么，到什么地方去？"

洵白想了一想才回答：

"到北海去。"接着便问他："你怎么还不睡？"

"快了，这几个字写完就完了。"便又动着笔。

洵白从桌头上拿了一本哈代诗集，坐在火炉旁，翻着，却并不看，他的心里只想念着素裳，并且盘旋着这几个音波："或者……我近来的生活……"

编完了"最近的英国诗坛"这一节讲义之后，叶平便打了一个呵欠，同时向他说：

"别看了，睡去吧。"

"你先睡。"

"火也快灭了。"

于是叶平便先上床去了。当他第二天起来时候，洵白还没有睡醒，火炉中还燃着很红的火，显见他的朋友昨夜是很晚才睡去的，并且在火炉旁边，散着一些扯碎的纸条子，其中有一小条现着这几个字：

"我是一个沉静的人，但是因为你，我的理智完全——"叶平便猛然惊讶地觉得洵白有一个爱情的秘密了。


一三


徐大齐嘘着雪茄烟的烟丝，一面叙述而且描写着化装溜冰的情景，并且对于素裳的不参加——甚至于连看也不去看，深深地觉得是一个遗憾，因为他认为如果她昨夜是化装溜冰者的一个，今天的各报上将发现了赞扬她而同时于他有光荣的文字。他知道那些记者是时时刻刻都在等待着和设想着去投他的嗜好的，至少他们对于素裳的化装溜冰比得了中央第几次会议的专电还要重要！所以他这时带点可惜的意思说：

"只要你愿意，我就用我的名义再组织一个化装溜冰大会，恐怕比这一次更要热闹呢。那时我装一个拿破仑；你可以装一个英国的公主……"

素裳在沉思里便忽然回答他：

"说一点别的好了。"

徐大齐皱一下眉，心里暗暗的奇怪——为什么她今天忽然变成这样性躁？却又说：

"你不喜欢就算了。其实你从前对于溜冰很感到兴味的。"

素裳横了他一眼便问：

"未必对于一种游戏非始终觉得有兴味不可么？"

"我不是这种意思，"徐大齐觉得她的话有点可气的回答说："如果你现在不喜欢溜冰，自然我也不希望，并且我也没有和你溜冰的需要……"

素裳便只想立刻告诉他："我早已不爱你了！"但她没有说，这因为她正在沉思着一个幻景，一个可能的——或者不久就要实现的事实，她不愿和徐大齐口角而扰乱了这些想象，所以她默着。

徐大齐也不说话了，他觉得无须乎和她辩白，并且他还关心于清室的档案，其中有一张经过雍正皇帝御笔圈点的历代状元的名册，据说这就是全世界万世不朽的古董。所以他很自在的斜躺着，时时噓着烟丝，而且看着这烟丝慢慢的在空间袅着，又慢慢的飘散了。

素裳也不去管他，似乎这房子中并没有他这样一个人似的。她只沉思着她所愿望的种种了。她并且又非常分明地看见了北海的雪景，她和洵白站在那积雪的山坡上，许多鸟儿都围绕她高鸣着，好像唱着一些恋爱的歌曲。接着她的心便经过那种波浪，而且，这回想中的情感，仿佛更使她觉得感动的。她时时都记着"早点来！"这一句，她觉得这三个字使她的生活又添上一些意义了。随后她接连的想：

"他快来了，他总会来的！"

最后他果然来了，单单脚步声就使她心动着。

徐大齐便站起来和他照例握了手，说：

"昨天你没有来，到北海看化装溜冰去么？"

"没有去，"洵白回答说，一面拿下帽子来和素裳点了头。

徐大齐又问他："叶平呢？他这几天老不来……有什么事？"

"课很忙。"

素裳便不能忍耐的走过来握了他的手，脸上充满着情感激动的表情，笑着说：

"你为什么不去看化装溜冰？"

洵白惊讶的望了她，反问：

"你呢，你们去看么？"

"我没有去。"素裳带点嘲讽的说："我尤其不喜欢看那些把怪样子供男人娱乐的女人！"

徐大齐便又向洵白说起话来了。

"你呢，你对于溜冰感到兴味么？"他又重新燃了一枝雪茄烟。

"我不懂得溜，"洵白又勉强的回答说："大约会溜的人是有兴味的。"

"看别人溜呢？"

"也许只是好玩——"

"我倒很赞成溜冰，"徐大齐吐了烟丝说："因为在冬天，这是一种北方特有的游戏，同时也是一种天然的，很好的运动。"

素裳便有意反对说：

"我倒觉得这种运动很麻烦：又得买一双溜冰鞋，又得入溜冰会，又得到北海去，又得走许多路，又得买门票。所以，没有钱的人恐怕溜不成。"

徐大齐便带着更正的口吻说：

"生活不平等，自然游戏也不能一律。"

洵白便不表示意见的微笑着。素裳也不再说，因为她愿意这无谓的闲谈早点停止，而她是极其需要就和洵白在一块说话的。

可是徐大齐又找着洵白说下去了。

"你平常喜欢那种运动？打弹子喜欢么？"

"打弹子恐怕只能算是娱乐。"

"也可以这样解释，"徐大齐又接着辩护的说："不过打弹子的确也是一种运动，一种很文明的运动，正如丢沙袋是一种野蛮的运动一样。"

洵白也不想再说什么，他的心是只悬念着素裳的。

然而这一个称为雄谈的政治家却发了谈兴了，似乎他今天非一直谈到夜深不可，所以他接着又问了许多，而且把谈锋一转到政治上，他的意见越多了。他差不多独白似的发着他的议论：

"武力虽然是一个前锋，但是在结果的胜利上，则不能不借重于政治上的手腕，和对于外交上的政策。中国每次的战争，在表面上，虽然是炮火打败了敌方，但在内幕中，都不能脱离第三或第四方面的联络，权利上的互惠，利害上的权衡，以及名位和金钱的种种作用，总之是完全属于非武力的能力。所以，单靠雄厚的武力而没有政治上的手腕和外交上的政策，结果是失败的。从前奉军的失败就是一个例证。"接着他还要继续说下去的时候，素裳便打断他的话，问：

"你今天不是还要出去么？"

徐大齐想了一想便说：

"不出去了。"

"我还要学日文呢。"

"好的，我在这里旁观。"

这一句答话真给了素裳不少的厌恶，但是她没有使他离开这一间书房的另一理由，因为她不愿明显地向他说，"我不能让你旁观，"所以她的心里是满着苦恼而且愤怒的。于是她默着，想了一会，便决计让他再高谈阔论下去了。当洵白要走的时候，她拿了那本《苏俄的无产阶级文学》给他，并且含意的说：

"这本书给你看一看。"

洵白便告别了。他走出了这一座大洋楼的门口，一到马路上便急不过地，带点恐慌地翻开书，他看见一小块纸角，上面写着：

"下午两点钟在北海等我！"

# 一四

北海大门口的彩牌，还在充足的阳光中现着红红绿绿的颜色，那许多打着牡丹花的带子，随风飘着。汽车，马车，洋车，少极了，这景象，就使人想到今天的北海公园已不是开溜冰大会的热闹，是已经恢复了原来以静寂为特色的公园了。进去的游人是寥寥的，出来的游人也不见多，收门票的警察便怠惰了，弯着腰和同伙们说着过去的热闹。单单在这大门口上便显出这公园的整个寂寞来了。

洵白的心境正和这公园一样。他来到这公园的门口，是一点钟以前的事，却依然不见他所想见的人。他最初是抱着热腾腾的希望来的，随后从这希望中便焦心了。刚刚焦心的时候还有点忍耐，不久便急躁起来，至于使他感觉到每一秒钟差不多都成为一个很长久的世纪了，接着他又生了疑虑——这心情，似乎还带着一些苦恼，因为他想不出她还不来的缘故。他看着表：那是一分钟一分钟的过去了，这时已经是两点半钟。他常常都觉得一盆烈火就要从他的心坎里爆发出来的。他一趟又一趟地在石桥边走着，隔了许久才看见来了一两个游人。于是他的希望便渐渐的冷了下去，他在徘徊中感到寂寞了。

在他带点无聊的感觉而想着回去，同时又被另一种情形挽留着的时候，他忽然听见一种声音：

"洵白！"

他抬起头一看，这一个站在他身旁叫他的人，使他吃了一惊，同时他的心便紧张着而且开放着，仿佛像一朵花似的怒发了。他想了半晌才说：

"我等了你半天……"

素裳现着异常欢喜的，却又不自然的微笑，和他握了手，才回答：

"我倒愿意我先来等你。"

说着两个人便一同进去了。

"我们到白塔去，"素裳一面走着一面说，"那里人少些。"

"好的。"接着洵白便告诉她，说他昨夜又到这里，因为他揣想她一定来玩，谁知他完全想错了。他又对她说：

"我昨夜还写了一封信给你。"

"信呢？"素裳一半欢喜一半惊讶的问。

"全扯了。"

"为什么？"

"总写不好。"

素裳想了一想便问：

"可以说么？"

"不必说了。"

"为什么呢？"

"现在没有说的必要。"

他们上着石阶，走到了白塔。这里一个人影也没有。积雪有些已经溶化了，留着一些未干的雪水。许多屋顶露着黄黄绿绿的瓦，瓦上闪光。天空是碧色的，稀稀地点缀着黑色的小鸟儿。远处的阔马路只成为一道小径了。车马是小到如同一只小猫，那小小的黑点——大约是行人吧了。这里的地势几乎比一切都高的。

两个人走到了最上的一层，并排地站在铁栏杆边。素裳将一只手放在栏杆上，身微微地俯着，望着远处，她在想她应该开始那话题了。但是她不知道怎样开始才好。她的心是跳跃的，烧热的；血在奔流着，而且一直冲上头脑去；她的情绪又复杂又纷乱起来了。她暗暗的瞥了洵白一眼，希望洵白能给她一些力量，但她只看见洵白发红的脸和等待她说话的眼光，她觉得她自己的心是又不安的动着了。她想了许久，结果却完全违反本意的说：

"看，那边，一只冰船溜过来了……"

洵白只给她一个默默的会意的微笑，此外又是那等待她说话的眼光。

她又低下头。望到远处了：一阵鸟儿正横着飞过去，许多屋顶还在放光，阳光是那样的可爱而吻着洁白的雪……

过了一会，她才焦急的，心跳的，响了发颤的声音：

"昨天，你回去……"

洵白又微笑地看了她一眼。

她接着说："你回去之后，你曾想了什么呢？"

"想我今天来到这里——"

"不觉得这行为可笑么？"

"不！"

洵白把手伸过去，用力的握着她的手。两个人又默着了。

又过了许久的静寂，素裳像下了一个决心，偏过脸来，把她所有的情形和一切的经过都对他说了。最后，她的声音又战颤的问：

"你不会觉得这使你有什么不好么？"

洵白的脸上完全被热情烧红了，心也乱动着，眼睛发光又发呆的看着她，几次都只想一下把她抱拢来，沉重的吻着她，但他又压制着，仿佛自白似的说：

"不过我是一个 C.P.。我时时都有危险的可能。我已经把所有都献给社会了的——我有的只是我的思想和我的信仰。"

素裳便立刻回答他，说：

"我知道。这有什么要紧呢？你把我看成一个贵族么？"

"我没有这样想，并且——"

素裳又接着说：

"我对于现在的生活是完全反感——我已经厌恶这种生活了。我只想从这生活中解放出来的，至少我的思想要我走进唯物主义的路。我是早就决定了的。所以，这时是我开始新生活的时候了。我并且需要你指导我。"

"不过那种工作很苦的，至少在工作的支配之下没有个人的自由。"

"你以为我怕受苦么？……那享乐和闲暇的生活已把我磨炼到消沉的，死的境地了，我实在需要一种劳动的工作。"她停了一下又接着说"对于无产阶级方面的痛苦也许我比别人知道得少，但是从资产阶级中所感到的坏处，我相信会比别人多些。我不相信对于贵族式的生活感到厌恶的人也不能从事于'康敏尼斯特'的工作。你以为一切女人都只能做太太的么？"

洵白隔了一会便诚恳的说：

"我……我很了解你。我并不怀疑你什么。你对于思想方面也许比我更彻底，不过在实际的经验上我却比你多些，所以我应该把情形告诉你。"

素裳便坚决的，却颤着声音说：

"你以为我和你的生活不能一致么？"

"不，我从没有这样想过。"

"事实上呢？"

洵白便正式的看着她，于是他把一切都承认了。他第一句说他相信她，而且认她是一个很使他有光荣的同志。接着他说他是从许多痛苦中——这痛苦是她在无形中给与他的——他发觉他是爱了她，好像彼此的生命起了共鸣了。当叶平在马车上对他极端称誉她，那时，他对于她简直不怀好意，因为他不相信这人间有这么一个女人。但这种轻视观念，在一看见她时便打破了，因为她给他第一个印象，就使他吃惊着，而且永远不能忘记。他又说，当他不看见她的时候，他就觉得生活很寂寞很烦闷的，他差不多每一秒钟都觉得需要和她见面……他把所有的情绪都归纳到这一句话中：

"我希望给你的是幸福……"

素裳的手便软软的献给他，他吻着了。

这时两个人的心里都在响着："我爱你！"

接着这两个身体便本能地移拢来，于是，洵白抱住她，她感动地把脸颊放在他的头发上：他们俩的生命沉醉着而且溶成一块了。

在他们的周围，太阳光灿烂的平展着，积雪眩耀着细小的闪光，一大群鸟儿在蔚蓝的天空中飞翔，无数树枝和微风调和着响出隐隐的音波。一切都是和平的，美的。


# 一五


从北海回来，到现在，已经九个钟头了，几乎这整个的时间，素裳都在沉思着那些情景，那些经过，那些使她兴奋而又沉迷的，简直像一个梦似的。这时，她又一个人躲到她的书房中了，斜躺在椅子上，又连续地想着在白塔的铁栏上，她向他表示，想着他猛然抱住她，想着不知多少时候她的脸颊都紧紧的贴在他的头发上。这回想是可爱的，动心的，如同把嘴唇吻着芳醇一样，使人感到醺醺地，一种醉意的。并且，这时的夜已很深了，一切都安安静静的，一点声音也没有，这空间，虽然还泻着月光，却显得熟睡的样子。没有什么响动来扰乱她。她好像在这大地上是独立的，自己是为着洵白而生存的。而洵白也只是为她才发现到这世界来的。所以她这时头脑更清醒了，她的心更热烈了，她的眼睛更发光了，因为她能够如画地，毫不遗失毫不模糊地想着那有意义的，等于使她复活的，那种种——声音的发颤，血的奔跃，灵魂的摇动，一直到把两个生命成为一种意义的说着"我爱你啊！"为了这一种回想，她便去翻开她的日记，那上面，娟娟的，有些又非常潦草的写着她在最近所发生的事故，所扰起的情感，所想象以及所希望的种种憧景，这一切，都仿佛酒的刺激似的，使她慢慢的觉得迷惑了。于是那从前——那刚刚经过的各种心上的戏剧，又重演一次了，这是很甜蜜的。她几乎在这本子上整个的神往着，看了又看，随后还沉重地给了一个吻，留上了一个嘴唇模型的湿的痕迹。接着她便翻开到白页上，提起笔写道：

"今天是我的一生中的一个最大——也是唯一——的转变时期，也就是，我把旧的一切完全弃掉了。我的新的一切就从此开始了。也应该算是我的最有意义的日子！然而这日子是洵白给我的，因为如果没有他，这日子不会有的，纵然有，也许还离我很远吧。我是极其需要脱离旧的，充满着酒肉气味的环境，而同时，我是热望着一个新的世界使我的生命不至于浪费的。现在我达到了这目的，一切都如愿了。我应当感谢谁呢？没有人承得起这感谢的——除了他——那个引导我走向光明去的人！从此，我的生活是有意义的，我的工作将成为不朽的工作，我的生存是一个有代价的生存了，至少我活着我并不辜负了我自己。我是肯定了的，如同一个伟大的文学家肯定了某一部书中的某人物的命运，我把我自己献给洵白和痛苦的同胞们了。在这时代中，这是应该努力的工作，除了资产阶级的人们张着眼睛做梦——做那享乐和闲暇的梦之外，一切人——不必是身受几重压迫的人，都应该踏着血路——也就是充满着牺牲者的路——来完成吃人社会的破坏。这才是人生有意义的努力！世界上，找不出另一种事情，能比这努力更为光荣的，虽然这光荣并没有一点骄傲。我现在——我马上就要向着这路上前进了，这目标，如果我终于不曾达到而就牺牲了，那也不是什么损失，因为我至少是向着这路上走去的。现在一切都好了——我自己和他处于同等地位的人，我们将要彼此接近起来，彼此握着手，彼此把热情，思想，信仰，毅力，互相勉励着，交汇着，走进社会最深的一面，在那里，我们将发现一种光明照耀着一切生命，这也就是对于全人类最伟大的创造。呵，我是肯定了的！并且，我再说一句什么人都应该努力于这一条路上的。"

看了一遍她又接着写了：

"所以我今天是完全快活的，生来的第二个快活，自然这情感中免不了有爱情的成分。的确，我这时所有的只是我将要开始的工作和正在享受的爱情了，除了这两种以外我没有什么，我也不想有。我以后将从工作的辛苦中得到爱情的鼓励，我相信爱情可以使我更加有勇气。在工作中也许会把爱情暂时忘记的，但是疲倦和困难的时候一定会想到爱情，而且从爱情中又重新兴奋了。这是我的信念：爱情在我的工作里面！至少在我想念着洵白的时候，我是要加倍努力的。这就是一个证明：我看见洵白之后我的工作就等于开始了。我诚心地把这个经验敬献给青年朋友，如果你们在工作中还不曾有一个爱人。至于我这时所感得的种种快乐，我是没有法子向你们说出来的，譬喻我发现到托尔斯泰艺术时的心悦，譬喻我领略到沙士比亚悲剧时的感动，这也不够我的百分之一的形容呢。如果你们也像我这样的经过一次，那你们就会懂得我这时的种种了。"

接着她便用力的写道：

"祝我的新生活万岁！"

最后，在她的许多想象中，她急欲看见她自己穿着平民衣服，杂在工农民众的游行队伍中间，拿着旗子，喊着，歌唱着，和他们一起，向人生的光明前进！

# 一六

大洋楼的门口又接连地排满着汽车马车包车了。那客厅里，在软软的沙发上，又躺着许多阔人。穿白衣的仆人又忙乱着。壁炉中的火又飞着红色的光焰。玻璃杯又重新闪光了。酒的，烟的，以及花的气味又混合在空间流荡。阔人们又高谈阔论着，间或杂一些要人趣事，窑子新闻，至于部属下的女职员容貌等等的比较观……

当素裳经过这客厅门口的时候，她听见徐大齐正在大声的说：

"……完成一种革命，正像征服一个异性似的……"以及许多拍掌和哗笑的声音。

她便皱起眉头，带点轻蔑的想："这一般新贵人！"一面走下楼梯去。

汽车夫阿贵便赶快跑去预备开车。

"不用，"她向他说，便自己雇了一辆洋车，到南河沿去。

当她走进大明公寓的第三号房间，她看见洵白一个人在那里，正朝着一面镜子打领结。

这两个人一见面，便互相拥抱着了：他吻着她的头发，她又吻着他的眼睛……过了一会，她才清醒似的在他耳边说：

"你，你昨夜睡得好么？"

"还好。"洵白也问她："你呢？"

"我没有做梦。"

洵白便笑着和她很用力的握了手,于是他和她各坐在一张藤椅上。

素裳又看着他说:

"你刚起来?……"

"对了。我正想到你那里……"

"在路上我还恐怕你已经去了。"

接着她和他便相议了许多事情。每一件事都经过一番精细的商量。最后把一切问题都解决了。洵白便决定他不到美国去,并且觉得到美国去对于工作上并没有什么益处,因为这时并不是考察美国工业社会的时候,至少有许多工作比这个更为重要的。他便决定去要求把他派到美国去的工作改到莫斯科去,而且能运动和她一路去——如果这希望能成为事实,那末,在那里,她既然可以受实际的训练,而他自己也更多一些阅历,并且还可以和她常常在一块。于是他们便说好后天就动身。洵白便写一封信给程勉己,要他在上海为他们预备住处。他并且介绍的说:

"在信仰上和在工作上,能够同我一样努力的只有他一个。我常常从他那里得到许多勇气和教训。并且他为人极其诚恳。他也很爱好文学。所以他是我的朋友,同志,先生。你一定也很欢喜他的。"

随后他们又兴奋着,互相庆祝了一番,这才离开了。

"我是幸福的。"素裳想着一面斜着脸看着洵白站在大门口笑着。当车子拐弯时,她看见叶平挟着一个黑皮包在柳树旁走着,忽然站住向她问:

"到那里去?"

"从你那里回去。"车子便拉远了。

"她到我那里去么?"叶平想,"她从没有到我这里来过。"便疑惑地走了回来。

一进门,他看见洵白现着异样快乐的脸,微笑着,知道他进来也不向他说一句话。他问：

"素裳说她来过这里，是不是？"

洵白便迟疑的回答说：

"是的。"

叶平把黑皮包打开，从里面拿出讲义来，一面想着他的这朋友的特别欢喜，和素裳来这里的缘故，并且他联想起近来洵白的情形，以及那一块扯碎的纸条子……他觉得这是一种秘密了。

"哼，"他生气的想，"连我都骗着。"便把那讲义放到屉子里。

这时洵白忽然叫了他，又说：

"我决定后天走……"

"那末，素裳的日文已能够自修了？"

"这没有关系。"洵白停了一会又接下说："她，她大约和我一块走。"

叶平便诧异地看着他的朋友，急迫的问：

"什么，她同你一路走？为什么？你同她？……"

洵白便握着他的手，把一切情形都告诉给他了。但叶平却反对的说：

"我不赞成！"

"为什么呢？"

"恋爱的结局总是悲剧的多。"

"不，我相信不。因为我和她极其了解。我们的爱情是建筑在彼此的思想，工作，以及人格上。我认为你可以放心。……"

"许多人都为爱情把工作弛怠了。"

"我相信我不会。唯一的原因就是她的思想比我更彻底，她只会使我更前进的。我正应该需要这样一个人……"

叶平便沉默着了。过了许久他才拍着洵白的肩膀，声音发颤的说：

"好的。我不为我的主张而反对你们。在我的意见，我是不赞成任何人——自然徐大齐更不配——和素裳发生恋爱的，因为我认为她不是这人间的普通人。但是——现在我为你们祝福好了。不过，你和她走了之后，我不久也必须到南方去了，因为我在这里一个朋友也没有，我完全孤单了。"

洵白便站起来抱住他，一面抱着一面说：

"说不定什么时候我们又见面了……至少这世界上有两个人会时时想着你。"

# 一七

客厅里的阔人已经散了。仆人都躲在矮屋里喝着余剩的酒。当素裳回来时候，这一座洋楼显得怎样的静寂，每一个房间都是黑暗的。

她开了那书房里的电灯，开始检拾她自己的物件。那种种，那属于贵族的，属于徐大齐的，她完全不要了，尤其对于那一件貂皮大氅投了一个鄙视的眼光。她觉得真正属于她自己的只有一些书和稿子，此外便是她自己的相片了。

她从墙上把她的那张小时的相片取下来，放到屉子里。第一眼她便看见那一本日记，她觉得有点奇怪起来，因为她记得这日记是压在许多稿子中间，而这时忽然发现在一切稿子上面了。但她又觉得这也许是她自己记错的。于是她又去检拾一些她母亲以及她朋友寄给她的信，这信札，她约略看了一看，留下几封，其余的便撕碎了，丢开了。

做完了一切，她安安静静等待着徐大齐回来，因为她要把这许多事情都告诉他，并且要对他说明天她就和洵白一路走了。

但徐大齐到了夜深还不见回来。并且第二天她睡醒了，那床上，也不见有徐大齐的影子。这使她很觉得诧异，因为她和他同居了三年，从没有一个晚上他留宿在外面的。如果情形是发生在两个星期以前，那她一定要恨起他来，而且她自己是很痛苦的。但这时，纵然徐大齐是睡在窑子窝里，也不关她的事了。

她只想，如果他到十点钟还不回来，她只好写一封信留给他了。她一面想着一面提了一只小皮箱，走到书房去，把那些书，那些稿子，那些相片，以及另外一些不值价的却是属于她自己的东西，一件一件地放到这皮箱里。

这时她是快乐的，她的脸上一直浮着微笑。她觉得再过两点钟，她就和这一个环境完全脱离关系了，尤其对于离开这一座大洋楼，更使她感到许多像报复了什么的愉快。并且，有一朵灿烂的红花，在每一秒钟都仿佛地闪在她的眼前，似乎那就是她新生活的象征，又引她沉思到一种光明的，幸福的，如同春天气象的思想里。

她时时都觉得，她现在的一切都是满足的。

"奇怪，似乎我现在没有什么欲望了！"

她正在这样想，她忽然听见门铃沉重地响了起来，接着那楼梯上，便响起极其急骤的脚步声音，于是她的房门猛然地被推开了。她看见进来的是叶平。

她立刻完全吃惊了。这一个朋友，显然比任何时候都异样：脸是苍白的，眼睛满着泪光，现着惊惶失措和悲苦的样子。他一进门便突然跑上来抓住她的手臂，并且眼泪纷纷的落下来了。

她的心便一上一下的波动着，但她想不出这一个朋友的激动，这完全反乎原来的神气和行为，究竟是一回怎样的事，所以她连声的问：

"什么事，你？为了什么呢？说罢！"

叶平简直要发疯了，只管用力抓住她的手臂，过了一会才压制着而发了凄惨的声音：

"今……今天——早上——洵白被——被捕了！"

素裳便一直从灵魂中叫出来了：

"什么！你——你说的？"

"他还在床上，"叶平哭着说："忽然来了武装的——司令部和公安局的——便立刻把他捆走了！"

素裳的眼前便飞过一阵黑暗了。她觉得她的心痛着而且分裂了。她所有的血都激烈的暴动了。她的牙齿把嘴唇深深的咬着。她全身的皮肉都起了痉挛，而且颤抖着，于是她叹了一口气，软软的、死尸似的，倒下了。

叶平赶紧把她撑着，扶到沙发上，一面发呆地看着她。素裳把眼睛慢慢张开了，那盈盈的泪水，浸满着，仿佛这眼睛变成两个小的池子了。她失了意志的哭声说：

"他在什么地方，我要看他去！"

叶平便擦了一擦眼泪说：

"看不见。他们决不让我们知道。"接着他便压制着感情的说："现在，我们应当想法子营救他。并且，徐大齐就很有这种力量，他不难把他保释出来的。"

素裳便也制住了感情的激动，平心静气地想着挽救他的法子。她也认为徐大齐所处的地位和名望，只要他说一句话，就可以把洵白从子弹中救回来了。

两个人便在这一种惨祸的悲苦中带着一点希望的光，盼着想着徐大齐回来。

每一秒钟，都成为长久的，充满着痛苦的时辰了。

叶平时时叹息着说：

"假使……都是我害了他，因为他完全为着我才来的！"

素裳也带悔恨的说：

"也许，不为我，他早就走了。"

于是，一直到下午三点三十五分，徐大齐才一步一步的上着楼梯，吸着雪茄，安闲地，毫无忧虑的样子。

素裳便悄悄的擦去了眼泪，跑上去抱住他，拉他坐到沙发上，柔声的说：

"你知道么？今天早上涛白被捕了，"她用力压制她的心痛，继续说："恐怕很危险，因为他们把他当做一个共产党，其实——无论他是不是，只要你——你可以把他救出来。"

徐大齐皱着眉头，轻轻的吹着烟丝。

叶平便接着说：

"他是我最好的朋友。并且他这次来北平完全是我的缘故。我真难过极了。我自己又没有能力。我的朋友中也只有你——大齐——你为我们的友谊给我这个帮助吧，你很有力量把一个临刑的人从死中救活的。"

徐大齐把雪茄烟挟到指头上，问：

"他是不是共产党？"

"我不敢十分断定——"叶平想了一下，接着说："不过我相信，他并不是实际工作的——他就要到美国去的。"

素裳又恳求的说：

"你现在去看看吧。是司令部和公安局把他捕走的。无论如何，你先把他保出来再说，你保他一点也不困难。你先打一个电话到司令部和公安局去，好么？"

徐大齐便做出非常同情的样子，但是说：

"不行。因为这时候他们都玩去了，未必我跑去和副兵说话？"

最后，叶平含着眼泪走了。素裳又忍着心痛的向徐大齐说：

"你写两封信叫人送去好了，也许——"

"为什么？"徐大齐打断她的话，怒气地看着她，声音生硬的问："你这样焦急？"

素裳便惊讶地暗想着，然后回答说：

"不为什么。他不是叶平的好朋友么？我们和叶平的友谊都很好。所以我觉得你应该给他帮助，何况你并不吃力，你只要一句话就什么都行了，他们不敢违反你的意旨。"

徐大齐不说话，他一口一口吸着雪茄烟，并且每次把烟丝吹成一个圆圈，像一个宝塔似的，袅袅地飘上去了。


# 一八


洵白已经是一个多星期没有消息了。在这个短短的——又像是非常长久的日子中，每天叶平都跑到这洋楼上来，并且都含着眼泪水地走回去了。在每次，当素裳看见他的时候，她自己的心便重新创痛起来，但是她常常把刚刚流到眼角的眼泪又咽着，似乎又把这眼泪吞到肚子中去。甚至于她为了要借重徐大齐去挽救洵白，她把一切事都忍耐着，尤其和洵白的爱情，她不敢对他说，因为她恐怕他一知道，对于洵白性命就更加危险了，至少他不愿去保释他的，所以，在这些悲苦的日子中，一到徐大齐面前，她都装做和他很亲爱的样子。她常常违反自己的做出非常倾心地，抱着他吻着，和他说种种不堪说的甜蜜的话。最后她才听见到他答复："放心吧。这算个什么大事情呢？只要我一开口就行了！"

然而一天一天的过去了，而徐大齐给叶平的回答还是："那天被捕的人很多，他们又替我查去了，不过被捕的人都不肯说出真姓名，据他们说在被捕者中并没有洵白这么一个人。"

于是到了这一天：当素裳正在希望徐大齐有好消息带回来，同时对于洵白的处境感着极端的忧虑和愁苦的时候，叶平又慌慌张张地跑来，现着痛苦，愤怒，伤心的样子，进了房门便一下抱着她大声的哭了起来，她的心便立刻紧了一阵，似乎在紧之中又一片片的分裂了。她落着眼泪害怕的问：

"怎样，你，得了什么消息么？"

叶平蹬了一下脚，牙齿互相磨着，气愤和激动的说：

"唉，我们都受骗了。我们都把一个坏人当做好人了。"

素裳便闪着惊骇的眼光看着他。

叶平的两只手握成拳头了。他又气愤和激动的说：

"今天吟冰来告诉我，她说她曾要任刚到司令部去打听（任刚和黄司令是士官学校的同学），据说有这么一个人，但是当天的夜里就在天桥枪毙了，因为这是市政府和市党部的意思，并且提议密捕和即行枪决的人就是徐大齐……"

在素裳眼前，一大块黑暗落下来，并且在这黑暗中现出一个沉静的，有毅力的，有思想的脸，这个脸便立刻像风车似的飞转着，变成了另一个世界，于是，她看见洵白站在这世界最高的地位上向她招手，她的心一动，便跌倒了。

当她清醒时，她看见叶平一只手抱着她，一只手拿着一杯冷水，她的眼泪便落到杯中去，一面想着徐大齐为什么要陷害洵白的缘故。她忽然想起那一本日记，那一本她本来压在稿子中间而发现在稿子上面的日记了。

"一定，"她颤抖着嘴唇说："他一定偷看了我的日记……"

叶平把头低下了，把袖口擦着眼角。

她又哭声的说：

"是的，都是我，我把他牺牲在贼人手里了！"

于是她伤心着，而且沉沦在她的无可奈何的忏悔里。

叶平便一声声叹着气。

随后，当她又想到徐大齐的毒手时候，她的一种复仇的情感便波动起来，她觉得要亲手把他的血刺出来，要亲手把他的胸膛破开，要亲手把他的心来祭奠洵白的灵魂。这自然是一种应该快意的事！但她立刻便觉悟了，觉得纵然把徐大齐杀死，于她，于洵白，于人类，都没有多大益处，因为像徐大齐这般人，甚至于正在等着候补的，是怎样的多啊。她觉得她应该去做整个铲灭这一伙人的工作，否则杀死一个又来一个，这不但劳而无功，也太费手脚了。因此她便更坚固了她的思想，并且使她觉得一个人应该去掉感情，应该用一个万难不屈的意志，去努力重造这社会的伟大工作。接着她决定了，她要继续着洵白的精神，一直走向那已经充满着无数牺牲者的路，红的，血的路。于是她把眼泪擦干，和叶平相议了许多事情，最后她向他说：

"今天，夜里十二点后，我到你那里去，我搭五点钟的车。"

# 一九

马车从大明公寓的门口出发了。街上是静悄悄的。马蹄和轮子的声音响着，这响声，更显得四周寂寞了。天上铺着一些云，没有月亮，只稀稀地露着几颗星儿，吐着凄凉的光，在灰色的云幕中闪着，夜是一个空虚而且惨黯的夜。

随着马车的震荡，素裳和叶平的身体常常动摇着，但他们的脸是痛苦和沉默的。

一直到马车穿了南池子的门洞，素裳才伸过手，放在叶平的肩上说：

"我走了，你最好也离开北平，因为说不定徐大齐也会恨到你的。"

叶平便握着她的手回答说：

"离开是总要离开的。这北平给我的印象太坏了。并且有这样多可悲可惨的回忆也使我不能再呆下去。我不久就要走的，但是我不怕徐大齐陷害我，至少我的同学们会证明我，而且大家都知道我。"

接着素裳又说：

"如果洵白的尸首找得出来，你把他葬了也好；如果实在没有法子找，也罢了。横竖我们并不想有葬身之地。"

叶平激动了，闪着泪光的说：

"好的。这世界终究是你们的。你好好的干去吧！至于我，我是落伍了，至少我的精神是落伍的。我的许多悲剧把我弄成消极的悲观主义者了。我好像没有力量使我的生命再发一次火焰。像我这样的人是应该早就自杀的。但我还活着，并且还要活下去，这是我对于我自己的生命另有一种爱惜，却难免也是一种卑怯的行为。因此，我的生活是没有什么乐趣的，至少在意义上所存在的只是既然活着就活下去吧这一条定则而已。其实，从我的生活上，能让我找出什么意义来呢；每天，除了吃饭，穿衣，睡觉，便是编讲义，上讲堂，拿薪水。如果在我的生活中要找出一件新鲜的事，那就是领了薪水之后，到邮政局去，寄一部分钱养活我的一个残废的哥哥和一个只会吵架的小脚嫂嫂……我有什么意义呢；但是我不会自杀，大约这一辈子要编讲义编到最末一天了。"

素裳默想着，过了一会她忽然说：

"我不是你的一个朋友么？"

"对了，"叶平沉着声音说："一个最坦白最能了解的朋友，唉，这也就是我的全生活中唯一意义了。"

素裳便充满着友谊地伸过手给他吻着，同时她也吻着他的手。马车便停下了。

他们走进车站去。这车站的景象，使叶平回想到在三个星期前，当他来接洵白时的情景，他的心又伤起来了。他一面擦着眼角的泪水，一面在三等车的售票门口，买了一张到天津去的和一张月台票。

这时火车快开了。火车头喷着白气！探路的灯照在沉沉的夜色里，现出一大条阔的白光。许多乡下人模样的搭客正在毫无秩序地争先着上车。叶平紧握着素裳的手，带着哭声的说：

"到上海，先去找程勉己去，他是我的同学也是洵白的同志，他可以设法使你到莫斯科去。如果你不至没有写信的时间，你要常常来信。"

"你最好早点离开北平……"她一面说一面上车去。

汽笛叫着，火车便开走了。

在叶平的眼睛中，在那泪水濛濛中，他看见一条白的手巾在车厢外向他飘着，飘着，慢慢地远了去。

于是这火车向旷野猛进着，从愁惨的，黯澹的深夜中，吐出了一线曙光，那灿烂的，使全地球辉煌的，照耀一切的太阳施展出来了。

一九二九年五月七日早上二时作完于上海。

# 光明在我们前面

## 一

一九二五年五月，一天午后三点钟左右，在北京的马神庙街上，有一个二十六岁光景的男子，在那里走着，带点心急的神气，走进北京大学夹道去。他穿着一套不时兴的藏青色西装，而且很旧，旧得好像是从天桥烂货摊上买来的货色，穿在身上不大相称，把裤筒高高地吊在小腿肚上，露出一大节黑色纱袜子。他的身段适中，很健壮。走路很有劲，又快。那一双宽大的黑皮靴便接连地响着，靴底翻起了北京城特有的干土。他走到这狭胡同第三家，便一脚跨进大同公寓的门限，转身到左边的大院子里去了。

院子里有一株柳树，成为被考古家所酷爱的古董，大约有一百多年了，树干大到两抱围，还充满着青春的生命力，发着强枝和茂盛的叶子，宛如一把天然的伞似的，散满绿荫。

他觉得身上一凉快，便脱下帽子，擦去额上的汗，站到第七号房间的门口，弯着手指向门上叩了两下。

里面问：

"谁呀？"

"我，"他立即回答，带点快乐地微笑着。

"找白华么，她不在家。"这是一种江苏女人说北京话的细软声音。

他的笑容敛迹了。但他却听出那说话的人是他的一个朋友，便问：

"是你么，姗君？"一面大胆地，把房门轻轻的推开去。

果然，站在那里的是一位女士。她好像突然从椅子上刚站起来的样子，匆忙地把一只手撑在桌上，半弯着腰肢，虽然带点仓皇，却完全是一种很美观的天然的风致。她穿的是一件在北京才时兴的旗袍，剪裁得特别仄小，差不多是裱在身上，露出了全部的线条。袍子的原料是丝织的，颜色是刺人眼睛的荷花色，这就越把她——本来就很丰满的少女——显得更像是一朵在晨光中才开的玫瑰花了。

他一眼看到她，好生惊讶，觉得这女友是真的和普通人相反，越长越年轻了。

她向他欢喜地笑着：

"哦，希坚。好久都没有看见你了，你都不到我们那里去。"

"是的，有一个月了吧。"刘希坚把帽子放到桌上去，向她笑着。"原因就是我近来变成一架机器，自己不能动。"接着他问："白华呢，你知道她到那儿去？"

"不知道。她只留个纸条，说她三点钟准回来。现在已经三点了。"

刘希坚拖过两把藤椅让她坐，自己也坐下了。他想起今天早上刚收到她的一张请客片，一张修辞得很有点文学意味的结婚喜帖，便向她笑着。

"贺喜你，"他说，却又更正了："贺喜你们俩！但是我不知道应该怎样贺喜才好，现在正为难——"心里想着喜帖上的文章：为神圣爱情的结晶而开始过两性的幸福生活……

她的脸上慢慢的泛红了。向他很难为情的闪了一眼，露出一个小小的笑涡，说：

"你也开玩笑么？"

"你觉得是开玩笑么？"他尊重的微笑着说："我一接到卡片之后便开始想，可是总想不出什么好东西来，而这东西又是美的，又是艺术的，又是永久的，可以成为一个很合式的纪念品。我想这样的东西应该是有的，大约是我的头脑太不行，想不出来……你可不可以替我想一想？"

"不要送给我什么，"她老实地红着脸说："只要你——你肯看我们——这就比什么东西都好。"

"那当然。"他接着又微笑的说："我想，做一首诗给你们也许是很好的，可是我从没有做过诗。"他把眼睛看着她的脸——"你们是文学家，尤其你是诗人，你替我代做一首好不好？你的诗是我最喜欢读的。"

"你简直拿我开心呢，"她装做生气的样子说。同时，她又现着一种不自觉的骄傲和谦逊的神情，因为在一个很著名的文学副刊上，差不多天天登载着她的诗，有一位文坛的宿将曾称赞她是中国的女莎士比亚。

"怎么，你把我看得这样的不诚实么？"

"你想得太特别了。"

"也许是的，"他又笑着望了她一眼，"过分的欢喜会把人的感情弄成变态的。譬如这一次，我就没有理由的，只想给你们一点什么。"

"如果你喜欢诗，"她把话归到正当的题目上，"如果你还喜欢我的诗，"她自然地把声音放低了，"我明天把诗稿送给你……"可是她觉得他的思想和行动都不能证明他是一个嗜好于文学的人，便赶紧把话锋转变了，说：

"不过你喜欢读诗，也许是一时的兴致吧。"

"好的，"他正经的对她说："我们做了好几年朋友，今天才知道你对我是一切都怀疑。"他从胸袋里拿出烟盒来，抽出一枝香烟，做出很无聊似的放到嘴上去。

珊君顺手将洋火给他，向他很热情的解释说：

"我没有疑心你什么，一点也没有；并且，我也没有疑心你的必要。你自己知道，你以前并没有使我知道你不讨厌文学……"

他奇怪起来了：

"你以为要那一种人才配喜欢文学呢？"他点燃香烟，沉重地吸了两口，把烟丝吹到空中去。"我从前告诉过你，说我不欢喜读诗么？"

她答不出适当的话，却笑了，很抱歉似的向他望了一下。

"的确有许多人，"过了一会，她想起一个证据来说："譬如王振伍——他是你们的同志，你不是和他很相熟么？——他就对于文学很仇视。有一次，他居然在大众之中宣布说：文学和贵族的头脑一样的没有用，应该消灭。"

"他说的是贵族文学吧，"他为他的同志解释了。"他不会说是无产阶级文学……"

"不，"她截断他的话，而且坚定的说："不是的。他的确把《文学》看做一种玩具，看做对于人生没有功效甚至于没有影响的东西。的确，像这样的人很不少呢。"

他把香烟取下来了，一面吐着烟丝一面说：

"我不敢说绝对没有那种人；但是那种人是不能作为代表的。"于是他把普力汗诺夫、卢纳卡尔斯基等人对于文学的观念说了许多。他把他自己的意见也说出来了。他说文学在最低的限度也应该像一把铁锤。

他的见解把这位女诗人吓了一跳。"什么，像一把铁锤？"她暗暗揣摩着想，瞠然向他惊讶着。

"你不喜欢听这样的意见是不是？"他重新点燃一枝香烟，如同吸着空气似的一连吸了四五口。

"你说得太过火了，"她慢慢的说，也好像舒了一口气。

他忽然想起，他的这位玫瑰花似的女朋友，她是一个关在象牙塔里的诗人，虽然她的诗在中国新诗坛也很被人注意，但她只会做"美梦去了"和"再同我接个吻"这一类的诗。所以他觉得他刚才的话都是白说的，而且反把一种很喜悦很生动的空气弄成很拘束了。

"也许是的，"于是他又浮出微笑来说，随着便转了话锋，"唉，其实，我对于文学完全是门外汉呢。不过无论怎样，我是很喜欢读你的诗。"

她的脸也重新生动了，鲜艳，并且射出默默欢乐着的光彩——这是一种即要和爱人结婚的处女的特色。

"好，"她兴致浓郁的说，又轻轻的闪了他一眼，"如果你真的喜欢，我说过，我可以把诗稿给你……"

"谢谢你。我实在应该读一读诗，因为，我近来实在太机械了，差不多我的头脑只是一只铁轮子。"

她笑着，嘴唇要动不动地，宛如要说出什么俏皮话的样子。这时，那房门突然推开了，砰的一声大响，把整个的房子都震动着。

他们的眼睛便带点惊讶地望到房门口，白华已经跳着进来了。


二


白华一进门便向她的朋友各闪了一个任情的妩媚的眼色；她的样子总是那末快乐的，永远有一种骄傲的笑意隐在眼睛里，证明她的心中是藏了许多得意的幻想。

她带点走得太快的微喘问："你们来了多久了？"接着她转过身去向着刘希坚，"你收到我的信没有？"便和他很用力的握了手。

"我就是给你送钱来的。你又到那儿去了呢？"

她坐到床上了，说：

"到你不喜欢的那地方去。"说了便故意的看了他一下，一面从她胁胳中拿出一包东西，打开着，是许多影印的克鲁泡特金的木刻的像。

她非常得意地把像片翻着，便拿了一张出来给她的女同学：

"珊君，这给你。你瞧，这个样子是多么表现着伟大的思想和伟大的人格呀……你只瞧他的胡子……"

她的女同学没有答应她，只是新鲜地，惊讶地，凝视着这一位无政府主义的世界领袖。

接着她又拿出一张来，向着刘希坚说：

"这不必给你，因为你现在是不喜欢的。"

他正在发呆似的看住她的脸——用这样眼光去看她已经有一年多了，是当初就被她发觉的，并且也从她那里得到和这眼光同样的感觉，这成为他们俩还不曾解决的秘密。这时他忽然把眼光收转来，急促的回答：

"你怎么知道呢？"

"许多人都在说，"她突然为了她所信仰的主义而现出一点冷淡的神色。"说你把所有安那其的书籍都扯去当草纸用……"

他不禁的笑了。

"他们完全造谣，"他随着尊重的解释说："无论怎样，我不会干这种无意识的事情。"

"不过你心中只有两个偶像，"她坚执着说："马克思和列宁……你现在是很轻视，而且很攻击安那其主义了。"接着她又说一句，"你只有马克思和列宁！"于是有点愤然的样子。

他觉得这一点有和她辩驳的必要，便开始说：

"一个人为他自己的思想而处于斗争的地位上是正当的。你不承认么？除非是懦怯者，有人能够在敌人面前不作一声，或者低头么？并且，忠实他自己的信仰，拥护他自己的信仰，这完全没有受人指谪的理由。……"他还想再说下去，忽然觉得他所爱的人的脸色已经变样了，变得有点严重了，便立刻把要说出来的话压住。但他却仍然听到一种近乎急躁的声音：

"那你为什么从前又加入安那其？"

"从前我以为安那其主义可以把我们的社会弄好了，"他差不多用一种音乐上的低音来说，他只想把这争论结束了。

但是那对方的人却向他做出一种特别的表情，仿佛是在鄙夷他的答话，并且逼迫似的说：

"一个人的信仰能够常常动摇的么？"

他觉得这句话是把他完全误解了，而且还不止误解了他的思想，于是他看了她一眼，便不得已的解释说：

"白华，我觉得你这样的说话，是不应该的。我自信我是很忠实于真理的人。因此我并不容易动摇。但是，正因为这样，对于安那其主义，我才从热烈中得到失望，觉得那只是一些很好的理想，不是一条走得通的路。这是有事实可以证明的。更不必说中国的无政府党是怎样的浅薄和糊涂——而这些人是由新村制度而想入非非的，他们甚至于还把抱朴子和陶潜都认为是中国安那其的先觉。"他重新谨慎的望着她——"你自然不是那样的人。因为你对于克鲁泡特金的学说是很了解的，但是我实在不明白你为什么还没有觉得，我们现实社会的转变决不是靠幻想的，那乌托邦的乐园也许有实现的可能，然而假使真的实现，也必须经过纯粹的社会主义革命。所以，我不能不……"最后他望着她的眼睛，几乎是盼望着同情的样子。

她不满意他的解释，她仍然坚持着她的论调：

"这只是安那其主义比其他主义更高超的缘故。"她非常信仰的说，声音也同她的态度一样，表示着不愿被人屈服的刚强。

他不得不又继续着回答：

"那也许是的，"他的声调却越变谦和了。"不过今天的问题只有共产主义和共产党的组织形式才有用，因为它是根据客观具体的情况，来决定革命路线的。如果不能立刻救社会的垂危的病，那就无论什么高超的学说都等于空文，因为我们只能把某种思想去改造社会，不能等待着社会来印证某种思想——"

这时有一种意外的声音忽然在他们之中响起来了，他们都立刻把眼光转过一边去，射在珊君的身上。接着他们又听着：

"怎么，你们一见面便抬杠？你们把我都忘了。"

白华这才重新笑起来，恢复了她的常态，在她的脸上虽然有点发烧，又浮泛着快乐的表情，眼睛里又隐着许多笑意……

"真对不住你，"刘希坚也微笑地向她抱歉了。"你觉得我们的争论太无趣味吧。"

她还没有回答，白华却抢着向她问：

"安那其主义不是最高超的学说么？珊君，你说呢？"显然她还保存着许多好胜的心理。

"我说不出来，"珊君俏声的回答："因为我没有看过关于它的书，"接着她又补充说：

"我别的社会主义的书也没有看。"

"你看不看？"白华心急的，又极其热心的宣传说："我这里有巴枯宁和克鲁泡特金的书……其实，你顶好看一看……你看么？"好像她立刻就要把那些书推到她身上去。

刘希坚却暗暗的想："她是只想做诗的！"

果然她拒绝了，却找出一个很委婉的理由来说：

"我是要看的，我一有工夫看便来拿。"

"忙些什么呢？"白华刚刚要这样说，忽然想到这位女同学的佳期，便改口了：

"我想你现在是很忙的。至少，"特别示意的望了她一下，"你现在是没有心情看书的。"接着几乎开玩笑了，"你现在是只有着'两性的幸福生活'呀……"并且故意把最后的一句说得大声些。

珊君的脸又飞上了一片红晕；却又抑制着说：

"别拿我开心……"同时她又悄悄的瞥了白华和刘希坚一眼。"我是把你们当做好朋友……"停一下，她就说出她到这里来的缘故了：

"密司陈她忽然有事要回家去，"她显然是不好意思的说："她那天不能做女傧相。所以……我想你和密司王说一说，看她肯不肯？"

白华打起哈哈了。刘希坚也暗暗的好笑，联想到有一篇名做《白热的结婚》的小说。

"一定要女傧相么？"白华强忍着笑声说："好的，我明天和她说一说……"接着她又戏谑的问："还有什么事情没有？要我替你做些什么呢？"

"不敢劳驾你。不过，如果密司王不肯的话，我想你再去同密司周说，因为我同她们没有你熟。"说了便站起来预备走。

"忙什么？"白华也从床上跳下了。

"好让你们说话呀！"她含蓄的笑着说，仿佛这句话很报复了他们的谑笑一样，同时向他们流盼了一眼，便走了。

白华转过身又坐到床上去，活泼地摇着腿干，一面又去收检那些像片。

刘希坚的眼睛也跟着她的动作而盯着她。他仍然从她身上得到一种愉快——这愉快的成分是很不容易分析的。并且，他今天忽然觉得她简直像一个炭画了，因为她穿的是一身黑，黑夹袄，黑裙，黑袜子，黑皮鞋……但是她比一切画着少女的炭画都美，而且生动。

他下意识的想："爱你，唉，白华！"

白华向他说话了：

"你带了多少钱来？"

他警醒了不少，便回答："十块。"

"还有没有？"

"你的信里只说十块。"

"现在不够了，"她笑着说："把你所有的钱都给我……"

"好的，"他爽然地，"不过你要对我说，是不是又拿去印那些传单？"一面把皮夹子拿出来，向桌上抖着，一共是十三块和四角辅币。

她把钱拿了。

"你没有干涉我的权利，"她朗声的说，接着她把小零头还给他："这四毛钱留给你买香烟吸……"

他没有作声，呆看着她伸过来的手，只想把嘴唇沉下去吻在那嫩白的纤细的手指上，至于作一些狂乱的事情。但他又呆看着她的手收回去了。因为他不愿意被她看做没有理性的动物。他是只想有一个机会能向她表示他的爱情……

她已经坐到藤椅上了，又把椅子拖拢来，朝着他，和他挨得很近地，差不多可以听到彼此的呼吸，这举动很像她要向他说出什么秘密文件。

"我告诉你，"她的话开始了。并且她看着他，很出神的看，眼睛充满着熠熠迷人的闪光，但这闪光又含蓄着一种纯洁的原素，使人不敢妄想。

"唉，白华！"他制止着想，他的心是惶惑地动摇了。

她接着用快乐的声调说：

"世界上真有许多蠢事情呢。你不是曾认识陈昆藩么？就是那个斜眼睛！谁都知道他在十五年前——在他十四岁时候，他父亲便给他娶了亲的。人家说他的妻子可以抵过两条牛，因为她一天操作到晚都不知道疲倦。他有三个孩子也是谁都知道的。他的大孩子已经会想法子去偷别人的甘蔗。但是他常常都在生人面前说他没有家庭，并且把他自己的年纪减小了八岁。谁相信他只有二十一？也许他自己还以为满年轻呢！他的黄头发总是涂得油腻腻的，那劣等头发水的气味，真使人一嗅了便要呕……"

她把话停住了，却分外地高兴起来，仿佛她的喉咙边还有许多更觉得可笑的话，使她当做享乐似的开心着。随后她把眼睛望着对面的人，又闪着迷人的妖媚的光彩。

刘希坚有点奇怪她的这一套话，尤其是她的这得意的神气。他觉得她简直不是和他谈话，倒是在向他描画出一个小说中的人物。他忍不住问了：

"你这样说他干什么？"

"干什么？"她笑得仰起来摇了两下头，那黑丝一般的头发便披散到脸上，从其中隐现着脸颊的颜色，就像是一些水红色牡丹花的花瓣。

"我不会为那样的人白费我的时间，"她充满着得意的，又带着天真的快乐的声音继续说："我现在说他就因为他使我太觉得可笑了。那样的人，斜眼睛，蠢猪！你想他居然做了些什么蠢事？你不知道？当然！谁都想不出。他，瞧那蠢样子，他简直见鬼了，忽然找到我——当我昨天从学校里出来的时候——他开头就说：'我在这里等了两点多钟呢。'便伸过手来想同我握。谁喜欢和他握手？我只问：'你等着你的朋友么？再见。'他忽然蠢蠢的摇一下头，把眼睛瞧着我——斜的，大约是瞧着我吧，一面说：'我只等你呵！''见你的鬼呢！'我这样想，一面给他一个很尊严的脸色，使他知道他的话是错

254

的，不应该和冒昧的，一面冷淡的说：'等我？我们没有什么事情要说呀。好，再见！'说完我就快步的走了。可是他又蠢里蠢气的跟了来。我装做不看见，走了好远，我以为他走开了，回头一看，又看见了那双斜眼睛。我真的冒火了：'密司特陈，你这样跟着我，是不应该的，你知道么？'他却现出一副哭丧的脸，吱吱的回答说：'知道。'并且又蠢蠢的走拢来接着说：'知道。但是——但是——''但是什么呢？'我被他的哭声觉得可笑了。'我有几句话想同你说，'他又吱吱的接下说：'我们到中央公园说去好不好？''谁愿意同你逛公园！'我气愤了。'不是逛公园。只是——只是因为这里不大——不大方便。'他的样子简直蠢极了。我只好冷冷的说：'有什么事，请说吧。'于是他就做出一种特别的蠢气，把斜眼睛呆看着我——又像是呆看着别的地方，开始说——他简直沾污了这一句话——说他爱我！我在他的脸上看一下——那样蠢得可怜——我反乐了。我忍不住笑的说：'你爱我，真的么？''真的——真的——'他仿佛就要跪下来发誓了。'你不爱你的妻子么？'我又笑着问。'不爱，一点也不爱，'他惶恐的说：'真的一点也不爱。我那里会爱她！''哼！你倒把你自己看得满不凡呢！'我一面想着一面又问：'你的小孩子呢？''也不爱。''把他们怎么办呢？'他以为满有希望似的伸过手来说：'如果——如果你——我都不爱他们。''好极了，'于是我忍不住的便给他一个教训：'你把爱情留着吧，不是前门外有许多窑子么？'说了我跳上一辆洋车了……"

她说完这故事又天真地狂笑起来，同时她的眼睛又流盼着对面的男子，仿佛是在示意："你瞧，他那配爱我！"

希坚却不觉得那个蠢人的可笑，只觉得可怜。并且为了她的生动的叙述而沉思着，觉得她很富饶文学天才……

忽然像一种海边的浪似的声音从他的耳边飞过去了：

"你在想什么呀？"

他立刻注视到她的脸：

"想你——你写小说一定写得很好的。"

女人的天性总喜欢男子的恭维。而他的这一句话，更像她在睡觉以前吃着桔子水，甜汁汁的非常受用，便不自禁的向他望了一眼，那是又聪明，又含蓄，又柔媚的眼光啊。

他的心又开始动摇了——惶惑地，而且迷路了，但不像什么迷路的鸟儿，却是像一只轮子似的在爱情的火焰里打圈。所以他的眼睛虽然看着白华的脸，而暗中却在想："假使我向你表示呢？……"于是把她的一句"那我学音乐呢？"的问话也忽略了。

"你觉得怎样？"她接着又问。

他的脑筋才突然警醒地振作一下，便找出很优雅的答话了：

"我在想，"他的态度很从容地，微笑地，"究竟你学文学对于音乐有没有损失呢？结果是：我觉得你很可以在这两方面同时用功……"于是他等着这些话的回响。

自然，她又给他更要迷惑的眼光。但是这意中的报酬却使他难受透了。他想着——考虑着——又决不定——在这种氛围里，在这种情调中，在这个房间内，究竟是不是一个向她表示爱情的最适宜的时机。他觉得有点苦闷了。但他仍然忍着听她的话。

"可是别人都不相信我呢，"她带点骄傲的声音说："你是第一……"接着又向他柔媚地笑一笑。

他乘机进一步说："是的，那些人只会在纸上看文章。"

她完全接受了他的话。并且向他吐出心腹来了：

"我曾经写过好几篇散文……"她真心的说。

"在那里？发表过么？"他热情地看住她。

"都扯了，"她低了声音说。

"唉……"他惋惜之后又问:"为什么把它扯了呢?这简直是一个损失。"

"我不相信自己……"

"以后可不要扯——不——的确不应该扯!"

她没有说什么,只现着满意的笑。于是他又极力怂恿她,给了她许多鼓励。

但当他还赞美她的性格可以在舞台上装沙乐美的时候,也就是在他们的情感更融洽的时候,房门上却响起叩门的声音,他和她都现着讨厌的神气把眼睛望到门上去。

"谁?"她更是不高兴的问。

"自由人无我!"门外的人一面报名一面进来了,是一个有心不修边幅的长头发的瘦子,可以在浪漫派的小说中作为"颓废又潇洒"的代表人物。他很冷淡地向刘希坚点一点头,便故意表示亲热地走过去和白华握了手,又说:

"我把新村的图案画好了,拿来给你看一看,"便把一个纸卷摊开了。

显然,白华是不喜欢这位同志(看她只懒懒的和他握手便明白),但她却为那新村的图案而迷惑了,聚精会神地站着看。她也忘了这房子里还有另一个人……

希坚便一个人孤独地坐在一边,他慢慢的感到被人冷视的气愤了,但他又用"天真"的字眼去原谅她——的确她是天真的,她还一点也不懂得世故呢。于是他等着,吸上香烟,却终于想走,但正要动身,又被那位"自由人"的言论而留住了。他静静的听着:

"这就是整个新村,"那位"自由人无我"很傲然地,一面又狂热地在纸上划来指去的说:"我们可以名做'无政府新村',这里分为东西两区域——你不看见么?——东边是男区,全住着男子;西边是女区，全住着女人；东西两区之间是大公园——我们可以名做'恋爱的天堂'——让男女在那里结合，恋爱自由！"

"放屁！"希坚只想从中叫出来了。

这时那位理想家又发出妙论：

"住在村里的人都不行吃饭——自然吃面包也不行，只行吃水果。"接着他说出他的理由——"吃水果可以把身体弄成纯洁的。"

希坚简直耐不住了，他一下跳起来，朝着白华的背影说：

"我走了！"

她忽然跑过来了（大约有点抱歉的缘故），便亲切的捉住他的手，把脸颊几乎贴在他肩臂上，眼睛翻着望他，完全用温柔的声音说：

"就走么？好的。吃过晚饭我到你那里来……"并且多情得像一个小孩子。

"好吧。"

希坚短削的回答，便什么都不看，昂然地走了。

三

马路上的阳光已经不见了，只在老柳树的尖梢上还散着金黄的闪烁。北京大学刚刚下课，路上的许多学生们，在臂膀下都挟着讲义和书本，大踏步的走，露着轻松的神情。刘希坚从这些活泼的人群中很悒郁的走出了马神庙。

"先生，洋车！"

他不坐车，只用他自己的脚步，他差不多是完全沉默的，微微的低着头，傍着古旧的皇城根，在景山西街走着，走得非常之慢。

这一条马路是非常僻静的。宽的马路的两旁排列着柳树，绿荫荫地，背后衬着黄瓦和红色的墙，显出一种帝都的特色，也显出一种衰落的气象，路上的行人少极了；树荫中的鸟语却非常繁碎；这地方是适宜于散步的，更适宜于古典诗人的寻思……

但他对于这景色是完全忽略的——美的或者丑的景物都与他无关，一点也不能跑进他的意识。他是因刚才的经过而扰乱着他的全部思想了。

他一面走着一面想起许多很坏的印象——那个"自由人无我"，便是这坏印象之一。"滚你的吧！"他想起那新村的胡说便低声的骂了。但接着——这是非常可惋惜的——他又看见了白华站在那里看图的影子，他不禁的在心里叹息着：

"唉，白华……"

而且，他带点痛苦的意味而想到她的笑态了。这笑态却使他联想到他自己在第三者面前受她的冷视，心头便突突的飘上火焰。但他立刻又把这气愤压制着，并且把许多浮动的感情都制止了，因为他觉得，他对于这些个人感情的事只应该冷静的处理……

于是，第一，他分析了他和她的关系，他认定他自己是爱她的（这个爱在最近更显著），并且她也很爱他——她有许多爱他的证据，但是他和她的爱情之中有一个很大的阻碍，那就是他们的思想——他认为只是她的那些乌托邦的迷梦把他们的结合弄远了。

"不，"这是他分析的结果："她不会永远这样的，她总有一天会觉醒，因为她有善良的灵魂……"

然而他还是不免有些忧郁，因为他料不出她觉醒的时期。

"我应该帮助她……"他想，于是又想起他和她已经经过的那许多纠纷。当他退出安那其而加入共产党的时候，他和她的冲突便开始了——那是第一个。但是这冲突是接连着第二，第三，一直到现在。他是常常为这冲突而苦恼着的。他也常常都在作着扑灭这冲突的努力。

他又常常为这努力而忍耐。为的他不能丢开她以及责备她。因为他是很了解她的：惟一，她只是太天真了。否则，他认为她不会为实际的社会运动反沉溺于乌托邦的迷梦。并且他相信：只要她再进一步去观察现实的社会，或者只要她能冷静一点，那她一定会立刻把幻想丢弃了，会慢慢接近于实际。虽说她这时还受那许多糊涂同志的眩惑，也把她原谅了。他的职志只是乘机去帮助她，去把她从歧路的思想中救出来。可是无论在什么时候，只要他说出一点不对她心思的话，她就不管事实，只凭着矜夸的意志，用狂热的感情来和他对抗，于是变成不是理论的辩证，而是无意识的争驳了。这样的结果很使他感到懊恼和痛苦，但没有失望。他是仍然继续着这努力的进行的。一有机会，他就用种种方法去唤醒她……

她呢，每次都是很固执地红着脸的。当他把一切都用唯物论来解释的时候，她总是动着感情说：

"各人信仰各人的。谁也别勉强谁。"便什么都弄僵了。

让步的——其实只是压制的——又是他。因为他不愿他的行动也超出理性的支配。并且他不愿因这样的争执而损伤到他们尚在生长的爱情。所以他们每次的相见，都成为三个转变：开头是欢喜的握手，中间经过争论，随后用喜剧的煞尾。

但今天的情形却不同了。他离开她，完全是被迫的。那时，假使不是突然跑来了那位神经病的理想家，说不定在那种如同被花香所薰着的情调中，他和她的爱情的火花就会爆发起来，更说不定他还可以借爱情的力量使她牺牲执见，使她用客观的眼光来观察这现实的社会，而成为他的——同志……

"的确，"他带点惘然的回想，"今天算是失掉了一个好机会。"因此便想到那个"自由人无我"的划来指去的样子，他几乎要出声了：

"简直是糊涂蛋！"

接着他在心里很沉重地轻蔑地想起某些他过去的朋友，仍旧戴着一个革命的面幕，实际是躲在时代的后头，躺在幻想的摇篮里，做着个人享乐的迷梦，简直是无聊之极。

"然而——白华，唉！"他重新又惋惜到她了。她的影子便又浮到眼前来。但他所看见的却是那天真的，任性的，骄纵的，但又很迷人的，妩媚的，温柔的，她的完全的性格和她的一切风姿。随后是那双圆圆的，大的黑的，特别充满着女性魅力的眼睛，又使他感到爽然的一种愉快了。

"她是美的——很美的——另外一种特别的美——"他心悦地想着，便不自觉的向她作了一次冒犯的幻想。但立刻他清醒了，他自语道：

"哈，希坚，你怎末啦！……"

这时在他的周围忽然亮起来了。他抬头一看，才觉得他快走到三座门。那夕阳的余辉早已消灭了。夹在柳树之间的路灯刚刚开放了。他想起临走时白华对他说的话，便赶紧向路旁的洋车夫做了一个手式，坐上了，只说：

"西单皮库胡同。"

一回到三星公寓里，他马上就跑去打电话——东一三二六。

那边的小伙计告诉他："是的，七号，白先生，她出去了。"

他只好把耳机挂上，却疑惑地想，认为白华已经向他这里来了，便带着微笑地走进房间里，悠然把身体斜躺到床上去（连开来的晚饭也冷掉了），只在淡薄的灯影里，朝着天花板想一些他认为可能的情景——他和她的爱情以及工作……

然而他不久便觉得寂寞起来了。"全公寓里的饭都开过了呀！"他开始这样想。于是时间在他的寂寞中又继续着向前爬——夜也跟着时间而安静。他的寂寞却陡长了，并且变成了焦躁的情绪，从他的心底里一直燃烧起来。

公寓里更安静了。隔壁的钟正在有意似的向他响了十下。

他又跑去打电话——

"还没有回来呢，"又是那个小伙计的回答。

他不疑心那小伙计的撒谎——自然，这完全没有疑心的理由，他只是很着恼地又回到房间里，又躺在床上，又看着天花板……最后，他觉得这样子是太无聊了，便开始压制着，坐到书桌边去，可是刚写了两页讲义又乏味的放下了。

"哼，"他向他自己警告说："够了，希坚，你今晚扰乱得真凶呢。"

终于真的把什么都克服了，平静地，向书架上抽出一本日文书来——是一本波格达诺夫的经济科学大纲，便一直看到了一百二十五页，一种柔软的疲倦便把他很妥贴的带到睡眠里去了。

# 四

第二天，仍然照着平常的习惯，刘希坚在刚响八点钟的时候便醒了。阳光也照样的正窥探着他的纸窗。他起来了，带着晚眠的倦意和一些扰乱的回味，便动步走到 C 大学去，因为他必须去教授两点钟"近代社会思想概要"。

在路上，浴于美好的清晨之气里，他的精神豁然爽利了许多。他想起昨夜里的烦躁情形，觉得很可笑。

"可不是，"他自己玩笑的想，"你也有点像神经质的人了。"却又愉快地——在心里浮荡着白华的笑脸……他把她的失约已经原谅了。并且，因了那种过分的幻想，他证明他自己是需要她的。这感觉又把他的爱情显得充实了，使他感着幸福的兴致，一直把微笑带到了校门口。

但是在讲台上，他又现着他原有的沉静的态度，不倦地讲着李嘉图的地租论和劳动价值说。

下课之后，他又恢复那暂时被压的心情了。重新散着满身的乐观，挟着黑皮包——如同挟着白华的手腕似的，高兴地往外走，急急的跨着大步。

"刘先生，"走出第二教室不远，一个号房便迎面向着他说："有人在会客室里等你。"

他皱一下眉头问："姓什么？名片呢？"

"她没有给名片。说是姓张……"

他只想告诉听差说他没有来。可是一种很粗大的声音却远远的向他喊出来了：

"哈，希坚！"

向他走来的——用一种阔步走来的，是他的一位女德哇利斯，被大家公认为可以当一个远东足球队选手的张铁英女士，虽然她还没有踢过足球。他一看见她，就看见那满着红斑点的多肉的脸，但他仍旧对她很和气的招呼了：

"呵……是你。对不起，你等了很久吧。"

"刚刚来，"她说了便欢喜地跨上一步向他握一下手，只一下，便使他感到不是和一位女士，而是和一位拳师似的，觉得他自己的气力小多了。

"我已经去过你的公寓呢，"她接着用力想温柔低声的说，却依旧很粗很大声。

"有什么事么？"他一面走着一面平淡的问。

"没有事。我只想来看看你，这是私人关系来的。"

"好的，谢谢你。"

"不过，我知道你是不喜欢我来看你的。"

"我没有这种心理。你来，自然很欢迎……"

"但是你常常都在回避我，并不是怕我的回避，只是不愿意和我相处的回避。"

"你这样觉得？"

"是的，我这样觉得。我很早就觉得。你自己不觉得么？你常常和我刚说几句话便好像说得太多了，就做出不耐烦或者疲倦的样子，不然，你就托辞有事情而走开……"

"你太多心了。"

"我一点也不……我自己很知道，我不会使你喜欢的。我知道，我知道那缘故……"最后的一句是充满着许多伤感的调子。

这时已走到了校门口。许多洋车夫便嚷着围拢来。

刘希坚觉得为难了。他本来只一心希望着立刻飞到白华的面前，但现在他的身旁却站着这么一位女士，他只好忍着不跳上洋车，又陪她在马路的边道上走着。

他决意保守着他的静默。可是张铁英也低低的垂着头。许多散课的学生都从背后走过他们的前面去了。正午的太阳正吐着强烈的金光，照着他们而映出两个影子——像两朵浮云似的跟着他们的脚边。

随后他们走到这条马路的尽头，那里是一个可以往东也可以往西的三叉口，刘希坚的脚步便好像要站住似的迟缓了。他忽然听见一种急的，粗的，被冲动的感情所支配的很不自然的声音，在他的左肩上响着：

"好，你只管走你的吧，你只管往东走吧。"

他偏过脸去，觉得她的眼睛是恨恨的在看着他，她脸上的红斑点显得像一天朝霞。

他觉得有欺骗他自己的必要了，便回答：

“我是回家去吃饭的。”接着他完全违心的问：“你也到我那里吃饭好不好？”

她迟疑一下便带点苦笑的向他看着。

“不，不，”她一连拒绝的说。

“为什么？现在该吃饭的时候呢。我的公寓比你的近。”

“我不想吃饭。我现在很不快活了——这是我自己找来的，”她很难过地，同时又很呆板的望着他——“唉，每次刚看见你总是欢喜的，到后来总是这样——我很知道这是什么缘故……”于是她含着妒忌的向他说：

“你只管到大同公寓去吧！”

她连头都不回一次，一直急促地往西走去了。

刘希坚望着她的高大壮硕的背影，一面想着和这体格完全不相称的她的痴情，也就服从他自己的意志而向东走去，并且走不到五步便坐上洋车了。

“北京大学夹道，”他心急的向车夫说。

于是他重新把皮包往臂下一夹——如同他真的挟着白华的手腕似的，盘旋着温柔的愉快，浮出微笑来，是一种被幸福所牵引着的微笑。

# 五

白华正在电话旁吵着：

“西五百十四——十四……三星公寓……怎么的？……有人打？……老挂不上……什么？西——西五百十四……吓……挂零号……”

她生气地拿着耳机，忽然一眼看见刘希坚走进大门来，便不管电话坏不坏，砰的一声挂上了，半跳半跑的向他迎去。

"这电话局真可恶，"她还带点脸红地对他说："打了半天，老打不通！"一面把她自己的手让他握着，和他并列地转到西院去。

"昨夜你一定等得我不耐烦呢！"她抱歉地说，"你连打三次电话来是不是？"接着她向他的左颊上很柔媚的闪了一眼。

"岂止不耐烦呢！"他心想，口里却答应说："没有什么不耐烦。"

"我真不想你是这样的……"她一面去开房间的门。

"为什么？"他走进去了。

"你太把你自己变成一块木头了。"这时她的手才从他的掌心中伸出来，手背上现着几个白的指印。

"木头并不坏呀，"他故意俏皮的说："木头也有木头的用处呢，譬如你建筑新村的时候，你是需要木头的。"

她笑着坐在他的对面。

"可是我的新村只用崖石，"她也存心开玩笑的说："我不要木料。"

"器具呢？"

"一概用铁的。"

"烧火呢？"

"用野草。"

"好，"他含蓄地煞尾说："那末新村的建筑就等于木头的倒运……"说了把眼睛含蓄的望着她。

她装做没有听懂。只说：

"不用担忧呀。我们现在还是需要木头的时候。"

"你需要？"

她不回答。站起来跑到床边去，从枕头底下拿出一个纸包的小东西，很像几块叠着的饼干样子。

"你猜，这是什么？"她天真的问，半弯着腰肢，站在他身边，显然还保留着许多小孩子的趣味。

"这怎么知道。"他只看着她的姿态，觉得这是一种很美的歌剧的表演。

"给你的，你猜？"

他注意起来了：

"袖珍日记……"他猜着说。

"再猜？"

他又注意了一会，于是想起了他自己的嗜好。

"那一定是香烟匣……"

她哈哈的笑起来了。急急的扯开纸，果然露出一个银灰色的很精致的匣子，匣上面还画着一个展着翅膀的小天使，满满的张开弓，危险地要射出那一箭……

"给我么？"他立刻从她的手里拿过来了，感着意外的欢喜和特别的意义的，注视着那个小天使和他的箭。

"可不是？"她柔声的说："我特意买来给你的。你看怎么样，还好不？"于是她坦然坐到藤椅的边沿上，她的手臂几几乎要绕着他的肩头。

"好极了。"他侧点身子把脸偏过去，看见她的头发垂着，悬在额前散下来，发出一些微香——一种为他所不曾嗅过的很特别的香气，决不是什么头发油和香水的香。

"不但精致，不但美，"他更仰着脸向她说："而且是——白华（这两字是特别低声的说），你喜欢那上面的图画么？"还微笑地等着她的回答。

"你为什么这样问呢？"她的声音是又清又柔。

"画的是希腊神话中的故事，是不是？"他又问。

她微笑的凝想着。

267

"是的吧。"于是她一下跳下来，跑开去，站在桌的那边显露着少女的特别的表情，充实地闪着可爱的眼光。

"你简直不是一个木头！"她过了一会才说出口。

"这是什么意思呢？"他装做不懂的问。

"随你怎么解释。"

"照我的解释是，"他逗着她说："一块木头也有得到这美丽香烟匣的幸运。"便一下把匣子拿着，看着，微笑着，放到口袋里。又从衣服外面小心地摸一下，如同他是怀着一个宝物。

她凝望着，看他的举动。

随后他觉得他不能再这样保守着"文明的玩笑"了，便感着苦闷地只想向她表白。说出她所给他的种种刺激，以及他需要她，如同他需要一种信仰———一种使他的人生成为完全充实的信仰。于是他驾驶着勇气向她喊：

"白华……"他的声音却带点战颤了。

她呢，她显然有点惊讶了。以前，她完全没有想到他会这样严重的喊出她的名字。因此她惶惑起来，心动着，失了意志似的愕然看着他：他今天的眼睛特别闪着异样的灼热的光彩……

然而纷杂的声音响起来了，东边的院子里起了扰乱，那个小伙计一路跑来，一路喘着喊：

"着火呀！着火呀！"

她突然变色了——是失去爱情情调的变色，惊惶着，跑出房外去。他也被这意外的事变而平静下去了，也跟着她走出去。

院子里满着人了。大家慌慌张张的。东院里正在熊熊地飞着火焰。

"唉，着火呀！"她抓着他的手臂说："怎么办呢？"

"不要紧的。"他原有的沉静便完全恢复了。"我去看一看……"他接着说。

五分钟之后火焰低下去了。刘希坚从东院走回来。

"谁的房间起火？"她仍然站在房门边说。

"厨房，"他一面把眼睛还望着那里的黑烟。"他们真糊涂……尤其是那个小伙计，他慌得把一桶尿也泼上了。"

"唉……"她微微的吐了一口气。

"那末今天不能开饭呢。"接着她想起来了："你也没有吃过吧？"

他点着头，还望着火焰的余烟，想着这一场火实在是他的——或者连她也在内———一个无法补救的损失……

"我们出去吃好了，"她又说。

他答应了，因为他觉得不能再留在这里了，这里的空气已经使他很不高兴，并且遭火的厨房里还喷着一种奇怪的臭气，使人难当。

他们便走了。离开大门口不远，有许多挑着水桶的救火兵跑向这边来。

他们很简单的在附近的一个本地馆子里吃了一顿炸酱面。

"你下午有事没有？"走出面馆的门口，她问。

"一点也没有。"

"我们到公园去好不好？"

他完全欢喜了，却只用眼光向她表示了同意。他们便坐车到中央公园去。温柔的阳光和初夏的景色装饰着公园。上面配一个广阔的蔚蓝天空。周围充满着鸟儿的歌唱。到处流散着浓郁的，但并不薰人的很香的气味，芍药花正在含苞。牡丹花盛开了。桃树上结着许多小桃子。几对鸳鸯和水鸭在池子里游戏。那只雄的孔雀和什么争艳似的展开了美丽的尾巴。一切是喜悦，美丽，调和而且生动的。

她快乐的说：

"这是一幅理想的图画……"

他回答说："但是图画所缺少的而这里都有了。"一面也盯视着她。并且，很自然的伸过手去把她的手臂挽着，感着新的欢乐地同她散步，合拍的走，低声的说话，俨然是一对爱人———一对尚未结婚的爱人的样子，因为结过婚的爱人又比较大胆了。

他们走到来今雨轩的时候，忽然遇见另一对人，于是停止了。

"珊君！"白华叫道。

"哦，你们俩也来……"珊君说。接着她向她旁边的人介绍说：

"你们不认识吧……刘希坚先生……杨仲平。"

杨仲平是个身段不很高大的少年，和珊君恰恰配得上的一个，带着江南人所富有文雅的气质。他这时赶紧和刘希坚握一下手，说：

"珊君常常说到你。我很想来拜访你，可是都没有机会。"

"谢谢你。我差不多天天都看到你的文章呢。"他回答，其实他没有真的看。于是觉得这一位名震北京的小说家，很漂亮，也许是将要结婚的缘故，修饰得很像一个交际家，一个在女伴中很可自鸣得意的人物。

"惭愧得很，那些都不像东西。"

同时白华在告诉珊君说：

"我已经同密司王说好了，她已经答应替你当傧相，可是她正在为衣服为难……"

四个人便一路走了。

刘希坚和杨仲平谈起话来。他总是很喜欢去了解一个新认识的人，如同他喜欢去了解某种新兴的学说一样。但结果他对于这位被当代文坛所推崇的小说家很感到失望了，因为他觉得这位小说家简直是一个盲目的创作者，不但不注意时代的潮流，连一点确定的见解也没有，所说的都是躲在象牙塔里的文人所惯说的呓语……

"艺术是独立在空间的！"这就是代表他的艺术观的一句最精彩的话。

于是走到路的转角，他们便彼此分开地走了。刘希坚回顾着那一对人的背影，不自觉的生了一种感想：

"可怜，"他有点阴郁的想——"这两个也是文坛中的好角色……"

白华却伸过手腕来，这一次是她去挽他，并且把一个笑脸朝着他说：

"你看他们俩还需要行一次婚礼，这简直是一种滑稽……"

他没有回答她，因为他沉思着——满眼是二十世纪的人，纵然在知识分子里，满眼也都是十八世纪的头脑……

"你不觉得么？"她接着问。

他没有注意她所说的，只得冒险地向她微笑着，而指着一团牡丹花来遮掩说：

"你喜欢那种颜色？"

"我都不喜欢。"她望了一眼说。

"为什么？"

"贵族的样子。"

"对了。"他一面和她穿到社稷坛去。"这种花的样子也不好看！花太大，梗子又短小，叶子又没有劲。"

"出丑，还是国花呢。"

"并且从前的文人还把美人来比花——也许就是这种花吧。"

"其实花那有人美，"他接着又说："世界上没有什么东西能够比人体更美的，尤其是——"他把话咽住了，却笑着看她一下。

她默着，感着欢乐的默着。他也就不再说了。他望着那阳光从黄瓦上反射出来的闪光，一面呼吸着带香味的空气，而寻思着这散步所给他的愉快，就更用力的把她挽着。

过一会她也开口说：

"公园实在是社会上一个很大的需要，"她差不多是身体挨着他，声音就发在他的颈项边。"可惜中国只有贵族的公园。"

"我想不久就会把它改做平民的。"

他们又把话停止了。各人怀着自己的思想而默着，走出了这一个已经成为遗迹的偏殿。

这时他又悄然看了她一眼，忽然看出他以前所忽略的东西，就是她的眉毛是特别的长，而且有力的弯在眼睛上，仿佛便是一篇她的个性的描写。并且他觉得她的黑眼珠凝聚着熠熠的光彩，是一种美的而同时又是庄严的——他想不出宇宙间有什么东西来和它形容，甚至于——他这样认为——深夜里的两颗明星并不足奇的，那实在太平常了。

于是他重新用力的挽拢了她，几乎要停了脚步的说：

"华！"他下意识地把她的"白"字去掉了。"我们像这样散步还是第一次呢。"

她立刻偏过脸来。

"你忘了以前的么？"她有点诧异的问。

"以前的不同，"他微笑着回答："这一次才真的使我——"他望着她沉思的脸。"你未必没有一种感觉么？"

她懂了他的意思。

"自然，"她柔和的说："新的散步自然有一种新的感觉。"一面把眼中的光彩射过来，如同从太阳光中散下来许多欢乐。

"那么你感觉的是什么呢？"

"你的呢？"她反问。

他几乎挨着她的耳朵说：

"我感觉以后不能一个人散步了，无论那样的散步都必须和你……"

她出声的笑起来了——这种笑声是真实的，是从本能中开放出来的，也就是被过分的欢喜和爱情的骄傲所激动的笑声。

"现在，我听你的，"他等她笑声止了之后又说。

　　"随你怎样想都好，"她的脸颊泛上红晕的说："我是知道你的。随你怎样想……"

　　"那末同我的一样，"他觉得这句话并不是一个探险。

　　"你这样想？"她思索着问。

　　"是的，"他有点沉着声音说："倒不如说是我的信念，并且我不能把这种信念推翻了。"

　　"我知道，"她的脸发着烧了："我完全知道，"接着她又看着他说："我很早以前就知道了。"于是垂下头，一直默着。

　　他也一直注视着她。随后，他觉得他的感情——同时连理性也在鼓励他，命令他，如同他的信仰指挥他去战斗一样，他不能不让那一种血仿佛电流似的通过他的全身……

　　"华……"他的声音是颤着，而又动人。

　　但是她突然像发疯一样的昂起头来了。

　　"我们，"她闪光的眼睛上布了一些阴影，"我们之间有阻碍呢！"

　　他仿佛站在战线的前锋上受了一击，却又不能把他的力量去报复那击他的人，便完全忍耐的沉下头去，显然有点心伤。

　　"我们不能打破么？"他瞬即鼓起勇气来说，而且想到他从前的愿望，便立刻增壮了许多精神。

　　"你能够丢开你的信仰？"她显然不相信这种改变。

　　"当然不——"他想一想便决定了："我所希望的是你。"

　　她奇怪起来。

　　"如果不是你，"随着她正经的说："我简直要承认这一句话是我的羞辱呢。"

　　于是他照着他自己的方略去向她解释。他完全把自己处于战斗者的地位，现在他整个的性格和机智，大胆地，理智地向她解释，并且他觉得这是一个最好的时期，而胜败是应该在此一决的……

这一次他和她的思想交绥算是他第一次没有为爱情而让步，但是他也没有得到胜利。

她最后只说："我不会受人劝诱的，更不会受人屈服的。我也许明天就丢开安那其，也许我永远信仰它。这都是我自己的事情。"

她是刚强而且严肃的。

"好，"他觉得不必再向她进攻了。"我们不说这些吧。我希望你有一天会——好的，我为尊重你不说下去了。"他期待着以后的机会。

争论的结果，便这样的使他们沉默了许多时。

末了，他先开口——这时已向着公园的大门口走去了。

"想不到挽着手展开一次激烈的战争！……"他已经恢复了沉静的态度而微笑着说。

"对了，"她回答，显然那兴奋的感情也平静下去了，又从眼睛里露着柔媚的闪光。"倒像是一幕戏剧似的……你说呢？"

"是爱情的？还是战争的？"他带点俏皮的问。

她变得很可爱了。

"我只承认是爱情的，"她坦然悄声的回答。接着她讥刺的玩笑说："不过在这里面不是表示爱情的好地点。"她的眼光像一条魔人的鞭似的打在他脸上。

"你觉得应该在那儿呢？"他不受窘。

"至少，"她带点自负的神情说："什么人都是在公园里，实在是太俗气的。"接着问："你不觉得俗气么？"

他点了头。在心里，却想起他那时要发狂的情态，便也说——只暗暗的向他自己说：

"接吻——这也太陈旧了。那末应该怎样呢？"

他们走出大门了。彼此握了一下手——这一下握手是含着新的意义和新的愉快的，握了好久，并且握得紧极了。

"明天早上我到你那里来……"她已经坐上洋车了，却转过脸来说，还沉重地把她的眼光留在他的心里。

他一直站着，在夕阳的余辉中，望着她的影子慢慢地远去，并且望着她被风吹开的头发而想着她——他认为她的性格是适宜于干点比较实际的工作……

他被一个人拍了他的肩膀。

# 六

"喂，"那个人向他说："怎么的，站在这儿？"

他猛然转过身，看见是一个同志，一个最能够抄写和最擅长宣传的同志，也是一个为工作而不知疲劳的人物。

"印字机！"他叫出他的浑名了。"你也来逛公园么？"便和他握了手。

"我只是过路，"他的同志回答："你怎么老不叫我王振伍呢？我们在中学时候就给你叫惯的。"

"这是你光荣的称号呀！"他笑着说。

王振伍做出不乐意的样子：

"我可不愿意这就是我的光荣呢。我们是该干出一点更大的工作的。"接着问："你笑些什么？"

"我快活我现在看见你，"他真心的说。

"我们不是常常见面么？"

"也许是我自己的缘故，"他继续说："我今天看见你特别觉得高兴。"

"你发生什么得意的事？"王振伍猜着问。

"有一点，但是现在不是告诉你的时候。"

"你站在这儿做什么？"王振伍猜想这是一个原因。

"看风景，"他玩笑的说。

"的确是一件雅事呀。"他的同志感到兴味似的说："你一个人的情致倒不错……我呢，我成天只知道运动我的手和嘴，我从没有用眼睛看过风景——我不想这种开心……"

他插口问："你现在到那儿去？"

"回去。"

"到我那儿去吧。"

两个人便动步了。

他们一面走着一面密谈起来。

"刚才，"王振伍低着声音说出秘密机关的代表名称——"'我们的乐园'里接到一种消息……"他把眼睛看了两边——"恐怕在上海就要发生大事件呢，说不定就是空前的大事件……而且是马上就要发生的。"

"什么时候接到的？"

"下午一点钟，"接着又用低声说："如果这一次真的发生了，是我们将来胜利的预兆……我们实在应该在这时发些火花……所以……好的，我们等着。"

"那末你的意见呢？"

"我自然是贯彻我的主张：须要流血。不流血——不流一次大血是不行的。就是我们要得到大成功，我们是必须经过许多小暴动，否则，要一次就将我们的全民众激动起来是不可能的。他们——我们的民众们是太幼稚了，至少要给他们几次大刺激，然后他们才能够醒觉而自立起来，而站到我们这一面。你觉得怎么样？"

"我也这样想，现在我们最急切的就是牺牲——同时也就是暴动。我们是应该赶快把我们的火花散开去，并且要散得多，散得远。"

"好的，我们等着。我想我们要走到紧张的第一步了。"

便不约而同的握了一次手。

于是静默地走了好些路。

"我刚才看见张铁英，"王振伍离开了正题目，说起闲话了："她今天很不高兴，一连给我三个钉子碰。我想这是我替你受的冤枉……你今天没有看见她么？"

"看见过，"刘希坚平淡的说，在他的心里还飘荡着白华的影子。

"这就是她不高兴的缘故了，"王振伍笑着说："我猜的没有错。"

"你不要乱猜，我和她没有什么的。"

"我知道，"他望了希坚一眼。"我知道你们之间没有什么。在你的观念上——自然只是对于异性的观念上——你不会喜欢她。"

刘希坚没有回答。

"其实，"他接着带点严重的声音："张铁英在我们的工作上她是成功的，可是——她在恋爱方面总是失败的。我听说她以前曾爱过好几个人，人家只把她当做开玩笑的目的。"

"的确，"希坚承认了他的话。"她是我们的好同志，最能够工作的一个很难得的好同志。"却把恋爱的一面省略了。

"她真能够吃苦呢。"

王振伍接着称赞似的说："这自然有她的历史做根据的。她父亲是一个雇农——"

刘希坚惊讶地插口问：

"你怎么知道？"

"她自己告诉我的。她说她九岁时候就替人家看过两条牛，她十四岁还在田上帮她父亲播种。你只看她的样子就会相信了……"

"是的，"希坚用坚决的声调说："我相信。我早就看出她不是出身于资产阶级——"

"连小资产阶级也不是呢，"王振伍赶快地补充说。

"她怎样跑到北京来的呢？"希坚探求的问："为什么她离开她的环境？"

"我不大清楚。她没有对我说。她只说她的父亲被穷苦所迫而变成一个暴戾的酒鬼，要卖她……我想她跑出来就是这个缘故。"

刘希坚沉思着。

王振伍接着问：

"她没有对你说过么？"

"没有，"刘希坚简单的回答。

"怎么会没有呢？"

"不知道，她从没有说到她以前的生活。"

"大约是这样的，"王振伍想了一想便分析的说："她把我看做一个朋友，而把你看做……唉，我们所处的地位正相反！"

刘希坚被这位忠实朋友的自白而笑起来了。他想着这位朋友在工作上是前进的，在恋爱上便常常被人挤到落伍者的地位。

"你可以努力进行，"他笑着说。

"完全没有用。"王振伍尊重的回答："你知道，我在这方面是不行的。我努力也不行。我已经失败过好几次了。对于张铁英，我认为是最后的一次，以后我不想再讲恋爱了。"

"你们怎么样呢？"刘希坚完全关心他朋友的问。

"没有什么，"他低沉着声音说："我不会使女性喜欢，这就包括一切了。不过我对于张铁英并不这样想，因为我认为在我和她的出身阶级的立场上，我们是应该结合的。你知道，我也是从……"他把话停住了。过了一会又接下说："我常常回想我以前当学徒的生活……"

刘希坚不作声，只望一下他朋友的脸，在心里充满着对于这朋友的历史的同情。

彼此都沉默着。

这时的天色已经灰黯起来了；暮霭掩住了城墙上的楼阁；孤雁开始在迷茫的天野里作哀鸣的盘旋；晚风躲在黑暗里而停止在树梢上；路上的行人和车马都忙碌地幌动于淡薄的灯光里……

王振伍忽然用慎重的低音说：

"上海内外棉织会社的罢工风潮，我对于这风潮的扩大，认为革命快走到爆发的时期。你呢？"

刘希坚向他点着头。"到公寓里再谈，"他说。

他们便加快了脚步；十分钟之后，就走进三星公寓的大门。

# 七

刘希坚照着他的习惯，在饭后吸着香烟，靠在藤椅上，如同他干过疲劳的工作而休息的样子，现着一种惬意的沉思，吐着烟丝。

他的朋友，却因为吃饱了肚子，精神反十分兴旺起来。人家说"王振伍是一架印字机"，那意思，有一半就是说他不知道疲倦，因为他的身体像铁一般的坚实，同时也像铁一般的不会得病。他是健壮而且耐苦的。这时他仍然把他坚实的身体坐在四方的凳子上——一张北京城公寓的特色之一的凳子上，而且笔直地坐着，喝着那带点油质的公寓里的白开水。

"你好像很疲倦了，"他望着刘希坚说："你白天做了很多的工作么？"

"惭愧呀！"刘希坚心里想："什么都没有做。"但他不愿意说他有许多时间都消耗在中央公园里，便笑着回答他："这是我的习惯，也许是小布尔乔亚的习惯呢……我并不喜欢的。"

"不能改？"

"我还没有试验过。也许是这习惯太小了，值不得费许多心思去想改革的。"

王振伍却摇了头。

"你没有想到吧了，"他反对的说："虽然小……可是和'意识'是有密切关系的。"

刘希坚不想和他辩驳，只沉思地吐着烟丝，烟丝成圈地袅上去，宛如是一种闲暇的消遣。

"你倒学会吸烟——不，是吹烟的技术，"王振伍看着飘浮的烟圈，一面笑着说。

"几乎是十年的练习，"刘希坚也笑着回答。"你呢？"接着问："你为什么不吸烟？"

"一定要吸烟么？……我一吸烟就头痛。"

他们这样的闲谈着，慢慢地把话锋转变了，转到他们的工作，策略，新加入的同志以及苏联的经济和教育等的建设。随后，他们的谈话转到了上海的罢工风潮。

"这一次内外棉织会社罢工风潮的扩大……"王振伍开头说，带着非常关心的神气。

刘希坚也不像懒散的样子了，他从藤椅上端坐起来，把香烟头"吱"的一声丢到痰盂里。

他们便兴奋地谈着。彼此都对于这罢工的社会根据作了深切的检讨。

刘希坚，他从经济问题观察今日的帝国主义。"无论帝国主义在我们中国将施行怎样的威力，帝国主义的自身虽已取得暂时稳定，而总的方面是趋向于崩溃的，那末社会主义革命的爆发是不可避免的。"接着他补充一句——"这次上海的罢工风潮应该使它扩大到全国……"

王振伍同意了他的话。只说：

"我认为这一定要扩大；并且扩大起来的结果，不仅是中国劳动者对于帝国主义底资本家的反抗，还深入地造成中国各阶级的联盟而发生民族革命的运动。"

刘希坚沉思着。

"但是，"他带着思索的说："民族革命纵然成功了，然而终究是不能长久的，因为这时代的要求是阶级斗争的尖锐化。"

"自然，"王振伍回答说："那只是一个阶段。"

谈话就停顿了。

刘希坚又燃上一支香烟，又靠在藤椅上，吐着连环的烟圈……

暂时的沉默之后，王振伍重新告诉他一个消息：

"早上我听说，在顾正洪追悼会上被捕的四个学生，已经被英巡捕房枪毙了。"

"你从那里得来的？"刘希坚惊诧的问。

"从一个通信社。不过这事情的发生是可能的。现在帝国主义所采取的压迫手段，是越来越暴戾越残酷的。我们不能够把'国际公法'来评衡帝国主义对于半殖民地的行动。所以，"王振伍带着不平的声音接下说："四个学生被违法的执行枪决，的确不能看做意外的事情。"

"如果这样，"刘希坚却平静的说："那好极了，风潮就立刻扩大起来了，说不定就会扩大到全国呢。"

王振伍想着什么似的不作声。

刘希坚便接着说：

"我认为帝国主义应该聪明一点；否则，那举动，实在对于世界的帝国主义都没有利益。因为，那枪毙四个学生的枪声，我认为是替我们的民族革命放一个发动的信号。"

"我不像你这样乐观的观察，"王振伍有点阴郁的说："杀死几个半殖民地的人民，这不过是帝国主义很平常的玩笑吧了。"

"不错，"刘希坚回答说："我们不管他们是玩笑或者是策略，我们只是看那事情的影响和效力，是不是和帝国主义没有利益。"

显然，王振伍对于帝国主义的野蛮行为，是深深地感着愤慨的。他的脸颊在讨论着罢工风潮的事件之中，已渐渐的发烧起来了。在他充足的眼神里，灼闪着热烈的光……

"现在，"他最后兴奋地，却又客观的说："我们等着，等着我们民族革命的爆发！"

于是他看了一下左手上的那只车掌的手表——"十点半钟了。"他说，便带着新时代将临的信仰，欣然地和刘希坚紧紧的握一握手，走了出去。

刘希坚又重新燃上香烟，而且重新靠在藤椅上，可是他没有吐着烟圈了，只把香烟挟在手指间，让它自然地消蚀着。

这时他的思想是纷乱的。许多复杂的问题和严重的事件都挤在他的脑子里：内外棉织会社的罢工——枪杀工人——拒绝工人上工，和文治大学学生的被捕，上海大学学生的被捕，以及帝国主义的横暴行为，都强烈地刺激着他的神经。尤其是这风潮的扩大，将怎样地造成中国民族革命的诸问题，更深深的钉在他的脑筋里。

他渐渐的由沉思感到苦闷了。"冷静一点，"他向他自己警告说："在昏乱的头脑里是解决不了什么的。"便丢下香烟，跑到院子里。

在繁星闪耀的天幕底下，他一连作了五六个深呼吸。北京的夏天的夜，是凉快的，空间飘荡着清凉的微风。他的精神便爽然了。仿佛他的头脑注射了什么药水，立刻清醒而警觉起来。随着他把手插在裤袋里，暂时丢开那各种问题和事件，只当做休息的散步似的，在宽敞的院子里徘徊着。

院子的两旁射出黄色的灯光，隐约地照着他来回散步的影。周围的安静使他一步一步地听出他的皮鞋踏在砖块上的声音。夜是静寂的，一切在阳光底下的烦声，也都在夜色里静寂着。只有远处汽车的喇叭和附近的蛙鸣，断断续续地流荡在清凉的空气里。

他觉得在这样的夜色里散步，怀着无所忧虑的心情，的确有一种怡然自得的乐趣，如同解放了全身的一切，欢喜而且舒服的。

"然而是——"他自己分析的想："小布尔乔亚才能够的一种闲暇的享乐呀……"想着便不自觉的笑了起来。

这时，在他周围的静寂的空气，突然地破裂了，一种强烈的喊声激动了整个的夜，把一切都惊醒而且扰乱了。

他惊觉地听着这可怕的喊声：

"号外——，上海大屠杀号外！"

他立刻跑到大门外去。

胡同里很黑。街灯吐着惨黯的光。小小的黑影在那里跑动……

"卖号外的，这里！"他焦急的高声的喊。

一个小孩子喊着跑过来了。

他急促的买了一张，飞快的跑到房子里，于是在明亮的电灯底下，在他惊慌的眼睛里，跳着一串可怕的字——

英巡捕房连开排枪射击数千徒手群众！

# 八

刘希坚带着惨笑地把号外看下去：

"日前为援助日纱厂而遭逮捕之学生，捕房施以极苛刻之待遇，且无释放消息，因此昨日上海学生联合会议决于今日（卅）分组出发，从事大规模演讲。今晨学生分队入租界演讲者，以七人为一组，演讲工人被杀及学生被捕等情形。但此种演讲队一入租界，租界捕房即加逮捕。下午一时后，学生在马路演讲者尤多。至下午三时，有两小队在大马路永安公司前演讲，被巡捕以残酷手段捕入老闸捕房，后又陆续逮捕数起。于是有学生二百余人会集，群至老闸捕房门前，要求释放被捕同学，否则愿全体入狱。当时学生均系徒手，并无暴动行为。且马路上市民群众虽因聚观奔集，达二千余人之多，亦绝无扰乱行动。不料老闸捕房竟召集全班巡捕，站立门前，连续开放排枪。于是二千余人之徒手学生及市民群众，均在枪弹中血肉横飞……"

他看着这号外，他的血便鼎沸了。他的头脑仿佛要炸开一般的发烧着。他痛苦地捺着号外，长久地沉默着——而这种沉默是他从来所没有的。他觉得他自己的背上也着实的中了帝国主义的枪弹……

但是，他终于把这激动制止了。"好的，"他差不多是冷酷地自语着——"现在，我们走到紧张中去吧！"于是他恢复了他平常的沉静，他靠在藤椅上，思想着，一面用力的吸着烟卷，如同他用力的筹划着消灭帝国主义的策略一样。

这时那院子里也发生一种骚乱了。每一个房间里的灯光都亮了。许多学生都在念着号外。那激昂的，愤慨的，暴怒的，以及叫骂的和叹息的，种种声音，揉成一片深夜的恐怖。电话的铃声乱响着。最容易打盹的小伙计也兴奋起来了，在院子里跑来跑去……

什么都动。人动了。空气动了。深眠的黑夜也动了。

刘希坚也从可怕的沉思里站起来，匆匆的拿了帽子，走出房门……

"你到那儿去？"迎面他就听见一种尖锐的，可是带点发颤的声音。

他一看，站在他面前的是白华。

"怎么，你跑来了？"他问。

白华一下就捉住他的手腕，现着一个紧张而悲伤的面孔，眼眶里还留着眼泪的余滴的闪光。

"唉，我想你已经知道了，那上海的——"她咽着声音说。

"是的，"刘希坚平静的回答，"我已经知道。"接着便问她："你怎么变成这样子？"他觉得她仿佛变成一个遭了丧事的女孩子似的。

"怎么，你问的是什么意思？"她糊涂的问。于是她将他的手腕捉得更紧了，并且把身体紧紧的挨着他，这使他感觉着她的血在他衣服外面奔流着，同时她的手在他的手腕上发颤。

"你冷么？"

"不。"

刘希坚便同她走进房间里。

在灯光底下，他看出，她完全变了样子了。平常，她是快乐的，傲慢而且妩媚的。但现在，她的脸上的表情是紧张的。似乎生来第一个强烈的刺激把她全部的神经刺痛着。她有点苍白，同时又有点发烧，她是深陷在伟大的愤慨里而激动着。

"白华，"他握着她的手说："你怎么——你真激动得利害……"

她一面和他坐在床沿上，一面说：

"是的，我激动，然而怎能够使我不激动呢？"

刘希坚沉默着，他觉得这时候是不必对谁说什么安慰的。

"那号外是真的么？"白华忽然像自语似的问："是真的消息么？那样，唉，像那样开放排枪？"

"当然是真的，"刘希坚沉静的，坚决的说："这事情的发生是极其可能的。帝国主义在半殖民地的国家里，不会顾忌他的任何行为的。"

"但是——这是空前的大屠杀呀……"

"虽说是空前，但，也许并不是绝后的大屠杀。"

"你这样觉得？唉，那样太可怕了。这简直是把我们当为印度了……"

她是太兴奋了。刘希坚觉得她是再经不起刺激的，便立刻把话转了方向：

"你对于这事情有什么意见？"他平静的问。

白华揩了她眼角上的泪滴。"我还没有……"她带点嘶音说。

"应该有一点意见才是，我认为。"

"我不能够想……好像我失掉了理智……我完全被感情支配着。"她自白的回答，显然她的血还在那细白的皮肤里奔流着。

"不过，我们应该冷静一点，因为我们应该想出对付这残酷行为的策略。"

"那是对的，"她慢慢的说："可是，这时候，你要我怎么样呢？我差不多忘掉了我自己。"

刘希坚抚摩着她的手背说：

"你这样也是好的。至少，你的青春的生命力比我强，我已经被环境造成了我的冷酷……"

白华被他的最后一句话吓了一下，她张大眼睛直瞧着他。

"你怎么这样说？"她用力捉住他的手。

"没有什么……你以后会知道。"他本来还要说——"我的工作不允许我有激动的疯狂，"却一眼瞥见她的眼睛里充满着疑虑的光，便止住了。

"我不要你这样！我不要你这样！"她热情地诚恳地望着他。

"我了解你……"他温和的说。

白华还望了他许久。他笑了。他们两个人的谈话便停止着。

一个小伙计跑到他门口来喊：

"刘先生，电话！"

他跑去了。回来说：

"白华，我有事，我必须马上去。"

白华也忽然想起，她是也应该到她的同志们那里去的。于是她说：

"我也要走了。"

两个人便走出了大门。

街上是黑暗的，弥漫在黑暗中的空气在震颤着——四周都互相响应着可怕的叫声：号外！

白华仍然很用力的捉住他的手腕，如同她需要这样的捉住他，才能够坦然地在无边的黑暗里走着，然而他终于和她分手了。

"我要往东……"他忽然说。

白华迟疑地望着他，便柔弱地向他点一下头。他重新用力的握了她的手，仍然觉得她的手是在发颤……

"明天见，"他压制着向她说。

她默着走去了。当他站着望着她的影，那慢慢的被黑暗掩没去的影，他觉得——他的心是颤颤地动着了。

"白华……"他悄声的自语着。

可是，他立刻就把这种情绪制止了。他是有更伟大更紧要的工作在前面等着他去努力的。他便转了一个弯，挺着胸脯，大踏步的穿过黑暗，走向"我们的乐园"去。

# 九

　　走进那五间打通的北房，在灯光里，呈着一种严肃的气象。许多人都苦闷地吸着烟，沉默着，坐在那里。没有一个人的脸上浮些笑容。也没有一个人现着青春的神气。虽然大家都认识，却没有谁和谁谈话。仿佛这一间会议室，正在演着一幕苦闷的哑剧。只有壁上的挂钟在那里作响，表示还有一件东西是在那里活动。其余的一切全沉默了，像沉默地罩在会议桌上的白布一样。

　　三四个同志闪起眼睛向刘希坚点了点头，又一动也不动的吸着烟。

　　刘希坚走进这沉默的人群，坐到一个空位上。他也从衣袋里拿出香烟来，也和别人一样的苦闷地吸着。

　　这时他听到在他的右边有一种低音的谈话：

　　"一定，扩大到全国。"

　　"是的……帝国主义的这一著并不是胜利的策略。"

　　"我们的民族正需要这种刺激……"

　　"虽然，流血是悲惨的，然而在某一时期，流血对于革命是不可避免的……所以，这一次……"

　　刘希坚转过眼睛去看这低声谈话的人，是一个瘦小的女士和一个穿西服的少年——张异兰和郑鸿烈。这位张女士的身体虽然像一枝兰花一般地瘦伶伶的，可是她的气魄却比她的身体大到好几倍。她是他们之中的一个很出色的女同志。从前，以自由恋爱而闹翻了湖南××女学的就是她。

　　忽然，一种沉重的声音冲破了这空间的沉默，那是一种很尊严的宣布开会的声音。

　　大家都动了。集中到会议桌上，围拢地坐着，许多人的手上捻着小纸条。

"现在，宣布开会！"

每一个人的精神都兴旺起来，注意力集中着，静静的听着主席的报告。

主席是四十多岁而仍然像少年一般健壮的人，手上拿着训令和许多电稿，眼光炯炯地直射着会议桌的中央。

"这次会议包含着一个严重的意义，"他开始说。

周围的人静听着，并且每一个人都很严肃。虽然有许多人还吸着香烟，但是喷出来的烟丝，更增加了严肃的景象。

随着，主席读了上级发下的指示。这指示的每一个字都深深的穿到每一个人的头脑中去。并且每一个人的头脑中都浮上许多新的工作和新的意义。新时代的影子在大家的眼前开展起来……

会议便这样的继续着：发表意见。讨论。议决。一直到天色将明了。

然而会议的人并不显露着疲倦，似乎日常的瞌睡已远离了这些人，而他们只是兴奋着，兴奋着，深深的记着各种议决案和每一个同志的脸色和发言的声音。并且，关于新的工作的开始，大家都感着满足的愉快而欣然地浮出微笑来。"天明之后，我们的工作就要变更世界了！"大家怀着这样灿烂的信仰而离开。

"再见！"彼此握着手，用一种胜利的腔调说着。

而且，在大家的心里，都默默的筹划着自己的工作而希望着天明——就是立刻要跑出一轮红日的明天！

明天，依照党的指导，他们的新工作就开始了！

明天，全国报纸的第一页都要用特大号标题：帝国主义在上海屠杀徒手民众！

明天，他们要使这屠杀的事件强有力的打进中华民族的灵魂！

明天，被压迫的民族要独立地站起来了，要赤裸裸的和帝国主义对立着而举起革命的武器！

明天，他们就要向全世界被压迫民族发表宣言：起来，向帝国主义进攻！

明天，他们可以看见北京民众为这样的革命运动而疯狂起来！

明天！

刘希坚也深切地怀着这红色的信仰而走出"我们的乐园"。

在路上，在黎明之前的深夜里，繁星已渐渐的隐灭了。只留着几颗大星还在旷阔的天野里闪烁着寂寥的光。黑暗是已经开始逃遁了。东方的一带，隐隐地，晨曦在开展着。那鲜红的朝霞，也布满在黑云的后面而寻着出路。晨风也吹来了，鼓动着欲明的天色，震动着飘摇的市招，发出微微的低音的歌唱。天气由晨风而变冷了。同时，许多路上的黑影也各在那里变化，慢慢的露出物象的轮廓来。鸟儿也睡醒了，从树上发出各种的叫鸣。并且，在街道的远处，这头到那头，都可以听到一些沉重的脚步的声音。跟着，那北京城特备的推粪车，也"轧轧轧"地在不平的马路上响着。各种都象征着——等待着黎明的到来。

刘希坚由空阔的大街而转到一条狭小的胡同了。胡同口的煤油灯还吐着残喘的光，灯心在玻璃罩里结着红花。他忽然一抬头，看见那一块"于右任书"的三星公寓的匾额。

他站着打门。重新望着东方的黎明之影，向着广阔的空间，深深的吸了一口气，觉得这清新的空气里有一种使人爽快的甜的流质。接着他又深深的吸了一口。小伙计把门开了。他带着新鲜的愉快而跨进门限去。

走进房间的时候，电灯的光已慢慢地淡薄而且昏黯下去了。可是，跟着，那黎明便从树梢上，屋瓦上，悄悄地，使人感觉着而又没有声音地，跑进了窗子，于是那充满着黑暗的屋角便灰白起来。

他愉快地靠在那张藤椅上，想着他自己的生活是建筑在有代价的生活上面，因为他是负着历史的使命的，而且尽他的能力去加紧这历史的进行。他是要生活在新时代里的，而且他要作为这新时代的建筑工人的一员。他自己，把所有的一切都交给他的"信仰"，如同欧洲的圣处女把一切都交给玛利亚一样。现在，他没有需要，他所需要的只有他的工作的成功。他也没有别的希望，除了他希望全世界的无产阶级都站起来。

他想着，想了许久，便忽然从兴奋中打起呵欠了。同时，他的头脑里便闪着同志们的面貌，会议室的严肃，和响着许多零碎的言语——同志们的声音，主席用沉毅的态度说着"……各阶级联盟的民族革命……阶级斗争的尖锐化……"跟着，在许多零碎的响声之中又响起卖号外的叫喊：

"大屠杀……"

随后，一切声音都变成一种混合的声音了，如同小苍蝇"嗡嗡"一般地，而且渐渐的远了去，模糊去，静寂了。

# 十

……机关枪"扑扑扑"的响，帝国主义的武装向群众屠杀。

……口号：前进！

……群众冲上去。

……空间在叫喊。火在奔流。血在闪耀。群众在苦斗。

……都市暴动着。乡村暴动着。森林和旷野也暴动着。

……地球上的一切都在崩溃。全世界像一只风车似的在急遽的转变。

……帝国主义跟着世纪末没落下去。

……殖民地站起来了。贫苦的群众从血泊中站起来了。

……举着鲜血一般的红的旗子。

……欢呼：斗争的胜利！

一个新的时代像一轮美丽的夏天的红日，从远远的地平线上露出了辉煌的色彩，迅速地开展了，把锋利的光芒照耀在世界，照耀在殖民地，照耀在斗争的群众，照耀在刘希坚的眼前。

"世界的无产者万岁！"他高声的叫。

周围的群众欢呼着。

欢呼的声音震动着他，如同海洋的波浪震动着一只小船，他的心便在这波浪中热烈地跳荡着。

随后他伸出了他的手，许多人跑上来和他握着，而且，他看见白华也跑来了，他便鼓动全身的气力去和她握手。

"我们是同志！"他欢乐的说。

"我们是同志，"一个回响。

他笑着。于是，眼睛朦胧地张开了，他忽然看见站在他面前的王振伍，自己的手正和他的手互相地紧握着。

"怎么，你看见了什么？"王振伍笑着问。

他的头脑里还盘旋着许多伟大的憧憬，他的脸上还欣然地微笑着。他揩一揩眼睛，从藤椅上站起来了。

"做了很好的梦，"他回答说。

这时，清晨已经来到了。阳光美丽地照在树叶上，闪着许多小小的鳞片。风在轻轻的荡。鸟儿在屋瓦上歌唱。院子里平铺着一片早上的安静。

他把窗纸卷上了；把房门打开；站在门边向着蔚蓝色的天空作了三个深深的呼吸。他觉得每一口吸进去的空气都使他的神经活动而清醒起来。

"你的精神真不错，"他说，一面喝着冷开水，看着王振伍笔直地坐在床沿上，毫无倦意的样子。

"我想我今夜不睡也不要紧，"王振伍回答："昨夜我太兴奋了，现在还是兴奋着，我没有瞌睡。而且，我们的工作就要开始了。我们都不能睡。我们要看着北京城变动起来，还要把我们自己也参加到这变动里面。我们能够不需要瞌睡就好了，因为这样，可以让我们整天整夜的工作着。"

"好同志！"刘希坚接着说："但是我的身体太不行了，只一夜工夫，便从藤椅上睡起来……"说着便划上洋火，燃了香烟。

王振伍向他笑着。"我是例外的……"他说。

"不。"刘希坚吐了烟丝说："健壮的身体是我们需要的。坏的身体干不出什么工作。我很烦恼我的身体不健壮。"

"还算好——当然不如我的，我是一条牛——有人这样说。"

刘希坚笑起来了。是很满意的笑，他觉得这个同志完全是一个忠实的人。

王振伍还在继续着——"说我像牛，我总不大喜欢……"说着，他自己也有点好笑起来。

刘希坚忽然问：

"现在几点钟了？"因为他自己的表停住了。

"六点四十分，"王振伍看了手表说。

刘希坚从裤袋里拖出一只钢表来，一面开着机器一面说：

"好的。我们开始工作吧。沉寂的北京城马上就动起来，叫起来，骚乱起来了。"

王振伍接着说："是的，北京城就要像一只野兽了。"他兴奋地挥动着他的手腕——"我是常常都等着这样的一天的。现在给我等到了。我们开始工作——新的工作。我们的工作像堆栈里的货物，堆着堆着，等待我们去搬运，我们就开始吧。"

可是刘希坚问他："你来这里有什么事？"

他忽然笑起来，说是没有什么事，只因为他一个人躲在房子里等着天明，觉得很苦闷，便满街满胡同的走，最后走到这里来。

"现在我走了，"他说："我的工作不能使我再等待了。我现在要真的变成一架印字机，"他有点玩笑地——"我要从我的身上弄出许多传单来，几千几万张的传单……"

"再见！"他笑着告别。

"再见，"刘希坚向他点着头回答说。

于是，他的宽大的身体便挤出房门，穿过院子……

刘希坚又燃上香烟，吸着，很用力的吸，一面沉思着。他立刻追想了他刚才所做的梦，梦太好了，仿佛是许多希望把它织成的。"这是新时代的象征……"他微笑地在心里说着。尤其是白华——他想——她也转变了，她丢开了那些无聊的思想和人们，而和他走上一个道路——一个正确光明的道路……想到这里，一种灿烂的光辉便从他的微笑中浮起来了。

他愉快地把眼睛望到窗外：那天野仿佛是一片蔚蓝的海，澄清而含着笑意，一群鸟儿正在那里飞翔着，歌唱着。阳光使地上的一切都穿上美丽的披肩……

"天气太好了，"他想。然而立刻有一种尖锐的思想穿进了他的脑筋——"在碧色的天空之下正流着鲜红的血……"他的心便紧了一下。接着他把眉毛皱起来了。他恼怒地转过身，第一眼便接触了那张平展在桌上的号外——那平常的字所联拢来的可骇的事实。他的愤怒便一直从他的灵魂中叫喊起来。他向着那号外上的"帝国主义,恨恨地给了一个侮蔑的眼光。随后把这号外丢开了。

桌子上，现着纷乱地叠在一块的原稿纸，几本马克思主义与列宁主义的日文书籍，一些讲义，一个墨水瓶——这个瓶子开着口，如同一个饥饿的小孩子张着小嘴一样，等待着进口的东西。

于是他立刻拿了笔，把笔头深入到墨水中间，他开始工作了。

他要起草三种宣言。

他写着第一种："为五卅惨案向世界无产阶级宣言！"

# 十一

院子里慢慢地骚乱起来了。

许多学生，都拿着报纸，从这个房间到那个房间，狂督地跑着，传达着专电上的消息。虽然他们所知道的都是一样的事，"帝国主义在上海大屠杀！"可是他们仿佛彼此都不知道，便互相报告着。谁的脸部都是很紧张的。谁的声音都是愤怒和激昂的。谁的精神都深深的刻着屠杀的血迹。谁的情感都在高涨和扩大。谁的行动都越过了平常的形式。大家——在这个院子里——没有一个人不仿佛得了神经病似的疯狂起来。并且没有间断地从各人的激昂的声音中响出激烈的言论：

——中国人也是人！

——宣战就宣战！

——我们人多。我们以五十个拚他一个都拼得赢！

——狗！帝国主义！

——什么文明的国家——野兽！

——我们把全国的钱都集中起来，还打不过英国和日本么？

——我们自动的当兵去！

——我们宁肯死，不能做亡国奴！

——……

宽大的院子，被这样狂热的，从愤怒的火焰中吐出来的人声，喧嚷着，而且完全扰乱了，如同这院子里所流动的不是空气，只是人们的疯狂的呼吁。并且这人声还一直的增高去，扩大去，变成了一片波浪。

这一群聚集在院子里的学生，大家现着一个紧张的脸，仿佛是一队待发的出征的战士，彼此兴奋地显露着"宁死不辱"的气概，被单纯的"爱国"的热情激动着。

伙计，小伙计，掌柜，厨子，也慢慢的参加到这人群里面来了。随后那女掌柜也换了一件干净的蓝布衫，蹬着尖头的小脚，向着这院子走来。

女掌柜被学生称为"掌柜的秘书"，因为掌柜是一个胖胖的京兆人，十足的带着京兆人的敦厚和一种特别的嗜好，差不多整天的时间都玩在两只小小的鸟儿上面，所以公寓里的各种施设，尤其是向学生们要钱，都是女掌柜的费心。她虽然不识字，可是会写：

"十三号入四元"这一类的数目。

她平常不大走出那一间"闺房"——学生们为她起名的那间不很透亮的房子，因为她已经有一个九岁的小姑娘，她害怕她出乱子，便自己来作一个模范，为的她看见那几个唱着"桩桩件件"的学生常常把前门外的"花姑娘"弄到房子里来。

"不好生念书……"她常常看不过眼的向掌柜说。

可是今天，她变成很坦然地和年轻的学生们挤在一块了。她听着大家说，虽然没有完全懂，却知道是一件并不小可的事情，便七分感动三分好奇的听着。

"什么叫做帝国主义？"她放大了胆子问。

一个学生便向她解释说：

"靠自己的武力来压迫别的国家，这就是帝国主义。"

她转着眼珠想着。

另一个学生又向她说：

"割据别人的土地，剥夺别人的财产，把别人的人民当做奴隶看待的，就是帝国主义。"

她一半明白的点着头。

"八国联军打我们的，那些都是帝国主义，"伙计在旁边插嘴的自语着。

"你知道！"女掌柜横了他一眼——"先生们在这儿，你知道些什么？"伙计便默着。她接着问：

"这年头有多少帝国主义？"

有两个学生向她笑着。她不好意思起来——"咱没有进过学堂，"她小声的说。

"可多呢，"先前那个学生又回答她："现在世界上的帝国主义可不少，最大的是英国，日本，美国……"

她觉得什么都懂了。

"在上海杀我们弟兄的就是英国帝国主义……"她记帐式的说着。

"对了。"

于是她觉得她今天见了一个很大的世面。她懂得了许多。"这年头的新事情可懂不完……"她想，于是一种深刻的回忆从她的心里浮出来，她认为这回忆之中的事，是这些"年轻的先生们"所不曾看见的。她记得那一年是庚子年。

"义和团是不怕洋鬼子的，"她记忆着，突然说。

学生们的谈话便停止了。大家的眼睛都看着她，她暗暗的猜度那些眼睛看她的意思，一面壮着胆子，终于把她的故事——在她的生活中算是唯一值得公开的故事，说出来了。

"可惨呢，"她结论的说："八国联军打进北京城，把什么全毁了，把小孩子的肚皮都拉开呢，大人可别提……"接着她慢慢的红起脸来说："洋鬼子实在野蛮呢，一见女人就——"

学生们便响起了一些笑声。

"别乐！"她严肃的说："那是悲惨的事情呵。"

小伙计忽然快乐的叫着：

"宰洋鬼子去！"

"你懂得什么！"她说，一面轻轻的在小伙计的头上掠了一个巴掌。

小伙计跑开了。他在院子的周围走着。他发觉所有的房间里都没有人，只有"刘先生"还躲在房间里。他带着许多消息的走了进去。

"刘先生，你怎么不出去？"小伙计惊讶的问。

刘希坚正放下那枝钢笔，将腰间靠在藤椅上，稍稍地向后仰着，眼睛不动的看着宣言的草稿。

"有什么事？"他偏过脸，看着小伙计。

"院子里满热闹呢，"他报告的说："全体的先生们都在那里。"接着便放大了声音说："八国联军的洋鬼子又要打进来了……"

刘希坚笑起来。他觉得小伙计也变成很兴奋而且很可爱了。在那个永远洗不干净的满着油污的脸上，现着特别的表情——仿佛这小孩子的心正在跳动，血正在奔流……

"你听谁说的？"

"先生们说的，"小伙计糊涂地回答。接着他把所听闻的种种都报告出来了。"你出去不出去？"他热诚的问。

"马上出去。"听了这回答，小伙计便感着满足的走了。

刘希坚又继续看他的宣言。一面，他推想着外面的骚乱。他觉得他们所预料的一切，都要一一的实现了。全民族要立刻走到紧张中去——走向革命的路上去，那些从枪弹的眼中流出来的血，要立刻染上每一个人的灵魂了。那帝国主义残杀的枪声，说不定就成为向帝国主义进攻的信号……他想着，许多思想便联贯地集中起来，仿佛许多战士的集中一样，使他从重复的疲倦中，又重复的兴奋了。

"我们是一个落后的民族，"他想："可是现在，前进！"在他的眼前便浮着昨夜的那个斗争的梦境。

随后他把三种宣言的草稿叠在一起，放到胸前的衣袋中去，从藤椅上站起来，觉得他的疲倦还在他的兴奋中伸展着，便张开手臂，作了一回自由的运动。

他打开房门，看见许多人还站在那里，纷纷乱乱的响着声音，如同在这公寓里出了一桩严重"命案"的样子。

于是他撑一撑身子，想着"马上就要开会了"，便燃上香烟吸着，走出房门。

当他通过院子里的人群之时，他听见女掌柜正在大声的说：

"只怪中国人不争气，一见洋鬼子就害怕……"

刘希坚愉快地向这院子里投了一个审察的眼光，想着："危险，这些人很容易误走到国家主义的路，"便大踏步的走去，在疲倦中兴奋着，吐着烟丝。

# 十二

带着极度的兴奋，同时又带着极度的疲倦，刘希坚从严肃的会议室里走出那红色的大门，微笑地和几个同志握着手，分开了。

在他的头脑里，有一扇锋利的风车，在那里急遽地旋转，各种思想，仿佛是各种飞虫，钉在神经上，而且纷乱地聚集着。差不多在一秒钟里面，他同时想着数十种事情。他觉得他的脑袋已经渐渐地沉重了。

可是他总不能够把各种思想吹烟丝一样的把它们吹出去，尤其是刚才的会议——那声音，那面貌，那景象，那一切决议案，更紧紧的，深刻在他的心上，盘旋在他的脑里，如同蜜和蜜混合似的不易分离。并且这些东西都吐着火焰，把他的精神燃烧着。

他觉得他是需要睡眠的。他还需要吃。因为这时候已经下午两点钟了，自昨夜到现在，他完全在重复的疲倦和兴奋中，继续着活动，而且完全靠着香烟来维持。现在，疲倦已经在他的全身上爬着，并且在扩大，在寻机向他袭击。然而他现在还不能就去休息。他觉得他还应该看看市面的现象。看看沉寂的北京城被推动的情形。看看那些可怜的，长久驯服在统治者脚下的民众的举动。尤其是，他觉得他还必须去看看白华。

所以他重新振作了他的精神，重新运动了他的身体，向着远处的青天很沉重地吸了几口气。虽然下午的空气是带点干燥的意味，但是吸进去，似乎也使他的神志清爽了好些。他揩一揩那过度费神而现着疲乏的眼睛，一面走着一面观察着周围。

阳光底下的一切都在骚动。市声在烦杂的响。车马在奔驰。行人在忙走。喊着"京报！晨报！上海大惨案！"的卖报者的声音，尖锐地在空间流动。同时，有许多小孩子在忙乱地跑着，叫喊着"上海大罢市"的号外，使一切行人都注意着而且停住脚步了。

马路的这头到那头，陆续地现着小小的人堆。三个或者四个一群地，站在那里读着号外和日报，大家现着恐怖和激动的脸色。有许多人，还凭空地嘘出了沉闷的叹声。又有许多人在那里愤慨地自语。还有许多人在互相说着激动的议论。一切，现出了北京城的空气的紧张。

刘希坚一路怀着快感的想：

"革命的火线已经燃上了……"

最后他走到大同公寓，那院子里也喧喧嚷嚷地活动着一个人堆。

他听见一句"我们应该罢课"，便叩了白华的房门。

"谁？"一个不耐烦的声音。

刘希坚推着房门进去了。他看见白华一个人冷清清的坐在桌子前，沉默着，而且现着一脸怒容。

"我恐怕你不在家呢，"他笑着说。

"我能够到那里去呢？"她锐声的说，显然她受了刺激而烦恼着。

"发生了什么事，你？"刘希坚走到她面前。

她突然握住他的手。

"唉，"她激动地——"我真难过……"随着在她的那两只圆圆的大眼睛上，濛濛地漾着泪光。

"什么事？"他猜想不出缘故的问："可不可对我说？"

白华便告诉他——她的声音充满着愤怒而且发颤。她说她昨夜和他分别之后，她就到枣林街去——她的一个同志的家里。在她走去的时候，她想可以碰到很多人，或者在进行一个特别会议，讨论着"五卅"的惨案，通过种种严重的有意义的提议，今天就要进行这许多新的工作。可是，那里面连一个人影也没有。连那个同志也不知上那里去了，只有一个看门的老头子。她随后又去找他们。她向他们说，并且把号外给他们看，可是他们没有意见。"我们应该马上召集一个会议！"她这样热诚地向每一个同志说，人家只给她"这时候不行"和"天明之后再说吧"的回答。尤其是那位"自由人无我"，还躲在乌托邦的幽梦中而疑惑这大屠杀的事实，闭着一半惺忪的睡眼看着她的脸上说："也许是空气吧。说不定就是共产党放的。现在他们的政策就是造成恐怖。"接着便发表他的梦呓，说什么"只要人类在安那其的新村里住上三个月，世界上便不会有流血的事发生"，以及夹三夹四的把辩证法下了许多批判。就这样，白华从她的同志中，得了失望和愤怒回来了。她骂那些同志是凉血动物，利己主义，虚伪的安那其斯特……

"真把我气死了，"最后她气愤地对刘希坚说："那些人，完全不配讲主义！"

刘希坚在她叙述的时候，就已经很鄙视地暗暗在发笑了，这时忍不住地把笑意浮到脸上来。

白华张大眼睛直视着他，感觉到他笑的意味。

"你在嘲笑么？"她急烈的问。

刘希坚觉得她太激动了，她所受的刺激已经很多了，便不肯再将尖利的言论去刺痛她。于是他向她微笑着——一种完全含着温柔的善意的微笑。

白华也将敌意的眼光从他的脸上移开去，默了一会，沉着声音说：

"本来我不必将这些事情告诉你。但是，我为什么又说出来呢？"她低低的叹了一口气。

"我对你个人是同情的，"他完全尊重的说。握着她的手。

"白华，"他继续说，声音温和而且恳切地——"你自然不会误解我，说不定你了解我比我了解我自己的更多。我想我们之间不必再用什么解释的。不过，现在，在这个时候，我要求你原谅我：白华，你了解我吧！"他用眼光等待着她的回答。

她轻轻的望了他一下。

"怎么，希坚，"她向他亲切的问："你以为我还没有完全了解你么？你有什么怀疑呢？"

他微微地沈思着——他认为在她从她的同志中得到失望和愤怒的时候，是一个急切的适当的向她进攻的机会。他觉得利用这个机会，向她解释，打破她的美丽的乌托邦的迷梦，一定有胜利的可能。想着便向她开始——

"不是那个意思，"他仍然握着她的手。"我要你了解的只是我现

302

在要说的话。"他停顿一下，便接着沉静的说："在客观上，我们都应该承认，世界资本主义只是暂时的稳定，不久就会显露着不可避免的危机，同时帝国主义必走到崩溃的路上，从这两点，毫无疑义的，社会主义的革命就要爆发到全世界。在我们中国，虽然有许多特殊条件的限制——比如帝国主义极端的压迫和阻止我们革命的进行，但是，我们的革命终要起来的。当然，这种革命并不是安那其……"

"你以为无政府主义没有社会基础么？"她反驳的问。

"这是一种空想，一条走不通的路，甚至是有害的，"他末了说。

"为什么呢？"她急声的问。

他便向她作了许多解释。"中国的这些同志们，就更缺乏理论，其实都是个人主义者，没有集体的意见，只有各人自己的自由，甚至于会议上的决议案也都是自由的执行，结果是各自单独的行动，什么都弄不成。"

"这不是事实么？"他接着向她问，而且看着她的眼睛。

她的脸烧热地，默着，不即回答。

"譬如对于五卅的事件，"他接着说："据你所说的，他们也还没有任何表示，只是冷眼旁观，无动于中。"

"这只能说有些人是有缺点的，"她突然的说。

"也许是这样。不过这决不是少数人的问题。"

"不过，"她回答："这缺点是能够改变的。我要使他们改变过来……"

"我认为改变不了，"他短削的说。

"你太鄙视了，"她傲然地望着他。

他不分辩，只说："事实上，如果你限制了他们的自由，他们立刻就会把你当做叛徒，没有一个人再把你看做同志……"接着他还要说下去，可是他一眼看见她的脸变得很激动地，便不想再去刺激她，立刻把这一篇争论作了结束了。

"看你的努力，"他笑着向她说。

她不说话，可是慢慢的平静下去了。

"我不否认你说的，"她最后客观的说："那些都是事实。"

他对她微笑着。

接着他连打起两个呵欠了，便重新把香烟燃上，沉重的吸了好几口，撑持着他的已经过分疲倦而需要休息的身体。

她望他一下，忽然发现他的眼睛是红的，一种失了睡眠的红。

"你昨夜没有睡么？"她惊疑的问。

"没有，"接着他又打了一个呵欠。

"为什么？"这声音刚刚说出口，她就想到——他一定和他的同志们忙了一夜……便立刻改口的说："就在这里睡，好不好？"

"不……我回去睡。"

她不固执地挽留他。于是他走了。当他们握手分别的时候，刘希坚望着她的脸而心里想着——"自自然然，事实会给你一个教训的……"可是他走出大门外，对于白华的种种情绪便冷淡下去了，因为他的头脑中又强烈地活动着他的新工作——他一路筹划着五卅特刊。

"英帝国主义的枪弹与中国人的血，"他想了这一个带着刺激性的题目。

# 十三

看着刘希坚走去之后，白华便寂寞地走回她的房里，坐在桌前，沉默地，一只手托住脸颊，望着窗外的晴空：夏天的晚照，像美丽的长虹似的散着美丽的光彩……

她是很悒郁而且很烦恼的。许多不适意的事情都浮到她的脑子里来。第一使她感到不快活的就是她的同志——那些完全忽视"上海大屠杀"的所谓革命的无政府党人。那些人，在口头上都是热烈的社会改造者，在笔下尤其是解放民族的前锋，可是一碰到实际便赤裸裸的——暴露着一切都是冷的，死的。如果不是她昨夜看出那些同志们的真相，她一定还相信她和他们是同样的负着历史的新使命。现在，他们在她的面前已经取消了一切信仰了。她深切地感到自己的孤单。自然，一个人，只孤单的一个人而没有第二个同志，这力量怎么能够使社会改变呢？她因此不得不需要那些人，虽然那些人是使她十分失望的。也就是因为这样，她感到痛苦了。

　　"不配讲主义……"她又愤怒的想着。

　　可是一种可怕的思想突然跑到她的脑里，使她反省地——含着怀疑成分地，来看她平日所信仰的主义，为什么相信那个主义的都变成这样了呢？但立刻她又自责了："哼，你这个不忠实者！"于是她仍然那样简单的相信着，这样她觉得增加了她一直向前的勇气。她认为她应该去纠正那些同志们的谬误……然而她想到刘希坚留在她心里的那讥刺了——"无政府党人讲的是自由……"她便为难地想着，她如果去指谪那些人的利己主义是不会有人接受的，他们的确都十分地看重那个人主义的自由，有时甚至以此为骄傲。

　　于是，她觉得她的前途有一层薄薄的雾。

　　"纵然，"她随后想："他们不把我……那也不要紧。总之，这一点谬误，我是要向他们说的。"她刚强的决定了，便觉得有立刻到枣林街去的必要，如果他们还不在那里，她就单独的去找他们。

　　这时她的思想才渐渐地平静。她的悒郁的精神也舒展了。烦恼像一个幻梦似的消灭去。

　　她离开桌子了，站在一面蛋形的镜子前，理着她的头发，她觉得她的眼皮是疲乏地，她的脸上有着倦意，愤怒，烦恼和苦闷的痕迹。她拿下一条洋毛手巾，擦着她的脸……忽然有两个人影子现到她的身边来，她急忙地放下手巾，看见珊君和她的爱人。

"你这个鬼，怎么一声也不响，"她笑着说。一面向站在珊君身边的杨仲平点着头。

珊君仍然像一朵使人爱好的玫瑰花，在她的身上显露着江浙女人的风韵。她用北京话回答说：

"你也一声不响，我以为你睡着了。"

"瞎说，"白华望着她，一面把手巾挂上了。"现在是下午了呀！"

珊君笑一笑。

"你现在预备出去是不是？"她问。

"等一等不要紧，"白华说。

接着他们便告诉她，尤其是珊君说她昨夜一夜没有睡，躺在床上睡不着，恐怖和愤怒地看着东方吐出了白色的影，至于出来了一个灿烂的太阳。那失眠的原因，就是她看见了号外，看见了上海的大屠杀，看见了英国人的无人道的野蛮，看见了民众的血和尸首……

"真惨呵！"她颤声的叫了一句。接着她又说，她生平感到第一的可气和可怕的就是那号外的消息。说不定那被杀的学生之中有的是她的同学，她的同乡，她的亲戚，甚至于说不定有她的弟弟。"总之，"她兴奋地——"就是不认识的，也一样，不能不使人发疯的。"显然像一朵玫瑰花的她，变成红色的萱花似的吐着赤热的气焰。

"你们预备怎么样呢？"她末了向白华问："你应该为那些死者找出代价来，你是革命家！"她热烈地接着说："我们实在要革命才行……"

这最后的一句话使对面的人吃了一惊。白华不自觉的把眼睛张得圆圆地，定定的看住这位忽然说出"要革命"的女友。她觉得珊君是一个豪绅的小姐，以读书为消遣的大学生，讴歌恋爱的诗人，从来只梦想着爱情的美丽和结婚的幸福的，也就是从来不谈政治和社会各种问题的一个不知道忧愁和贫苦的人，忽然像从沙漠上现出一朵花似的，从她的口上响出了"我们实在要革命才行"的浪声——这在她是空前的，值得惊讶的名词。白华一直对她惊讶地望了许久。

"这样望我做什么？"珊君向她问。

"奇怪……"她心里想，一面笑起来了，十分好意地向她笑着。

珊君还在疑惑："做什么？"

"你怎么也觉得应该要革命才行呢？"白华直率的问。

"怎么不应该觉得呢？"珊君用愤慨的声调回答："除非是傻子，是凉血动物，才觉得我们的同胞可以让别人屠杀！"说了，在她健康的脸颊上，又浮上一种红晕。

白华看着她，忽然跳起来，异样欢乐的去握这女友的手，一面握着一面说：

"好极了，珊君！现在正是我们努力于革命的时候。也就是我们把一切都献给革命的时候。这时候除了革命，我们没有别的。"

珊君也热情的，插口说：

"不错，"她同情地——"我们是要起来革命的——当然，你是已经从事革命了。"

白华便有点被意外的欢喜迷醉着，张开手臂，将珊君紧紧的拥抱了。

"那末，珊君，我欢迎你！我一定要为你介绍。"于是把怀抱中的珊君松开去，她看见她的脸色绯红。

"介绍什么？"

"介绍你加入革命团体呀！"白华坚决地，她的声音包含着许多煽动的成分。

珊君不回答，只迟疑地把眼光向右偏去落在杨仲平身上。他正在听着她们谈话，一面又在看着一张京报。

白华便笑着高声说：

"密史特杨，珊君在问你呀！"

珊君立刻把眼光收回去。

杨仲平放下报纸，说："我没有意见。"并且说他不愿干涉珊君的行动。

白华便进一步的说：

"密史特杨，你不反对珊君加入安那其么？"

"当然不反对。"

"你自己呢？"白华更进一步的问。

"我么——"他找出一个理由来回答，"我对于什么主义全不了解。"

"问题只在你要不要了解，"白华逼迫的说。

"当然要了解。"

"那末，我这里有许多重要的书籍，你可以拿去看。我相信你不要看好多，你就会明白的。"接着她又照例的说了许多新村计划，如同一个保险公司的广告员向人家兜揽生意似的，完全把乌托邦的幻想再加上一层美丽形容词的装饰。

"好的，"他回答："我看了再告诉你，说不定我就要加入——"这是最后的一句，他实在有点违心地，因为他从来没有想过这些名词，甚至于连现在——在白华热烈地向他宣传的现在，他也没有这样想。

可是白华却以为有几分说动了他，便欢喜地和他握一下手，一面说：

"你以前都没有看过？"

"一本也没有，"他回答。但他立刻想起他曾经看过一本面包掠取，不过他只看了十几页便厌烦的丢开了，因为他觉得远不如看王尔德的小说有趣。

于是白华转过脸去问珊君：

"你先加入好不好？"

显然，珊君要和她的爱人取一致的行动，所以她回答说：

"我也等一等——等看了那些书之后……"

这回答出乎白华的意外：她没有想到珊君竟也给她这么一种滑头的拒绝。因此她有点生气，同时又有着比生气更大的失望包围了她，使她一声也不作的默着，坐到床沿上，心里想"不是战士，这般文学家……"接着她听见一种清脆的声音从珊君的嘴唇上响过来。

"现在，自从上海的惨案传到北京来，我和仲平的思想都有点变动，就是他和我都觉得应该行动才行。"

白华不作声，只听着。

珊君又要继续的说，可是杨仲平把她的话打断了。他自白似的说：

"我现在是相信艺术改造社会……"这是他的一句真话。因为在那两天以前，他所崇拜的还是拜伦，王尔德……追随这些老前辈而努力于创造一座美丽的"象牙之塔"的，并且要把他自己深深的关进去，在那里面大量地产生他的小说，诗，戏剧。可是这两天以来，他自己也不很理解地，觉得他需要写一篇带着反抗性的作品了。虽然他没有分析这观念的变迁是什么缘故，甚至于他也没有想到他的艺术观是从"为艺术的艺术"而也有点倾向于"功利主义"，但是他已经觉得——他需要写一些和社会有关系的东西，尤其是他要为五卅的惨案而预备出一种周刊，并且把刊物的名字还叫做血花。

他和珊君来到这里，就是为这个血花周刊的缘故，因为珊君知道白华会写一些有社会性的小说。杨仲平终于把这目的说出来了。

"你当然加入，"他最后说。

珊君也接着向她劝诱："白华，你是能够写文章的，尤其是这一类的文章，所以你非加入不可！"

白华对于这事情很冷淡。她还没有染得文学家对于出版刊物的嗜好——也许竟是一种特殊的欲望，如同许多商人想开分店一样。

"不，"所以她回答："我不加入。"

"为什么？"杨仲平笑着问她。

"恐怕我没有工夫。"

"你很忙么？"珊君问。

"说不定很忙。"白华一瞬也没有忘记，她想，她也许还有更重要的工作。

"那末你什么时候有工夫，你就什么时候写一点，"杨仲平让步的说。

珊君又要求她答应。她终于回答：

"不过你们可不要靠我写多少。"

杨仲平便欣然地告诉她，说血花可以在一个日报的副刊上出版，并且下星期二就出创刊号。于是，五分钟之后，这两个人便挟了一包书籍，和白华握一握手，走了。

白华看着那背影，心里便热烈地想起她的同志——她要到机关里去找他们。

她立刻锁了房门，走了。天色已经薄暮，四处密密地卷来灰色的云，乌黑的老鸦之群在这沉沉的天野里飞着，噪着。马神庙的街上现着急步的走去吃饭的学生。路灯像鬼火似的从远远地，一盏两盏地亮了起来。空气里常常震荡着北京晚报和京报号外——"第三次号外"的声音。

她一路快步的走，一路热情的想着——

"如果……他们还不在……我就要每一个人给他一个攻击！"

# 十四

天色，在白华的周围慢慢地黑起来了。路旁的树影成为夜色里的浓荫。当她走到枣林街时候，她看见那颗北斗星在繁星之中灿烂着。

她走到那家门口，她的热烈的希望在她的心里升腾着。她好像决定一种命运似的担心地伸手去叩那黑色的大门——叩响了铜的门环。

门开了，仍然是那个老头子站在半开的门边，而且照常的露出殷勤的笑，这笑容所代表的是感激她每月给他两吊钱，他把这一点钱就拿给他的一个赶驴车的儿子，加强了他们父子的亲爱。

"小姐！"他这时又照常的向她低声地叫了一声。

白华又改正他："告诉你叫我白先生，你又忘了。"一面说着一面走了进去。

在她的背后便响着："是的，白先生，先生们都在那里。"

白华已经看见了，那会议室里的灯光。从窗格上透出来的亮，证明那里面并不像寂寞的坟墓，是那个聚集不少人的会议室。

她欢乐地急走了好几步，便一脚跨上两级石阶，推开那扇会议室的门。在灯光底下的人群便立刻起了骚乱，大家跳起来和她握手。她就十分快活地和每一个人——差不多是每一个人，握了一下。

有一个人声在她肩后响着：

"我猜的没有错，你一定会来！"

她偏过脸去看，向她说话的是陈昆藩——他给她第一个印象又是那一对四十五度角的斜眼睛。但她记不清和他是不是已经握过手，便向他微微地点了一下头。接着她又转过身去。听着一片高音的声浪：

"开会！开会！"

同时从别方面又响起近乎粗暴的叫喊：

"等一等！"

"马上开……"

"还有同志——"

终于，那站着的，稍稍平静的人群便骚乱了，大家没有秩序地向一张长桌走去。

"慢慢的！慢慢的！"

五分钟之久才平静了。可是坐在桌子旁边的人数不过二十人，而刚才，就像是几百人向银行挤兑的样子。

白华在心里想着："奇怪，这些人又不是小孩子，大家都装做小孩子一般的胡闹……"于是她转动着眼珠去观察这围拢在桌边的人，她发现有一种骄傲的神情，在每个人的脸上充分地表现着，仿佛所有的人都是不凡的人物……

这时有一个人站起来报告说：

"这一次是特别会议，是特别为援助五卅惨案的。"

报告的声音还没有停止，忽然门响了，进来了一个人，大家的脸都歪着看过去，而且好几个人不守秩序的站起来发了疯癫一样的跑过去握手。

"我们刚刚开会。我们刚刚开会。"

另一种声音："坐下！坐下！"

同时："大家都在等你……"接着是带点感叹的声音："唉！没有你真不行！"

进来的人是"自由人无我"，他仿佛又设计了一张"新村图案"，满脸都是笑容，一面和人握手，一面说着他自己来晚了的缘故，这缘故还不止一端，说着又说着。于是时间很快的过去了。主席也没有法子的在等待着，等待着。

白华的眼睛是狠狠的盯住那些人。她有一团气愤在心头沸腾着。忍不住吐出一种强烈的声音：

"喂，同志，还开会不开会？"

大家都给她一个惊讶的眼色。

"当然要开会……"不知道是谁这样低声的说。

会议才重新开始。主席又在报告——最后提高了嗓子，把一张号外念了一遍。

大家没有话，然而不是一种深思的沉默，而是像许多小舟被狂风卷到大海里，茫然不知所措的形态。

白华把眼睛环视了一下，觉得这会议室的空气沉闷极了，尤其是看见许多同志的脸色，突然从心坎里生了恶化的感情。

她有点烦躁的说：

"主席！你应该提出讨论纲要呀！"

于是整整的过了半点钟，在嘟嘟的私语的人声里，弄出这样的几个纲要：

1. 为什么发生五卅惨案呢？

2. 五卅惨案和革命有怎样的关系？

3. 我们对于这惨案应该抱怎样的态度？

4. 我们用什么方法来援助被难的同胞？

可是，这空间，仍然是许多眼睛的转动，没有声音。

主席便发言：

"请郑得雍同志发表意见。"

在桌的那边，一个矮矮的穿西装的少年站起来了，是一个爱好修饰的漂亮南洋人。同时，他常常是一个十分被人欢迎的同志，因为他的行为常常做出很使人惊诧的浪漫的事情。并且他家里很有钱，他的父亲是新加坡的一个小资本家，他全然为了他的思想而不承认是他父亲的儿子，却常常向他父亲要来许多钱，毫不悭吝的都花在他自己和同志们的身上——他常常邀许多同志跑到五芳斋楼上，吃喝得又饱又醉；有时到真光电影院买了好几本票子，每个同志都分配了一张。这种种，都充分地表现了他的特色，同时，就成为许多同志都喜欢和他亲近的原因。因此他得了同志们的敬重和美誉。

这时许多同志都给他一阵响亮的掌声。

他笑着发表意见：

"关于'为什么发生五卅惨案呢'这一点，我认为最大的原因，就是人类彼此之间缺乏了解和信仰的缘故。假使全世界的人们都有了思想教育，那末，无论那一种族的人，也能互相亲爱，像兄弟姊妹一样。那时在世界上就没有战争，没有伤害，没有罪恶，只有和平，亲爱，大同，至少是没有什么惨案发生的。"他吞了一口气又接下去说，同时有许多同志向他很钦仰的点头。"因此，非常显明的，我们还需要进行宣传，把我们的思想，安那其主义扩大深入到全世界；所以，我们对于五卅惨案应该有同情心，来同情被难的同胞。"说完便慢慢的坐下去，从西装小口袋里抖出一块浅红色的丝手帕，揩着嘴唇。

立刻有一个北方的高大的汉子，站起来粗声的说：

"我完全同意郑得雍同志的意见……"又立刻坐下来。

白华皱着眉头看着他，认识他是一个很莫明其妙的同志。虽然这个人很热诚，常常自动的捐许多款项，可是这仍然不能够修改他那不正当的行为——据说他正在做着秘密的冒险的买卖。有人说他从前因为杀了一个不肯服从他的女人才投到杨森的军队里面，后来做了团长，又为了不很光明的事件而离开了军官的地位。六个月以前，他被介绍进来，只把"他对于无政府主义非常热诚"作为条件，承认他是一个党人。但是，无论如何，白华对于这个人是很怀疑的，因此她对于这位同志，常常都从心里发生一种很坏的感想。尤其是当他每次只会赞同别人的意见，不管那意见是否正确的时候，更觉得有一种轻视的意识，如同她自己都被人侮蔑了一样。

于是又有一个人站起来发言。白华只看了一眼，便很苦恼地低着头，感到一种沉重的窒塞，比空气的沉重还要利害，她心里叫着："唉，又是这样的一个！"因为站起来发言的这位同志，他的思想，见解，行为的分量，和那位同志恰恰成了一个平衡。他不但是一个会耍刀枪的武士，会打许多拳法的拳师，而且有许多奇怪的社会关系。他常常向同志们说："如果在上海，我可以召集三四百弟兄来帮忙。"他这时发表了许多奇奇怪怪的言论。

　　跟着，一个又一个，差不多是同样地，没有什么对于"五卅"事件的深切见解，只是空空洞洞地把曾经说惯了的，那一串老调子——用我们革命的火呀！冲出黑暗的牢笼呀！……

　　后来，"自由人无我"站起来了。这是一个十分受人敬重的同志。他一站起来，许多同志都现出一个笑脸，还尽量的给他一阵欢迎的掌声。同时，许多眼光都集中在他的消瘦的脸上，注意而留心地，听着他的言论。

　　然而他是离不开新村的。就是在这个特别为"五卅惨案"而召集的会议里，仍然免不了这一套滥调。似乎大家也都忘记了这一个会议的特殊意义。

　　这情形，完全使白华烦躁起来了。她在心里乱骂着——怎么尽是些"三教九流"！曾经有过的一些热情而纯洁的人们到那里去了呢？最后她忍耐不住地，便一下跳起来，锐声地，几乎是叫着：

　　"到底我们对于五卅惨案怎么样呢？我们今天讨论的是这件事情呀！"

　　大家才恍然意识到，刚才的许多言论都滑到很远去了。于是有几个人——比较有点清楚脑筋的，才重新把论点集中到五卅惨案的事件上，才把这一个自由的，同时是混沌的会议改变了一个新的形式。

　　白华也发表了许多意见。

末了，在许多打着呵欠中间，这个会议便告了结束，总算是一个比较有好结果的结束，决定了这么两个重要的决议案：

——发表宣言

——募捐

然而这决议案的执行，却没有具体规定，而坐在会议桌周围的人们已经在散开，仿佛是会议开到这里，已经是什么事都没有了。这结果，又使热心于惨案事件的白华，生起很大的气，可是她也不能责备任何人，这种情况是向来如此的。她只好忍耐了，同时也只得把起草宣言的责任负到她自己身上来——觉得明天在北京城就有自己的"五卅"宣言出现，心里便潜然地浮荡着一片欢喜。

在她走出这房子的时候，夜已经很深了，空阔的街道上，充满了神秘的黑暗，凄清的虫鸣散在黑暗里，使胆小的夜行者感到寂寞的威吓。

白华一面担心的走，一面想着她应该怎样起草宣言，另一面她起着感情的冲动，她要把这消息去向刘希坚说，表示他们也已经决议对于五卅惨案的援助。

她走出枣林街，看见有一辆洋车停在那里，便大声的说：

"皮库胡同，去不去？"

在车上，夜风飘动她的头发，揉起了深伏在她心中的一切的美感。

# 十五

那盏圆形的电灯还照耀着三星公寓的招牌。两扇大门虚掩着。一个大学生正从里面送朋友出来。白华就在别人说着"明天见"的声音中走进公寓了。

她一眼看见，刘希坚的房间是黑的，而且安静，仿佛那电灯已经熄灭了很久的样子。她疑心着——是没有回来呢还是已经睡着了呢——便走近房门去。房门上没有锁。并且从那里面传出一种微微的呼吸的声音。这使她踌躇了，因为她不想去惊动他的瞌睡，她知道他是很疲倦的。可是有一种感情，使她没有自制力的，轻轻的把房门推开了，走进去，同时对于刘希坚为工作而劳苦到极度的疲倦的熟睡，油然生了同情心。

　　于是她在黑暗里坐了二三分钟，她从隔壁灯光的反照，模糊地看见刘希坚熟睡的样子，她看见他的眉头紧皱着，仿佛他的心里是深锁着什么苦闷。这脸色是她和他认识以来的第一次发现，使她惘然地落到沉思里，不自觉的给他一半敬爱和一半怜爱的凝视，有一种不能立即离开这里的情感。

　　但是，最后她决定离开了。她自己也应该回去休息了。她想留一个字条子给他，使他知道她在夜里曾来过一趟，尤其是要使他知道他们对于五卅惨案也已经有了表示。

　　她写了。她站起来了。可是她的手无意中把桌上的一件东西碰到地上去，发生了磁器粉碎的响声。

　　"谁？"她听见刘希坚惊醒的问。

　　她只好回答——低声地：

　　"我……"

　　刘希坚惊觉地翻身起来了，他并且立刻开亮了电灯。

　　"哦……是你……"他快乐的笑着说，睡眠的影还深深的布在他的脸上。

　　"你睡吧。"她说："我就要走的。"

　　"不——"

　　"你太倦了，你应该睡。"

刘希坚打着呵欠摇着头，说他现在已经不疲倦，已经睡够了，接着从枕头底下拖出一只表来，说："还早呢，才十点。"一面走向桌子去，坐到藤椅上。

白华笑起来。她知道这时已经十二点多钟了。他的表是停止了的。

他又挽留她，说："我睡得很够了，一个人太睡多了会变成很蠢的。"

白华只好答应他再坐半点钟。

刘希坚便兴奋起来了。虽然在他的眼睛里，显然是勉强地把睡眠赶跑的光景，那眼珠上余剩着惺忪的红色。可是他撑持着，仿佛他真的睡得很足够的样子，说着话，很有精神地动作着。

白华就告诉他，她带点因欢喜而夸张的神气，说她刚才是从枣林街来，而且是……

刘希坚插口说：

"那末，你们开会了。"

"是的，开会了，"她高兴的回答。

"怎样行动呢？"

她望着他，一面便带着骄傲的声调说："发传单，募捐，以及别的种种援助。"

刘希坚微笑地望着她，觉得她实在太热情了。

"你得了什么消息没有？"他接着问。

白华仿佛回忆似的想了一想。

"听说上海已经总罢市……"她说。

"没有听到电车，电灯，印刷工人等等，也立刻要罢工么？"

"还没有，"她回答。"如果能够引起总罢工，"她接着说："那实在是一个有力的表现。"

"对了，"刘希坚说："罢工是直接的给英日以猛烈的打击。因为中国工厂——尤其是铁机工厂和纱丝工厂，差不多全部都是英日资

318

本的企业。他们会因为罢工而受到极大的损失。"

"我觉得我们还应该运动西崽罢工。"白华也感着兴味的说："外国人在中国是特别享福的，虽然差不多在他们本国都是很穷的，可是一跑到中国来，便立刻阔起来了，他们都不想自己来劳动，都用中国的西崽替他们做仆役的工作，所以西崽罢工，也是直接的给他们一个打击。"

"不错，不过这只是使那些外国人感到起居上的不方便。我们给他们以重心的打击，应该使他们受经济上的损失，使他们失去——至少是减少在中国所得到的特殊的权利，所以收回租界和撤销领事裁判权的运动是必要的，是目前的急务。至少这两种运动可以给他们一个威胁，使许多外侨的心里发生恐慌……"

"那末，我们要民众向他们示威了。"

"当然的，只有民众——广大的民众的示威，才能够转变帝国主义对于我们中国的观点，就是说，只有全国民众一致的向帝国主义作反抗的示威，才能够解除他们的压迫，才能够解放我们自己，才能够把我们从殖民地的地位上独立起来。而且这独立的存在，我们还必须全世界被压迫民族起来……"

白华兴奋地听着，兴奋地说了许多意见。在伟大事件的面前，她的言论的出发点已经渐渐的离远了她原来的一些理想。因为，具体的事实的教训，不容许任何理想主义者再继续做美丽的梦幻。同时，五卅惨案当中的流血——这种血不是美术家为点缀裸体画的女人唇上的颜料，不是欧洲绅士们喝的葡萄酒，不是中国风流人物所鉴赏的牡丹花的颜色，而是在人类中的强暴者的罪恶的暴露，和弱小者被残害的精神的映射。任何人——除却帝国主义者以及它的附属物的资产阶级之外——对于流血——那连贯地从枪弹眼中流出来的血，那尸首——那暴露在水门汀上的尸首，都不能站在旁观者的地位，都不能当做茶余饭后的新闻而闲谈着，也就是，任何人都不能不从心坎里燃起一盆愤怒的火焰，把这火焰和别的火焰联系，联成一片，变成毁灭世界帝国主义的巨大的烈火。现在，这烈火的种子已经从上海民众的心坎里燃烧起来了，同时像一条导火线似的燃烧了全国的民众。白华的心上也腾腾地飘拂着这种火苗。她并且把女性的同情放到这火苗上。这时，她的脸颊绯红地，如同那火苗已经飘到脸上来的样子。

随后她猛然听见隔壁的钟声响了两下，她吃惊的看了表，的确是两点钟，便觉得她应该回去了。

刘希坚送着她，一路握着她的手，感着十分愉快的低声说：

"我们好好的干，白华，你可以从事实中得到许多证明——空想的社会主义是没有用的——何况中国的无政府党人更超乎空想以上。"

白华在心里是接受了他的话。但是她没有回答，只默默地走出大门，沉重的说出一声"再见"。

刘希坚便单独的留在院子里。因为他没有瞌睡，以前的睡眠被兴奋的谈话赶跑了。这时他的头脑里只装满了思想——复杂而且澎湃的思想。这思想一息不停地在他的头脑里活动，如同许多扩大的空气在气球里活动一样，慢慢的涨起来，使他感到仿佛他的头脑已经涨得异常之大，恍然是漫画的大脑袋的样子。他好几次都用心的去注意他的影，都没有看清，因为夜是深沉着，星光很黯澹，天野像一片无边际的黑幕，罩着地球上的熟睡的动物，植物，以及房屋。

他单独的从东边走到西边，重复的走了许多趟。他的思想也似乎跟着他的脚步而响着声音，响在他的头脑里。

随后他停止散步了，坐在一张板凳上，仰望着辽远的天空——夜是不变动的沉默着。夜声是细小而且隐约。各种虫鸣的流动也显得十分秘密。可是他的思想的波浪仍然在那里冲击着，纷纷地溅着这样的浪花：

——民众被烈火烧着，要自动的起来了。

——总罢工是可能的，而且是必要的。

——上海的民众已经像狂风急雨一般的在暴动。

——北京也要哮吼的，狮一般的哮吼的。

——被压迫民族的总示威……

这些浪花越溅越多了，最后变成各种尖锐的微生物似的，深入到他的思想的细胞里。他觉得把这些微生物有系统的而且健全的组织起来，是非常紧要的，也正是他自己目前的任务。并且觉到一个人生存在这样的工作里，实在是一种历史上的幸运——当然，能够在大革命——建设社会主义的革命的巨浪里，做一个斗争的战士，都一样的有着历史使命的价值。他自己，虽然还没有对于这使命尽过何等卓越的努力，但是他是在步步努力着的，向着那最高层的建设而迈步，不懈怠，而且急烈的前进，便觉得他这时单独醒觉在这个深夜里，并不是偶然的事。如果，他不为这坚固的信仰而献身给社会主义的斗争，那末他这时已经躺在坟墓里面了——躺在那教授学者的名位上，毫无价值。

时间在他沉思的周围轻轻的走着；夜在慢慢的变动——更加深沉和熟睡；微风带来了湿的，含着露水的凉意掠着他的脸；他才把各种思想集中起来，集中到这一个问题上：

“我们应该用怎样方法去鼓动北京的民众作一个伟大的示威呢？”

他想了种种，觉得这不是一方面所能够做到的事——这是应该各方面联系起来，才能够获得胜利的事。于是他想起一件紧要的工作——就是在目前，最切要的，是号召北京各团体开一个联席会议，决定对于上海五卅惨案援助的办法。他认为这样的联席会议开成了，那就毫无疑义的，会实现北京城的广大民众的示威运动。并且他觉得这事情是完全可能的，便欣然地从心里高兴起来，一直把愉快的，同时带着许多胜利的微笑浮到脸上来。

他重新向很远的天空投了一眼，满含着喜悦的一眼，仿佛他是向着远处的无数贫苦的群众，宣告说：

"斗争呀，朋友，只有无情的斗争，最后的胜利才是我们的！"

望了便站起来了，乐观地在院子里走了两趟。随后走到房里去，和衣躺在床上，闭着眼睛想着，在心里拟着几个重要的提案。

"记着，明天八点钟以前要起来！"

隔壁的钟声便在他的耳边嗡嗡地响着。

# 十六

这一天，推动北京的民众走上反帝国主义的革命的前途，同时是有计划的具体的领导着这些民众的，那北京的各团体联席会议开成了。从会场里走出来的刘希坚，仿佛是从一座庄严的宫殿里走了出来的样子，思想里还强烈地保留着那会议的严重的意义，以及像一层波涛跟着另一层波涛，重复地荡漾着那许多光荣的决议。

——出兵保护租界华人！

——撤退英公使！

——准备全国总示威！

——抵制英日货！

——组织工商学联合会！

——……

这种种，在他的思想里造成一片革命的光辉，仿佛在他的周围，那对于帝国主义的示威的口号，已经开始了——像雷鸣一般的传播到全世界。

当他走到王府井大街的时候，街上的市民一群群地，尤其是在东安市场的门口，聚集得更多的人众，大家像半疯癫的样子，看着刚刚出版的五卅惨案的画报。那报上印着五卅惨案的发生地点，和水门汀上躺着，蜷伏着，爬着，裸着，种种中枪的尸首。其中有好几个人的尸身已经霉烂了，脸肿得非常大，四肢膨胀着。每一个尸身上——胸部，脸部，或者腰部，都现着被枪弹打穿的洞，涌着一团血。这样的画报是从来所没有过的，同时也是从来所没有过的一张难看的，悲惨的，使人愤慨的画报啊。

这画报的内容，完全把街上的市民激动起来了，有一个五十来岁的老太太忽然在人群里忍不住的哭了起来。反抗帝国主义的强盗行为，和同情这些被压迫的同胞的被害，这两种情绪像两道火蛇似的同时在民众的心里燃烧了。的确，谁能够把这样残忍的暴露当做风花雪月的鉴赏呢？没有人！谁都不能把这样的画报当做一幅裸体画的美术品的展览。当然，这不是一幅好看的画呀。而且，简直是张战报呢。一张被压迫民族——殖民地——无产阶级的开始斗争的战报。因为，那画报里面所包含的严重的伟大的问题，只有用鲜红的血来解决。被压迫民族是不能够从和平里得到解放的，在和平的圈内挣扎，只是加重了压迫的桎梏。面包不是由别人施与的，这是应该用我们自己的力量去获得。所以这一张画报成为一粒火种了，深深的落在每一个看报市民的心中。他们激昂地看着，愤慨地叫骂，互相同情地向不认识的人发着反抗帝国主义的议论。有许多人简直表现了原始的人性：

"他妈的B！一个换一个，复仇！"

还有许多青年的洋车夫，工人，店铺的伙计，仿佛有立刻暴动的样子，大家粗暴的叫着，纷乱着。"打到东交民巷去！"有的人这样喊。

街上的巡警也把他的枪枝挂到肩头上，拿一张画报看着，显然他是被那些尸首感动了，不但没有去干涉马路两旁的人众，还参加了这没有秩序的市民的行动。

这种种情形，非常尖锐地映在刘希坚的眼里，他一路都被这可宝贵的情形迷惑着。他的心里有一种说不出的愉快的感觉。他的思想又立刻像一只风车，旋转着，没有停止地，在他的心里建立了这一个信念：

"那伟大的示威有立刻实现的可能！"

于是他走过了王府井大街。别的地方也同样的有着许多群众，几个人或者几十个人一团地，在那里看着画报，被画报激动着。

在西长安街的地方，他看见张铁英和另外一个不认识的同志，向街上的行人散着传单。当他走近她身边的时候，张铁英便微笑地给了他一张。

"谢谢你，"他笑着说。

张铁英没有再理会他。她仍然执行她的职务去了。他看着她勇敢的发传单的样子，尤其是看着她的宽大健硕的背影的活动，不自觉的又想起：

"什么时候看去，她都像是一个足球队的选手似的。"接着便联想道："可惜她不会踢足球，否则，远东的体育运动，她是有资格去获得锦标的。"

可是这一个无意识的想象，他立刻把它丢开了，只想着张铁英的身世和她的劳苦的工作，觉得这实在是一个不容易得的可佩服的女同志。并且觉得散传单也应该像打枪一样，一粒子弹是应该换一个敌人的，一张传单也应该有一张传单的作用。于是他觉得他手里的传单有分给另外一个人的必要，便给了一个穿灰布大褂的，还说：

"看完给别的人！"

那个人向他很惊讶地望了一下，把传单接受了。

刘希坚便怀着愉快之感的向西单牌楼走去。

"希坚！"忽然有一个人叫他。

立刻，王振伍从人丛中出现了。他跑到他身边来，站着，伸出那一只熊掌的手，紧紧的握着，一面微喘的报告说：

"行了，行了，一般民众的热度都非常高！"

刘希坚向他笑着。他看见王振伍好像跑了几十里的样子，显得很疲劳，而且那汗点，一直从他的旧草帽里流出来，顺着腮边流到颈项上去了。

他把草帽脱下来当做一把蒲扇，用力的扇了好几下。

刘希坚便问他：

"你怎么这样忙？"

"可不是，"他擦着汗水说："我正在忙得要死呢——从东城到西城跑了两趟，一个车钱也没有。"

"现在完事了没有？"

"完了。你呢？可不可请我吃饭？"

刘希坚向他示意的点一点头，他们两个便走了。穿过热闹的西单牌楼，同时穿过那些澎湃着热情的民众之群，走到三星公寓。

公寓里突然变了一个异样的景象了。许多学生把画报钉到墙上去。仿佛每个人都需要这画报中的死者——那枪洞，那血，那残酷的帝国主义的罪恶，来刺激这跳动于热血中的青年的心。大家把可怕的画报当做可羞耻的——同时是应该报复的标帜，高高的挂着，比他们一切从小说月报上剪下来的那希腊神话中的美术画，重要得多。并且这种表现，立刻就深入而且普遍化了，全公寓的学生的房子里，都钉着这样的一张。有的还在这画报旁边写了血淋淋的字，表现那鼎沸的热情，和强烈的意志：

——你们的血是为我们流的，我们的血也要为你们流的。

——你们的死是有代价的，你们的代价就是我们用血来斗争！

还有一个女学生，她完全用女性的感伤来写着：

——你们的样子是很难看的，但是我爱你们，并且我要为你们而开始爱无数的贫苦的群众，我的爱比宇宙还要大！

在青年的心中的世界，完全起着猛烈的风暴了。任何人都从这惨案的写真，在言论上和行动上，发了疯狂。

公寓的女掌柜也深深的被这种疯狂传染了。她居然不吝惜的拿出四吊钱，要伙计买了六张画报，一张贴在公众的走道上，一张贴在柜房里，一张贴在她自己的房间里，还有三张她叫伙计拿到胡同里去贴。并且，她好像这地球出了毛病，时时刻刻都关心着各种新的消息，常常像一个采访员似的，站在"先生们"的房门边，听着有许多懂有许多很难懂的"先生们"的议论。

刘希坚在这种激动的氛围里也觉得增加了他自己的兴奋。他感着光明和胜利。所以他坐在房子里的藤椅上，得意地吸着烟，而且得意地把烟丝吹出几个圆圈，如同把这些行动当做他自己的——对于将来无产阶级革命胜利的庆祝。

同时，王振伍也得意地斜躺在床上，带点笑意的沉思着，一方面又显得很疲倦瞌着眼皮。他今天是做过很多很吃力的工作的，而且跑了十几里路。这时他躺着，仿佛他生来第一次休息，身体上流动着许多舒适之感。

过了几分钟，他从床上翻身起来了，向着吃烟的刘希坚，非常开心的问：

"今天那个会的情形怎么样？"

　　"你说的是联席会议么？"

　　王振伍点着头，一面用非常大的注意力，看着对方的脸部，现出十二分准备听话的样子。

　　刘希坚便告诉他，那各界联席会议的情形。从那会议上——他说——我们已经确定了一些具体方案，这些方案对于目前来说，都是必然的。接着他把各种决议述说了一遍。

　　"现在，伟大的总示威，只是技术上的问题，"他结束的说。

　　王振伍从那聚精会神的态度上，完全听得入神了。他欢喜得跳起来，跑过去和刘希坚握着手，一面近于粗暴的说：

　　"好极了，我们的胜利！庆祝！"

　　刘希坚望他笑着，觉得这一个魁伟的同志，简直像一个小孩子一样的天真，可爱地禁不起欢喜的鼓动。

　　"现在，情形是越来越紧张的，"王振伍继续说："我们要紧紧的把它抓住，扩大我们的宣传与组织。"

　　"当然。"刘希坚简截的说："我们是要把北京城哄动起来，把北京的民众吸收到我们的领导之下。"

　　王振伍的欢喜正在逐渐的扩大。那浓厚的笑意，浮在那壮实的脸部上，恰恰成了一种切当的配合。同时他的神情上有一种难言的兴趣——仿佛他的年龄骤然变小了。

　　刘希坚是长久地注视着他的脸。一面，他在估量这一个同志的热情，不期然的落到一种沉思里——觉得他自己是完全在冷静的水平线上进行他的工作的，没有感到狂热的滋味。

　　"总之，"他想——"王振伍的这样子是很可爱的。"却立刻听见别人的问话：

　　"你是不是今夜去作报告？"

"是的。"

随后，当吃过晚饭之后，王振伍仍然保留着笑意，从这里走开。

刘希坚也出去了，他带着许多文件走到机关去。

# 十七

西单牌楼正是夜市的日期。马路的两旁，像两个奇形的行列似的，排满着夜市的摊。封建的北京城的特征。在那些摊上，那些交易的方法上，那些游人——那些并不一定是买物者的脚步上，充分地表现出来。被历代帝王的统治而驯服了的京兆人民，依然没有脱离帝政时代的风格，整年整月的继续着，那农村社会的买卖。而且把这个古代式的市场，还当做专有的集合的娱乐。尤其是那些满族的人，在汉土中居住了两百年之久，在完全失去"旗人特权"的当代，并不改革他们的习惯。他们甚至于在清室的余烬里，还想保存他们的特殊阶级的趣味，在各种庙会和各种市集里，打扮得花枝儿招展地。无论那一个的夜市中，都可以看见不少拖着辫子和旗装的男女。

这一个夜市的情形也并不例外。像那种黑压压的一层又一层地延长去，人影接连着人影，市集的摊和摊，一切迟钝的骚动在黯淡的灯光下造成夜市的情景，恍然是工业社会里的世外桃源——没有机器的声音和烟囱的叫鸣，只有从手工造成的物件，摆满了闲散者的脚边。

从这种夜市的行列当中走过去，刘希坚皱了眉头，他觉得这是他今天所眼见的第一个不痛快的现象。尤其是在一个卖宫粉的摊边，许多人围着吵架，其中尖锐地响着一个女人的声音：

"好，你这个小子，人家还是一个姑娘，哼！巡警在那里？"

当然，他不想去知道那吵架的内容，只瞥了一眼，便感着沉闷的窒息似的，用飞快的步伐走过去。

前面的两边依然是夜市，仿佛这夜市像一个山脉似的蜿蜒地延长到几百里。一眼望过去，尽是人影，摊，摊和人影。

"糟糕！"他不耐烦的想。

可是在那些闲散的逍遥者之间，他忽然看见一个白色的影子——白色的裙边的飘舞，白色的女体的活动。他不禁的把皱紧的眉头展开了，一种意外的喜悦潜然地跑到他的心里，使他一直往前快走了好几步。

那白衣的人已经看见到他了，站在那里向他微笑的示意。

他走近去低声说：

"怎么，白华，你也在这里？"

白华高兴的回答：

"你不看见么？我在这里散传单呢。"

的确，她的手里还剩着好几张中国无政府党敬告全国父老兄弟姊妹的宣言。一面，她又继续地把手上的传单分给那些慢慢的走路的人们。显然，这些传单并没有发生怎样的作用，因为在这里"溜跶"的人们，都是专门来逛夜市的，他们的意识都集中在市摊上。差不多都把这传单当做普通的广告，毫不经意的拿着，甚至于看了一眼便丢开了。倒是有许多人很注目的望了这一个美丽的散传单者。

刘希坚看着她把传单散完了，便笑着问：

"你怎么不给我一张呢，我倒是很想看一看的。"

白华，她已经发现在这里散传单的缺点了。但是这不是她所能够预料的——在这样热闹的地点散传单会得到失败的结果。所以她对于刘希坚的后面一句话，觉得他是有意的给她的讽刺。

"不。"她生气的声音说："你和他们一样，你不会看的。"

"不要误解。"他解释说："我实在是想看的。任何方面的传单我都想看……"

"说不定你单单不肯看我们的。"

"这没有理由。"

她大约停顿了几秒钟，便气平了，向他亲热的望着，一面说：

"往南去么？好，和我走几步路。"

刘希坚点着头。他完全欢喜地和她并排的走着。近来，虽然只有几天的日子，可是他觉得已经是很长久的时期了，他和她的晤谈，是减少到最低的限度。那五卅惨案事件的工作，使他们没有私人聚会的时间。工作的忙迫，是这样无情地把亲密的朋友分开去。他们，自从五卅惨案的巨浪冲到北京来之后，显然是疏远了。同时，显然从前的他们是怎样的亲密。

这时他们走在夜市的中心——走在那空阔的马路当中，她的手放在他的手腕上，如同在公园里散步的样子。

刘希坚感到一种美感，这种美感在忙迫的工作中而深深的感觉着，觉得十分愉快和满足。

"你近来还到中央公园去么？"白华张着眼睛问。

"没有，"他回答："近来太忙了。你呢？"

她摇一摇头。

"恐怕将来还要忙呢。"他接着说，却望了白华一眼，觉得她在不分明的灯影里，有着特别迷人的风致，尤其是那黑晶晶的放光眼睛。

于是他喜悦地挨她更近些，微微的感到她手臂上的可爱的热气，一直透到他自己的心上来。

白华也不说话。她好像在深思着什么。同时又像是不大舒服的样子。她只是默默的向前走，走得很慢。

夜市的摊的行列在他们的两旁缩短去。夜市的闹声依然前前后后的在夜气里流动。天上繁星的点，慢慢的闪着，而且分明。

"你预备到那里去？"刘希坚问，因为他忽然看见那宣武门的城楼。

"不到那里，"她显然是不很快乐的。

他停了一停说：

"一直往前走么？"

她把眼睛张开去，圆圆地——"你自己应该往那里去呢？"

"我是应该拐弯的，"他直率的回答。可是他看见她的脸色很生气，便加了一句："我的时间还没有到，再走一走不要紧。"

"不。你走你的吧。"她简截的说："你终究要走的。"

"为什么这样生气？"他笑着说，实在也觉得有点诧异。

"不是生气。只是烦恼，"她辣声的说。

"烦恼？"他又笑着望她说："为什么，为我？"

"不。"

"为谁？"

她默着了，同时，一种猜想，便开始在刘希坚的头脑里活动起来。可是他猜想了许多事实，都不能认为是她的正确原因，便微微的皱起眉头了。

过了一分钟的光景，白华忽然说——的确，声音是很烦恼地：

"我今天一天都是很不高兴的。"

随后她把她的不高兴的原因说出来："我的思想有些动摇了！"她开始说，带着许多愤慨。

这句话，简直把挨在她身旁的人吓了一跳了——一半欢喜和一半惊诧的一直望着她。

她继续的说——很客观的批评了她的同志们的自由行动，一种不负责任的罗曼蒂克。

她说着，显然，她是受了很大的刺激的。

刘希坚笑着望她。在他的心里，被强烈的欢喜充塞着。因为，这一年来，他差不多天天都在等待这一个迷惑于"新村"的女友的反省。现在她已经被事实给了一个很大的教训了——他想——她已经开始动摇和怀疑了。

接着她又告诉他：

"本来，许多工作是，已经由每个人自己分担了的，可是结果呢，大家都自由去了，留下我一个人，不能不包办——我自己起草，自己写钢板，自己油印，自己跑到马路上去散。"

"这样还不好？"他玩笑的说："你一个人就代表了整个的行动。"

她这时并不计较那语意的讥笑，只愤慨的说出她的意见：

"非纪律化不可！"

"是的，一个组织就应该有它的铁的纪律，"他笑着说。

"当然，把基础建设在个人主义的水门汀上，把有规则的形式当做不自由的行为来看待。他们怎么会纪律化呢？——"白华心里这样踌躇。

他们的谈话就这样的停止了。那高耸在黑暗中的城楼，已经像一个巨大的山坡似的横在他们的前面。夜市的摊已没有了。路上的行人非常的稀少，一片嘈杂的混音远远地响在脑后。这里，他们的脚步也停止了。

"我们还往前走么？"

"不。我回去了，"她很难过的说。

刘希坚便和她紧紧的握一下手，觉得她一点也不用力，显见她的心情是很灰色的，没有任何的兴趣。

"明天早上我在家……"他说。

她只笑了一笑，很勉强地，在她的眼睛里没有喜悦的光。于是她转过身走去，走了几步，便坐上一辆洋车。

刘希坚也回头了，因为他没有走出宣武门外的必要，便远远的送着白华的影子，一面感想着——实际的生活在慢慢地教育她。心里十分高兴的又向着夜市走去。

他发现马路上有着被人丢下的传单。

# 十八

当刘希坚回来的时候，夜静了。冷的街灯吊在空阔的马路上，散出寂寞的光，模糊地照着夜市的余痕——纸片，短绳子，梨皮，以及污浊的东西，同时有许多乞丐在这废物中寻觅他们所需要的，可以让他们卖给"打鼓"和"换取灯"的什物。

他想起白华，想起她曾在这里散发的传单，他不免浮上了不舒服的感觉。

"唉，白华！"他在心里叹惜的想。但立刻又把她忘了。在脑海里，又重新卷来了澎湃的思潮，使他意识着——一个布尔什维克的目前的任务，以及他自己的工作。于是他对于总示威——必要的总示威——之前夜的全国民众的热情，深切的作着估量……

"好，新的历史从这里展开！"

想着便觉得很愉快。一种光明在他的心头闪动着。

他是兴奋的。

那夏夜的风拂过他的脸，清凉地，像薄薄的一块冰片似的溶化在他的发热的脸上，使他十分受用地感着舒适的快感。他觉得，一天都疲劳于工作里面的那精神，在这样的夜气里是恢复了，充足，兴旺，而且在生长着。

他一直把这种红色的心情带到公寓里。

住客们都息灯了。钉在墙上的画报，便更加惨黯的现着痛苦的脸和暴露的尸身。刘希坚走过去的时候，仿佛那尸身并不是印在画报上，而是赤裸裸的躺在这院子里，躺在他的眼前。他不自觉的皱起眉头了——感着一种压迫的，把这些可怕的印象带到房间里去。

书桌上有一封信和一个报卷。他看着，报卷上的字很像珊君的笔迹，便立刻撕开去。果然，一张新出版的《血花周刊》出现了。那上面登着杨仲平的文艺理论和珊君的好几首诗。

"这位玫瑰花的女诗人也转变了么？"他感着兴味的想。一面，他看着她的第一首诗，那题做《寄给被难的死者》的诗。他刚刚看到头两句——被难的同胞们呀，我要用我的嘴唇来吻着你们的血，你们的尸身——便不自禁的笑了起来。

"究竟是小姐的诗人，诗人的小姐。"他一面笑着一面想。但仍觉得这是一种好的现象。

但他没有再看下去，因为夜很深了，他没有时间，他还必须把刚才带回来的工作，好好的筹备着。此外他还需要很好的睡眠。他明天还有许多事情要做的。那许多迫切的工作在那里等待着他，他不能懈怠。他一定要紧紧的把许多工作放在他的头脑里，和他一同地度过了这一个夜。所以，他是很经济地而且适当地分配了他的有限的时间：两点钟，他躺到床上了。

在他的睡眠中，他和他的工作，仍旧像两个外交专员似的，在那里开着谈判，复杂地，困难地，解决着各种问题。

天明之后的七点钟，他醒了，警觉的醒了，如同已经睡过了下午似的，飞快地从床上爬起来。

太阳在窗上。一切又都在太阳里。

他估量着时辰，看了表，的确还是早晨。学生们正在门口叫伙计。两个伙计一来一往地忙着倒脸水，人们的混杂的声音又响了起来。一夜沉寂的市声也响了。喇叭，车辆，赶驴子的哼喝，骆驼的铃声。一切，在夜里睡眠的，都醒了，活动了。整个的北京城又开始在转动，叫器，没有停止。

他向着清晨的空气呼吸着。那疲乏的，还留着瞌睡的脑筋在明媚的晨光中警觉起来了。他精明地想着一些事情，一些零碎的，甚至于是一些不必思虑的事情。

随后他的思想便集中到他的今天的工作上。他觉得他应该是上工的时候了——应该把各种知识的机器从他的头脑里开起来，像工人在工厂里开起一切机器，制造着各种物品的一样。并且，需要从他的头脑里制造出来的东西，又是怎样的多呢。

今天，他的工作的程序是：整理决议案；根据决议案的内容起草一篇宣言；为《五卅特刊》做文章；出席宣传部会议；还有……最后他还必须到 P 大学去，有一群信仰他的学生等着他。

于是他马马糊糊的洗了脸，喝了白开水，坐在桌子前，把头脑中的机器开起来了。

他耐苦而且敏捷地工作着。这工作的忙迫，把他吸香烟的时间都占有了。从前，他在文字工作的时候，都是一只手拿笔一只手拿着香烟的。

他一直把决议案弄好了，才放下笔，伸一伸腰，并且当做休息一样的靠在椅背上，想着进行他的第二种工作。

正在这时候，白华进来了。她好像突如其来似的，使他出乎意外的惊睨着她。

她的脸色不很愉快，虽然她曾经对他笑着，可是在她的眼睛里，是充分地显露着一层苦闷的光。

他的心里便有点诧异起来。"什么事把她弄成这样子呢？"他想。一面站起来说：

"这样早……"

"还早么？快十点钟了。"接着她看了刘希坚的工作情形，便说："你做事吧，我没有什么事情的。"并且她就要走开的样子。

可是刘希坚把她留住了。因为他觉得她的神气不很对，一定被什么苦闷把她扰乱着。他说：

"不要走。我刚刚做完了一件工作。我要休息一下。"

白华向他望了一眼。审察的，同时又是婉曼的一眼。她从他的脸上得到一种使她满足的快意，她决计不走了。

"好，我坐半点钟。"

说了便隔着桌子坐在他的对面，脸色慢慢的活动起来，喜悦起来。

"我昨夜没有睡，"她望着他说。

"忙么？"他有意的问。

她忠实的摇了头。昨夜，她忙什么？她散了传单之后便回去了。回去之后便躺着。躺在床上张着眼睛。她不能睡。那种斗争，空前的那种斗争，在她的心里和脑里，同时发动着，急烈的交绥和肉搏。她被这斗争刺激得非常之深。她的好几年以来的思想根据，如同发生了地震一样的在那里动摇着。无疑的，她是一个无政府主义者。她不是为着好玩。也不是有什么虚荣心。确确实实，只因为听到了一些宣传，用自己简单的幻想就把它当做革命的最好理论，当做改革我们社会的指南针，当做人类生活向上而达到和平世界的福音。所以她崇拜那些有伟大思想的人物，如巴枯宁，克鲁泡特金。她抱着满怀的热情，而且抱着满心的希望，勇敢的加入了中国的无政府党。她以为从此是走到另一个境地，另一个新的不同的环境，走到她的有意义的生活的世界。她以为她是负担着改造社会的使命，她的责任的重大和她的工作的忙迫。她以为同志们可以指导她，勉励她，使她和他们共同地来努力这一革命的工作。她和他们，要紧紧的互相联系着，铲除人类中的强暴者，把弱小者扶植起来。她和他们，如同勤苦耐劳的开垦者一样，要把荒凉的人间变为丰富收获的田园，使全人类都欢乐地，手携着手，生活在这样的田园里而歌唱和平，爱，幸福。她不但是信仰着，而且是努力于工作的。然而她失望了，主要还是因为这里面许多理论还是唯心的，理想虽然完美，但对现实的问题很少解决，常常能使一般幼稚而热情的青年感到安慰的喜悦。相反，它不会使急进的沉静的与实际有了联系，的确想解决中国革命问题的青年感到满足。这个理想到了中国，许多中国的青年也信仰它，知识青年时时都在想接受一些进步思想，因此什么样的思想都会得到欢迎。可是这批青年大都是高谈阔论，不务实际的人，他们把那个圆额大胡子的像片钉在房间里，但他们也没有很好的去了解那个人物。把伟大而艰难的革命事业，看成一篇传奇，一幕浪漫派的喜剧。他们喜欢幻想，又拿幻想来陶醉自己。白华就是其中的一个。但是，她现在觉醒起来了。她不是一个把那种迷醉当做娱乐的人。她是要改革这个社会的。她不能够永远游荡在幻想里。自从五卅惨案的许多事实所给她的教训，使她不能不对于她所信仰的，所拥护的，那些空想发生了疑惑。并且，她以为她的同志们也有她自己同样的缺点。所以在昨夜，她思索着，苦恼着，她仿佛被无数的蛇围绕着一样，紧紧的被许多冲突的思想围困着，重复又重复地，解决着这些疑问。尤其使她思索不止的是俄国的革命胜利。究竟是那一种革命理论，它能够把老中国变成新中国？……这种种，像烈火一样的在她的头脑里燃烧起来。这使她苦恼极了。至于整个的夜消沉去，太阳出来了，那种火焰还堆积在她的头脑里。自然，她是需要解决的。她必须找一条路，放弃一条路。因此她又来看刘希坚，想从他这里得到帮助，她要求他把重要的共产主义的书籍介绍给她。她要认真的来读点书。

后来她拿了一些马克思和列宁的著作和别的小册子，十分高兴的走了回去。

"希望你好好地读它……"刘希坚送她出来时说。

她笑着，坦然的笑着，显然她是喜悦的接受了他的友谊。

他们紧紧的握了一下手，好久才分开。

刘希坚很满足地，微笑地走进去。

他又开始他的第二种工作。


# 十九


他一直工作到下午两点钟。兴奋把他的身体支持着。可是他终于打了好几个呵欠，因为他是太倦了。

他整理着工作的成绩；一面，他燃上一支香烟，靠在椅背上，沉重的吸着，一种劳动过后的休息，使他感到十二分的惬意。

两点半钟的时候，他从他的房间里——不，简直是从他的工厂里——走了出来，可是他并不是从这个工厂里走回家去，却是又重新走向另一个工厂——开始他的另一种工作的地方。

当他再回来的时候，天色完全黑暗了。他挨着马路的边沿上走着，一面在他的头脑里，在许多复杂的思想之间，浮着数目字，统计着五卅惨案发生之后的，北京城的报纸销路的激增。

他沉默地想着：

"《京报》增加百分之三十，《晨报》增加百分之二十五，《社会日报》增加百分之二十二，《黄报》增加百分之十五，《白话报》增加百分之三十二，《北京晚报》增加百分之三十五……"

这些数目字，是说明它们对于五卅惨案的宣传中所反映出来的北京民众的意识——说明北京的民众已经在醒觉了。

"看吧，"他在惊喜之中，又接着严重的想，仿佛他是向着帝国主义送去一个警告："把机关枪对着我们民众的胸前扫射，的确的，这不是一种好玩的事情呀！"

他微微的笑了。一种红色的革命的火光，在他的思想里炫耀着。同时，他的眼前便现出了一张漫画——千千万万的工农群众举着镰刀，斧头，红色的旗子，英勇的欢乐的唱着《国际歌》，几个胖胖的帝国主义者跌倒在群众的面前，一只手抱着炮舰，另一只手抱着飞机，颈项上挂着一大包金镑。

这一张漫画的影子便给他一种胜利的，忍不住的快乐的笑声。他完全愉快地把眼睛望着夜色。星光灿烂地，仿佛是世界上革命的火眼，到处密布着，准备着整个的革命的爆发。

忽然，一种声音，冲着夜色里面的空气，把空气分裂了一条痕。这声音又接连着第二次的叫喊：

"汉口惨案！号外！"

他买了一张。

他的神经便跟着紧张起来了。同时，他是很镇静地估量着这继续的，被帝国主义屠杀的代价。

"无疑地，"他肯定的想："这是第二道导火线，立刻把我们民众的火焰扩大去。"

在他的疲劳的精神上又添了一种新的兴奋。他的身体上又奔流着新的活力。他不自觉的加强了步伐，走的非常快。

他走到那里去呢？他必须先走到 P 大学去，这是预先约好的。

只走到那学校附近，好几个学生都站在那里探望着，于是他和他们一同走进去，走进第十一教室，列席他们的社会科学研究社的五卅援助会。

学生有五十多人。大家站起来欢迎他，有两个人先开始拍掌，跟着便是全体的，一阵热烈的掌声。

他微笑的点着头坐到旁边的椅子上。可是这一个援助会的主席便走到他身边来，请他就讲演。

掌声又在他的周围响着。

他站起来了。

"诸位同学们！"他开始说。他讲演的题目是五卅惨案与世界被压迫民族的革命。在这个题目中，他分析了帝国主义的殖民地政策，帝国主义的殖民地政策的危机，各帝国主义对于中国的侵略和它们互相间的矛盾，中国民族解放运动与世界殖民地的影响，世界被压迫民族及殖民地的革命与帝国主义国家的利害，最后他说到苏联——苏联与被压迫民族，苏联与帝国主义，苏联的存在与世界被压迫民族的反帝国主义的革命胜利。

这演讲便一直占有了两个多钟头。他从学生们的脸上，从那些入神的眼睛里，那些不动的倾听的态度上，那些静穆的，毫无声息的，如同一群教徒们在圣像之前一样地接受他的声音，他觉得他的讲演辞的每一个意义，都像一粒种子，深深的播在他们的头脑里，预告着将来的广大的收获。

他走了，许多学生都站在他后面，向他表示各种的敬意。他也从他们之间得了很大的欢喜，愉快地向夜色里走去。

"这些学生，"他想："真是可爱，纯洁得像一张白纸似的，可是为了真理他们是最勇敢的。"

他一路上都坠在光明的思想里。

半点钟之后，他走到公寓里了。忽然，他看见他的房间里正亮着电灯，一个高大的人影映射在窗子上。

"谁呢？"他想："一定是……"便走过去推开房门。

果然，王振伍坐在那里。

他从椅子上跳起来了，热烈地，仿佛他已经好久没有看见他，非常亲热的笑着，做出他的一种特色的粗鲁的动作，和他握手。

"唉，你怎么现在才回来？"他的声音宏大而坚实。

刘希坚向他微笑地。他什么时候都觉得，在这个同志的魁伟躯干之中，是放着一颗赤裸裸的孩提的心，天真，没有一点虚饰。

"刚刚从P大学讲演……"他回答说。

王振伍望着他的脸，差不多是一种憨态的望，望了许久。

"你瘦了，"他忽然说。

"瘦了？"刘希坚微笑着，"我不觉得。"他接着说："我只觉得我近来的身体好多了。"

王振伍有点诧异的又望了他一眼，随后便沉思了一会儿，说：

"我知道你是很忙的。近来你的工作增了不少。但是，我看不出你忙的样子，只觉得你一天都是很快乐的，很平静而且很安闲的样子。"

"真的么？"刘希坚感觉着兴味的问："你这样觉得？"因为在别人的眼光里，他被人观察的结果总是很不相同的，有一个同志还批评他是一块大理石——这意思就是说他在五卅惨案的疯狂里，他仍然很冷静。

"是的，我这样觉得，我一点也不瞎说，"王振伍回答他。

他笑了。的确，没有人曾看到他的头脑去。谁都是在他的脸上，举动上，得了他的工作的印象。他觉得这倒是他自己的特色。他认为一个革命者应该时时刻刻把头脑放在冷静的境界里。所以他自己，无论在什么时候，都在克制着感情的激动。

"我承认，"他最后说。

王振伍便笑着自白了：

"这本事我学不来。我没有事做的时候是很平静的，可是工作一加紧，我的行动便跟着紧张了。"

然而这谈话便这样的终止了。刘希坚问他：

"你今天没有事么？"

"有的，"他说。于是他报告了一种新的消息，一种必然的，把五卅事件更加扩大而且更加严重化的汉口屠杀——民众的血肉又在帝国主义的枪弹之下飞溅着。

"现在，我们是一步步走到紧张中来了。"他接着激昂的说："事件的严重和扩大，虽然是在我们的预料之中。……可是，怎样办呢，你有什么意见？"

刘希坚沉默的听着，因为这问题很早便盘据在他的思想里，他很早便这样想着："第一，是唤醒民众，深入而普遍的宣传；其次，要有很好的组织，很好的领导，要把群众组成为一个庞大的有力量的革命队伍。"

这时，他重新说了这一点意见。"伟大的运动就在我们眼前。目前的任务是，要有计划的深入群众，组织他们起来行动！"

王振伍因为还有别的事，便匆忙的拿了草帽。

"不错，这是一个客观条件，它造成总示威的形势。"

说着，他走了。

刘希坚又坐到那张藤椅上。他燃了一支香烟，吸着，沉思着，在他的脑海里便起伏着猛烈的波涛。

他深深的把他的智力放在这一个问题上，如同一个木匠把斧头放在木头上一样地，他把它劈开了。

全国民众总示威！

这是他的结论。

# 二十

伟大的北京城骚动了。伟大的北京城叫喊了。伟大的北京城在无数群众的癫狂里实现了空前的，严重的罢工，罢市，罢课。

"总罢业！"这是一个强烈的电流。

"总罢业！"立刻，这个电流触动了大地，触动了大地上的民众——烧着他们的心和他们的热情。

到处，工厂里没有机器的响声，每个烟囱都张着饥饿的嘴。到处，商店的门紧闭着。到处，学校里没有摇铃的声音，所有的教室都是寂寂寞寞的。到处，麇集着一群群的民众。到处，写着，贴着，飞着，喊着这样的标语：

　　——援助五卅惨案！

　　——为五卅惨案的烈士复仇！

　　——反对把中国当做殖民地！

　　——一致收回租界！

　　——驱逐驻华军舰及陆军！

　　——抵制英日货！

　　——拥护弱国的外交！

　　——……

整个的北京城都充满着如此的紧张，轰动，疯狂。整个的北京城都变样了——街道变样了，人民变样了，空间变样了。仿佛，连时间也变了进行的速度，甚至于停止了，停止在这一个异样的变动里。

尤其是在热闹的中心街市——前门，大栅栏，东单东四牌楼，西单西四牌楼，王府井大街，更显着异样的可惊的状况。无数群众——

工人，店员，学生，彼此汇合着，纷乱着。如同这地球上发生了很利害的流行病，把平常很安静的人们都传染起来了；把这些人们的心头放上一个火球，使他们在烈火的刺激之中而暴动，吐着强烈的愤怒和反抗的火焰。

许多地方都出现着宣传队。个人的，团体的，散布在十字街头，马路中心，大胡同，路边，在那里大声地，以及嘶声地，慷慨激昂的喊着。

车马都停止了。

无论是大街或小路，只要有人讲演的地方，便聚集了很厚的群众，一层层地围绕着。大家仰着脸，听着，现着紧张的神气，如同一个火苗落在汽油缸里，立刻燃上了，爆发而且扩大了。大家在讲演者的声浪之下，澎湃地增加了反抗帝国主义的——那伟大的革命的浪潮。

常常在听讲的群众里面，响着尖锐的叫声：

——宰洋鬼子去！
——把洋鬼子赶出东交民巷！
——革命去！

并且，常常在群众里面，响了妇女的哭声。在东四牌楼的马路上，有一个五十多岁的老太婆——她是电报生的母亲——忽然在紧张的空气里哭喊了，一面落着眼泪，一面悲愤地叫骂着，一面离开了听讲的群众，跑到另一端的马路上去讲演。许多群众便潮水似的围绕着她。她激动着说："庚子那一年，外国的洋鬼子打进来，他们一共八国，把中国打毁了，把中国历代宝贝都抢了去，把中国的人民打死了十多万。光北京城的皇城根就躺着百多人的尸首。中国还得赔款给他们，就是赔他们来打我们的路费，吃饭，各种用费。现在呢，他们又来了，又要再来一个'庚子'！当然，那是对他们有好处的。可是中国呢，中国穷了，赔款到现在还赔不完。现在，外国洋鬼子又想来这一套，又在上海屠杀我们的同胞，如果我们不给他们一个眼色看，他们会以为中国好压迫，越杀越起劲。然而洋鬼子想错了，因为现在的中国人不是好压迫的，你们大家说是不是呢？我们愿意做亡国奴么？外国洋鬼子是不怀好心眼的，他们只想把中国人变成奴隶。他们满嘴讲的是自由平等，他们说现在是平等世界，可是中国的平等呢？骗鬼！我们要靠自己来把中国弄成平等的。洋鬼子是笑里藏刀！他们现在在上海杀死了我们的同胞，我们要万众一心的大家来反对，不然的话，我们四万万同胞都会被他们杀得精光的。你们大家说是不是呢？"

这个老太婆的演说把许多人都鼓动起来了。立刻便有人将她的话拿到别处去讲。如同一个火花传染着另一个火花，联系的爆发了，把更多的群众变成了一个伟大的燎原。

同样的在别的地方，也出现着旧式的妇女——她们被讲演者的宣传激动了，被遭难者的血和尸首刺痛了，被同情的波浪冲击了，便带着许多眼泪和愤慨，自由地喊着，用鼎沸的热情来诅骂帝国主义的罪恶。

这时，到处是——

空间充满着紧张的空气，

四围响应着尖锐而愤怒的叫喊，

纷乱的阳光照耀着骚动的群众，

伟大的北京城是一个风暴！

而且这一个风暴正在继续着——高涨，扩大，没有边际。在这个风暴里的人们都是很疯癫的。谁的感情和思想都受了急剧的变动，变动在这一个紧张的漩涡里。并且，无数不认识的人们都联合起来了，站在一条战线上，向着敌人——罪恶的帝国主义——演习着被压迫民族的解放运动的斗争……

刘希坚也参加在这一个伟大的预演的斗争里。一清早，他就参加了，并且到现在，还照样的继续着。从西城到东城，他作了许多次通俗的讲演。他是一次又一次地看见了群众的革命情绪的高涨。他只想立刻把他们——这无数热情的群众——组织起来，使他们不致于涣散，使他们在共产党有计划的领导下，向民族敌人进攻。

他今天，显然被伟大而辉耀的欢喜弄得极兴奋了。有一种胜利的微笑在他的心上荡漾着。他不能言喻地感觉着异样的愉快。"无疑的，"他下了结论："这是一个高潮！"并且这思想像一阵风似的，在他的头脑里盘旋着。

那灿烂的光明的革命前途，便开始在他的眼前闪动了，他隐约地看见了无产阶级的革命的斗争和胜利。同时他想起了苏联的十月革命，他们在革命时代中所受的艰难和困苦，以及目前苏联的社会主义的建设。

一路上，这个红色的前途都是很闪动的。

在他的周围，骚动的群众不断的增加着，不断的扩大了群众的骚动。

当他走到东单牌楼的时候，马路的中心完全被群众站满了。他猛然一看，忽然在无数摆动的人头上，看见了一个熟悉的脸，他不禁的在心里叫着：

"哈，白华！"

他的心头便飞过了一阵欢喜。

他站住了。站在群众的队伍里，像一切听讲的人们一样，仰着脸，从许多人的头上，头与头的隙缝里，看着而且听着。

一种嘶烈的声音在空气里发颤的响着：

"我们要大家团结起来，团结在一块，团结在革命的战壕里，我们才能够抵抗英国日本——以及别的帝国主义的侵略，压迫，屠杀。我们只有这样的紧紧的团结，才能够打退我们的敌人。不然的话，我们大家都只有死路一条：替英国日本当奴隶！现在，我们要用全体的力量，来争取外交的胜利！同时我们要取消各种不平等条约！收回租界！撤消治外法权！我们要中国在国际上的地位平等！这些都是我们自己的权利！我们要靠团结的力量来坚持到底，非达到最后的目的不可。我们不要被人家讥笑做"五分钟热度"！我们要抱着宁死不屈的精神！我们起来奋斗吧！我们不奋斗只有死！"

　　突然演讲者的嘶裂而发颤的声音停止了。群众的圈里便响着纷乱的骚音。接着演讲者又继续的说，可是只叫一句"同胞们"便听不见一点声音，仿佛有一块木头把她的喉咙塞住了，挣扎了许久，仍然没有响出声音来。大家只看见她兴奋地，同时又苦闷地作着手式。两分钟之后，她只好从椅上跳下来了，很乏力的走到群众里面，无数同情的眼睛便跟随着她。可是这一团的群众并不因她而散开。并且，紧接着，就有一个学生跳上去了，又站在群众的面前，大声的热烈的讲演。

　　刘希坚的眼睛也紧紧的追随着白华，他并且在群众里面找着她。最后，她被找到了，他便一下握了她的手腕。

　　"白华！"他叫了一声。

　　白华很吃惊的望了他一眼。接着她笑了。她立刻把他的手紧握着，有一种说不出来的新的感情。

　　"你什么时候在这里？"她高兴的，仍然哑着声音问。

　　"刚刚来，"他据实的回答。

　　"那末，"她柔媚的望了他——"你听见我……"

　　"是的，"他笑着说："听了一点。"

　　"哦……"她低低的响了一声。

接着她微笑地看着他，又微笑地沉思了。仿佛她不愿意他听见，却又喜悦他曾经听过她的演讲。

刘希坚便重新用眼光来抚摩她，并且给了她一个革命的敬意。他对于她今天的实际行动，感到空前的，含着感谢之意的愉快，如同她的讲演是直接的把他打动了一样。

他在她的沉思里向她说：

"你做得真好！"

她听到这句话也很高兴，他的确在经过不断的苦闷之中，近来和前不同了，已经一天天从幻想里拉了出来，而开始一步一步的走向革命的实际。同时她在新读的几个重要的著作里，发现了自己以前的幼稚。并且她在许多小册子里，她认识了中国革命的正确的路线。觉得那里面的言论是很有道理的。同时实际的情况，也促使她今天走到群众中去，而且站出来讲话了，这的确也可以作为她的一页新的历史的开展。

"你觉得奇怪么？"她隔了一会问。

刘希坚立刻回答她：

"不，一点也不。这是很自然的。"

她感谢的望了他一眼。

"你以前想到么？"她接着问。

"我很久以前就想到了。"他忠实地回答："你是会很好的行动起来的，你今天讲的很好，比你前天的宣言好得多。你那宣言，还使我不痛快了许多时候。但是，你还得继续努力……"说了便凝视着她的眼睛，如同他在她的眼睛里，寻觅他的苦闷的代价。

她好久都不作声，只默默的微笑着。

随后他们分开了。他们都异乎寻常地用力的握着手。她特别给他一个沉重的眼光，仿佛要把这一个眼光深深的放到他心上使他不能忘记。于是她又向着一群骚动的群众走去。

他呢，也走了，向着"我们的乐园"走去，因为在那里，三点半钟有一个临时会议。

在路上，他又不断的看见着新的群众，新的骚动的叫喊，新的北京城的风暴。

"这是一个高潮！"

他愉快的想，并且一直的把这愉快带到他的同志们的面前。

# 二十一

夜里三点钟，工作的疲倦把刘希坚带到睡眠中去了。他仿佛饮了迷魂的药水似的躺在床上，一瞬间便朦胧去——一切东西都离开他，那个高悬在空中的月亮也从他的眼睛里逃遁了，而且渐小渐小地，像一点细尘似的在一片伟大的乌云中消失了。跟着，那群众的骚动，便在他的头脑中重新的开展起来，他又直接的参加在这一个革命的斗争里……

——扑扑扑！机关枪在他的面前扫射。

——砰！砰！大炮在他的头上响着。

于是另一种轰动的声音，把他的周围的世界炸开了。他受了一吓的张起眼睛来，他模糊地看见了美的一缕晨光。

一团声音活动在院子里。

他起来了。擦擦眼，便拿了一枝香烟吸着，一面开了房门。

院子里聚集着许多人。学生，伙计，掌柜，女掌柜，成为一团地站在那里。

他走了过去。

女掌柜正和他的丈夫争论着：

"这不是英国货么？这不是英国货么？"她手上拿着一件灰色哗叽的长袍。

"这是德国货"，那个整天玩鸟儿的掌柜用生气的大声分辩说。

女掌柜不服气。她扬声的问着学生们：

"诸位先生，请你们瞧瞧看，"她把哗叽长袍抖了两抖。"这不是英国货么？吓！"

好几个学生同时说：

"可不是？这正是英国货。"

女掌柜便得了胜利的把一个笑脸转向她丈夫：

"瞧！先生们说的你听见没有？赶快把它烧掉！穿在身上，丢人！"

显然，这个玩鸟儿的老头子舍不得这件长袍，因为这件长袍很新，花了十二块大洋，在他的许多出客的衣服中算是阔气的一件，他不肯烧。

"得了，"他想着分辩的说："这是一件旧的。"

可是他的女人被革命的浪潮打动了，她差不多变成一个红色的革命的分子，她不肯妥协。

"横竖是一样，"她坚持着："旧的也是英国货呀。"便接着说出她的新名词："不要做凉血动物！"

"别骂街，"老头子嗫嚅的说。

"谁骂街？"她的胆子更壮了。"你懂得凉血动物怎么讲？吓！你再活十年……"

学生们起了一阵笑声。

她沉着脸色说：

"随你便，咱们的掌柜，您如果不想烧，就用剪刀剪也行。"

老头子急坏了。他的光额上沁出许多大颗的汗点，脸色渐渐地发红，而且很苦闷的想了许久。

"好的，"他忍耐着心痛说，同时他想出了一个对付的法子——"那你的也应该烧。"

"我的衣服没有外国货。"她犀利的回答："我都是从老天成店里裁的，你说老天成还会卖外国货么？"接着指她身上的蓝布衫，向着学生们问："先生们，您说这是国货不是？"

掌柜并不等"先生们"的回答，便抢着宣布说：

"你有好几身洋绸子的，还有一条藏青色哔叽裤，那都是日本货和英国货。"

她急着分辩说：

"那不是。"

"你拿给先生们瞧一瞧。"

女掌柜真的跑去了，她一连蹚着她的小脚跟，走得却非常之快。她的宝贝的女儿便欢喜地跟在她后面。

"要烧一齐烧，"掌柜喃喃的说。

于是她拿来了一个黄色的包袱，满满的包着她的财产，因为她每月的"进款"都送到老天成去，那布店把她算做一个老门客，特别给她加一的尺头。

她的女儿帮着她把包袱解开了。老头子便一伸手就拿了一条新制的哔叽裤。

"日本货！"他得了报复的喜悦说。

她呢，差不多把叠得好好的衣服，一套一套的都拿上来，打开了，一面像展览一面白白的说：

"这是国货。"

老头子便反驳她：

"日本货！"

结果他们又取决于"先生们"的意见了。自然，学生们是很乐意于全部焚毁的，因为那包袱里面的衣服实在看不见国货的影子——至少也都是外国货。

"全是的，"许多声音在响着。

"只有那两件格子的，是国货，"另外一个人说。

老头子乐起来了。

"吓！比我的还多！"他洋洋自得的说。

女掌柜便好像听见迅雷一样的受了一大吓，她的脸变样了，一片青一片红地转变着，可是她终于激动的，毫不反抗的说：

"那布店不是好家伙！欺骗人！好的，现在把日本货英国货检起来，咱要烧它一个痛快！"

学生们便给她一阵响亮的鼓掌。

她用她的小脚把那些漂亮的衣服踢到一边去，如同她平常踢着一块猪骨头的样子。

"真的么？"老头子反迟疑的问。

"可不是真的？"她坚决的，豪气的回答："谁同你开玩笑？"便喊着她的女孩子：

"小囡儿，拿洋火去！"

老头子是忧愁的看着他自己的哔叽袍子，又看着他妻子的花花绿绿的衣服。

"加点煤油，"她接着喊。

于是，一阵烟，一阵臭气，同时是一阵笑声和掌声，旋转在这个院子里，延长了好久好久。

这情形，给了刘希坚的许多愉快之感。他没有想到平常只会"要钱"的女掌柜，居然把她的财产，几几乎占了她自己全部的财产，在抵制英日货的民众的运动中牺牲了，变成了疾恶帝国主义的一个切近于革命的人物。所以他把一种意外欢喜的笑意，带到他的房间里。

过了一点钟，当院子里的那些衣服的余烬还冒着青烟，刘希坚便出去了。

在街上，夏天的太阳张开金色的翅膀，安静地拥抱着整个的喧嚣的城市。那黄瓦下面的红墙上，散着太阳的灿烂的光辉，把许多新的——从来所没有过的东西照耀着。什么人都可以从那里看见到，那粉笔写的，黑炭写的，墨笔写的，以及印刷的，那些充满着鲜红的血的流露——那些标语，漫画，传单，那些比一切美术品都更加有力的，在金色的阳光底下，抓着人们的视觉——

"抵制英日货！"

在街上，这口号不仅仅是一个口号了。它已经变成一个信念的车子，闪电一般的在风暴的北京城里急剧地转动。整个北京城的街市都被这一个车轮辗着，留着深刻的印痕了。所有的商店都在这车轮的印痕上贴着"本店不售英日货"以及"坚持到底"和"援助五卅惨案"的纸条。一切商店的门面和气象都改变了，都仿佛是一个爱打扮的女人脱去了她的艳装。从前，那些把英日货——把那标致的工业品当做商标一般的装饰着的商店，现在都把这装饰当做使人厌恶的东西，而且变成招致危险的物件了。尤其是洋货店和绸缎店，在它们把美丽的英日货搬出去之后，俨然像一个准备收盘的店铺了。许多美丽炫眼的东西离开了洋货店和绸缎店，它们有什么可剩呢，它们只像华丽的贵族没落到乡村去一样，变成了布衣的粗装。因此那长久被压迫在英日和其他外国工业品底下的国货——那中华农村社会的土产，便突然地抬头了。它仿佛是被压迫阶级的抬头一样，势不可当地操着全部的胜利，满满的，带着骄傲地占据了整个的商场。同时，商店老板的生意经便完全改变了，因为借物美价廉的外国货作为赚钱的目标，已经不是一种适用的生意经了。他们现在的生意经是聚精会神于国货的收罗，鼓吹，展览。每一个商店都这样的转变了。无论马路两旁的任何商店，都写着比斗子还大的"国货"挂在最使人注意的地方，并且把许多古板的国货横摆在店门口，如同"冰淇淋上市"似的，招徕着更多的新的顾客。假使有一个商店不把很充分的土产陈列着，立刻就有学生来检查，说不定立刻就被五卅惨案援助会把它判断要罚多少钱，并且也没有顾客——什么人都会不顾忌的向它的门口投进去一声臭骂：

"哼，奸商！"

同样，人们的衣服也改变了。从前，那些很出风头的外国原料的服装，现在是失了作用了，不但没有人会感觉到阔气，而且还成为万目仇视的目标。谁愿意犯着这样的众怒呢？假使有人穿了不像国货的衣服，一走到街上，便立刻有便衣的纠察队来跟着，在那衣服上洒了许多销镪药水，使它自自然然的分裂了，破坏了，成了许多大洞和小洞。并且，另外还有许多小孩子，他们会悄悄的把一张纸条贴在那外国货的衣服上，上面画着一只"亡八"，还跟在后面嚷着"大家看！好把戏！"引起街上行人的趣味和恶意的嘲笑。

抵制英日货像旋风一样的刮来。

从这种严重的环境里一直地向前走着，刘希坚时时都害怕有人来惩罚他，因为他身上那套破烂的洋服，虽然旧的利害，但也分不清它到底是那一国的货，中国本就是别人倾销货物的一个市场嘛！

当他走到机关里的时候，他看见了王振伍，便笑着向他说：

"好危险！穿着这套旧货摊上买来的倒霉洋服！"

然而王振伍却从他的裤脚上找出了一张白色的纸条。

他笑了。

"不错。我们应该把纠察队好好的组织起来……"

那个同志便送来一个忠实的微笑。

# 二十二

　　一团炎炎的烈火在天桥的一块大荒地上爆发着。乌黑的浓烟一直飞到天坛的亭子里。在前门外的马路上便可以看见那火焰——像一个伟大的魔鬼的血舌一样地，朝着无底的天空喷着。在这个火场的四周，没有一个救火队，只有无数的热情的观众。他们响应着这个烈火，彼此联合地嚷着庆祝的呼号，鼓动着热烈的掌声，因为这是他们的一个有意义的烈火呵。

　　烈火在奔腾着。气焰一步步的增高了。照耀着伟大的城楼，映红了南海与北海的水。北京的天空变成了赤色——赤色在天空占据着。一个非常的夜的世界，使北京城的民众兴奋起来了。他们，在三天以前便等待着这个红色的夜。他们要从这红色的夜里来证明抵制英日货的决心。这时，他们等到了。因此在火光的圈里，在赤色帷幕的笼罩之下，观火的人们是不断的增加，如同这地球上的万物正在不断的繁荣一样。

　　同时，在烈火中便发散着各种复杂的奇怪的气味，因为造成这烈火的炎炽的，不是木料，不是普通的一个失慎的火炬。它是被各种各样的工业品造成的。它的成分是包含着许多丝的，纱的，羽毛的，以及五金的，经过化学的日用品和装饰品——一切从英日舶来的东西，联系地，混合地，建立了这一个炎炎的烈火的力量。所以在它的红光里，是一层层的堆满着，如同码头上的堆栈一样，堆着许多种类的货物——那费了许多金钱去买来的英国和日本的工业品，那剥削不进步国家的经济的武器，那中国的无数民众的膏血的结晶。但现在，这些东西又直接的在被剥削者的群众之前焚毁了。而且没有一个人曾感到可惜。似乎一切人们都忘记是自己的可怜的劳力所换来的。没有人在这个辉煌的烈火面前而回想着——意识到这些东西的代价。他们，等待着这一个烈火爆发的群众，他们完全被仇视和反抗英日帝国主义的热情所迷住了，差不多这热情是统治着他们的全部的意识。他们对于这些曾经用最高价买来的货品，只认为是英日的经济侵略的工具。于是这个工具成为他们的仇视的目的了。他们仿佛毁灭了这个工具便成就了被侵略者的报复。当然，他们是英勇的。他们在沸点的热情的鼓动之中，他们就这样英勇地看着，欢呼着，鼓掌着这一个英日货所造成的光辉的烈火，而且满足这炎炎的烈火的高涨。

这时，观火的群众的热血和火光是一样的鲜红。许多人在红色的癫狂里便脱下身上的衣服——由他们自己的热情判定了是英日货，便踊跃地把它丢到火焰里去。仿佛，这一个光辉的举动——这一个焚毁英日货的火，变成古代西班牙的舞蹈会似的，红光里飞满了欢乐之花。

刘希坚也站在这个红色的区域里，他紧紧的挨着火圈的边线。他的面前是火，他的左右和后面是一层层的比火还红的群众。群众的热情像火光一样，压迫地照耀着他，却估计着这烈火里面的物质的损失。

"三十万元……"他想。

然而在这个估计上，立刻有一种强有力的意识，使他精明地，向他自己给了一个观念的纠正：

"这不算得什么。"

同时，超过这三十万元的物质的损失，超过一切金圆的数目字，超过任何价值的那群众的热情，那高涨的革命情绪，那预演着将来的斗争胜利的序幕，又使他欢喜起来了。他热烈的望着奔腾的火，如同在火焰里看见了一个新的世界，像他常常所意识到的，像已经实现了的——那苏联的世界一样。

火势仍然在增高着。火光扩大到远远的地方去了。红色的天野反照着红色的群众，各种声音像火焰一样的升到天空中，在红光里流荡着，而且是一种声浪跟着别一种声浪，聚合又分散，分散又聚合地，不断的重复和绵延着。

经过了三点多钟，飞跃的火焰才渐渐的降低了，才渐渐的像一个红色的狮子一样，在极度的扬威之后才渐渐的疲乏下去。

可是夜，它已经像一块铁板似的被烧红了，好久好久，仍然是平铺着朝霞一般的射着红光。

群众反更加兴奋的骚动着。呼号，掌声，舞蹈，重新地庆祝这个火。他们的脸被红光照耀着，同时被他们自己的热情鼓动着，涨得非常之红。他们的红脸上都浮着浓厚的笑，如同初开的红玫瑰花一样。他们的心里是充满着欢乐，骄傲，满足，红色的革命的情绪……

一直到火苗柔弱地飘忽着，可以看见火场里的一大堆灰烬，同时天空由鲜红转变到黯淡的血色，这时的群众才慢慢的走开，带着他们的心上的烈火。

刘希坚也走开。他高兴的微笑着混在人们里面。他没有想什么，因为他的头脑完全被群众的疯狂占领了。他不能够有一点思想来分析这红色的集合。群众的高潮用什么尺来度量呢？有许多疯狂的行动是不能够用字眼来解释的。他一直被红色的疯狂支配着，一步步的走出这烈火的区域。

天空，已经渐渐的变成深蓝色了。远处的云幕里也闪出了隐约的星光。深沉的夜是神秘地羞怯地娇弱地露了出来。许久，才从空虚的夜的边际，吹来一阵凉风，慢慢的，无力的掠过人们的脸。

刘希坚的脸还在发烧。他觉得被凉风吹着，有一种清爽的愉快。

凉风又来了一阵，这次是大胆的，而且像一只大翼似的从他的脸上拂过去，拂了许久。

他好几次回头望着那火场，余焰还在那里飘忽着，造成一个低低的红色的圆形。

他不禁的想：

"空前的举动……"却忽然听见一种声音：

"哈，是你！"

他笑了，一面缓了步伐一面侧过脸去。

一个比深沉的夜还要黑的影子，立刻向着他飞快地跑过来。他一眼便认出是白华的影。

她穿着一身黑，黑的头发披散在雪白的颈项上，如同一片月光被一缕乌云围绕着一样。

"你也来了……"他笑着说。

他们握了手，又互相挽着，并排的向前走。

她快乐的说：

"这是太使人兴奋了。"接着便问：

"你怎么也在这里？"

许多群众走过他们的身旁。

"我老早就来了，我是监察委员之一。什么人都看到，单单没有看见到你。"他回答。

她十分有兴味的说：

"火焰把我们隔住了。可不是么？我也是很早就来的。不过我没有责任。我只是一个群众。但是我从来没有看见过这样的火——这是和一切的火都不一样的。我简直说不出什么话了，好像我的一切都跟着那火焰飞到天上去。"

他微笑着。

"在群众里面才真的看见到革命的情绪！"她热烈的声音说："不是么，革命者是不能够蹲在房子里面？"

她热情的望着他，他看见她的脸上有两颗晶莹的星光，闪耀在黑夜里。

"你这样觉得？"他笑着问，一面更感着亲切的挽紧了她的手腕。

"不，"她自白的说："不是一时的感觉，是信仰。我认为革命应该有很好的实际行动，不是口上的清谈。"她又望了他一下，"我过去不过是清谈……"她带点羞惭的笑了。

他微笑地看着她，又把脸移近去。轻轻的挨着她的头发。他亲热而恳切的问：

"白华，你读了那些书，你觉得怎样？"

她坚决的回答：

"是的。我觉得说得都很有道理，你觉得奇怪么？"她又望着他。

"不。我已经说过，只要是一个真理，那末，求真理的人就很容易懂得它，当然资产阶级是要诅咒它的！"

她向他微笑。

"你不觉得我转变得太快了？"接着她热情地，又带着悔意地分析自己过去固执的原因，热情，幼稚，强项，自己还以为那是美德，现在简直觉得有点无聊和可笑。对自己有很大反感。

"这不算什么，"他解释说："我们的前途是很远很大的。我们过去的一段历史在我们整个的生存中并不能够占有怎样的地位。我们新的历史从现在展开，这就很够我们来努力的。并且共产主义是永远容许每一个革命者来纠正错误，来努力新的历史的斗争。"说了便握着她的手，她是很用力的，很感动的，紧紧的和他握着。

他们不说话，可是他们的思想正在交流着，像两道洪流的汇合一样，在他们的脑海里起着响声。

所有观火的群众都走过他们的前面去了。在他们的周围没有人影。幽黯的深蓝色的夜平安地舒展着，露着一条银色的天河，群星闪跃地欢乐地点缀着这夜幕。几缕白云在那里飘荡，这边那边，如同几幅舞蹈的素裳似的在天庭里点缀着。

夜声，虚弱地流荡在空气里，又隐隐的消失了。在远处，一切建筑物都静静地，毫无声息的不动的伏着。

他们时时都听见他们彼此的脚步声，有时他们还听到彼此的呼吸，彼此的机体上的活动，响在寂寥的深夜里。

他们穿过前门了。

他们的谈话又继续着。他们都低声的说，可是他们都听到，整个的宇宙都充满着他们的谈话的声音。仿佛这个夜是一面澄清的海，没有什物，只是他们的思想在那里自由地游泳，自由地作着游泳的表演。

他喜欢这样的夜，因为他常常在深夜里完成他的各种问题的解决；同时他又喜欢紧张的白天，因为在白天他又开始新的工作。

这时他是十分愉快的。他用喜悦的眼光去看她，他重新感觉到她的美，她的眼睛正在闪动着新的异样的欢乐的光辉。

他们都不自觉的走过了长安街，又走到北池子。于是分开了。她走去两步又跑转来，抓着他的肩膀说：

"你再给我一些书看……"接着她还要说什么，可是没有说出口，便望了他一下，走去了。

他站着望她，许久许久才又走向西城去。

他的微笑浮在深夜里。


# 二十三


清晨展开了。新的一天正在开始。太阳从灰色的云幕里透出光芒来。灰色的云消散了。露水还依恋地吻着一切树叶，在阳光中闪着晶莹的光彩，同时又在阳光里慢慢的隐了去。一切都在晨光里变动着。

北京城也跟着这一个晨光变动起来了。仿佛这一个大城是一只猛兽，又从熟睡里醒起来，醒了便急剧的活动和叫喊，造成另一种不同的新的空气。

商店还没有开门。可是街道上已经热闹起来了。那闹声，并不是市廛的喧嚷。许多"打倒英国日本"的呼号很清醒地唤起了一切人们的瞌睡。立刻有许多人参加到街道上来。

在街道上，不论是大马路或小胡同，都陆续的出现着新鲜的队伍——学生们拿着白旗，旗子上写着：

"援助五卅惨案募捐队！"

满城的阳光都被这旗子弄得很纷乱了。到处，都活动着无数穿长袍戴草帽的学生群众，并且女学生和小学生也到处出现着。白的旗子，像无数白色的鸟儿，在充满着光明的空间里不断地飘舞着。并且每一队里都有一扇大旗，如同军营的大纛似的，高展在许多小旗子上面，雄壮地直竖在湖水色的天庭中而飞扬着。

每一个募捐队里都有一个人拿着几个装钱具，有的用几个泥巴的扑满，他们要尽量的把它装满去，寄给上海的罢业群众，和倒毙在帝国主义枪口之下的牺牲者的家属。

募捐队的行动是很热烈的。他们并不像那些"建庙""修刹"一般地向人求乞。他们是英勇地站在革命的战线上来征集作战的武器，向着每一个同胞，每一个都有切身利害的同胞，要他们各尽一种天职的义务。

"捐钱！"

"捐钱！"

"随便捐多少！"

这种种声音在无边际的天庭中响着。而且，像电流和电流交触，像无线电播音器一样地，同时在整个的北京城里，在北京城的任何地方，纵然是很小很小的胡同里，都同样的响着，响着，这声音是不断地，扩大和增高。

辉煌的太阳吐着喜悦的光照耀着募捐队，每一个募捐员的脸上都显露地飞跃着勇敢的笑，而且彼此的笑在同一意义之中互相地交映着，灿烂在辉煌的阳光里。

他们是热情的。他们的青春的生命使他们跳动着。反抗强国的压迫，反抗英日帝国主义的凶暴，反抗一切对于被压迫民族的侵略，这种种热情都充满着青年的心。他们，正在青春期的生长里，他们是力。他们能够把革命的火焰从他们自己的心上燃烧起来，并且还能够燃烧到别人的心上，在这联系的燃烧之中造成了燎原。

这里，所有的募捐队都是这样英勇地执行他们的职务。他们热情地向任何人捐钱。

"请你站住！"他们一看到行人，便立刻围拢去。

如果有一辆汽车开来，他们便好像得到宝贝似的，一齐站在马路的中心，把大纛一般的旗子横在马路上。

"至少五块！"他们拦着汽车说。

并且有许多募捐队还直接募到政府机关，公馆，人家以及游艺的地方——电影场，戏院。有几队女学生便跑到八大胡同去——向那些茶室，那些班，那些姑娘们去募。那些被不幸的遭遇而成为一切人们的肉的娱乐的妓女，她们在募捐员的讲演之下都感动着，把她们埋葬在虚伪场中的人类的情愫，重新从她们染着伤痕的心中复活起来了。她们听到五卅惨案的叙述，听到水门汀上的被屠杀的同胞的尸首和血，她们哭了。她们同情地和募捐的女学生亲近起来。以前，当女学生进来的时候，她们还是很畏缩地不敢和她们说话。现在她们之间的隔阂打破了。她们是一样的——没有什么高低和贵贱。那同情，把两种生活的人们的心溶化着。她们捐了钱——尽量的新鲜的捐，有的是

362

出乎募捐者的意外地捐了十元，二十元，三十元。

白华，珊君，还有好几个女同学，她们这一队也募到青莲阁的班子里。许多妓女都从床上爬起来，远远地，惊诧地看着她们。老鸨母很吃惊的跑来打招呼。

白华便告诉她们：

"我们是募捐的。不要怕！"

接着她便坦然地，站在那粉香花影的庭院里，讲演起来了。

那年轻的，然而都是很憔悴的妓女们，便陆续地走上来围绕着她。

有一个妓女念着那旗子。

"北京大学五卅惨案募捐队第十八队。"

于是她的演说便渐渐的像一个泉流，在岩石上面流过去，留着湿的痕迹。

她渐渐的从那些脂粉狼藉的脸上看出她的讲演的胜利。她看出她们的同情心从她们的脂粉之间显露出来。而且，渐渐的，她们都热烈的感动起来了。当珊君把一张五卅惨案的画报拿给她们看的时候，许多娇弱的声音都变成很尖锐地叫了。叹息，眼泪，在募捐队的周围响着，落着。这结果，那抱在珊君手里的泥巴的扑满，便不断的从那小嘴上吃着大洋钱，钞票，钞票和大洋钱混杂着。

当她们离开这里的时候，有一个十六七岁的很娇俏的小妓女便喊着跑出来，手上拿着一张五元的钞票，她自己分外欢乐地把钞票叠了两下，便塞进那个扑满去。

"不错，……"白华高兴的说。

"六十七块，"珊君也高兴的回答她。

另外一个女同学说：

"还不止。我记得是八十二块。"

"有三张十元的钞票，"又一个说。

她们都满足了。她们的满足就像那扑满吃饱了洋钱和钞票一样。她们的心头是满足的堆着欢乐。她们的脸上便浮着得意的笑，仿佛好几朵水红色的蔷薇花盛开在晨光之中。

她们又走到第二家去募。她们是一家又一家地，游行在这样的花苑里，而且她们一面募捐，一面饱览了这个不是女学生们游览的境地。

她们的工作继续着。一直到下午三点钟，她们的三个泥巴的扑满都装满了，沉重地，压着她们的细软的手腕。

"今天的成绩不错，"珊君笑眯眯的说。

"简直好极了，"她的同学也笑着。

白华呢，她完全不能说话了，因为她的整个头脑里都充满着这个空前的壮举的胜利，以及她自己被这胜利所迷惑的一种红色的快乐。

她们便凯旋一般地走回去了，她们之中有一个低声的唱着进行曲，大家高举着旗子，把旗子在下午的阳光中高摇着。

她们走到南池子。珊君忽然大声的叫：

"希坚来了！希坚来了！"

白华便立刻举起眼睛去看。果然，刘希坚和王振伍并排的走，一面说着一面微笑着，旁若无人地走向这边来。

"站住！"珊君向他们喊，并且把左手张开去，用旗子去拦住他们的去路。

他们站住了。刘希坚便笑着，向她们点头。

"好，"他玩笑的说："你们是满载而归！"一面，他的眼睛和白华的眼睛作了一次谈话。

"捐钱！"她的一个女同学说。

王振伍便老实的回答：

"我捐过了。"便从口袋里，把一张"已募捐一元"的证券拿出来。

"捐过也要捐。"珊君说："一个人捐两次算多么？"

"不算多。"刘希坚笑着说："我再捐两毛。"

"不行。至少一块。"

"只剩两毛。"

"你呢？"她向着王振伍问。

"实在对不起，"他几乎红着脸说："我只有铜子。"

"谁要你铜子！"

"没有怎么办呢？"

"记帐。限你明天送来。准定一块钱。"

他们笑着答应了。可是珊君又把刘希坚的两毛钱塞到扑满里。

谈了几分钟便分开了。刘希坚和白华握了手，便仍然和王振伍并排的走去，说着和笑着，走向他们的机关……

路上，现着许多飘舞着白旗子的，那胜利的募捐队的晚归。


# 二十四


沉默的，广大的天安门骚动起来了。它，一向都是平铺着大的，有规则的石板，使人望不到边际似的舒展着平静的大道，如同一片白色的无波的海面。平常，它是空虚的，因为没有东西能够使它充实——雄壮的汽车驶过去，只像一片凋零的叶子。许多古老的树木也不能使它披了绿荫，那太阳光总是很普遍而且强烈地把它笼罩着，使平铺的石板上反映了太阳的光耀。无论是冬天和夏天，在一年中的每一个日子里，它都是冷冷的，寂寂的，如同一片寂寞的沙漠似的，躺在伟大的宇宙里，使北京城增加了伟大的表现。

然而它骚动了。它一直从几百年的安静里，急剧的骚动了。无数人们的声音把它喊了起来，把他从深沉的睡眠里叫醒了。现在，它不像从前的——被专制的皇帝当做不可侵犯的尊严的禁城里的平野。现在，它成为空前的一个无数人民的示威的集中地。它变成了革命的天安门了。

那临时的一个木架的建筑——革命的讲演台。高高地站在天安门的当中。台上的白色的标语，严肃地在早晨的金色的阳光里飞扬着。台的下面，那左右，那两条伟大的瀑布似的，一直拖延去，写着"誓死为五卅惨案的被难同胞复仇！"和"反抗英日帝国主义的残酷屠杀！"并且有一块墙似的木牌上，写着抗议的十三条件：

    1.撤消非常戒备。

    2.释放被捕华人，恢复被封学校。

    3.凶手先行停职，听候严办。

    4.赔偿伤亡及各界所受损失。

    5.道歉。

    6.收回会审公廨。

    7.罢工工人仍还原职，不扣罢业期内薪资。

    8.优待工人。工作与否，听工人自愿。

    9.华人在工部局投票权，与西人一律平等。

    10.制止越界筑路，已成者无条件收回。

    11.撤消印刷附律，码头捐及交易所领照案。

    12.华人在租界有言论，集会，出版之自由。

    13.撤换工部局总书记鲁和。

另一块木牌上便写着这十三条件的交涉经过，说明这条件是最低限度的要求，是被压迫民族的最可耻的国耻，然而这样的条件仍然遭六国——英日法意美比——委员的拒绝，甚至于这几个帝国主义者用强硬的态度来拒绝五卅惨案事件的谈判。弱国无外交是完全在这个事件上证明了。"我们必须靠民众团结的坚固的力量来争取最后的胜利！"这一个口号是沉痛地，英武地横在讲演台的前面，横在无数民众的眼睛里。

无数的民众便向着这个讲演台走来，而且慢慢的集中了。他们像无数蚂蚁样在天安门的石板上蠕动着。他们不断地，像不断的河流和江流一般地，向着这一个海里汇合。而且，他们不断地越来越多。他们的旗子像无数军旗似的在无数的人头上动着，飘着，舞着。纷纷的人声把平和的空气完全激荡了，那广大的天空里便奔腾着一种伟大的混合的声浪。人们的脚步是踏满了这广阔的天安门的平野。

一种被压迫民族的愤怒的火，在全部民众的灵魂里燃烧着。他们的火焰升腾到他们的脸上，升腾到伟大的天安门的天空，升腾到炫耀的太阳里。

他们变了，不是平常的安分的人类了。他们的心上是充满着斗争的热情和斗争的血。那美丽的和平世界的梦，从他们的惨笑里消逝了。他们知道，一切平等的恩惠都是虚伪的欺骗，被压迫民族的羞耻只有用自己的血来消灭。以前，他们是柔顺的半殖民地的人们，可是这时，他们是狮子！

他们在今天的集合中，每一个人的自己都暴发了疯狂，同时又被整个的疯狂鼓动着，旋转在疯狂的风暴里。

他们唱，叫喊，暴动。他们全体地，溶化着，变成一个可以吃人的恶兽。因为那帝国主义的凌辱，已经在懦弱的中国的国民性上丢了一个炸弹，把他毁完了。一种新的，英勇的，斗争的国民性便仿佛春天一样，在严冷的冬的王国里开始萌芽，生长，而且迅速地繁荣起来。

这时，他们在全国总示威的运动之下，他们的血和热情使他们表现了战士的行动。他们可以立刻用赤手和空拳，跑到对抗帝国主义进攻的最前线。

他们的眼睛都集中在讲演台上，热烈而且沉毅地盼望着，仿佛他们是等待着讲演台上的指导者的命令——如果是要他们"进攻公使馆"，那他们便立刻出发。

当一个喇叭忽然响出声音来，跟着这声音便响着无数霹雳，无数海啸，无数山洪的暴发——无数群众的轰动天空的骚动，欢呼……

喇叭又响着，第二，至于第五次。

"开会！"最后，这声音像电流一般地从民众的疯狂里通过了。

看不清的那飞舞的旗子才渐渐地不动了。看不清的那反响着宏大的回音——这回音向远远的地方飞去了。如同一个雷音在云幕里慢慢的隐了去一样。

于是，在灿烂的太阳里，二十多万只的烈火一般的眼睛，闪耀而欢乐地朝着讲演台上看着。同时，二十多万只耳朵也在紧张的空气里，静静的，静静的，倾听着讲演台上的一切响动。

安静了几秒钟。这个全国总示威的群众大会便开会了。

讲演者的喇叭的声音，群众的骚动和叫喊，像一阵暴雨跟着一阵狂风，紧紧的相联着，相联着，而且重复又重复地，占领着这广阔的天安门的平野，占领着伟大的天空和灿烂的太阳。

一切，被革命的疯狂包裹着。

刘希坚站在这疯狂的十几万群众的骚动之前也把他的声音叫嗄了。他已经讲演了许久许久。他的许多语言还奔腾在他的喉咙里，可是他尽力的说，却没有很大的声音从喇叭里响出来。他的音带已经在病痛着。仿佛他的喉管要分裂了。他痛苦地挣扎着。又尽力的说。终于他不得不省略了他的语句，向革命情绪正在高涨的群众面前结束了他的演说：

"我们要知道，帝国主义的野心是没有穷止的。每一个帝国主义只想——而且在努力的实行——把半殖民地的中国变成殖民地，把中国的人民由被压迫民族的地位变成更坏的殖民地的奴隶地位。因此，我们不但在国际上得不到平等待遇，我们简直不能够在帝国主义的世界里生存下去。然而我们是要生存的。我们——全中国的民众——谁愿意消灭呢？当然，我们在人类里面，同样有要求生存的权利。可是，现在，帝国主义不让我们生存！帝国主义的野心不但采取政治的侵略，经济的侵略，文化的侵略，并且还暴露强盗的行为，用枪炮来直接屠杀。这是说明什么呢？说明一句话：每一个帝国主义都张着血口，要把中国一口气吞下去！所以，我们不能够再等待了。我们必须起来，立刻起来，用我们的血和生命，和帝国主义作肉搏的斗争。我们要从斗争中取得最后的胜利。我们不要退却！否则，我们——全中国人民——不会有一个幸免的，变成帝国主义的奴隶，把我们埋葬到地狱去！"

他不能再说下去了。一种硬塞的东西把他的喉咙封锁着。他的整个喉管都像玻璃一样的破裂了。仿佛在他的口里，已经迸跃出了许多血丝。他无力的把喇叭从脸上拿下来，亲切地望着群众，浮着兴奋的微笑地，退了进去。

群众叫喊了。旗子乱动着。欢呼和掌声震撼着整个的宇宙。

跟着，另一个人又讲演了。连续地一个又一个的演说，把群众的疯狂变成一个巨球，不断地在讲演台的四周旋滚着。

当灿烂的阳光移到西方的边际，这个空前的群众大会才宣告闭幕。然而十几万人的群众仍然在天安门的旷地上，聚集着，而且继续地欢呼，叫喊和骚动。如同无数波涛汇成了一片似的，不易分开地飞着巨大的海啸……

刘希坚从讲台上走到骚动的群众里面。他咳嗽着，把一块手帕掩在口上，那白色的手帕上染着许多红色。

他感觉得很疲乏。可是他又觉得他的一切都生长在兴奋里。这时，他的力气是很贫弱的，但是他的血又在猛烈的跳动着。他微笑。他努力地在群众里走了许久。随后他走开了，他忽然看见一个学生砍断了手指，把红溜溜的血写到墙上去：

"为五卅烈士复仇！"

同样鲜红的血，如同海浪一般地，从他的心上飞跃着。

# 二十五

这一天，距离那风暴——那红色的全国总示威的一个星期之后，刘希坚又从他的机关里走了出来。

微笑浮在他脸上。一种快乐的光辉在他的消瘦的脸颊上显露着。他感觉着新的喜悦地，走出那机关的红色的大门。

"现在，她可以向新的世界走去……"他心里想着白华。

一面，他愉快地望着天空，那里是澄清地现着一片蓝色，下午的阳光正在灿烂地——照着那些墙上的标语……他突然想到天安门的墙上的血。那伟大的总示威的政治意义，便重新在他的脑海里活跃着。

他沉思了一会。

在后面，两个人影很快地走近了。一种坚实而粗大的喉音，从他的脑后送过来：

"希坚！"

他一看，便笑着站住了。

"你们俩……"接着便改了口气说："你们到那里去？"眼睛却

含意的瞧着这一对——近来，因工作的联系而推动了爱情的这一对，觉得这正是很合式的一对伴侣。

"可不是？"王振伍伸过手来说："正想找你去，却碰见了。"仍然很豪气地，而且很有劲地和他握着手。

刘希坚笑着。"找我？"他问："有什么事？"便偏过脸去，和张铁英也握了手。

"的确是找你，"王振伍老实的说。

"好，到我公寓去。"

三个人便一同走了。

在路上，他们谈起来。

王振伍先对他说——说了许多革命的前途的意见。尤其是对于把五卅惨案的交涉弄成失败的军阀政府，说了很愤激的革命的言论。随后，说到他自己的事情了，便低声的在刘希坚的耳边说：

"昨夜，我向她表示了，她同意……"

刘希坚便亲热地把一只手放在他的肩膀上，一面笑谑的说：

"好同志！庆祝你胜利！"

一种光辉的欢乐笼罩着王振伍的笑脸。他赶快补充说：

"她并不是失败呀！"

刘希坚笑了：

"当然，"他说："这是双方胜利的事情。任何一种斗争，都没有这种情形的。这只是恋爱的特殊形态……"说了便微笑地望着这个忠实的同志，又望着张铁英，而且想起她以前曾给他自己的那情意，便感着兴味地落在一种有趣的沉思里。

"你们说什么呀！"张铁英有意的喊了一声。

"说你。"刘希坚笑着说，并且把眼睛定定的看着她。

显然，她的脸是飞起了一阵红润，那些异样的红色，从她的健康的红色里透出来。

她不说什么话。她只把一双大眼望了他一眼，似乎向他作了一种抗议。

王振伍忙着说：

"她就要走了。"

"到那里去？"刘希坚正经的向她问。

张铁英的红润慢慢的褪去了，她现着镇静的态度回答着：

"到河南去。昨天才决定派我去的。我呢，我很喜欢这种工作。因为我是从农村里长大的，我知道那些农民的痛苦，并且我还知道他们的优点和缺点，我去干农民运动正是合宜的。并且，在我个人的能力上，我也觉得我最好是干农民运动的工作。尤其是在我们的总路线上，我们目前的任务，领导农民革命是很重要的。所以我很欢喜，我可以把我自己深入到农民群众里面。"

的确，她是很欢喜的。革命的工作，常常都是使布尔什维克感到欢喜的。她的脸又红了，然而是一种革命的红的颜色，造成了她的一种使人敬重的气概。

"好极了。"刘希坚说，一面伸过手去和她的手握着。"深入到农村去，这是很严重的目前工作。中国是一个落后的农业国家，因此团结农民很重要。我们必须推动农民在无产阶级领导之下成为坚强的革命队伍。"接着他勉励了她，希望她在这个伟大意义的工作上，得到伟大的成功！末了，便问她：

"什么时候走？"

"明天或者后天。"她回答："我今天特别来看你的。"便向他微笑着。

他也回答她一个微笑，这微笑是充满着广泛的意思的，而且最重要的意思是表示着：

"以前的事情是过去了，现在我们是好同志！"并且他感谢她来看他。

　　于是，他们三个人便欢乐地谈着走到三星公寓了。他们在房间里又欢乐地谈了许久。一点钟之后，这两个同志才走开。当刘希坚把两只手握着他们俩，当她说着"再见"的时候，他不禁的动着感情，仿佛有点不舍之意地，望着他们的背影，望着她和王振伍在阳光里走去。

　　"女同志，"随后他走进房间里来，便想着："在工作上，一个不容易得的好的女同志。"

　　接着他又想起了白华，便立刻走出去。可是在胡同口，两人就碰见了。他第一句便告诉她——在今天的会议上，已经通过了她的加入……

　　"白华同志！"他欢乐的向她说。

　　她笑着。她的脸像一朵初开的花朵，含笑，新鲜而美丽。

　　"那末我就要开始工作了。"她热烈地，眼睛闪着希望之光地，快乐地说："他们派给我工作没有？"

　　"还没有。过两天就要派的，"他笑着回答。

　　"你想他们会派给我什么工作？"她十分热情的说："我自己，我喜欢我到工厂里去。我认为必须和工人打成一片。不是么，我们的革命的胜利是应该工人阶级来决定的？"

　　"不错，"他又笑着回答："到工厂去，这是最迫切的，而且最重要的工作。无产阶级革命，当然要无产阶级自己起来才有胜利的可能。……你愿意做这方面的工作，我可以替你想法。"接着他望着她，他的眼光里带着敬意，同时又带点爱慕地，把她望了许久。

　　她在微笑。

　　这时在他们之间有一种联系的欢乐，而这种欢乐是新的，又仿佛是旧的，从这个眼里飞到那个眼里。他们的心在相印着。

飘过了默默的几秒钟。

刘希坚向她说：

"回想起来是有趣的，"他含蓄着许多笑意和爱意的望了她，"那从前的我们对立的意见，那些几乎要决裂的激烈的论战，现在看起来，都变成很有意义的。你记得不记得，那最后的一次……"

她笑着点着头。

"你的胜利，"她低声的说。

可是他改正了：

"不。不是我的。那是——共产主义的胜利！"

"对的。我说错了。"她热烈的笑着说："我们是，在这种胜利之下工作的。"

他同意地看着她。他们两个人便动步了，向着灿烂的阳光里走去。一种伟大的无边际的光明展开在他们的前面。